FABULA
40

DELLO STESSO AUTORE:

Amori ridicoli
Il valzer degli addii
L'arte del romanzo
La vita è altrove
L'insostenibile leggerezza dell'essere
Lo scherzo

Milan Kundera

L'immortalità

ADELPHI EDIZIONI

TITOLO ORIGINALE
Nesmrtelnost

Traduzione di Alessandra Mura

© 1990 BY MILAN KUNDERA
© 1990 ADELPHI EDIZIONI S.P.A. MILANO
ISBN 88-459-0740-6

INDICE

PARTE PRIMA. Il volto 11

PARTE SECONDA. L'immortalità 57

PARTE TERZA. La lotta 101
Le sorelle. Gli occhiali neri. Il corpo. Sommare e sottrarre. La donna più vecchia, l'uomo più giovane. L'undicesimo comandamento. L'imagologia. Lo spiritoso alleato dei propri becchini. L'asino integrale. La gatta. Il gesto di protesta contro la violazione dei diritti umani. Essere assolutamente moderni. Essere vittime della propria fama. La lotta. Il professor Avenarius. Il corpo. Il gesto del desiderio di immortalità. L'ambiguità. L'indovina. Il suicidio. Gli occhiali neri.

PARTE QUARTA. Homo sentimentalis 205

PARTE QUINTA. Il caso 237

PARTE SESTA. Il quadrante 289

PARTE SETTIMA. La celebrazione 349

L'IMMORTALITÀ

PARTE PRIMA
IL VOLTO

1

La signora avrà avuto sessanta, sessantacinque anni. La guardavo, steso su una sdraio di fronte alla piscina di un circolo sportivo all'ultimo piano di un moderno edificio da dove, attraverso grandi finestre, si vede tutta Parigi. Aspettavo il professor Avenarius, con il quale mi incontro lì di tanto in tanto per fare due chiacchiere. Ma il professor Avenarius non arrivava e io osservavo la signora. Era sola nella piscina, immersa nell'acqua fino alla vita, lo sguardo rivolto in su verso il giovane maestro di nuoto in tuta che le stava insegnando a nuotare. Ora lei ascoltava le sue istruzioni: doveva aggrapparsi con le mani al bordo della piscina e inspirare ed espirare profondamente. Lo faceva con serietà, con impegno, ed era come se dal fondo delle acque risuonasse la voce di una vecchia locomotiva a vapore (quel suono idillico, oggi ormai dimenticato, che per coloro che non l'hanno conosciuto può essere descritto soltanto come il respiro di un'anziana signora che inspira ed espira forte vicino al bordo di una piscina). La guardavo affascinato. Ero attratto dalla sua comicità commovente (anche il maestro l'aveva notata, perché ad ogni istante gli si contraeva un angolo della bocca), ma poi qualcuno mi rivolse la parola distogliendo la mia attenzione. Poco dopo, quando volevo tornare a guardarla, l'allenamento era finito. La donna si allontanava in costume da bagno facendo il giro della piscina. Superò il maestro di nuoto e quando si trovò a quattro o cinque passi di distanza, girò la testa verso di lui, sorrise e lo salutò con la mano. E in quel momento mi si strinse il cuore! Quel sorriso e quel gesto appartenevano a una donna di vent'anni! La sua mano si era sollevata con una leggerezza incantevole. Era come se avesse lanciato in aria una palla colorata per giocare con il suo amante. Quel sorriso e quel gesto avevano fascino ed eleganza, mentre il volto e il corpo di fascino non ne avevano più. Era il fascino di un gesto annegato nel nonfascino del corpo. Ma la donna, anche se doveva sapere di non essere più bella, in quel momento l'aveva dimenticato. Con una certa parte del nostro essere viviamo tutti fuori dal tempo. Forse è solo in momenti eccezionali che ci rendiamo conto dei nostri anni, mentre per la maggior parte del tempo siamo dei senza-età. In ogni caso, nell'attimo in cui si girò, sorrise e salutò con la mano il giovane maestro di nuoto (che non resse e scoppiò a ridere), lei ignorava la propria età. In quel gesto una qualche essenza del suo fascino, indipendente dal tempo, si rivelò per un istante e mi abbagliò. Ero stranamente commosso. E mi venne in mente la parola Agnes. Agnes. Non ho mai conosciuto una donna con questo nome.

2

Sono a letto, immerso in un dolce dormiveglia. Alle sei, nel primo leggero risveglio, allungo la mano sulla radiolina a transistor che tengo accanto al cuscino e schiaccio il bottone. Sento le prime notizie del mattino, sono appena in grado di distinguere le parole e di nuovo mi addormento, cosicché le frasi che sento si trasformano in sogni. Questa è la parte più bella del sonno, il momento più piacevole della giornata: grazie alla radio sono cosciente del mio continuo addormentarmi e risvegliarmi, di quella splendida altalena fra veglia e sonno che in sé è un motivo sufficiente per non rimpiangere di essere nati. Mi sembra soltanto o sono veramente all'opera e vedo due cantanti vestiti da cavalieri che cantano del tempo che farà? Com'è che non cantano d'amore? E poi mi rendo conto che sono i presentatori, ora non cantano più, ma si interrompono l'un l'altro, scherzando: «Avremo una giornata calda, afa, temporali» dice il primo, e il secondo, civettuolo: «Davvero?». La prima voce risponde altrettanto civettuola: «Mais oui. Chiedo scusa, Bernard, ma è così. Dobbiamo resistere». Bernard ride forte e dice: «Questa è la punizione per i nostri peccati». E la prima voce: «Perché, Bernard, io devo soffrire per i tuoi peccati?». Al che Bernard ride ancora più forte, per far intendere a tutti gli ascoltatori di che tipo di peccati si tratti e io lo capisco: è il nostro unico grande desiderio nella vita: che tutti ci considerino grandi peccatori! Che i nostri vizi vengano paragonati ad acquazzoni, tempeste, uragani! Che il Francese oggi, quando aprirà l'ombrello sopra la testa, si ricordi della risata ambigua di Bernard e lo invidii. Giro la manopola sulla stazione vicina, perché spero di riaddormentarmi portando con me immagini più interessanti. Sulla stazione vicina una voce femminile annuncia una giornata calda, afa, temporali e io mi rallegro che in Francia abbiamo tante stazioni radiofoniche e che tutte esattamente nello stesso istante dicano la stessa identica cosa. Un armonioso connubio di uniformità e libertà, che cosa può augurarsi di meglio il genere umano? E così riporto la manopola là dove un attimo prima Bernard stava sciorinando i suoi peccati, ma al posto suo sento un'altra voce che canta di un nuovo modello di Renault, giro un'altra volta, e un coro di voci femminili esalta una svendita di pellicce, giro di nuovo sulla stazione di Bernard, faccio ancora in tempo a sentire le ultime due battute dell'inno all'automobile Renault e subito dopo parla lo stesso Bernard. Imitando la melodia del cantante, annuncia con voce canora la pubblicazione di una nuova biografia di Ernest Hemingway, nell'ordine ormai la centoventisettesima, ma stavolta davvero molto significativa, perché da essa si ricava che Hemingway per tutta la vita non ha detto una sola parola di verità. Ha gonfiato il numero delle ferite riportate nella prima guerra mondiale, e si è fatto passare per un grande seduttore, quando è dimostrato che nell'agosto del 1944 e poi di nuovo dal giugno 1959 era completamente impotente. «Ah, davvero?» dice ridendo la prima voce e Bernard risponde civettando: «Mais oui...» e rieccoci tutti sulla scena dell'opera, e con noi c'è anche l'impotente Hemingway, poi d'un tratto una voce serissima parla del caso giudiziario che nelle ultime settimane ha scosso l'intera Francia: nel corso di un'operazione del tutto insignificante la paziente è morta a causa di un'anestesia sbagliata. In relazione al fatto, l'organizzazione destinata a difendere quelli che definisce «utenti» propone che tutte le operazioni in avvenire vengano filmate e archiviate. Solo così, afferma «l'organizzazione per la difesa degli utenti», è possibile garantire al Francese che muore sul tavolo operatorio una debita vendetta da parte della giustizia. Poi mi riaddormento.

Al mio risveglio erano ormai quasi le otto e mezza e stavo immaginando Agnes. È stesa su un ampio letto proprio come me. Il lato destro è vuoto. Chi sarà mai suo marito? Evidentemente qualcuno che il sabato mattina esce di casa presto. Per questo è sola e si dondola dolcemente tra la veglia e il sonno.

Poi si alza. Di fronte a lei su lunghe zampe, simile a una cicogna, c'è il televisore. Vi butta sopra la camicia, che copre lo schermo come un bianco sipario drappeggiato. Ora è in piedi proprio vicino al letto e per la prima volta la vedo nuda, Agnes, l'eroina del mio romanzo. Non riesco a staccare gli occhi da questa bella donna, e lei, quasi abbia sentito il mio sguardo, corre a vestirsi nella stanza accanto.

Chi è Agnes?

Così come Eva proviene da una costola di Adamo, come Venere è nata dalla spuma del mare, Agnes è sorta dal gesto della signora sessantenne, che in piscina salutava con la mano il suo maestro di nuoto e i cui tratti stanno già svanendo nella mia memoria. Allora, quel gesto aveva risvegliato in me un'immensa e incomprensibile nostalgia e dalla nostalgia è nata una figura di donna che chiamo Agnes.

Ma un uomo, e forse ancor più il personaggio di un romanzo, non è per definizione un essere unico e irripetibile? Com'è possibile, dunque, che un gesto còlto nell'individuo A, un gesto che era legato a lui, lo caratterizzava, costituiva il suo fascino peculiare, sia allo stesso tempo l'essenza dell'individuo B e delle mie fantasticherie su di lui? Questo merita una riflessione.

Se dal momento in cui è apparso sul globo terrestre il primo uomo sono passati sulla terra circa 80 miliardi di esseri umani, è difficile supporre che ognuno di loro abbia il proprio repertorio di gesti. È aritmeticamente impossibile. Senza il minimo dubbio, al mondo ci sono molti meno gesti che individui. Questa constatazione ci porta a una conclusione scioccante: il gesto è più individuale dell'individuo. Potremmo metterla in forma di proverbio: molta la gente, pochi i gesti.

All'inizio, quando parlavo della signora in piscina, ho detto che « in quel gesto una qualche essenza del suo fascino, indipendente dal tempo, si rivelò per un istante e mi abbagliò». Sì, in quel momento l'avevo inteso così, ma mi sbagliavo. Il gesto non aveva rivelato nessuna essenza di quella signora, si dovrebbe dire piuttosto che quella signora mi aveva svelato il fascino di un singolo gesto. Non si può infatti considerare il gesto come un'espressione dell'individuo, come una sua creazione (perché nessun uomo è in grado di creare un gesto del tutto originale e che appartenga a lui soltanto), e nemmeno come un suo strumento; al contrario, sono piuttosto i gesti che ci usano come i loro strumenti, i loro portatori, le loro incarnazioni.

Agnes, ormai vestita, uscì nell'ingresso. Lì si fermò un momento ad ascoltare. Dalla stanza accanto giungevano suoni indistinti, dai quali giudicò che sua figlia si era appena alzata. Come se volesse evitare l'incontro, affrettò il passo e uscì sul pianerottolo. Salì in ascensore e spinse il bottone che indicava il piano terra. L'ascensore, invece di mettersi in moto, cominciò a sussultare come una persona in preda al ballo di san Vito. Non era la prima volta che la stupiva con i suoi capricci. Una volta si era messo a salire mentre lei voleva andare giù, un'altra volta si era rifiutato di aprire la porta e l'aveva tenuta prigioniera per mezz'ora. Aveva la sensazione che volesse farle sapere qualcosa, comunicarle qualcosa con i suoi rudi mezzi da animale muto. In più occasioni si era lamentata di lui con la portinaia, ma dato che con gli altri inquilini esso si comportava in modo corretto e normale, la portinaia considerava il conflitto di Agnes con l'ascensore una sua faccenda privata e non gli prestava attenzione. Questa volta ad Agnes non restò che uscire e fare le scale a piedi. Non appena la porta si richiuse alle sue spalle, l'ascensore si calmò e iniziò a scendere dietro a lei.

Il sabato per Agnes era sempre il giorno più faticoso. Paul, suo marito, usciva prima delle sette e pranzava fuori con gli amici, mentre lei approfittava del giorno libero per sbrigare mille faccende molto

più sgradevoli del lavoro in ufficio: andare alla posta e stare impalata in fila per mezz'ora, fare la spesa al supermercato, dove litigava con la commessa e perdeva tempo davanti alla cassa, telefonare all'idraulico e supplicarlo di venire a un'ora precisa, per non costringerla a restare in casa tutto il giorno. In tutto questo cercava anche di trovare un attimo per fare un salto alla sauna e rilassarsi un po', visto che durante la settimana le era impossibile; il pomeriggio tardi poi era sempre alle prese con l'aspirapolvere e lo strofinaccio, perché la donna delle pulizie, che veniva il venerdì, lavorava sempre di meno.
Ma questo sabato era diverso dagli altri: erano passati esattamente cinque anni dalla morte di suo padre. Le tornò davanti agli occhi questa scena: il padre è seduto chino su un mucchio di fotografie strappate e la sorella di Agnes gli grida: «Che fai, strappi le fotografie di mamma?». Agnes prende le difese del padre e le due sorelle litigano piene di un odio improvviso.
Salì sulla macchina, che era parcheggiata sotto casa.

3

L'ascensore la portò all'ultimo piano di un moderno edificio, dove si trovava il circolo con la palestra, una piscina grande per il nuoto, una piscina piccola con l'idromassaggio, la sauna, il bagno turco e il panorama di Parigi. Nello spogliatoio veniva dagli amplificatori il rumore della musica rock. Dieci anni prima, quando si era iscritta, i soci erano pochi e tutto era tranquillo. Anno dopo anno il circolo era stato migliorato: c'erano sempre più vetri e luminarie, composizioni floreali e cactus, amplificatori, musica, e anche sempre più gente, che poi raddoppiò il giorno in cui prese a riflettersi negli specchi giganteschi con i quali la direzione del circolo aveva fatto ricoprire tutte le pareti della palestra.

Si avvicinò all'armadietto dello spogliatoio e incominciò a svestirsi. Sentiva la conversazione fra due donne a un passo da lei. Una di loro, con una voce lenta e bassa da contralto, si lamentava perché suo marito lasciava tutto quanto sparso per terra: libri, calzini, giornali, addirittura i fiammiferi e la pipa. L'altra parlava da soprano e due volte più veloce; il modo francese di pronunciare l'ultima sillaba della frase salendo di un'ottava dava alla sua parlata un'inflessione che ricordava i coccodè di una gallina indispettita:
«Che tristezza! Mi rincresce per te! Che tristezza! Tu glielo devi far capire chiaramente! Non se lo può proprio permettere! Sei tu che ti occupi della casa! Glielo devi dire chiaro e tondo! Non può permettersi di fare quello che vuole!». L'altra, come afflitta dal dissidio tra l'amica, della quale riconosceva l'autorità, e il marito, che amava, spiegava malinconicamente: «Già, ma lui è fatto così. Ha sempre buttato tutto per terra». «E adesso deve smetterla! Sei tu che ti occupi della casa! Non se lo può permettere! Glielo devi far capire chiaramente!» diceva l'altra.

Agnes non partecipava a queste conversazioni; non aveva mai parlato male di Paul, anche se sapeva che questo in un certo senso la estraniava dalle altre donne. Girò la testa verso la voce acuta: era una ragazza giovanissima con i capelli chiari e un viso d'angelo.

«No, no! Devi convincerti che hai ragione tu! Lui non ha il diritto di comportarsi così!» continuava l'angelo e Agnes notò che nel dire quelle parole scuoteva la testa con brevi scatti da sinistra a destra e da destra a sinistra, alzando contemporaneamente le spalle e le sopracciglia, come a manifestare il suo sdegnato stupore all'idea che qualcuno si rifiutasse di riconoscere i diritti umani della sua amica. Conosceva quel gesto: è esattamente così che scuote la testa alzando nello stesso tempo le sopracciglia e le spalle sua figlia Brigitte.

Agnes finì di spogliarsi, chiuse a chiave l'armadietto e passando dalla porta a vento entrò nell'atrio piastrellato, dove c'erano da una parte le docce e dall'altra la porta a vetri della sauna. Qui le donne sedevano su panche di legno, strette una accanto all'altra. Alcune erano avvolte in speciali indumenti di materia plastica, che creavano intorno ai loro corpi (o ad alcune parti del corpo, più frequentemente la pancia e il sedere) un involucro impenetrabile, cosicché la pelle sudava di più e le donne credevano di dimagrire più in fretta.

Agnes si arrampicò sulla panca più alta, dove c'era ancora posto. Si appoggiò al muro e chiuse gli occhi. È vero che qui non arrivava il chiasso della musica, ma le voci delle donne, che parlavano una sull'altra, erano ugualmente forti. Poi entrò nella sauna una giovane donna sconosciuta e già dalla soglia cominciò a organizzarle tutte quante; le costrinse a sedersi più accostate una all'altra, si chinò sul catino e versò dell'acqua sulla stufa, che cominciò a sfrigolare. Il vapore bollente salì verso l'alto, tanto che la donna seduta vicino ad Agnes fece una smorfia di dolore e si coprì il volto con le mani. La sconosciuta se ne accorse, dichiarò « mi piace il vapore bollente; così almeno lo sento che sono in una sauna », si infilò in mezzo a due corpi nudi e cominciò subito a parlare del programma televisivo della sera prima, un dibattito al quale era stato invitato un famoso biologo, che aveva appena pubblicato le sue memorie. « È stato eccezionale » disse.

Un'altra donna si unì approvando: « Oh sì! E com'era modesto! ».

La sconosciuta disse: « Modesto? Non si è resa conto che quell'uomo è immensamente orgoglioso? Ma quell'orgoglio mi piace! Io adoro le persone orgogliose!». E si rivolse ad Agnes: «A lei forse è sembrato modesto?».

Agnes disse che non aveva visto il programma e la sconosciuta, come se in questo vedesse un velato dissenso, ripeté con voce forte guardando Agnes negli occhi: «Non sopporto la modestia! La modestia è ipocrisia!».

Agnes alzò le spalle e la sconosciuta disse: «Io quando faccio la sauna devo sentire il caldo vero. Devo sudare per bene. Ma poi devo andare sotto la doccia fredda. La doccia fredda, io l'adoro! Non capisco come fa la gente dopo la sauna a mettersi sotto la doccia calda! Del resto anche a casa al mattino io faccio solo la doccia fredda. La doccia calda mi fa orrore».

Presto cominciò a soffocare, sicché dopo aver ripetuto ancora una volta che odiava la modestia, la sconosciuta si alzò e uscì.

Una volta, da piccola, in una delle sue passeggiate con il padre, Agnes gli aveva chiesto se credeva in Dio. Il padre aveva risposto: «Credo nel computer del Creatore». Questa risposta era così strana che alla bambina era rimasta impressa. Non era strana solo la parola computer ma anche la parola Creatore: il padre infatti non diceva mai Dio, ma sempre Creatore, come se volesse limitare il significato di Dio unicamente alla sua attività ingegneristica. Il computer di Dio: ma come si fa a comunicare con un computer? Perciò aveva chiesto al padre se lui pregava. Lui le disse: «Sarebbe come pregare Edison quando ti si fulmina una lampadina».

Agnes dice a se stessa: il Creatore ha messo nel computer un disco con un programma dettagliato e poi è andato via. Che Dio abbia creato il mondo e poi lo abbia lasciato in balìa degli uomini abbandonati, i quali, quando si rivolgono a lui, parlano a un vuoto senza risposta, non è un'idea nuova. Ma una cosa è essere abbandonati dal Dio dei nostri avi, e un'altra essere abbandonati dal Dio-inventore del computer cosmico. Al suo posto c'è un programma che in sua assenza continua a svolgersi inarrestabile, senza che nessuno vi possa cambiare qualcosa. Caricare il programma nel computer: questo non significa che il futuro sia progettato nei dettagli, che tutto sia scritto «lassù». Nel programma, ad esempio, non era specificato che nel 1815 ci sarebbe stata la battaglia di Waterloo e che i francesi l'avrebbero persa, ma soltanto che l'uomo è per sua natura aggressivo, che la guerra è il suo destino e che il progresso tecnico la renderà sempre più terribile. Tutto il resto, dal punto di vista del Creatore, non ha alcuna importanza ed è solo un gioco di variazioni e permutazioni di un programma definito nelle sue linee generali che non è un'anticipazione profetica del futuro, ma indica semplicemente i limiti delle possibilità; entro quei limiti tutto il potere è lasciato al caso.

Così è stato anche con il progetto dell'uomo. Nel computer non erano programmati nessuna Agnes e nessun Paul, ma solo un prototipo chiamato uomo, in conformità al quale sono nati un gran numero di esemplari, tutti derivati dal modello originale e totalmente privi di essenza individuale. Così come ne è priva la singola vettura Renault, la cui essenza è depositata fuori di lei, nell'archivio centrale della fabbrica. Le singole vetture si distinguono solo dal numero di serie. Il numero di serie dell'esemplare umano è il volto, l'accidentale e irripetibile aggregazione di lineamenti. In esso non si rispecchiano né il carattere, né l'anima, né quel che chiamiamo «io». Il volto è solo il numero dell'esemplare.

Le tornò in mente la donna sconosciuta che un attimo prima aveva annunciato a tutte che odiava la doccia calda. Era venuta per rendere noto a tutte le donne presenti che 1) nella sauna le piaceva il caldo, 2) adorava l'orgoglio, 3) non sopportava la modestia, 4) amava la doccia fredda, 5) odiava la doccia calda. Con queste cinque linee aveva disegnato il suo autoritratto, con questi cinque punti aveva definito il suo io e l'aveva offerto a tutte. E non l'aveva offerto con modestia (l'ha pur detto che non sopporta la modestia!), ma con combattività. Aveva usato verbi appassionati: adoro, non sopporto, mi fa orrore, come se volesse dire che per ognuna delle cinque linee del ritratto, per ognuno dei cinque punti della definizione, era pronta a lottare.

Perché questa passione, si chiedeva Agnes, e pensò: se veniamo gettati nel mondo così come siamo, dobbiamo in un primo momento identificarci con questo lancio di dadi, con il caso organizzato dal computer di Dio: smettere di stupirci che proprio *questo* (ciò che vediamo davanti allo specchio) sia il nostro io. Senza la fede nell'idea che il nostro volto esprime il nostro io, senza questa illusione fondamentale, originaria, non potremmo vivere o almeno prendere la vita seriamente. E non basta soltanto identificarci con noi stessi, è necessario identificarci *appassionatamente*, per la vita e per la morte. Perché solo così possiamo considerarci non come una delle varianti del prototipo uomo ma come esseri che posseggono una loro essenza inconfondibile. Questo è il motivo per cui la giovane donna non solo aveva bisogno di disegnare il proprio ritratto, ma voleva nello stesso tempo dimostrare a tutti che esso conteneva qualcosa di veramente unico e insostituibile, qualcosa per cui valeva la pena di battersi, e persino di dare la vita.

Dopo un quarto d'ora di sauna bollente, Agnes si alzò e andò a immergersi in una piccola piscina con l'acqua ghiacciata. Poi andò a stendersi nella sala da riposo in mezzo alle altre donne che anche qui non smettevano di parlare.

Si sforzava di immaginare in che modo il computer avesse programmato l'essere dopo la morte.

Ci sono due possibilità: se il computer del Creatore ha come unico campo d'azione il nostro pianeta e se dipendiamo esclusivamente da lui, dopo la morte non si può fare altro che contare su una qualche permutazione di ciò che è stato durante la vita; incontreremo di nuovo paesaggi ed esseri simili. Saremo soli o nella folla? Ah, la solitudine è così poco verosimile, ce n'è stata così poca durante la vita, figuriamoci dopo la morte! I morti sono ben più numerosi dei vivi! Nel migliore dei casi l'essere dopo la morte somiglierà al momento che lei sta trascorrendo ora sul lettino della sala da riposo: da tutte le parti si udrà un ininterrotto cicaleccio di voci femminili. L'eternità come interminabile cicaleccio: detto francamente, si potrebbero immaginare tante cose peggiori, ma anche esser costretta a sentire voci di donne in eterno, per sempre, senza interruzioni, è per lei un motivo sufficiente per attaccarsi con furia alla vita e fare di tutto per morire il più tardi possibile.

C'è naturalmente un'altra possibilità: al di sopra del computer terrestre ce ne sono altri, superiori a lui secondo un ordine gerarchico. In tal caso l'essere dopo la morte non dovrebbe per forza somigliare a quello che abbiamo già conosciuto, e l'uomo potrebbe morire con un senso di vaga e comunque legittima speranza. E Agnes immagina una scena alla quale negli ultimi tempi pensa spesso: viene a trovarli uno sconosciuto. Simpatico, cortese, si siede sulla poltrona di fronte ai due coniugi e conversa con loro. Paul, incantato dalla particolare amabilità irradiata dall'ospite, è di buon umore, loquace, espansivo e porta l'album delle fotografie di famiglia. L'ospite sfoglia le pagine e d'un tratto mostra di non capire alcune fotografie. In una di esse ad esempio ci sono Agnes e Brigitte sotto la torre Eiffel e l'ospite domanda: « Che cos'è? ».

« Ma è Agnes! » risponde Paul. « E questa è nostra figlia Brigitte! ».

« Sì, lo so » dice l'ospite. « Ma io intendevo questa costruzione ».

Paul lo guarda stupefatto: « È la torre Eiffel! ».

«Ah, bon» dice l'ospite meravigliato. «Così questa è la torre Eiffel» e il suo tono è quello di chi, vedendo il ritratto di vostro nonno, esclama: «Così questo è il nonno di cui ho sentito tanto parlare. Sono contento di poterlo vedere finalmente». Paul è stupito, Agnes molto meno. Lei sa chi è quell'uomo. Sa perché è venuto e che cosa sta per chiedere loro. Proprio per questo è alquanto nervosa, vorrebbe restare sola con lui, senza Paul, e non sa come fare.

4

Il padre era morto da cinque anni. La madre da sei. A quell'epoca il padre era già malato e tutti si aspettavano che morisse. La madre invece era sana, piena di vitalità e pareva destinata ad essere una vedova longeva e felice, sicché il padre si trovò quasi in imbarazzo quando, inaspettatamente, fu lei a morire e non lui. Come se temesse che tutti glielo avrebbero rimproverato. Tutti significava la famiglia della madre. I parenti di lui erano sparsi per il mondo e, a parte una lontana cugina che viveva in Germania, Agnes non ne aveva mai conosciuto nessuno. In compenso la famiglia della madre viveva tutta nella stessa città: sorelle, fratelli, cugini, cugine e una quantità di nipoti. Il padre della madre era un modesto agricoltore di montagna, ma si era saputo sacrificare per i figli; aveva dato modo a tutti di studiare e di sposarsi con ottimi partiti.

Quando la madre aveva conosciuto il padre, era sicuramente innamorata di lui, e non c'è da stupirsi, perché era un bell'uomo e a trent'anni era già professore universitario, il che all'epoca era ancora un mestiere rispettabile. Lei non solo provava la gioia di avere un marito invidiabile, ma provava la gioia ancora più grande di poterlo offrire come un dono alla sua famiglia, alla quale era legata da un'antica tradizione di solidarietà contadina. Ma poiché il padre non era socievole e in mezzo alla gente per lo più stava zitto (e nessuno sa se fosse per timidezza o perché pensava ad altro, dunque se il suo silenzio esprimesse modestia o disinteresse), di quel dono erano tutti più imbarazzati che felici.

E così, mentre la vita passava e tutti e due invecchiavano, la madre si attaccava sempre più alla propria famiglia, anche perché il padre era eternamente rinchiuso nel suo studio, e lei invece aveva un famelico bisogno di parlare, e passava lunghe ore al telefono con sorelle, fratelli, cugini e nipoti, partecipando sempre più ai loro affanni. Pensandoci ora, Agnes ha l'impressione che la vita della madre sia stata simile a un cerchio: era uscita dal suo ambiente, si era lanciata con coraggio in un mondo del tutto diverso e poi era tornata al punto di partenza: abitava con il marito e le due figlie in una villa con giardino e più volte l'anno (a Natale, ai compleanni) invitava tutti i parenti per grandi feste di famiglia; pensava già che alla morte del marito (che si annunciava da tempo, tanto che tutti lo guardavano in modo cortese, come qualcuno a cui fosse ormai scaduto il permesso di soggiorno regolamentare) la sorella e la nipote si sarebbero trasferite da lei.

Ma poi fu la madre a morire e il padre sopravvisse. Quando, due settimane dopo il funerale, Agnes e sua sorella Laura andarono da lui, lo trovarono seduto al tavolo chino su un mucchio di fotografie strappate. Laura le prese in mano e poi si mise a gridare: «Che fai, strappi le fotografie di mamma?».

Anche Agnes si chinò su quel disastro: no, non erano esclusivamente fotografie della madre, sulla maggior parte c'era il padre e basta e in poche comparivano il padre e la madre insieme o c'era la madre da sola. Sorpreso dalle figlie, il padre taceva e non dava spiegazioni. Agnes con un sibilo disse alla sorella: « Non gridare con papà! ». Ma Laura continuava a gridare. Il padre si alzò e se ne andò nella stanza accanto e le due sorelle litigarono come non avevano mai fatto prima. Laura il giorno dopo partì subito per Parigi e Agnes rimase. Soltanto allora il padre le annunciò che aveva trovato un piccolo appartamento nel centro della città e aveva deciso di vendere la villa. Questa fu un'ulteriore sorpresa. Il padre appariva a tutti come un inetto, che aveva affidato le redini della vita pratica alla madre. Tutti pensavano che non potesse vivere senza di lei e non solo perché non sapeva sbrigare niente per conto suo, ma perché non sapeva nemmeno quel che voleva, avendole affidato già da tempo anche la propria volontà. Tuttavia, quando decise di trasferirsi, all'improvviso, senza la minima esitazione, un paio di giorni dopo la morte della moglie, Agnes comprese che stava realizzando una cosa alla quale pensava già da molto, e dunque sapeva bene quel che voleva. Questo era tanto più interessante, in quanto neanche lui aveva potuto prevedere che sarebbe sopravvissuto alla madre, e quindi aveva pensato al piccolo appartamento nella città vecchia non come a un progetto reale ma come a un suo sogno. Abitava nella villa insieme alla madre, passeggiava con lei in giardino, riceveva le visite delle sorelle e cugine di lei, fingeva di ascoltare le loro chiacchiere, ma intanto nell'immaginazione viveva da solo in un appartamento da scapolo; dopo la morte della madre non fece altro che trasferirsi là dove in cuor suo abitava già da un pezzo.

Per la prima volta egli le apparve come un mistero. Perché aveva strappato le fotografie? E perché aveva sognato per tanto tempo un appartamento da scapolo? E perché non poteva piegarsi al desiderio della madre e invitare la sorella e la nipote di lei a trasferirsi alla villa? Eppure sarebbe stato più pratico: sicuramente si sarebbero occupate di lui, con la sua malattia, meglio di una qualsiasi infermiera a pagamento, che un giorno sarebbe stato costretto ad assumere. Quando lo interrogò sui motivi di quella decisione, ottenne una risposta molto semplice: «Cosa vuoi che faccia un uomo solo in una casa così grande?». Proporgli di prendere con sé la sorella della madre e sua figlia non era possibile, perché era fin troppo chiaro che non voleva. E così le venne in mente che anche il padre chiudeva il cerchio. La madre: dalla famiglia attraverso il matrimonio di nuovo alla famiglia. Lui: dalla solitudine attraverso il matrimonio di nuovo alla solitudine.

Si era già ammalato gravemente una volta, in passato, prima della morte della madre. Agnes allora si era presa quattordici giorni di ferie, per stare sola con lui. Ma non le fu possibile, perché la madre non li lasciava un istante. Un giorno erano venuti a trovarlo alcuni colleghi dell'università. Gli facevano molte domande, ma al posto suo rispondeva la madre. Agnes non si trattenne: «Per favore, lascia parlare papà!». Lei si offese: «Ma non lo vedi che è malato!». Alla fine dei quattordici giorni, quando le sue condizioni migliorarono un poco, Agnes poté uscire con lui a passeggio due volte. Ma già alla terza la madre era di nuovo con loro.

Un anno dopo la morte della madre la sua malattia peggiorò bruscamente. Agnes arrivò, rimase con lui tre giorni, il mattino del quarto giorno era morto. Soltanto in quei tre giorni aveva potuto stare con lui come aveva sempre desiderato. Diceva a se stessa che si erano amati, ma che non avevano potuto conoscersi veramente, perché non avevano avuto abbastanza occasioni per stare soli insieme. C'erano riusciti un poco quando lei era tra gli otto e i dodici anni e la madre doveva dedicarsi alla piccola Laura. In quel periodo andavano spesso a fare lunghe passeggiate in mezzo alla natura e lui rispondeva a un'infinità di domande. Fu allora che le parlò del computer di Dio e di tante altre cose. Di quei discorsi le erano rimaste unicamente espressioni isolate, come cocci di piatti preziosi, che adesso da adulta cercava di rimettere insieme.

Con la sua morte la dolce solitudine a due di quei tre giorni finì. Ci fu il funerale e tutti i parenti della madre erano presenti. Ma poiché la madre non era lì, nessuno tentò di organizzare il ricevimento funebre e tutti si separarono in fretta. D'altra parte, il fatto che il padre avesse venduto la villa per trasferirsi in un appartamento da scapolo era stato interpretato dai parenti come un gesto di rifiuto nei loro confronti. Ora pensavano soltanto alla ricca eredità delle due figlie, perché la villa doveva valere una grossa cifra. E invece, vennero a sapere dal notaio che il padre aveva lasciato tutto ciò che aveva in banca a un'associazione di matematici, di cui era stato membro fondatore. Così per loro divenne ancora più estraneo che in vita. Come se con il suo testamento avesse espresso il desiderio di essere cortesemente dimenticato.

Subito dopo la sua morte, Agnes constatò che il proprio conto in banca era aumentato di una bella somma. Comprese tutto. Quest'uomo in apparenza così poco pratico aveva agito con molto acume. Già dieci anni prima, quando la sua vita era stata in pericolo la prima volta e Agnes era andata da lui per quattordici giorni, l'aveva spinta ad aprire un conto in Svizzera. Qualche tempo prima di morire vi aveva trasferito quasi tutto il denaro, lasciando il poco che era rimasto all'associazione scientifica. Se avesse nominato Agnes erede universale, avrebbe ferito inutilmente l'altra figlia; se avesse trasferito con discrezione tutto il denaro sul conto di lei senza destinare una somma simbolica ai matematici, tutti si sarebbero incuriositi e avrebbero cercato di scoprire che fine avesse fatto il denaro.

In un primo momento Agnes si disse che doveva dividere con la sorella. Aveva otto anni più di lei e non poteva liberarsi di un senso di premurosa responsabilità nei suoi confronti. Ma alla fine non le disse niente. Non per avarizia, ma perché avrebbe tradito il padre. Con il suo dono lui aveva voluto evidentemente comunicarle qualcosa, indicarle qualcosa, darle un consiglio che non era stato capace di darle da vivo e che lei ora doveva custodire come un segreto che riguardava loro due soli.

5

Parcheggiò la macchina, scese e si avviò per una larga avenue. Si sentiva stanca e aveva fame e poiché era triste mangiare da sola al ristorante, pensò di buttar giù un boccone alla svelta nel primo bistrot che avesse incontrato. Un tempo in quel quartiere c'erano tanti ristorantini bretoni e trattorie economiche, dove si potevano comodamente mangiare *crêpes* e *galettes* innaffiate col sidro. Un giorno però tutte quelle trattorie erano sparite e al loro posto erano apparsi quei locali moderni che recano il funesto nome di *fast food*. Vinse il disgusto e si diresse verso uno di questi. Attraverso il vetro vedeva la gente ai tavoli china su piattini di carta unti. Il suo sguardo si fissò su una ragazza con una carnagione estremamente pallida e le labbra dipinte di rosso. Aveva appena finito il pranzo. Spinse da una parte il boccale di coca cola vuoto, piegò la testa all'indietro e si infilò l'indice ben bene dentro la bocca; ve lo rigirò a lungo, stralunando nel frattempo gli occhi. L'uomo seduto al tavolo accanto era quasi sdraiato sulla sedia e, con gli occhi incollati alla strada, apriva la bocca. Non era uno sbadiglio con un inizio e una fine, era uno sbadiglio infinito come la melodia di Wagner: a tratti la bocca si richiudeva, ma non si chiudeva mai completamente, anzi, tornava sempre a spalancarsi, mentre, con moto contrario, i suoi occhi incollati alla strada si chiudevano a metà e poi si riaprivano. Del resto, anche altre persone sbadigliavano, mostrando denti, otturazioni, corone, protesi e nessuno di loro si copriva la bocca con la mano. Fra i tavoli girava una bambina vestita di rosa, tenendo per un piede un orsetto, e anche lei aveva la bocca aperta; tuttavia era chiaro che non stava sbadigliando ma strillando. Ogni tanto colpiva con l'orsetto qualcuno dei clienti. I tavoli erano stretti uno accanto all'altro, cosicché persino attraverso il vetro era evidente che ciascuno, insieme al cibo, doveva ingoiare anche l'aroma del sudore che la calda giornata di giugno aveva fatto affiorare sulla pelle del vicino. Un'ondata di bruttura visiva, olfattiva, gustativa (Agnes immaginava intensamente il sapore di un grasso hamburger grondante di acqua dolce) la colpì in volto con una tale forza che si allontanò, decisa a cercare qualche altro posto dove placare la fame.

Il marciapiede era così affollato che si camminava a fatica. Davanti a lei due alte figure di pallidi nordici con i capelli gialli si facevano largo nella calca: un uomo e una donna, che superavano di almeno due teste la moltitudine di francesi e di arabi. Ciascuno di loro portava appeso sulla schiena uno zaino rosa e sulla pancia un neonato sorretto da una speciale imbracatura. Dopo un istante scomparvero dalla sua vista: davanti a sé vedeva ora una donna vestita con larghi pantaloni che arrivavano appena sopra le ginocchia, come andava di moda quell'anno. Con quell'abbigliamento, il suo sedere sembrava ancora più grasso e più vicino a terra e i pallidi polpacci nudi somigliavano a un'anfora campagnola ornata da un rilievo di vene varicose, di un azzurro violaceo, aggrovigliate come un gomitolo di piccoli serpenti. Agnes si disse: questa donna poteva trovare altri venti vestiti che avrebbero reso il suo sedere meno mostruoso e avrebbero coperto le vene azzurre. Perché non lo fa? Ormai la gente non solo non cerca di essere più bella quando va in mezzo all'altra gente, ma non cerca neanche di non essere brutta!

Si disse: quando un giorno l'assalto della bruttezza fosse diventato del tutto insostenibile, si sarebbe comprata dal fioraio una violetta, una sola violetta, quello stelo delicato col suo minuscolo fiorellino, sarebbe uscita in strada e tenendolo davanti al viso l'avrebbe fissato spasmodicamente, per vedere solo quello, per vederlo come fosse l'ultima cosa che voleva conservare, per se stessa e per i suoi occhi, di un mondo che aveva ormai smesso di amare. Sarebbe andata così per le strade di Parigi, la gente presto avrebbe cominciato a conoscerla, i bambini l'avrebbero rincorsa, derisa, le avrebbero tirato oggetti addosso e tutta Parigi l'avrebbe chiamata: *la pazza con la violetta...*

Continuava a camminare: con l'orecchio destro registrava il frangersi della musica, i colpi ritmici degli strumenti a percussione che le giungevano dai negozi, dai parrucchieri, dai ristoranti, mentre nell'orecchio sinistro si riversavano tutti i rumori della strada: il rombo compatto delle auto, il lacerante frastuono dell'autobus che innestava la marcia. Poi il suono perforante di una motocicletta la passò da parte a parte. Non poté fare a meno di cercare con gli occhi chi le causava quel dolore fisico: una ragazza in jeans, con lunghi capelli neri che le svolazzavano dietro, sedeva su un motorino eretta come davanti a una macchina da scrivere; il motorino non aveva la marmitta e faceva un rumore terrificante.

Agnes si ricordò della giovane donna che qualche ora prima era entrata nella sauna e per introdurre il proprio io, per imporlo agli altri, fin dalla soglia aveva gridato a tutti che odiava la doccia calda e la modestia. Agnes era sicura che si trattava più o meno dello stesso impulso che aveva portato la ragazza con i capelli neri a togliere la marmitta dal motorino. Non era quel congegno che faceva rumore, era l'io della ragazza dai capelli neri; per farsi sentire, per entrare nella coscienza degli altri, la ragazza aveva attaccato alla propria anima il rumoroso scappamento del motore. Guardando i capelli al vento di quell'anima rumoreggiante, Agnes si rese conto di desiderare intensamente la morte della ragazza. Se ora si fosse scontrata con l'autobus e fosse rimasta sull'asfalto nel sangue, Agnes non avrebbe provato né orrore né cordoglio, solo soddisfazione.

Subito dopo si spaventò del suo odio e si disse: il mondo è giunto all'orlo di un confine; se lo supererà, tutto potrà trasformarsi in follia: la gente andrà per le strade con una violetta in mano oppure si ammazzerà al primo incontro. E basterà poco, una goccia d'acqua, per far traboccare il bicchiere: magari che sulla strada ci sia una sola macchina, un solo uomo, o un solo decibel in più. C'è una specie di confine quantitativo che è vietato superare, ma nessuno lo sorveglia e probabilmente nessuno sa neanche che esiste.

Continuava a camminare lungo il marciapiede e c'era sempre più gente e nessuno si scostava per farla passare, sicché scese sulla strada e proseguì nello stretto spazio fra il marciapiede e le macchine in movimento. Ormai lo sapeva per esperienza: la gente non si spostava davanti a lei. Lo sapeva, lo sentiva come una sua sorte ingrata che spesso tentava di infrangere: cercava di farsi animo, di avanzare coraggiosamente, di non spostarsi dalla sua strada e di costringere a spostarsi chi le veniva incontro, ma non le era mai riuscito. In questa banale prova di forza quotidiana, era sempre lei la sconfitta. Una volta veniva verso di lei un bambino sui sette anni, Agnes voleva tener duro, ma alla fine dovette cedere per evitare lo scontro.

Le tornò in mente un ricordo: aveva circa dieci anni, e stava facendo una passeggiata in montagna con tutti e due i genitori. Su una larga strada nel bosco si piantarono davanti a loro due ragazzi del paese: uno con il braccio teso teneva un bastone di traverso davanti a sé, per sbarrare loro la strada: «Questa è una strada privata! Qui si paga il pedaggio!» gridò, urtando leggermente con il bastone il ventre del padre.

Probabilmente era uno scherzo infantile e bastava spinger via il ragazzo. Oppure era un modo per mendicare e bastava tirar fuori di tasca un franco. Ma il padre preferì girarsi e prendere un'altra strada. A dire il vero, non cambiava nulla, perché camminavano senza meta e una strada valeva l'altra, ma la madre si arrabbiò con il padre e non poté trattenersi dal dire: «Si tira indietro persino davanti ai ragazzi di dodici anni!». Anche Agnes quella volta fu un po' delusa del comportamento del padre.

Una nuova ondata di rumore interruppe il ricordo: alcuni uomini col casco e i martelli pneumatici si puntellavano sul fondo stradale. D'un tratto in quel frastuono si udì dall'alto, come se venisse dal cielo, una fuga di Bach suonata al pianoforte. Evidentemente qualcuno agli ultimi piani aveva aperto la finestra alzando al massimo il volume del suo apparecchio, affinché la severa bellezza di Bach risuonasse come un minaccioso monito al mondo che aveva preso una strada sbagliata. Purtroppo la fuga di Bach non era in grado di tener testa ai martelli pneumatici e alle macchine, anzi, furono le macchine e i martelli pneumatici a impossessarsi della fuga di Bach facendone una parte della loro fuga personale, allora Agnes si premette le mani sulle orecchie e continuò così la sua strada.

Un passante che veniva nella direzione opposta la guardò con occhi pieni d'odio e si batté la fronte con la mano, il che nel linguaggio dei gesti di tutti i paesi significa dire a qualcuno che è pazzo, picchiato o debole di mente. Agnes colse quello sguardo, quell'astio, e fu invasa da un'ira furente. Si fermò. Voleva scagliarsi su quell'uomo. Voleva colpirlo. Ma non poteva, la folla lo aveva già trascinato oltre e qualcuno le dette una spinta, perché sul marciapiede non era possibile fermarsi più di tre secondi.

Dovette proseguire, ma non riusciva a toglierselo dalla mente: camminavano entrambi nello stesso rumore, eppure lui aveva ritenuto necessario farle intendere che non aveva alcuna ragione e forse nemmeno alcun diritto di coprirsi le orecchie. Quell'uomo la richiamava all'ordine che lei aveva trasgredito con il suo gesto. Era l'uguaglianza in persona che la rimproverava, non ammettendo che un individuo rifiutasse di accettare quello che dovevano accettare tutti. L'uguaglianza stessa le proibiva di trovarsi in disaccordo con il mondo in cui tutti viviamo.

Il desiderio di uccidere quell'uomo non fu solo una reazione passeggera. Anche quando l'agitazione immediata scomparve, quel desiderio rimase in lei, unito solo allo stupore per essere capace di tanto odio. L'immagine dell'uomo che si batteva la fronte nuotava nelle sue viscere come un pesce ripieno di veleno, che lentamente si decompone e che non si può vomitare.

Riaffiorò il ricordo del padre. Dal momento in cui l'aveva visto indietreggiare davanti a due ragazzi di dodici anni, lo aveva immaginato spesso in questa situazione: è su una nave che affonda; le scialuppe di salvataggio sono poche e non ci sarà posto per tutti; perciò in coperta c'è una ressa furibonda. Il padre in un primo momento fugge con gli altri verso la murata, ma quando vede che tutti si urtano, pronti a calpestarsi, e quando infine una signora furiosa lo colpisce con un pugno perché lui le impedisce di passare, improvvisamente si ferma e poi si mette in disparte. E alla fine resta a guardare, mentre le scialuppe stracolme di gente che urla e bestemmia calano lentamente fra le onde burrascose.

Che nome dare all'atteggiamento del padre? Vigliaccheria? No. I vigliacchi temono per la loro vita e quindi per la vita sanno anche battersi furiosamente. Nobiltà? Di questa si sarebbe potuto parlare se avesse agito così per riguardo verso il prossimo. Ma Agnes non credeva in questa motivazione. Di che si trattava dunque? Non sapeva rispondere. Di una cosa sola era sempre stata sicura: su una nave che affonda e dove è necessario battersi con altra gente per poter salire sulle scialuppe di salvataggio, il padre sarebbe stato condannato a morte in partenza.

Sì, questo era certo. La domanda che ora si poneva era la seguente: suo padre provava odio per la gente sulla nave, così come lei lo aveva provato per la motociclista o per l'uomo che l'aveva derisa perché si copriva le orecchie? No, Agnes non riesce a immaginarsi suo padre capace di odiare. L'inganno dell'odio sta in questo, che ci lega al nostro avversario in uno stretto abbraccio. Qui sta l'oscenità della guerra: l'intimità del sangue reciprocamente mescolato, la lasciva vicinanza di due soldati che si trafiggono guardandosi negli occhi. Agnes era certa che proprio quell'intimità faceva ribrezzo al padre. La ressa sulla nave gli ripugnava a tal punto che preferiva annegare. Trovarsi a contatto fisico con uomini che cercano di spingersi via l'uno con l'altro e di mandarsi a morte a vicenda gli sembrava molto peggio che finire la vita da solo nella limpida purezza delle acque.

Il ricordo del padre cominciò a liberarla dall'odio di cui ancora un attimo prima era piena. La velenosa immagine dell'uomo che si batteva la fronte con la mano sparì a poco a poco dalla sua mente, che si riempì di questa frase: non posso odiarli perché non sono legata a loro; con loro non ho niente in comune.

6

Se Agnes non è tedesca, lo deve al fatto che Hitler ha perso la guerra. Per la prima volta nella storia, allo sconfitto non è stata lasciata nessuna, nessunissima gloria: neanche la gloria dolorosa della disfatta. Il vincitore non si è accontentato solo di vincere, ma ha deciso di giudicare lo sconfitto e ha giudicato un'intera nazione, cosicché a quei tempi non era affatto piacevole parlare tedesco ed essere tedesco. I bisnonni materni di Agnes avevano una fattoria nel territorio di confine tra la Svizzera tedesca e quella francese, perciò anche se dal lato amministrativo erano svizzeri francesi, parlavano bene tutte e due le lingue. I genitori del padre erano tedeschi stabilitisi in Ungheria. Il padre da ragazzo aveva studiato a Parigi, dove aveva imparato abbastanza bene il francese, ma ciò nonostante, quando sposò la madre, la loro lingua comune divenne in modo del tutto naturale il tedesco. Dopo la guerra però, la madre si ricordò della lingua ufficiale dei suoi genitori e Agnes fu mandata al liceo francese. Al padre fu concessa una sola consolazione come tedesco: recitare alla figlia più grande i versi di Goethe nella lingua originale.

Questa è la più conosciuta di tutte le poesie tedesche che siano mai state scritte, una poesia che tutti i bambini tedeschi devono imparare a memoria:

> Su tutte le vette
> c'è quiete,
> in tutte le cime degli alberi
> non senti
> quasi un respiro;
> tacciono gli uccellini nel bosco.
> Aspetta, tra poco
> riposerai anche tu.

L'idea espressa non è certo originale: nel bosco tutto dorme, anche tu dormirai. Il senso della poesia però non sta nell'abbagliarci con un'idea sorprendente, ma nel rendere un istante dell'essere indimenticabile e degno di un'insostenibile nostalgia.

Tradotta alla lettera, questa poesia perde tutto. Capirete quanto sia bella solo dopo averla letta in tedesco:

> *Über allen Gipfeln*
> *Ist Ruh,*
> *In allen Wipfeln*
> *Spürest du*
> *Kaum einen Hauch;*
> *Die Vögelein schweigen im Walde.*
> *Warte nur, balde*
> *Ruhest du auch.*

Ogni verso ha un numero di sillabe differente, c'è un alternarsi di trochei, giambi, dattili, il sesto verso è stranamente più lungo degli altri e, pur trattandosi di due quartine, la prima frase grammaticale finisce in modo asimmetrico nel quinto verso, creando così una melodia mai esistita prima e che troviamo unicamente in questa poesia, tanto splendida quanto banale.

Il padre l'aveva imparata in Ungheria, ai tempi in cui frequentava la scuola elementare tedesca e Agnes aveva la stessa età quando l'ascoltò da lui per la prima volta. La recitavano durante le loro passeggiate, e lo facevano calcando sproporzionatamente tutti gli accenti e sforzandosi di marciare al ritmo della poesia. Data l'irregolarità del metro, era una cosa tutt'altro che semplice e ci riuscivano soltanto negli ultimi due versi: war-te nur-bal-de – ru-hest du-auch! L'ultima parola la strillavano sempre tanto forte che si udiva nel raggio di un chilometro: auch!

Il padre le aveva recitato per l'ultima volta quella poesiola due o tre giorni prima di morire. All'inizio Agnes aveva creduto che fosse per lui un modo di tornare alla lingua materna e all'infanzia; poi, vedendo che lui la fissava negli occhi con uno sguardo eloquente e familiare, pensò che volesse ricordarle la felicità delle loro antiche passeggiate; soltanto alla fine si rese conto che quella poesia parlava di morte: il padre voleva dirle che stava morendo e che lo sapeva. Mai prima d'allora aveva pensato che quei versi innocenti, buoni per degli scolaretti, potessero avere quel significato. Il padre giaceva a letto, con la fronte sudata per la febbre, e lei gli stringeva la mano; trattenendo il pianto, sussurrava insieme a lui: warte nur, balde ruhest du auch. Presto anche tu riposerai. E ormai riconosceva la voce della morte del padre che si avvicinava: era il silenzio degli uccelli che tacevano sulle cime degli alberi.

Dopo la sua morte si stese davvero il silenzio e quel silenzio era nell'anima di Agnes ed era bello; lo dirò ancora una volta: era il silenzio degli uccelli che tacciono sulle cime degli alberi. E più passava il tempo, più si udiva distintamente in questo silenzio, come un corno da caccia che risuona dal profondo dei boschi, l'ultimo messaggio del padre. Che cosa voleva dirle con il suo dono? Di essere libera. Di vivere così come voleva vivere, di andare là dove voleva andare. Lui non aveva mai osato. Per questo aveva dato tutti i mezzi a sua figlia, perché osasse lei.

Dall'istante in cui si era sposata, Agnes aveva perso la gioia della solitudine: in ufficio passava ogni giorno otto ore in una stanza con due colleghi; poi ritornava a casa, un appartamento di quattro stanze. Ma nessuna di queste stanze era sua: c'era un grande salone, la camera matrimoniale, la camera di Brigitte e il piccolo studio di Paul. Quando si era lamentata, Paul le aveva proposto di prendersi come sua stanza il salone e le aveva promesso (con indubbia sincerità) che lì dentro né lui né Brigitte l'avrebbero disturbata. Ma come poteva stare bene in una stanza con il tavolo da pranzo e otto sedie abituate agli ospiti serali?

Ora forse è chiaro perché si sentiva così felice nel letto che Paul aveva appena lasciato, e perché attraversava così silenziosa l'ingresso, nel timore di attirare l'attenzione di Brigitte. Le piaceva persino il capriccioso ascensore, perché le concedeva qualche secondo di solitudine. Anche in macchina era contenta, perché là nessuno le parlava e nessuno la guardava. Sì, la cosa più importante era che nessuno la guardasse. Solitudine: dolce assenza di sguardi. Una volta entrambi i suoi colleghi si erano ammalati e lei per due settimane aveva lavorato nella stanza da sola. Aveva constatato con sorpresa che la sera era molto meno stanca. Da quel periodo sapeva che gli sguardi erano come pesi che la buttavano a terra, oppure come baci che le succhiavano le forze; che le rughe che aveva in volto erano state incise dagli aghi degli sguardi.

Quella mattina al risveglio sentì alla radio che, nel corso di un'operazione da nulla, una giovane paziente era morta a causa di un'anestesia eseguita con negligenza. Tre medici sono stati citati in giudizio e l'organizzazione per la difesa degli utenti propone che in avvenire tutte le operazioni, senza eccezioni, vengano filmate e le pellicole conservate negli archivi. Tutti applaudono questa proposta! Siamo quotidianamente trafitti da un migliaio di sguardi, ma non è ancora abbastanza: verrà istituzionalizzato anche uno sguardo unico che non ci abbandonerà nemmeno un istante, che ci seguirà per strada, nel bosco, dal medico, sul tavolo operatorio, a letto; l'immagine della nostra vita verrà archiviata integralmente, perché possa essere utilizzata in qualsiasi momento in caso di liti giudiziarie o quando la curiosità pubblica lo richieda.

Questi pensieri fecero riaffiorare in lei il desiderio della Svizzera. Del resto, dalla morte del padre vi tornava due o tre volte all'anno. Paul e Brigitte, con un sorriso condiscendente, parlavano a questo proposito di bisogno igienico-sentimentale: va a spazzar via le foglie dalla tomba del padre e a respirare l'aria fresca dalla finestra splancata di un albergo sulle Alpi. Si sbagliavano: anche se là non aveva un amante, la Svizzera era il solo profondo e sistematico tradimento del quale si rendeva colpevole nei loro confronti. Svizzera: il canto degli uccelli sulle cime degli alberi. Sognava di restare lì, un giorno, e di non tornare più. Si era spinta così lontano che qualche volta sulle Alpi era andata a vedere le case in vendita e in affitto, e dentro di sé aveva persino elaborato una lettera nella quale annunciava alla figlia e al marito che, pur non cessando di amarli, aveva deciso di vivere da sola, senza di loro. Li pregava soltanto di una cosa, che le facessero avere ogni tanto loro notizie, perché voleva avere la certezza che non accadesse loro niente di male. E proprio questo era tanto difficile da esprimere e da spiegare: aveva bisogno di sapere come stavano, anche se nello stesso tempo non desiderava affatto vederli ed essere con loro.

Questi naturalmente erano solo sogni. Come poteva una donna ragionevole abbandonare una vita matrimoniale felice? Eppure nella sua pace coniugale giungeva di lontano una voce seducente: era la voce della solitudine. Chiudeva gli occhi e ascoltava il suono del corno da caccia che veniva dal profondo dei boschi lontani. In quei boschi c'erano delle strade e in una di queste c'era il padre; sorrideva e la chiamava a sé.

7

Agnes era seduta in poltrona e aspettava Paul. Avevano davanti a loro la prospettiva di quello che in Francia si chiama «dîner en ville», e ciò significa che persone che si conoscono poco, o che non si conoscono affatto, saranno costrette a conversare masticando per tre o quattro ore. Poiché non aveva mangiato per tutto il giorno, si sentiva stanca e per riposarsi sfogliava una spessa rivista. Non aveva la forza di leggere il testo, guardava solo le fotografie, che erano a colori ed erano tante. Al centro della rivista c'era un servizio su una catastrofe avvenuta nel corso di un'esibizione aerea. Un apparecchio in fiamme era precipitato sulla folla degli spettatori. Le fotografie erano grandi, su due pagine, e mostravano gente terrorizzata che scappava da tutte le parti, abiti bruciacchiati, pelle ustionata, fiamme che si alzavano dai corpi: Agnes non riusciva a staccare lo sguardo e pensava a quale gioia selvaggia doveva aver provato il fotografo, che, annoiato dello spettacolo banale, all'improvviso, sotto forma di aereo in fiamme, si era visto scendere dal cielo la fortuna!

Sfogliò un paio di pagine e vide della gente nuda su una spiaggia, un titolone: *Queste fotografie non entreranno nell'album di Buckingham Palace*, e un breve testo che si chiudeva con la frase: «... e là c'era un fotografo, cosicché ancora una volta la principessa si ritrova in primo piano per colpa delle sue relazioni». E là c'era un fotografo. Ovunque c'è un fotografo. Un fotografo nascosto dietro un cespuglio. Un fotografo travestito da mendicante storpio. Ovunque c'è un occhio. Ovunque c'è un obiettivo.

Agnes si ricordò quando un tempo, da bambina, era abbagliata dal pensiero che Dio la vedeva, e la vedeva continuamente. Allora forse per la prima volta aveva conosciuto il piacere, lo strano godimento, che si prova quando si è visti, visti contro il proprio volere, visti nei momenti di intimità, quando si è violentati da uno sguardo. La madre, che era credente, le diceva «Dio ti vede», volendo così toglierle il vizio di mentire, di mangiarsi le unghie e di mettersi le dita nel naso, ma il risultato era diverso: proprio quando si abbandonava alle sue cattive abitudini, oppure nei momenti di impudicizia, Agnes si immaginava Dio e gli mostrava quello che faceva.

Pensava alla sorella della regina inglese e si diceva che oggi l'occhio di Dio è sostituito da un obiettivo. L'occhio di uno è sostituito dagli occhi di tutti. La vita si è trasformata in un'unica grande *partouze*, che coinvolge tutti quanti. Tutti possono vedere la principessa inglese nuda che festeggia il compleanno su una spiaggia subtropicale. L'obiettivo apparentemente si interessa solo alla gente famosa, ma basta che poco lontano da voi cada un aereo, che dalla vostra camicia si alzino le fiamme, e di colpo anche voi sarete famosi e coinvolti nella partouze generale, che non ha niente in comune con il piacere, ma annuncia solennemente a tutti che non esiste più un posto in cui nascondersi e che siamo in balìa l'uno dell'altro.

Una volta che aveva un appuntamento con un uomo, nel momento in cui lo stava baciando, nell'atrio di un grande albergo, inaspettatamente apparve davanti a lei un tipo barbuto, in jeans e giacca di pelle e con cinque borse appese al collo e alle spalle, che si accovacciò e avvicinò all'occhio la macchina fotografica. Lei cominciò ad agitare la mano davanti al viso, ma l'uomo rideva, biascicò qualcosa in cattivo inglese e, balzando all'indietro come una pulce, premette lo scatto. Era un episodio insignificante. In realtà nell'albergo si teneva un congresso e il fotografo era stato ingaggiato perché gli scienziati che giungevano lì da tutto il mondo potessero comprare il giorno dopo le loro foto ricordo. Ma Agnes non sopportava l'idea che da qualche parte sarebbe rimasto in giro un documento ad attestare che lei conosceva un uomo con il quale si era incontrata lì; tornò all'albergo il giorno successivo, comprò tutte le sue fotografie (nelle quali era a fianco dell'uomo e aveva la mano alzata davanti al viso) e cercò di ottenere anche i negativi; ma questi, conservati negli archivi dell'agenzia fotografica, erano ormai irraggiungibili. Anche se non correva alcun pericolo, le restava l'angoscia che un istante della sua vita, invece di trasformarsi in nulla, come fanno tutti gli altri istanti della vita, sarebbe rimasto staccato dal corso del tempo e se un giorno qualche stupido caso l'avesse voluto, sarebbe tornato in vita come un morto mal seppellito.

Prese in mano un altro settimanale, che si occupava più di politica e di cultura. Lì non c'era nessuna catastrofe e nessuna spiaggia di nudisti con principesse, ma in compenso volti, sempre volti. Anche in fondo, dove c'erano le recensioni dei libri, ogni articolo portava la fotografia dell'autore recensito. Poiché gli scrittori erano spesso sconosciuti, le fotografie si potevano spiegare come un'utile informazione, ma che giustificazione dare delle cinque fotografie del presidente della repubblica, del quale tutti conoscono a memoria il naso e il mento? Anche l'autore dell'editoriale era ritratto in una piccola fotografia in cima al testo, evidentemente nella stessa collocazione di ogni settimana. Un servizio sull'astronomia mostrava i sorrisi ingranditi degli scienziati e anche su tutte le foto pubblicitarie, di una macchina da scrivere, di un mobile, di una carota, c'erano volti, sempre volti. Sfogliò di nuovo la rivista dalla prima all'ultima pagina; fece il conto: novantadue fotografie in cui c'era soltanto un volto; quarantun fotografie dove c'era il volto con tutta la persona; novanta volti in ventitré fotografie dove c'era un gruppo di personaggi, e soltanto in undici le persone avevano un ruolo secondario oppure erano del tutto assenti. In totale nella rivista c'erano duecentoventitré volti.

Poi tornò a casa Paul e Agnes gli raccontò dei suoi calcoli.

«Sì» assentì lui. «Più l'uomo è indifferente alla politica, agli interessi degli altri, più è ossessionato dalla propria faccia. L'individualismo del nostro tempo».

«Individualismo? Che cosa c'entra l'individualismo quando ti fotografano nel momento dell'agonia? Questo significa, al contrario, che l'individuo non appartiene più a se stesso, che è in tutto e per tutto proprietà degli altri. Sai, mi viene in mente la mia infanzia: se qualcuno voleva fotografare un altro gli chiedeva il permesso. Anche se io ero una bambina, gli adulti me lo chiedevano: piccola, possiamo fare una foto? E poi un giorno hanno smesso di chiedere. Il diritto dell'obiettivo è stato innalzato al di sopra di tutti gli altri diritti e in questo modo è cambiato tutto, veramente tutto ».

Aprì di nuovo la rivista e disse: « Se metti accanto le fotografie di due facce diverse, il tuo occhio è colpito da tutto ciò che le distingue una dall'altra. Ma se hai una accanto all'altro centosessanta facce, d'improvviso scopri che si tratta solamente di un'unica faccia in tante varianti e che non è mai esistito alcun individuo ».

« Agnes » disse Paul, e la sua voce era improvvisamente seria. « Il tuo viso non somiglia a nessun altro ».

Agnes non colse il tono serio della voce di Paul e sorrise.

« Non sorridere. Lo penso seriamente. Quando ami qualcuno, ami il suo viso, che diventa così completamente diverso da tutti gli altri ».

« Sì, tu mi conosci per il mio viso, tu mi conosci come viso e non mi hai mai conosciuto diversamente. Non poteva neanche sfiorarti l'idea che io non sono il mio viso ».

Paul rispose con la paziente premura del vecchio medico: « Come sarebbe, non sei il tuo viso? Chi c'è dietro al tuo viso? ».

« Immagina di vivere in un mondo dove non ci sono specchi. Il tuo viso lo sogneresti e lo immagineresti come un riflesso esterno di quello che hai dentro di te. E poi, a quarant'anni, qualcuno per la prima volta in vita tua ti presenta uno specchio. Immagina lo sgomento! Vedresti un viso del tutto estraneo. E sapresti con chiarezza quello che ora non riesci a comprendere: tu non sei il tuo viso ».

« Agnes » disse Paul, e si alzò dalla poltrona. Ora le era vicinissimo. Agnes vedeva nei suoi occhi l'amore e nei suoi lineamenti la madre di lui. Le assomigliava, come la madre assomigliava probabilmente al proprio padre che assomigliava anche lui a qualcun altro. La prima volta che la vide, Agnes provò uno spiacevole imbarazzo per la sua somiglianza con il figlio. In seguito, quando facevano l'amore, una sorta di malignità le riportava in mente quella somiglianza e a tratti le sembrava che stesa su di lei ci fosse una vecchia con il viso contratto dal piacere. Ma Paul già da tempo aveva dimenticato di avere sul viso l'impronta di sua madre, ed era convinto che il suo viso non fosse altri che lui.

«Anche il nome l'abbiamo ricevuto per caso» continuò Agnes. «Non sappiamo quando abbia avuto origine e da dove l'abbia preso qualche lontano antenato. Non comprendiamo affatto quel nome, non conosciamo la sua storia e ciò nonostante lo portiamo con esaltata fedeltà, ci fondiamo con esso, lo amiamo, ne siamo ridicolmente fieri, quasi l'avessimo inventato noi in un momento di geniale ispirazione. Il viso è come il nome. Dev'essere avvenuto verso la fine dell'infanzia: a forza di osservarmi nello specchio, ho finito per credere che quello che vedevo ero io. Ho un ricordo assai vago di quel periodo, ma so che scoprire l'io deve essere stato inebriante. Poi, però, arriva il momento in cui stai davanti allo specchio e ti dici: sono io, questo? e perché? perché ho solidarizzato con *questo qui*? che me ne importa di questa faccia? E allora tutto comincia a crollare. Tutto comincia a crollare».

«Che cosa comincia a crollare? Che cosa ti succede, Agnes? Che cosa ti succede da un po' di tempo?».

Agnes alzò lo sguardo su di lui e piegò di nuovo la testa. Paul assomigliava irrimediabilmente alla madre morta. Del resto, le assomiglia sempre di più. Assomiglia sempre di più alla vecchia che era sua madre.

Lui le prese entrambe le mani e la sollevò. Agnes lo guardava e soltanto ora Paul si accorse che aveva gli occhi pieni di lacrime.

La strinse a sé. Lei capì che Paul la amava moltissimo e d'un tratto ne provò dispiacere. Le dispiaceva che la amasse tanto e le veniva da piangere.

«Faremmo bene a vestirci, tra un po' dobbiamo andare» disse Agnes, divincolandosi dalle sue braccia. E corse in bagno.

8

Scrivo di Agnes, la immagino, la lascio sedere sulla panca della sauna, camminare per Parigi, sfogliare una rivista, parlare con il marito, ma quello che è stato all'inizio di tutto, il gesto della signora che in piscina salutava con la mano il maestro di nuoto, è come se l'avessi dimenticato. Che Agnes non saluti mai nessuno in quel modo? No. È strano, ma mi sembra che non lo faccia più da tanto tempo. Una volta, quando era molto giovane, sì, allora lo faceva.

Fu nel periodo in cui viveva ancora nella città oltre la quale si delineavano le vette delle Alpi. Aveva sedici anni ed era andata al cinema con un compagno di scuola. Nell'attimo in cui si spensero le luci, lui le prese la mano. Presto le loro palme cominciarono a sudare, ma il ragazzo non aveva il coraggio di lasciare la mano che aveva tanto coraggiosamente afferrato, perché avrebbe significato ammettere che sudava e che se ne vergognava. Così per un'ora e mezzo tennero la mano a macerare in una calda umidità e si lasciarono appena si riaccesero le luci.

Poi lui cercò di prolungare l'incontro, la portò nelle stradine della città vecchia e su fino al vecchio monastero, il cui cortile era gremito di turisti. Ovviamente era tutto ben premeditato, perché la conduce a passo relativamente svelto in un corridoio deserto, con il pretesto alquanto stupido di farle vedere un certo quadro. Giunsero in fondo al corridoio, ma non c'era nessun quadro, solo una porta verniciata di marrone, con sopra la scritta WC. Il ragazzo non la vide e si fermò. Lei sapeva bene che i quadri gli interessavano poco, e che stava solo cercando un posto appartato per poterla baciare. Poverino, non aveva trovato niente di meglio che un angolo sporco accanto al gabinetto. Scoppiò a ridere e per non fargli capire che rideva di lui, gli mostrò la scritta. Anche lui si mise a ridere, ma poi cadde nella disperazione. Con quelle lettere come sfondo era impossibile chinarsi su di lei e baciarla (tanto più che doveva essere il loro primo bacio, ossia un bacio indimenticabile), sicché non gli restava che tornare sulla strada con un'amara sensazione di resa.

Camminavano in silenzio e Agnes era arrabbiata: perché non l'aveva baciata tranquillamente in mezzo alla strada? perché invece l'aveva portata in quel corridoio nascosto, con un gabinetto nel quale avevano evacuato generazioni di monaci vecchi brutti e puzzolenti? Il suo impaccio la lusingava, perché era segno del suo confuso innamoramento, ma più ancora la irritava, perché era prova della sua giovane età; uscire con un ragazzo della sua età lo considerava squalificante: a lei interessavano solo quelli più grandi. Ma forse proprio perché in cuor suo lo tradiva e nello stesso tempo sapeva che lui le voleva bene, un vago senso di giustizia la esortava ad aiutarlo nel suo tentativo amoroso, a sostenerlo, a liberarlo dai suoi infantili imbarazzi. Decise che, se lui non aveva trovato il coraggio, lo avrebbe trovato lei.

Lui la riaccompagnò a casa e strada facendo Agnes decise che, appena fossero giunti al cancello della villa, lo avrebbe velocemente abbracciato e baciato e lui sarebbe rimasto impietrito dalla sorpresa. Ma all'ultimo momento le passò la voglia, perché il suo viso era non solo triste ma anche scontroso, addirittura ostile. Così si dettero solo la mano e lei si allontanò lungo il vialetto fiancheggiato da aiuole che conduceva alla porta di casa. Sentiva che il ragazzo era rimasto immobile e la seguiva con lo sguardo. Di nuovo le fece pena, sentiva per lui la compassione di una sorella più grande e allora fece una cosa che ancora un istante prima non poteva prevedere. Camminando, si girò a guardarlo, sorrise e con allegria sollevò in aria il braccio destro, leggera, flessuosa, come se lanciasse in alto una palla colorata.

L'attimo in cui Agnes, all'improvviso, senza premeditazione, sollevò in alto il braccio con un movimento flessuoso e leggero, ha del miracolo. Com'è possibile che in una frazione di secondo, e fin dalla prima volta, trovasse un movimento del corpo e del braccio così perfetto, così levigato, così simile a un'opera d'arte compiuta?

A quel tempo veniva regolarmente dal padre di Agnes una signora sui quarant'anni, una segretaria della facoltà, per portargli carte da firmare e riprendersene altre. Nonostante la banalità del motivo, quelle visite erano accompagnate da una misteriosa tensione (la madre diventava taciturna) che risvegliava la curiosità di Agnes. Sempre, quando la segretaria stava per uscire, Agnes correva alla finestra a guardare di nascosto. Una volta, mentre scendeva per il vialetto che portava al cancello (e andava dunque proprio nella direzione opposta a quella che avrebbe preso un po' più tardi Agnes seguita dallo sguardo dell'infelice compagno), si voltò, sorrise e sollevò in aria il braccio con un movimento inatteso, leggero e flessuoso. Fu indimenticabile: il vialetto cosparso di sabbia luccicava ai raggi del sole come un ruscello d'oro e su entrambi i lati del cancello fiorivano due cespugli di gelsomino. Il gesto verso l'alto sembrava voler indicare a quel pezzo di terra dorata la direzione in cui prendere il volo, e i bianchi cespugli di gelsomino già iniziavano a trasformarsi in ali. Il padre non era visibile, ma dal gesto della donna si capiva che stava sulla porta della villa e la seguiva con lo sguardo.

Quel gesto fu così inatteso e bello, che rimase nella memoria di Agnes come la traccia di un fulmine; la invitava nelle lontananze dello spazio e del tempo e risvegliava nella ragazza sedicenne un vago e immenso desiderio.

Nell'attimo in cui sentì l'improvviso bisogno di dire qualcosa di importante al suo ragazzo e non trovava le parole, quel gesto tornò a vivere in lei e disse al suo posto ciò che lei stessa non sapeva dire.

Non so per quanto tempo lo usò (o più esattamente per quanto tempo quel gesto usò lei), sicuramente fino al giorno in cui si accorse che la sorella minore sollevava in aria il braccio salutando un'amichetta. Quando vide il proprio gesto eseguito dalla sorella, sentì una specie di malessere: quel gesto adulto non si adattava a una bambina di undici anni. Ma soprattutto le venne in mente che quel gesto era a disposizione di tutti e che dunque non le apparteneva: quando salutava con la mano commetteva in realtà un furto o un plagio. Da allora cominciò a evitarlo (non è facile disabituarsi ai gesti che si sono abituati a noi) e a diffidare di tutti i gesti. Cercava di limitarli soltanto ai più necessari (dire «sì» o «no» con la testa, indicare un oggetto che il compagno non vedeva), a quelli che non fingevano di essere una sua espressione originale. E così avvenne che il gesto che l'aveva incantata nella segretaria del padre (e che incantò me quando vidi la signora sessantenne che salutava il maestro di nuoto) si addormentò in lei completamente.

Finché un giorno si risvegliò. Fu prima della morte della madre, quando si era fermata due settimane alla villa con il padre ammalato. L'ultimo giorno, salutandolo, sapeva che non si sarebbero rivisti per molto tempo. La madre non era in casa e il padre voleva accompagnarla per strada fino alla macchina. Lei gli proibì di andare oltre la soglia, e si incamminò da sola verso il cancello, sulla sabbia d'oro fra le aiuole. Aveva la gola stretta e un immenso desiderio di dire al padre qualcosa di bello, quel che non si può esprimere con le parole, e d'un tratto, senza sapere bene come accadesse, voltò la testa e con un sorriso sollevò un braccio verso l'alto, leggera, flessuosa, come per dirgli che davanti a loro c'era una lunga vita e che si sarebbero rivisti ancora molte volte. Un secondo dopo si ricordò della signora quarantenne che venticinque anni prima nello stesso posto aveva salutato il padre in quello stesso modo. Si sentì agitata e confusa. Era come se d'un tratto in un solo secondo si fossero incontrati due tempi diversi e lontani e in un solo gesto due diverse donne. Le attraversò la mente il pensiero che quelle due donne erano forse le uniche che lui avesse amato.

9

Nel salotto, dove dopo cena si erano tutti seduti sulle poltrone, con un bicchierino di cognac o una tazzina di caffè bevuta a metà, il primo ospite coraggioso si alzò e si inchinò con un sorriso davanti alla padrona di casa. Gli altri decisero di interpretarlo come un comando e insieme a Paul e Agnes scattarono dalle poltrone e si affrettarono verso le loro macchine. Paul guidava e Agnes contemplava il traffico inestinguibile dei veicoli, il tremolio delle luci, la vanità della perenne inquietudine notturna delle metropoli che non conoscono riposo. Di nuovo la colse quella strana e forte sensazione che si impadroniva di lei sempre più spesso: non aveva niente in comune con quegli esseri su due gambe, con la testa sul collo e la bocca in mezzo alla faccia. Un tempo provava interesse per la loro politica, la loro scienza, le loro scoperte, si considerava una piccola parte della loro grande avventura, finché un giorno nacque in lei la sensazione di non appartenere a loro. Era una sensazione strana, e lei cercava di respingerla, sapeva che era assurda e amorale, ma alla fine si disse che non poteva comandare ai propri sentimenti: non riusciva ad affliggersi per le loro guerre né a gioire delle loro feste, perché era permeata dalla certezza che non fosse affar suo.

Significa che ha un cuore freddo? No, il cuore non c'entra. Del resto forse nessuno più di lei dà tanto denaro ai mendicanti. Non riesce a passare senza notarli e loro, come se lo sapessero, si rivolgono a lei, riconoscendola immediatamente e da lontano, in mezzo a centinaia di passanti, come colei che li vede e li sente. – Sì, è vero, però devo aggiungere una cosa: anche le sue elargizioni ai mendicanti avevano un fondamento *negativo*: non lo faceva perché i mendicanti appartenevano anche loro all'umanità, ma appunto perché non ne facevano parte, perché ne erano tagliati fuori e probabilmente non erano solidali con l'umanità proprio come lei.

Non essere solidale con l'umanità: è questa la sua posizione. Una cosa soltanto potrebbe fargliela cambiare: l'amore concreto per un uomo concreto. Se amasse veramente qualcuno, il destino degli altri non potrebbe esserle indifferente, perché il suo amato dipenderebbe da quel destino, ne farebbe parte, e lei allora non potrebbe avere la sensazione che ciò che affligge gli uomini, le loro guerre e le loro vacanze, non siano affar suo.

Quest'ultimo pensiero la spaventò. Davvero non amava nessuno? E Paul allora?

Ricordò come, qualche ora prima di uscire a cena, si era avvicinato a lei e l'aveva abbracciata. Sì, le sta succedendo qualcosa: da un po' di tempo la perseguita l'idea che dietro al suo amore per Paul non ci sia altro che pura volontà: pura volontà di amarlo;

pura volontà di avere un matrimonio felice. Se questa volontà si allentasse per un istante, l'amore volerebbe via come un uccello al quale avessero aperto la gabbia.

È l'una di notte, Agnes e Paul si spogliano. Se ciascuno dovesse dire come si spoglia l'altro, con che movimenti, cadrebbe nell'imbarazzo. È tanto, ormai, che non si guardano più. La macchina della memoria è disinserita e non registra nulla dei momenti serali in comune che precedono l'atto di coricarsi nel letto matrimoniale.

Letto matrimoniale: l'altare del matrimonio; e chi dice altare dice: sacrificio. Qui si sacrificano l'uno per l'altra: entrambi faticano ad addormentarsi e il respiro dell'altro li risveglia; perciò si spingono verso l'estremità del letto lasciando in mezzo un ampio spazio vuoto; fingono di dormire, perché pensano che in questo modo faciliteranno il sonno all'altro, il quale potrà girarsi e rigirarsi senza timore di disturbare. Purtroppo l'altro non ne approfitta, perché anche lui (e per gli stessi motivi) fingerà di dormire e avrà paura di muoversi.

Non poter dormire e non avere la libertà di muoversi: il letto matrimoniale.

Agnes è sdraiata sulla schiena e nella sua mente scorrono immagini: è tornato a trovarli quell'uomo strano e cortese che sa tutto di loro e nello stesso tempo non ha idea di che cosa sia la torre Eiffel. Agnes darebbe chissà che per potergli parlare a quattr'occhi, ma lui ha scelto apposta il momento in cui sono a casa tutti e due. Agnes tenta invano di escogitare una scusa per mandar via Paul. Tutti e tre sono seduti in poltrona intorno a un tavolino basso e a tre tazze di caffè e Paul si sforza di intrattenere l'ospite. Agnes aspetta solo che l'ospite inizi a parlare della ragione della sua visita. Perché lei la conosce. Ma solo lei, Paul no. Finalmente l'ospite interrompe le chiacchiere di Paul e viene al dunque: «Immagino che sappiate da dove vengo».

« Sì » dice Agnes. Sa che l'ospite viene da un altro pianeta molto lontano, che occupa una posizione importante nell'universo. E subito aggiunge con un timido sorriso: « È meglio, là? ».

L'ospite alza appena le spalle: « Agnes, lei lo sa bene dove vive ».

Agnes dice: « Può darsi che la morte debba essere. Ma perché non si è potuto inventarla in un modo diverso? Perché è necessario che dopo l'uomo resti il corpo, che deve essere sepolto nella terra o gettato nel fuoco? Tutto ciò è davvero un orrore! ».

« È ben noto che la Terra è un orrore » dice l'ospite.

« E un'altra cosa » dice Agnes. « Le sembrerà una domanda stupida, ma quelli che vivono là da voi hanno un volto? ».

« No. Il volto non esiste che qui da voi ».

« E allora, in che modo quelli che vivono da voi si distinguono l'uno dall'altro? ».

« Ognuno là è la propria opera. Ognuno, per così dire, inventa se stesso. Ma è difficile spiegarlo. Non può capire. Lo capirà un giorno. Infatti sono venuto proprio per dirle che nella prossima vita non tornerà più sulla Terra ».

Agnes naturalmente sapeva già che cosa avrebbe detto l'ospite e non poteva essere sorpresa. Invece Paul era rimasto di stucco. Guardava l'ospite, guardava Agnes e lei non poté fare altro che dire: « E Paul? ».

« Neanche Paul resterà qui » disse l'uomo. « Sono venuto ad annunciarvelo. Lo annunciamo sempre alle persone che abbiamo scelto. Voglio soltanto domandarvi: nella prossima vita volete restare insieme o non volete più incontrarvi? ».

Agnes sapeva che sarebbe giunta questa domanda. Era questo il motivo per cui voleva restare sola con l'ospite. Sapeva che in presenza di Paul non era capace di dire: « Non voglio più stare con lui ». Non può dirlo davanti a lui e lui non può dirlo davanti a lei, benché sia probabile che anche lui preferisca vivere diversamente la prossima vita e quindi senza di lei. Ma dire ad alta voce, uno davanti all'altro: «Noi non vogliamo più stare insieme nella prossima vita, noi non vogliamo più incontrarci» sarebbe come dire: «Fra noi non è mai esistito e non esiste nessun amore». E questo è davvero impossibile pronunciarlo ad alta voce, perché tutta la loro vita in comune (vent'anni ormai di vita in comune) è fondata sull'illusione dell'amore, illusione che entrambi coltivano e custodiscono premurosamente. E così, ogni volta che dentro di sé immagina questa scena e arriva alla domanda dell'ospite, sa che dovrà capitolare e che contro le sue aspirazioni, contro il suo desiderio, dirà: «Sì, certo. Voglio che stiamo insieme anche nella prossima vita».

Ma oggi, per la prima volta, era sicura che anche in presenza di Paul avrebbe trovato il coraggio di dire quello che voleva, quello che davvero voleva in fondo all'animo; era sicura che avrebbe trovato quel coraggio anche a costo di far crollare tutto tra loro. Accanto a lei sentiva un respiro profondo. Paul ormai dormiva. Come se avesse di nuovo inserito nel proiettore il nastro dello stesso film, fece scorrere ancora una volta davanti agli occhi l'intera scena: sta parlando con l'ospite, Paul li guarda stupefatto, e poi l'ospite dice: «Nella prossima vita volete restare insieme o non volete più incontrarvi?».

(È curioso: anche se ha tutte le informazioni su di loro, la psicologia terrestre gli è incomprensibile, il concetto di amore sconosciuto, sicché non intuisce in quale difficile situazione li metta con una domanda così franca, pratica e formulata con le migliori intenzioni).

Agnes raccoglie tutta la forza interiore e risponde con voce ferma: «Preferiamo non incontrarci più».

Queste parole sono come una porta sbattuta sull'illusione dell'amore.

PARTE SECONDA
L'IMMORTALITÀ

1

13 settembre 1811. È ormai la terza settimana che la novella sposa Bettina nata Brentano è alloggiata con il suo consorte, il poeta von Arnim, presso i coniugi Goethe a Weimar. Bettina ha ventisei anni, Arnim trenta, la moglie di Goethe, Christiane, quarantanove; Goethe ha sessantadue anni e non ha più nemmeno un dente. Arnim ama la sua giovane moglie, Christiane ama il suo vecchio signore e Bettina anche dopo il matrimonio non smette di flirtare con Goethe. Quella mattina Goethe rimane a casa e Christiane accompagna i giovani sposi a una mostra (organizzata da un amico di famiglia, il consigliere di corte Mayer), dove ci sono quadri riguardo ai quali Goethe si è espresso con lode. La signora Christiane non capisce i quadri, ma ricorda quel che ne ha detto Goethe, sicché adesso può comodamente far passare per sue le opinioni del marito. Arnim sente la voce di Christiane e vede gli occhiali sul naso di Bettina. Gli occhiali sobbalzano ogni volta che Bettina (come fanno i conigli) arriccia il naso. E Arnim sa bene che cosa significhi questo: Bettina è furibonda. Come sentendo nell'aria il temporale,

Arnim si allontana con discrezione nella sala accanto.

Non appena è andato via, Bettina interrompe Christiane: no, non è d'accordo con lei! perché quei quadri sono assolutamente impossibili!

Anche Christiane è irritata e per due ragioni: da un lato questa giovane patrizia, pur sposata e incinta, non si vergogna di civettare con suo marito, dall'altro ne contesta le opinioni. Che cosa vuole? Essere la prima fra coloro che gareggiano nella devozione a Goethe e nello stesso tempo la prima fra coloro che insorgono contro di lui? Christiane è agitata per ognuna di queste ragioni, e in più dal fatto che per logica una esclude l'altra. Perciò dichiara a voce alta che è impossibile dichiarare impossibili dei quadri tanto pregevoli.

Al che Bettina replica: non solo è possibile dichiararli impossibili, ma è il caso di dire che quei quadri fanno ridere! sì, fanno ridere, e porta argomenti su argomenti a sostegno della sua affermazione.

Christiane ascolta e constata di non capire nulla di quanto le sta dicendo questa giovane donna. Più Bettina si arrabbia, più usa parole imparate dai suoi coetanei, che sono passati per le aule dell'università, e Christiane sa che le usa proprio perché Christiane non le capisce. Le guarda il naso, dove sobbalzano gli occhiali, e le sembra che quel discorso incomprensibile e quegli occhiali siano un tutt'uno. Davvero, era singolare che Bettina avesse gli occhiali sul naso! Eppure tutti sapevano che Goethe considerava portare gli occhiali in pubblico una mancanza di gusto e una stramberia! Se Bettina ciò nonostante lo fa, e a Weimar, è perché vuol dimostrare, con sfrontatezza e arroganza, che appartiene alla giovane generazione, quella appunto che si distingue per il romanticismo e per gli occhiali. E noi sappiamo che cosa vuole dire chi con orgoglio e ostentatamente si proclama membro della giovane generazione: vuole dire che sarà ancora vivo all'epoca in cui gli altri (nel caso di Bettina, Christiane e Goethe) saranno già da tempo ridicolmente stesi sotto terra.

Bettina parla, è sempre più agitata e la mano di Christiane vola dritta verso la sua faccia. All'ultimo momento si rende conto che non è il caso di dare uno schiaffo a qualcuno che è suo ospite. Si trattiene, cosicché la sua mano scivola appena sulla fronte di Bettina. Gli occhiali cadono a terra e vanno in frantumi. Tutt'intorno la gente si volta, raggela per l'imbarazzo; dalla sala accanto si precipita il povero Arnim che, non trovando niente di più intelligente da fare, si accovaccia a raccogliere i pezzi, quasi volesse rincollarli.

Per alcune ore attendono tutti in tensione il verdetto di Goethe. Di chi prenderà le parti quando verrà a sapere tutto?

Goethe prende le parti di Christiane e proibisce per sempre ai due coniugi di rimettere piede in casa sua.

Quando si rompe un bicchiere, significa fortuna. Quando si rompe uno specchio, potete attendervi sette anni di guai. E quando si rompono gli occhiali? È la guerra. Bettina dichiara in tutti i salotti di Weimar che quella « grassa salsiccia è impazzita e l'ha morsa ». La frase circola di bocca in bocca e tutta Weimar si sbellica dalle risa. Quella frase immortale, quel riso immortale, risuonano fino ai giorni nostri.

2

Immortalità. Goethe non temeva questa parola. Nel suo libro *Dalla mia vita*, che porta il famoso sottotitolo *Poesia e verità*, descrive il sipario che, diciannovenne, guardava con bramosia nel nuovo teatro di Lipsia. Sullo sfondo era raffigurato (cito Goethe) «der Tempel des Ruhms», il tempio della gloria, e davanti ad esso i grandi drammaturghi di tutti i tempi. Al centro, in uno spazio vuoto, «un uomo con una giacca leggera, senza prestar loro attenzione, andava dritto verso il tempio; lo si vedeva di spalle e non c'era in lui niente di speciale. Doveva essere Shakespeare, il quale, senza precursori né seguaci e del tutto incurante di qualsivoglia modello, procedeva per conto suo verso l'immortalità».

Naturalmente l'immortalità di cui parla Goethe non ha niente a che vedere con la fede religiosa nell'immortalità dell'anima. Si tratta di un'altra immortalità, tutta terrena, l'immortalità di coloro che dopo morti restano nella memoria dei posteri. Ogni uomo può raggiungere questa immortalità, più o meno grande, più o meno duratura, e fin dalla giovinezza ne coltiva il pensiero. Del sindaco di un villaggio della Moravia, dove da ragazzo andavo spesso in gita, si diceva che a casa avesse una bara pronta per il suo funerale, e nei momenti felici, quando si sentiva eccezionalmente soddisfatto di sé, vi si coricava dentro e immaginava il suo funerale. In vita sua non conosceva niente di più bello di quei momenti trascorsi a sognare nella bara: era assorto nella sua immortalità.

Per quel che riguarda l'immortalità la gente naturalmente non è tutta uguale. Dobbiamo distinguere la cosiddetta *piccola immortalità*, il ricordo di un uomo nel pensiero di coloro che l'hanno conosciuto (ed è l'immortalità che sognava il sindaco del villaggio moravo) e la *grande immortalità*, ossia il ricordo di un uomo nel pensiero di coloro che non l'hanno conosciuto personalmente. Nella vita esistono strade che fin dall'inizio mettono l'uomo faccia a faccia con questa grande immortalità, ancorché incerta, e persino inverosimile, ma tuttavia innegabilmente possibile: sono le strade degli artisti e degli uomini di Stato.

Di tutti gli uomini di Stato europei dei nostri

tempi, forse quello che ha coltivato maggiormente l'idea dell'immortalità è François Mitterrand: Ricordo l'indimenticabile cerimonia che seguì la sua elezione a presidente nel 1981. La piazza del Panthéon era gremita da una folla entusiasta ed egli se ne allontanava: saliva da solo l'ampia scalinata (esattamente come Shakespeare andava verso il tempio della gloria sul sipario descritto da Goethe) e aveva in mano tre rose. Poi sparì allo sguardo della gente e fu solo, fra le tombe di sessantaquattro morti illustri, seguito nella sua pensierosa solitudine unicamente da una telecamera, da un'équipe cinematografica e da alcuni milioni di francesi con gli occhi incollati sugli schermi, dai quali tempestava la *Nona* di Beethoven. Ad una ad una, posò le rose sulle tombe di tre morti, che aveva scelto fra tutti gli altri. Simile a un agrimensore, piantò le tre rose come tre bandierine nell'immenso cantiere dell'eternità, per delimitare così un triangolo al centro del quale doveva sorgere il suo palazzo.

Valéry Giscard d'Estaing, che fu presidente prima di lui, alla sua prima colazione nel palazzo dell'Eliseo, nel 1974, invitò gli spazzini. Era il gesto di un borghese sentimentale, che desiderava l'amore della gente semplice e voleva farsi accettare come uno di loro. Mitterrand non era così ingenuo da voler somigliare a uno spazzino (nessun presidente potrà mai realizzare un tale sogno!), voleva somigliare a un morto, cosa molto più saggia, perché la morte e l'immortalità sono come una coppia di amanti inseparabili, e colui il cui volto confondiamo con il volto dei morti è già immortale da vivo.

Il presidente americano Jimmy Carter mi è sempre stato simpatico, ma l'ho addirittura quasi amato quando sul teleschermo l'ho visto correre in tuta con un gruppo di collaboratori, allenatori e gorilla; d'un tratto la fronte gli si è imperlata di sudore, il viso si è contratto in uno spasmo, i compagni d'allenamento si sono chinati su di lui, l'hanno afferrato e sostenuto: era una piccola crisi cardiaca. Scopo di quel jogging era di mostrare alla nazione l'eterna giovinezza del presidente. Per questo erano stati invitati i cameramen e non fu colpa loro se invece di un atleta che scoppia di salute dovettero far vedere un uomo che invecchiava e che aveva sfortuna.

L'uomo desidera essere immortale, e l'obiettivo un giorno ci mostra una bocca contratta in una smorfia triste, l'unica cosa che ricordiamo di lui, quel che ci resta di lui come parabola della sua intera vita. Egli entra nell'immortalità che chiamiamo *ridicola*. Tycho Brahe fu un grande astronomo, ma oggi di lui sappiamo soltanto che durante una cena solenne alla corte imperiale di Praga si vergognò di andare al gabinetto, col risultato che gli scoppiò la vescica e lui se ne andò fra gli immortali ridicoli, martire della vergogna e dell'urina. Vi andò allo stesso modo di Christiane Goethe, trasformata per sempre in una rabbiosa salsiccia che morde. Non c'è scrittore di romanzi che mi sia più caro di Robert Musil. Musil morì un mattino mentre sollevava i pesi. Quando li sollevo anch'io, seguo con angoscia i battiti del mio cuore e ho paura della morte, perché morire con un peso in mano, come il mio autore adorato, sarebbe un atto da epigono così incredibile, così esasperato, così fanatico, che mi assicurerebbe all'istante l'immortalità ridicola.

3

Immaginiamo che ai tempi dell'imperatore Rodolfo esistessero già gli obiettivi (quelli che resero immortale Carter) e riprendessero il banchetto di corte durante il quale Tycho Brahe si contorceva sulla sedia, impallidiva, accavallava le gambe e strabuzzava gli occhi. Se poi avesse anche saputo di essere sotto gli occhi di alcuni milioni di spettatori, la sua sofferenza sarebbe stata certamente maggiore, e il riso che echeggia nei corridoi della sua immortalità risuonerebbe ancora più forte. Il popolo vorrebbe sicuramente che il film sul famoso astronomo che si vergogna di urinare fosse proiettato ogni fine d'anno, quando la gente vuole ridere e in genere non sa di che.

Questa immagine fa sorgere in me una domanda: cambia il carattere dell'immortalità nell'èra degli obiettivi? Non ho dubbi sulla risposta: essenzialmente no; perché l'obiettivo fotografico c'era già molto tempo prima di essere inventato; c'era la sua essenza non materializzata. Anche senza un obiettivo puntato addosso, gli uomini già si comportavano come davanti a una macchina fotografica. Intorno a Goethe non si agitava nessuna folla di fotografi, però si agitavano le ombre dei fotografi proiettate su di lui dalle profondità del futuro. Così fu ad esempio, durante la sua famosa udienza presso Napoleone. Allora al punto più alto della sua strada, l'imperatore dei francesi aveva convocato a Erfurt tutti i regnanti d'Europa, i quali dovevano esprimere il loro consenso sulla spartizione del potere tra lui e l'imperatore dei russi.

In questo Napoleone fu un vero francese, perché, non contento di aver mandato a morte centinaia di migliaia di persone, voleva per giunta essere ammirato dagli scrittori. Chiese al suo consigliere culturale quali fossero le più importanti autorità spirituali della Germania contemporanea e gli fu detto che primo fra tutti veniva un certo signor Goethe. Goethe! Napoleone si batté la fronte. L'autore dei *Dolori del giovane Werther*! Una volta, durante la campagna d'Egitto, si era accorto che i suoi ufficiali erano immersi nella lettura di quel libro. Poiché lo conosceva anche lui, andò su tutte le furie. Rimproverò aspramente ai suoi uomini di leggere quelle idiozie sentimentali e proibì loro una volta per tutte di prendere in mano un romanzo. Qualsiasi romanzo! Che leggessero invece i trattati di storia, molto più utili! Questa volta però, contento di sapere chi era Goethe, decise di invitarlo alla sua presenza. Lo fece con tanto maggior piacere, in quanto il consigliere lo aveva informato che Goethe era celebre soprattutto come autore di teatro. Diversamente dai romanzi, Napoleone approvava il teatro, perché gli ricordava le battaglie. E poiché lui stesso era uno dei più grandi autori di battaglie e per di più il loro insuperabile regista, nel profondo dell'animo era certo di essere anche il più grande poeta tragico di tutti i tempi, più grande di Sofocle, più grande di Shakespeare.

Il consigliere culturale era un uomo competente, ma ciò nondimeno spesso prendeva qualche abbaglio. È vero che Goethe si occupava moltissimo di teatro, ma la sua fama aveva poco a che vedere con esso. Il consigliere di Napoleone lo confondeva evidentemente con Schiller. Dato che Schiller era molto legato a Goethe, in fin dei conti non era poi un grande errore riunire i due amici in un solo poeta; è persino possibile che il consigliere agisse a ragion veduta, guidato da un lodevole intento didattico, quando creò per Napoleone la sintesi del classicismo tedesco nella figura di Friedrich Wolfgang Schilloethe.

Quando Goethe (ignorando di essere Schilloethe) ricevette l'invito, capì subito che doveva accettarlo. Gli mancava esattamente un anno ai sessanta. La morte si avvicinava e con la morte anche l'immortalità (perché, come ho detto, la morte e l'immortalità formano una coppia inseparabile, più bella di Marx ed Engels, di Romeo e Giulietta, più bella di Laurel e Hardy) e Goethe non poteva prendere alla leggera l'invito di un immortale. E benché in quel periodo fosse tutto preso dalla sua *Teoria dei colori*, che considerava l'apice della propria opera, lasciò il suo scrittoio e partì per Erfurt, dove il 2 ottobre 1808 ebbe luogo l'indimenticabile incontro fra un condottiero immortale e un immortale poeta.

4

Circondato dalle ombre inquiete dei fotografi, Goethe sale l'ampia scalinata. Lo accompagna l'aiutante di campo di Napoleone, che lo guida per altre scale e altri corridoi fino a un grande salone in fondo al quale, seduto a un tavolo rotondo, l'imperatore sta facendo colazione. Tutt'intorno c'è un brulichio di uomini in uniforme che vengono a riferirgli vari rapporti ai quali lui risponde masticando. Solo dopo qualche minuto l'aiutante di campo trova il coraggio di indicargli Goethe, che è in piedi immobile poco distante. Napoleone volge gli occhi su di lui e infila la mano destra sotto al gilè, in modo da toccare con il palmo l'ultima costola sinistra. (Un tempo faceva così perché soffriva di dolori allo stomaco, ma in seguito si compiacque di quel gesto e vi ricorreva automaticamente quando vedeva intorno a sé i fotografi). Si affretta a inghiottire (non è bello essere fotografati con la bocca deformata dalla masticazione, perché sui giornali pubblicano malignamente proprio questo genere di fotografie!) e dice a voce alta, perché tutti lo sentano: « Ecco un uomo! ».

Queste parole sono esattamente quel che oggi in Francia si chiama « une petite phrase ». I politici pronunciano lunghi discorsi, nei quali senza pudore ripetono all'infinito le stesse cose, sapendo che ciò è del tutto indifferente, perché dei loro discorsi il vasto pubblico comunque verrà a sapere solo le due o tre parole citate dai giornalisti. Per facilitare il lavoro di questi ultimi e in certo qual modo per indirizzarli, i politici inseriscono nei loro discorsi sempre più uguali una o due brevi frasi che non hanno mai detto prima, la qual cosa è tanto inattesa e sbalorditiva che la «breve frase» diventa di colpo famosa. L'intera arte della politica oggi non consiste nel governare la *polis* (questa si governa da sola con la logica del suo oscuro e incontrollabile meccanismo), ma nell'inventare «petites phrases», alla luce delle quali il politico sarà visto e capito, votato nei sondaggi d'opinione e anche eletto oppure no alle successive elezioni. Goethe ancora non conosce il termine «petite phrase», ma, come sappiamo, le cose esistono nella loro essenza anche prima di essere materialmente realizzate e di avere un nome. Goethe capisce che Napoleone ha appena detto un'eccellente «petite phrase», che sarà utilissima a entrambi. È contento e avanza di un passo verso il tavolo.

Potete dire ciò che volete sull'immortalità dei poeti, ma i condottieri sono ancora più immortali, cosicché è con pieno diritto che Napoleone interroga Goethe e non il contrario. «Quanti anni avete?» gli domanda. «Sessanta» risponde Goethe. «Per la vostra età avete un bell'aspetto» dice Napoleone ammirato (lui ha vent'anni di meno) e Goethe ne è felice. Quando aveva cinquant'anni era già decisamente grasso, aveva il doppio mento e non gliene importava. Tuttavia, con il passare degli anni, l'idea della morte gli si presentava alla mente sempre più spesso e si era reso conto che avrebbe potuto fare il suo ingresso nell'immortalità con una pancia disgustosa. Perciò aveva deciso di dimagrire e in breve era tornato ad essere un uomo asciutto, il cui aspetto, benché non più bello, poteva almeno evocare il ricordo della passata bellezza.

«Siete sposato?» chiede Napoleone pieno di sincero interesse. «Sì» risponde Goethe e nel contempo accenna un inchino. «E avete figli?». «Un maschio». In quel momento un generale si china verso Napoleone e gli comunica una notizia importante.

Napoleone resta pensoso. Estrae la mano dal gilè, infila un pezzo di carne sulla forchetta, lo porta alla bocca (questa scena non viene fotografata) e masticando risponde. Solo dopo un po' si ricorda di Goethe. Pieno di sincero interesse gli chiede: «Siete sposato?». «Sì» risponde Goethe e nel contempo accenna un inchino. «E avete figli?». «Un maschio» risponde Goethe. «E che mi dite di Karl August?». Napoleone ha sparato a bruciapelo il nome del sovrano di Goethe, il signore dello Stato di Weimar, e dal tono della sua voce è evidente che quell'uomo non gli va a genio.

Goethe non può parlar male del suo signore, ma non può neanche contrariare un immortale e così si limita a dire con evasività diplomatica che Karl August si è molto prodigato per le scienze e per le arti. L'accenno alle scienze e alle arti fornisce all'immortale condottiero l'occasione per smettere di masticare, alzarsi dal tavolo, infilare la mano sotto al gilè, fare due passi verso il poeta e sviluppare davanti a lui le sue idee sul teatro. Subito si alza il brusio dell'invisibile stuolo dei fotografi, gli apparecchi cominciano a scattare e il condottiero, che si è appartato con il poeta per un colloquio confidenziale, è costretto ad alzare la voce perché tutti nella sala possano udirlo. Propone a Goethe di scrivere un'opera teatrale sul congresso di Erfurt, che garantirà finalmente pace e felicità agli uomini. «Il teatro» dice poi alzando la voce «dovrebbe diventare la scuola del popolo!». (Ecco un'altra bella «petite phrase» che meriterebbe di comparire il giorno dopo a grandi lettere in testa a lunghi articoli di giornale). «E sarebbe magnifico» aggiunge a voce più bassa «se dedicaste quest'opera all'imperatore Alessandro!». (Perché di lui si trattava al congresso di Erfurt! Era lui che Napoleone aveva bisogno di conquistare!). Poi impartisce ancora a Schilloethe una piccola lezione di letteratura; nel bel mezzo è interrotto dal rapporto di alcuni aiutanti e perde il filo dei suoi pensieri. Per ritrovarlo ripete ancora due volte, senza un nesso e senza convinzione, le parole «teatro – scuola del popolo» e poi (ecco! ha ritrovato il filo!) accenna alla *Morte di Cesare* di Voltaire. Per Napoleone questo è l'esempio di come un poeta drammatico abbia perso l'occasione di diventare educatore del popolo. Nella sua tragedia Voltaire avrebbe dovuto dimostrare che il grande condottiero lavorava per il benessere dell'umanità e che solo il breve tempo concesso alla sua vita gli aveva impedito di realizzare i suoi propositi. Le ultime parole sono state dette con accento malinconico e il condottiero guarda il poeta negli occhi: «Ecco un grande tema per voi!».

Ma poi viene di nuovo interrotto. Nella stanza sono entrati gli alti ufficiali, Napoleone tira fuori la mano dal gilè, si siede al tavolo, infila la carne sulla forchetta e mastica ascoltando il rapporto. Le ombre dei fotografi sono scomparse dalla stanza. Goethe si guarda attorno. Osserva i quadri sulle pareti. Poi va dall'aiutante di campo che lo ha scortato fin lì e gli domanda se deve considerare conclusa l'udienza. L'aiutante di campo annuisce, la forchetta di Napoleone porta alla bocca un pezzo di carne e Goethe esce.

5

Bettina era figlia di Maximiliane La Roche, la donna della quale Goethe era innamorato quando aveva ventitré anni. Se escludiamo un paio di casti baci, non fu un amore fisico, bensì puramente sentimentale e non lasciò alcuna conseguenza, tanto più che la madre di Maximiliane sposò per tempo la figlia al ricco commerciante italiano Brentano, il quale, quando vide che il giovane poeta intendeva continuare il suo flirt con la moglie, lo cacciò dalla sua casa e gli proibì di rimettervi piede. Maximiliane mise al mondo dodici figli (quell'infernale maschio italiano ne procreò in tutto venti!), tra cui una femmina che chiamò Elisabeth; era Bettina.

Bettina era stata attratta da Goethe fin dalla prima fanciullezza. Da un lato perché agli occhi dell'intera Germania lui avanzava verso il tempio della gloria, dall'altro perché era venuta a sapere dell'amore di lui per sua madre. Cominciò a interessarsi con passione a quell'antico amore, tanto più fatato in quanto lontano nel tempo (mio Dio, era accaduto tredici anni prima della sua nascita!), e a poco a poco crebbe in lei la sensazione di avere sul grande poeta una specie di segreto diritto, perché nel senso metaforico della parola (e chi se non un poeta dovrebbe prendere sul serio le metafore) si considerava sua figlia.

È universalmente noto che gli uomini hanno la funesta tendenza a fuggire gli obblighi della paternità, a non pagare gli alimenti e a non riconoscere i propri figli. Non vogliono capire che un figlio è l'essenza dell'amore. Sì, un figlio è l'essenza di ogni amore e non ha nessuna importanza se sia stato realmente concepito e messo al mondo. Nell'algebra dell'amore un figlio è il segno della magica somma di due esseri. L'uomo, anche quando ama una donna senza neppure toccarla, deve considerare che dal suo amore può venire un frutto che nascerà magari tredici anni dopo l'ultimo incontro degli innamorati. Qualcosa di simile si diceva Bettina prima di trovare finalmente il coraggio di andare a Weimar e farsi annunciare a Goethe. Fu nella primavera del 1807. Lei aveva ventidue anni (come Goethe quando corteggiava sua madre), ma si sentiva sempre una bambina. Quella sensazione la proteggeva misteriosamente, come se l'infanzia fosse il suo scudo.

Portare innanzi a sé lo scudo dell'infanzia: fu l'astuzia di tutta la sua vita. Astuzia, ma anche naturalezza, perché fin da bambina si era abituata a giocare alla bambina. Era sempre stata un po' innamorata del fratello maggiore, il poeta Clemens Brentano, e con grande diletto gli sedeva sulle ginocchia. Già allora (aveva quattordici anni) sapeva gustare quella situazione triplamente ambigua di bambina, sorella e donna bisognosa d'amore. Si può scacciar via dalle ginocchia una bambina? Non ci riuscì nemmeno Goethe.

Lei si sedette sulle sue ginocchia addirittura il giorno del loro primo incontro, se possiamo credere a quanto ne ha scritto lei stessa: dapprima si era seduta di fronte a Goethe sul divano; con tono mesto, di circostanza, lui parlò della duchessa Amelia, che era morta qualche giorno prima. Bettina disse che non ne sapeva niente. « Com'è possibile? » si stupì Goethe. « Non le interessa la vita di Weimar? ». Bettina disse: « Non mi interessa niente, tranne lei ». Goethe sorrise e disse alla giovane donna questa frase fatale: « Lei è una cara bambina ». Appena udì la parola « bambina » le passò la tremarella. Dichiarò che stava scomoda e saltò giù dal divano. « E allora si sieda dove può stare comoda » disse Goethe e Bettina gli buttò le braccia al collo e gli si sedette sulle ginocchia. E lì si trovò così bene che un attimo dopo si addormentò stretta a lui.

È difficile dire se le cose andarono veramente così o se Bettina mistifica, ma se mistifica tanto meglio: si rivela a noi così come vuole essere vista, e descrive il metodo con il quale avvicinava gli uomini: come i bambini, era sfacciatamente sincera (aveva dichiarato che la morte della duchessa di Weimar le era indifferente e che stava scomoda seduta sul divano, anche se lì prima di lei si erano seduti con gratitudine decine di visitatori); come i bambini, gli aveva buttato le braccia al collo e si era seduta sulle sue ginocchia; e quel che è il colmo: come fanno i bambini, ci si era addormentata!

Non c'è niente di più vantaggioso che assumere

un atteggiamento da bambino: un bambino può permettersi quello che vuole, perché è innocente e inesperto; non è tenuto a rispettare le regole del comportamento sociale, perché ancora non è entrato nel mondo in cui domina la forma; può permettersi di manifestare un sentimento senza considerare se sia opportuno o no. Le persone che in Bettina rifiutavano di vedere una bimba dicevano di lei che era una matta (una volta, mentre ballava per pura gioia, era caduta e si era rotta la testa contro uno spigolo del tavolo), una maleducata (in società si sedeva per terra invece che sulla sedia) e soprattutto disastrosamente innaturale. Per contro, quelli che erano pronti a vedere in lei l'eterna bambina erano incantati dalla sua spontanea naturalezza.

Goethe fu commosso dalla bambina. Ricordava in cuor suo la propria gioventù e offrì in dono a Bettina un bell'anello. Nel suo diario quella sera annotò laconicamente: *Mamsell Brentano*.

6

Quante volte si incontrarono in tutta la vita i due famosi amanti, Goethe e Bettina? In quello stesso 1807, Bettina tornò ancora a trovarlo in autunno e si fermò a Weimar dieci giorni. Poi lo rivide solo tre anni dopo, alle terme di Teplitz in Boemia, dove era andata per tre giorni e dove Goethe, a sua insaputa, faceva la cura di quelle acque benefiche. E l'anno seguente ci fu la fatale visita a Weimar, dove due settimane dopo il suo arrivo Christiane le buttò per terra gli occhiali.

E quante volte restarono veramente soli, faccia a faccia? Tre, quattro volte, non di più. Meno si incontravano, più si scrivevano, o meglio: più lei gli scriveva. Gli scrisse cinquantadue lunghe lettere, nelle quali gli dava del tu e non parlava che d'amore. Ma al di fuori di questa valanga di parole, in realtà non accadde nulla, e c'è da chiedersi perché la loro storia d'amore sia diventata così famosa.

La risposta è questa: è diventata così famosa perché fin dall'inizio si trattò di ben altro che di amore.

Goethe aveva cominciato a sospettarlo presto. Si era già allarmato quando Bettina gli rivelò che molto tempo prima della sua prima visita a Weimar aveva fatto amicizia con la vecchia madre di Goethe, che come lei viveva a Francoforte. Bettina le aveva fatto una quantità di domande sul figlio, e la madre, compiaciuta e lusingata, per intere giornate le aveva raccontato un'infinità di ricordi. Bettina pensava che la sua amicizia con la madre le avrebbe aperto la casa di Goethe e anche il suo cuore. Quei calcoli non erano del tutto esatti. Goethe trovò alquanto comica questa adorazione da parte di sua madre (che lui non andava mai a trovare, da Weimar), e nell'alleanza tra la stravagante ragazza e la madre ingenua fiutava il pericolo.

Quando Bettina gli raccontò i fatti che aveva sentito raccontare dalla signora Goethe, lui provò, immagino, sentimenti molto contrastanti. In primo luogo era ovviamente lusingato per l'interesse che la giovane gli manifestava. I suoi racconti risvegliavano in lui molti ricordi sopiti che lo rallegravano. Ma presto vi trovò anche episodi che non erano potuti accadere, oppure episodi in cui lui appariva così ridicolo che non sarebbero dovuti accadere. Inoltre la sua infanzia e la sua giovinezza acquistavano in bocca a Bettina un certo colorito e un senso che non gli andavano a genio. Non che Bettina volesse servirsi dei ricordi della sua infanzia contro di lui, ma il fatto è che l'uomo (ogni uomo, non solo Goethe) detesta sentir raccontare la propria vita in un'interpretazione che non sia la sua. Quel che ne scaturì fu una sensazione di minaccia: questa ragazza, che frequenta l'ambiente dei giovani intellettuali del movimento romantico (Goethe non aveva per loro la minima simpatia), è pericolosamente ambiziosa e si considera (con una certezza che non è lontana dall'impudenza) una futura scrittrice. Del resto, un giorno glielo aveva detto apertamente lei stessa: dai ricordi di sua madre avrebbe voluto ricavare un libro. Un libro su di lui, su Goethe! In quel momento dietro la manifestazione d'amore egli vide la minacciosa aggressività della penna e cominciò a stare in guardia.

Ma proprio perché in sua presenza stava in guardia, faceva di tutto per non essere sgradevole. Era troppo pericolosa perché lui potesse permettersi di farsela nemica; preferì tenerla sotto un costante e cortese controllo. Ma nello stesso tempo sapeva che non doveva esagerare neanche con la cortesia, perché il minimo gesto che lei avesse potuto interpretare come segno di una sua concessione amorosa (e lei era pronta a interpretare come dichiarazione d'amore anche un suo starnuto) l'avrebbe resa ancora più audace.

Una volta gli scrisse: « Non bruciare le mie lettere, non strapparle; potrebbe farti male, perché l'amore che esprimo in esse è legato a te in modo saldo, vero e vitale. Ma non mostrarle a nessuno! Tienile nascoste come una segreta bellezza ». Dapprima egli ebbe un sorriso indulgente per il tono sicuro con cui Bettina vedeva nelle proprie lettere la bellezza, ma poi si arrestò su questa frase: « Ma non mostrarle a nessuno! ». Perché dirglielo? Quando mai aveva avuto la minima voglia di mostrarle a qualcuno? Con l'imperativo *non mostrare* Bettina tradiva indirettamente la sua segreta voglia di *mostrare*. Non ebbe il minimo dubbio che le lettere che lui le scriveva di tanto in tanto avrebbero avuto anche altri lettori, e seppe di essere nella posizione di un imputato che riceve dal tribunale l'avvertimento: da questo istante, tutto ciò che direte potrà essere usato contro di voi.

Si sforzò quindi di fissare con cura la via di mezzo tra la cortesia e il riserbo: alle sue lettere estatiche rispondeva con scritti che erano nello stesso tempo amichevoli e misurati, e al tu usato da lei replicò a lungo con il lei. Finché si trovarono insieme nella stessa città le usò una cortesia paterna, la invitava a casa, ma faceva sempre in modo di vederla in presenza di altre persone.

Di che cosa si trattò dunque realmente fra loro?

Nel 1809 Bettina gli scrive: «Ho la ferma volontà di amarti in eterno». Leggete con attenzione questa frase in apparenza banale. Qui, molto più importanti della parola «amare», sono le parole «eterno» e «volontà».

Non vi terrò oltre sulle spine. Fra di loro non si trattò di amore. Si trattò di immortalità.

7

Nel 1810, durante i tre giorni in cui per caso si trovarono entrambi a Teplitz, lei gli confidò che presto si sarebbe sposata con il poeta Achim von Arnim. Probabilmente glielo disse con un certo imbarazzo, perché non era sicura che Goethe non avrebbe considerato il suo matrimonio come un tradimento dell'amore che lei estaticamente gli dichiarava. Non conosceva a sufficienza gli uomini per poter prevedere quale segreta gioia avrebbe procurato a Goethe.

Subito dopo la sua partenza, Goethe scrive una lettera a Christiane, a Weimar, con la lieta frase: «Mit Arnim ists wohl gewiss». Con Arnim la cosa è proprio certa. Nella stessa lettera si rallegra del fatto che Bettina quella volta sia stata «davvero più bella e più cara che mai» e noi indoviniamo perché gli apparve così: era sicuro che l'esistenza di un marito l'avrebbe protetto d'ora in poi dalle sue stravaganze, che finora gli avevano impedito di apprezzare le sue grazie con gioia e con animo sereno.

Per comprendere la situazione, non dobbiamo dimenticare una cosa importante: Goethe fin dalla primissima giovinezza fu un seduttore, quindi all'epoca in cui conobbe Bettina lo era ormai da quarant'anni; in tutto quel tempo si era creato dentro di lui un meccanismo di reazioni e di gesti da seduttore che si metteva in moto al minimo stimolo. Finora, di fronte a Bettina, l'aveva sempre tenuto a bada con enorme sforzo. Tuttavia, quando capì che «con Arnim la cosa era certa», si disse, sollevato, che ormai la sua prudenza in futuro sarebbe stata superflua.

La sera lei andò nella sua stanza e al solito aveva un atteggiamento infantile. Gli raccontava qualcosa con amabile insolenza e, mentre lui era rimasto sulla sua poltrona, lei gli si era seduta di fronte sul pavimento. Essendo di buon umore («con Arnim la cosa è certa!»), egli si chinò su di lei e le accarezzò il viso come si accarezza una bambina. La bambina smise di parlare e alzò verso di lui occhi esigenti e pieni di femminile desiderio. Lui le prese le mani e la sollevò da terra. Non dimentichiamo questa scena: lui era seduto, lei era in piedi di fronte a lui e dalla finestra tramontava il sole. Lei lo guardava negli occhi, lui la guardava negli occhi, la macchina del seduttore si era messa in moto e lui non faceva resistenza. Con voce un po' più profonda delle altre volte e senza smettere di guardarla negli occhi, egli la invitò a scoprirsi il petto davanti a lui. Lei non disse nulla, non fece nulla; arrossì. Lui si alzò dalla poltrona e le sbottonò il vestito sul seno. Lei continuava a guardarlo negli occhi e il rosso della sera si confuse sulla sua pelle con il rossore che le corse dal volto fino allo stomaco. Lui le posò la mano su un seno. «Nessuno ti ha mai toccato il seno?» le chiese. «No» rispose lei. «Ed è così strano quando mi tocchi» e continuava a guardarlo. Senza toglierle la mano dal seno, anche lui la guardava e in fondo ai suoi occhi osservò a lungo e avidamente il pudore di una ragazza a cui nessuno aveva mai toccato il seno.

Più o meno in questi termini Bettina stessa annotò questa scena, che con estrema probabilità non ebbe più alcun seguito e che al centro della loro storia più retorica che erotica resta come unico e splendido gioiello di eccitazione sessuale.

8

Quando si separarono, la traccia di quel magico istante restò a lungo dentro di loro. Nella lettera che seguì il loro incontro, Goethe la chiamava *allerliebste*, la più cara di tutte. Ma non per questo dimenticò di che cosa si trattava, e subito nella lettera successiva le comunicò che aveva iniziato a scrivere le sue memorie, *Dichtung und Wahrheit*, e che aveva bisogno del suo aiuto: sua madre non era più tra i vivi e nessun altro poteva aiutarlo a rievocare la sua giovinezza. Bettina però aveva passato molto tempo in compagnia della vecchia signora: che scrivesse quello che le aveva raccontato e glielo spedisse!

Ma come, non sapeva che Bettina voleva pubblicare lei stessa un libro sull'infanzia di Goethe? Che addirittura aveva già preso accordi con un editore? Certo che lo sapeva! Scommetto che le chiedeva quel favore non perché ne avesse realmente bisogno, ma unicamente per toglierle ogni voglia di pubblicare alcunché su di lui. Indebolita dalla magia del loro ultimo incontro e dal timore che il suo matrimonio con Arnim avrebbe allontanato Goethe, essa obbedì. Goethe era riuscito a disinnescarla come si disinnesca una bomba a orologeria.

Poi, nel settembre del 1811, Bettina arrivò a Weimar; ci arrivò con il giovane marito ed era incinta.

Nulla è più lieto dell'incontro con una donna che temevamo e che, disarmata, non incute più paura. Ma Bettina, benché incinta, benché sposata, benché priva della possibilità di scrivere un libro su di lui, non si sentiva disarmata e non intendeva rinunciare alla sua lotta. Capite bene: non la lotta per l'amore; la lotta per l'immortalità.

Che Goethe pensasse all'immortalità è legittimo supporlo, considerata la sua situazione. Ma è possibile che ci pensasse anche Bettina, fanciulla sconosciuta e così giovane? Certo che è possibile. All'immortalità si pensa dall'infanzia. Oltre tutto Bettina apparteneva alla generazione dei romantici, e costoro erano abbagliati dalla morte fin dall'istante in cui aprivano gli occhi alla luce. Novalis non arrivò a trent'anni eppure, anche se così giovane, niente lo ispirò mai come la morte, la maga morte, la morte transustanziata nell'alcool della poesia. Vivevano tutti nella trascendenza, nel superamento di sé, tendevano le mani verso le lontananze, verso la fine della loro vita e più lontano ancora, verso l'immensità del non essere. E come ho già detto, dove c'è la morte c'è anche l'immortalità, sua compagna, e i romantici le davano del tu con la stessa libertà con cui Bettina dava del tu a Goethe.

Quegli anni tra il 1807 e il 1811 furono il periodo più bello della sua vita. Nel 1810, a Vienna, andò a far visita, senza farsi annunciare, a Beethoven. Così aveva conosciuto i due tedeschi più immortali, non solo il bel poeta ma anche il brutto compositore, e flirtava con tutti e due. Quella doppia immortalità la inebriava. Goethe era ormai vecchio (a quei tempi un uomo di sessant'anni era considerato vecchio), splendidamente maturo per la morte, e Beethoven, anche se aveva solo quarant'anni, era, senza poterlo sospettare, cinque anni più vicino alla morte di Goethe. Lei dunque stava fra loro come un tenero angelo fra due giganteschi sepolcri neri. Era così bello che la bocca sdentata di Goethe non la disturbava affatto. Al contrario, più era vecchio più era attraente, perché più era vicino alla morte più era vicino anche all'immortalità. Solo il Goethe morto avrebbe potuto prenderla saldamente per mano e condurla al tempio della gloria. Più egli si avvicinava alla morte, meno era disposta a rinunciare a lui.

Ecco perché, in quel fatale settembre del 1811, benché sposata e incinta, giocava più che mai a fare la bambina, parlava a voce alta, si sedeva per terra, sul tavolo, sul bordo del comò, sul lampadario, si arrampicava sugli alberi, camminava ballando, cantava quando tutti gli altri erano immersi in una conversazione seria, pronunciava frasi serie quando gli altri volevano cantare, e cercava a tutti i costi di rimanere sola con Goethe. Tuttavia questo le riuscì una volta soltanto in due intere settimane. Da quel che si racconta, andò più o meno in questo modo:

Era sera, e lei e Goethe sedevano accanto alla finestra nella stanza di Goethe. Lei iniziò a parlare dell'anima e poi delle stelle. Goethe allora alzò gli occhi alla finestra e indicò a Bettina una grande stella. Ma Bettina era miope e non vedeva niente. Goethe le porse un cannocchiale: «Abbiamo fortuna! È Mercurio! Quest'autunno si vede benissimo». Bettina però voleva parlare delle stelle degli amanti, non delle stelle degli astronomi, perciò quando avvicinò all'occhio il cannocchiale di proposito non vide nulla e dichiarò che quel cannocchiale per lei era troppo debole. Goethe andò pazientemente a cercare un cannocchiale con le lenti più forti. Di nuovo la costrinse ad avvicinarlo all'occhio e lei un'altra volta dichiarò che non vedeva nulla. Questo portò Goethe a parlare di Mercurio, di Marte, dei pianeti, del sole, della Via lattea. Parlò a lungo e quando ebbe finito lei si scusò, e da sola, di sua volontà, andò a dormire. Qualche giorno dopo, alla mostra, dichiarò che tutti i quadri esposti erano impossibili, e Christiane le buttò gli occhiali per terra.

9

Il giorno degli occhiali rotti, il tredicesimo giorno di settembre, Bettina lo visse come una grande sconfitta. All'inizio reagì con combattività, dichiarando per tutta Weimar che era stata morsa da una salsiccia rabbiosa, ma presto comprese che la sua cattiveria non le avrebbe più fatto rivedere Goethe, trasformando così il suo grande amore per un immortale in un semplice episodio destinato all'oblio. Perciò costrinse il buon Arnim a scrivere a nome suo una lettera di scuse a Goethe. Ma la lettera restò senza risposta. I coniugi lasciarono Weimar e vi soggiornarono nuovamente nel gennaio del 1812. Goethe non li ricevette. Nel 1816 morì Christiane e subito dopo Bettina inviò a Goethe una lunga lettera piena di umiltà. Goethe non rispose. Nel 1821, ossia dieci anni dopo il loro ultimo incontro, Bettina giunse a Weimar e si fece annunciare a Goethe, che quella sera aveva ospiti e non poté impedirle di entrare in casa sua. Tuttavia non scambiò con lei una sola parola. Nel dicembre dello stesso anno gli scrisse ancora ma non ebbe alcuna risposta.

Nel 1823 i consiglieri municipali di Francoforte decisero di erigere un monumento a Goethe e lo commissionarono a uno scultore di nome Rauch. Quando Bettina vide il modello, non le piacque; comprese immediatamente che il destino le offriva un'occasione che non doveva lasciarsi sfuggire. Benché non sapesse disegnare, si mise al lavoro quella stessa notte e tracciò la sua proposta personale per la statua: Goethe sedeva in posizione da eroe antico; in mano teneva la lira, fra le sue ginocchia era ritta una fanciulla che rappresentava Psiche; i capelli di lui erano simili a fiamme. Mandò il disegno a Goethe e accadde una cosa davvero sorprendente: nell'occhio di Goethe apparve una lacrima! E così dopo tredici anni (era il luglio del 1824, lui aveva settantacinque anni e lei trentanove), egli la ricevette a casa sua e, pur comportandosi con riserbo, le fece comunque capire che era tutto perdonato e i tempi dello sdegnoso silenzio erano passati.

Mi sembra che in questa fase della storia entrambi i protagonisti giungessero a comprendere la situazione con freddezza e chiaroveggenza: sapevano entrambi di che cosa si trattava per ciascuno, e ciascuno sapeva che l'altro lo sapeva. Con il disegno del monumento Bettina per la prima volta aveva indicato inequivocabilmente quel che era in gioco fin dall'inizio: l'immortalità. Bettina non aveva pronunciato questa parola, l'aveva soltanto toccata in silenzio, come quando tocchiamo una corda e questa poi suona piano e a lungo. Goethe sentì. All'inizio fu solo ingenuamente lusingato, ma poco per volta (quando ormai si era asciugato la lacrima) cominciò a capire il senso vero (e meno lusinghiero) del messaggio di Bettina: essa gli faceva sapere che il vecchio gioco continuava; che non si era arresa; che sarebbe stata lei a cucirgli il sudario da cerimonia nel quale sarebbe stato mostrato ai posteri; che in nessun modo lui glielo avrebbe impedito, e certo non con il suo ostinato silenzio. Ricordò nuovamente quel che sapeva già da tempo: Bettina era pericolosa e per questo era meglio tenerla sotto una cortese sorveglianza.

Bettina sapeva che Goethe sapeva. Lo si deduce dal loro successivo incontro nell'autunno di quell'anno; lei stessa lo descrive in una lettera inviata a sua nipote: subito dopo l'accoglienza, scrive Bettina, Goethe « in un primo momento cominciò a litigare, poi di nuovo mi blandì per riconquistare il mio favore ».

Come non capirlo! Sentiva con brutale intensità quanto lei gli desse ai nervi ed era furioso con se stesso per aver rotto quello splendido silenzio di tredici anni. Cominciò a litigare come per rinfacciarle d'un sol colpo tutto ciò che aveva sempre avuto contro di lei. Ma subito si rimproverò: perché essere sincero? perché dirle ciò che pensava? Dopotutto contava solo quel che si era prefisso: neutralizzarla; pacificarla; tenerla sotto sorveglianza.

Durante la loro conversazione, racconta più avanti Bettina, Goethe almeno sei volte andò con varie scuse nella stanza accanto, a bere di nascosto del vino, come poi lei indovinò dal suo alito. Alla fine lei gli chiese ridendo perché andasse a bere di nascosto e lui si offese.

Più interessante di Goethe che si allontanava per bere mi sembra Bettina: non aveva agito come voi o come me, che avremmo osservato Goethe divertiti, mantenendo un discreto e rispettoso silenzio. Dirgli ciò che gli altri non avrebbero proferito («la tua bocca sa di alcool! perché hai bevuto? e perché di nascosto?») era il suo modo per sottrargli a forza un pezzo della sua intimità, per ritrovarsi a stretto contatto con lui. Nell'aggressività della sua indiscrezione, che lei riteneva un diritto conferitole dalla sua maschera da bambina, Goethe vide improvvisamente quella Bettina che tredici anni prima aveva deciso di non rivedere mai più. In silenzio si alzò, prese la lampada a indicare che la visita era finita e che avrebbe accompagnato la visitatrice per un oscuro corridoio fino alla porta.

Allora, continua Bettina nella sua lettera, per impedirgli di uscire, lei si inginocchiò sulla soglia, rivolta verso la stanza, e disse: «Voglio vedere se sono capace di trattenerti e se sei uno spirito del bene o uno spirito del male, come erano i ratti di Faust; bacio e benedico la soglia che viene ogni giorno varcata dal più grande di tutti gli uomini e mio più grande amico».

E che cosa fece Goethe? Cito di nuovo esattamente le parole di Bettina. Pare abbia detto: «Non calpesterò né te né il tuo amore, per uscire; il tuo amore mi è troppo caro; e quanto al tuo spirito, gli sguscerò intorno» (e davvero passò con cautela intorno al suo corpo inginocchiato) «perché sei troppo astuta e con te è meglio conservare una buona intesa!».

La frase che Bettina gli ha messo in bocca sintetizza, mi sembra, tutto quel che Goethe le disse dentro di sé durante il loro incontro: So, Bettina, che il disegno del monumento è stato una tua geniale astuzia. Nella mia patetica senilità, mi sono commosso vedendo i miei capelli trasformati in fuoco (ah, i miei poveri capelli radi!), ma subito dopo ho capito che ciò che mi volevi mostrare non era un disegno ma una pistola, che tu tieni in mano per poter sparare lontano fin dentro la mia immortalità. No, non ho saputo disarmarti. Perciò non voglio nessuna guerra. Voglio la pace. Ma nient'altro che la pace. Ti passerò intorno con cautela e non ti toccherò, non ti abbraccerò, non ti bacerò. Da un lato non ne ho voglia e dall'altro so che trasformerai tutto quel che farò in un proiettile per la tua pistola.

10

Due anni dopo, Bettina tornò a Weimar; vedeva Goethe quasi tutti i giorni (lui all'epoca aveva settantasette anni) e alla fine del suo soggiorno, quando cercò di introdursi alla corte di Karl August, si permise alcune delle sue amabili insolenze. E allora accadde qualcosa di inatteso. Goethe esplose. «Questo fastidioso tafano (*diese leidige Bremse*) lasciatomi da mia madre» scrisse al principe «è assai molesto già da alcuni anni. Ora è tornata di nuovo al vecchio gioco che le si addiceva quando era giovane; parla di usignoli e cinguetta come un canarino. Se Sua Altezza me lo ordina, le proibirò per il futuro qualsiasi ulteriore assillo. Diversamente, Sua Altezza non sarà mai al sicuro dalla sua importunità».

Sei anni più tardi essa si fece annunciare ancora una volta a Weimar, ma Goethe non la ricevette. Il paragone con il fastidioso tafano restava ormai la sua ultima parola sull'intera storia.

Strana faccenda. Dall'epoca in cui aveva ricevuto il disegno del monumento, si era imposto di mantenere la pace con lei. E pur essendo allergico alla sua sola presenza, aveva fatto di tutto (anche a costo di puzzare d'alcool) per trascorrere fino alla fine le serate con lei «in buona intesa». Come mai all'improvviso fu pronto a mandare in fumo tutti i suoi sforzi? Lui che era stato tanto attento a non andarsene nell'immortalità con la camicia sgualcita, come mai all'improvviso scrisse quella terribile frase sul fastidioso tafano, che gli rimprovereranno ancora fra cento, trecento anni, quando nessuno ormai leggerà più né il *Faust* né *I dolori del giovane Werther*?

È necessario comprendere il quadrante della vita:

Fino a un certo momento la nostra morte è qualcosa di troppo lontano per destare il nostro interesse. È non vista e invisibile. Questo è il primo periodo della vita, il periodo felice.

Poi però, improvvisamente, cominciamo a vedere la nostra morte davanti a noi, e non possiamo più liberarci di questo pensiero. Essa è con noi. E poiché l'immortalità è attaccata alla morte come Hardy a Laurel, possiamo dire che è con noi anche la nostra immortalità. E nel momento in cui sappiamo che è con noi, iniziamo a occuparci di lei febbrilmente. Per lei ci facciamo fare lo smoking, per lei ci compriamo la cravatta, con la paura che vestito e cravatta li scelgano gli altri e li scelgano male. Questo è il momento in cui Goethe decide di scrivere le sue memorie, il suo famoso *Poesia e verità*, il momento in cui chiama presso di sé il devoto Eckermann (strana concordanza di date: avviene nel 1823, lo stesso anno in cui Bettina gli manda la proposta per il monumento) e gli lascia scrivere le *Conversazioni con Goethe*, quel bel ritratto scritto sotto l'amabile controllo dell'effigiato.

Dopo questo secondo periodo della vita, in cui l'uomo non riesce a staccare gli occhi dalla morte, ce n'è un terzo, il più breve e il più misterioso, del quale poco si sa e poco si parla. Le forze diminuiscono e una disarmante stanchezza si impadronisce dell'uomo. Stanchezza: un ponte silenzioso che conduce dalla riva della vita alla riva della morte. La morte è così vicina che guardarla è ormai noioso. È diventata di nuovo invisibile e non vista: non vista come non vediamo gli oggetti che conosciamo troppo intimamente. L'uomo stanco guarda dalla finestra, vede le chiome degli alberi e pronuncia dentro di sé i loro nomi: castagno, pioppo, acero. E questi nomi sono belli come l'essere stesso. Il pioppo è alto e assomiglia a un atleta che ha alzato un braccio verso il cielo. Oppure assomiglia a una fiamma levatasi verso l'alto e pietrificata. Il pioppo, oh, il pioppo. L'immortalità è una ridicola illusione, una parola vuota, un vento intrappolato in un retino da farfalle, se la paragoniamo alla bellezza del pioppo che l'uomo stanco guarda dalla finestra. Per l'uomo stanco l'immortalità non ha più alcun interesse.

E che cosa fa un vecchio stanco che guarda il pioppo, quando d'un tratto si presenta una donna che vuole sedersi sul tavolo, inginocchiarsi sulla soglia ed enunciare frasi sofisticate? Con una sensazione di indicibile gioia e in un improvviso afflusso di vitalità la chiama fastidioso tafano.

Penso all'istante in cui Goethe scrisse le parole «fastidioso tafano». Penso al gusto che provò, e immagino che allora d'un tratto egli abbia compreso: in vita sua non aveva mai agito come voleva agire. Si considerava l'amministratore della propria immortalità e questa responsabilità lo legava e faceva di lui un uomo rigido. Temeva tutte le stravaganze, pur essendone attirato fortemente, e se mai ne aveva commesso qualcuna, in seguito aveva cercato di correggerla in modo che non deviasse da quella serena misura che a volte identificava con la bellezza. Le parole «fastidioso tafano» non si intonavano né alla sua opera, né alla sua vita, né alla sua immortalità. Quelle parole erano libertà pura. Poteva scriverle solo chi si trovava già nel terzo periodo della vita, quando l'uomo smette di gestire la propria immortalità e non la considera più una cosa seria. Non tutti gli uomini arrivano a questo confine estremo, ma chi ci arriva sa che solo e unicamente qui è la vera libertà.

Questi pensieri attraversarono la mente di Goethe, ma subito li dimenticò, perché era vecchio e stanco e aveva ormai una cattiva memoria.

11

Ricordiamo: la prima volta era venuta da lui in guisa di bambina. Venticinque anni dopo, nel marzo del 1832, quando venne a sapere che Goethe si era ammalato gravemente, mandò subito da lui un altro bambino: suo figlio Sigmund, diciottenne. Il timido ragazzo restò a Weimar sei giorni, secondo le istruzioni della madre, e non sapeva assolutamente di che cosa si trattasse. Ma Goethe capì: lei gli aveva mandato il suo ambasciatore per fargli sapere che la morte attendeva dietro la porta e che Bettina da quel momento prendeva l'immortalità di Goethe nelle sue mani.

Poi la morte varcò finalmente la soglia, il 26 marzo, dopo aver lottato con lei una settimana, Goethe muore e qualche giorno dopo Bettina scrive all'esecutore testamentario di Goethe, il cancelliere Müller: «La morte di Goethe ha prodotto in me senza dubbio un'impressione indelebile ma non un'impressione di lutto. Con le parole non riesco a cogliere l'esatta verità, ma mi sembra di avvicinarmici il più possibile dicendo che è un'impressione di gloria».

Prendiamo attentamente nota di questa precisazione di Bettina: non lutto, ma gloria.

Subito dopo chiede allo stesso cancelliere Müller di mandarle le lettere che un tempo aveva scritto a Goethe. Quando le rilesse si sentì delusa: tutta la sua storia con Goethe appariva un semplice schizzo, lo schizzo di un capolavoro, ma pur sempre uno schizzo, e molto imperfetto. Bisognava mettersi all'opera. Passò tre anni a correggere, riscrivere, aggiungere. Se era insoddisfatta delle proprie lettere, quelle di Goethe la lasciavano ancor più insoddisfatta. Ora che le rileggeva, era offesa dalla loro concisione, dalla riservatezza, talvolta addirittura dall'arroganza. Quasi avesse preso sul serio la sua maschera di bambina, le aveva scritto a volte come se stesse impartendo un'indulgente lezione a una scolaretta. Perciò ora ne doveva cambiare il tono: là dove la chiamava «cara amica» cambiò in «cuore mio», attenuò i suoi rimproveri con poscritti lusinghieri e aggiunse frasi che provavano il potere di ispiratrice e Musa che Bettina aveva esercitato sull'affascinato poeta.

In modo ancora più radicale riscrisse ovviamente le proprie lettere. No, non cambiò il tono, il tono era giusto. Ma cambiò ad esempio le date (per far sparire le lunghe pause che inframmezzavano la loro corrispondenza e che avrebbero smentito la costanza della loro passione), eliminò molti passaggi inopportuni (ad esempio quello in cui pregava Goethe di non mostrare a nessuno le sue lettere), ne aggiunse altri, rese più drammatiche le situazioni descritte, sviluppò con maggior profondità le proprie opinioni sulla politica, sull'arte, soprattutto sulla musica e su Beethoven.

Finì di scrivere il libro nel 1835 e lo pubblicò con il titolo *Goethes Briefwechsel mit einem Kinde*. Corrispondenza di Goethe con una bambina. Nessuno mise in dubbio l'autenticità dell'epistolario fino al 1929, anno in cui furono scoperte e pubblicate le lettere originali.

Ah, perché non le aveva bruciate in tempo?

Immaginate di trovarvi al suo posto: non è facile bruciare dei documenti personali che vi stanno a cuore; sarebbe come ammettere che non resterete qui a lungo, che domani morirete; e così rimandate l'atto di distruzione di giorno in giorno e un giorno è troppo tardi.

L'uomo conta sull'immortalità e dimentica di mettere in conto la morte.

12

Oggi, ormai, possiamo forse permetterci di parlare con il distacco che la fine del nostro secolo ci consente: la figura di Goethe si colloca esattamente nel mezzo della storia europea. Goethe: il grande centro. Non un centro, timido punto, che fugge con cautela gli estremi, no, un centro saldo, che tiene i due estremi in un meraviglioso equilibrio che l'Europa non conoscerà mai più. Da giovane Goethe studia ancora l'alchimia, ma più tardi è uno dei primi scienziati moderni. Goethe è il più grande di tutti i tedeschi e nello stesso tempo un antipatriota e un europeo. Goethe è cosmopolita e nello stesso tempo per tutta la vita non si è quasi mai mosso dalla sua provincia, la sua piccola Weimar. Goethe è uomo della natura, ma anche uomo della storia. In amore è un libertino e un romantico. E ancora una cosa:

Ricordiamo Agnes nell'ascensore che si scuoteva come se avesse il ballo di san Vito. Benché fosse un'esperta di cibernetica, Agnes non sapeva minimamente spiegarsi che cosa avveniva nella testa tecnica di quel congegno, che le era altrettanto estraneo e impenetrabile quanto il meccanismo di tutti gli oggetti con i quali veniva quotidianamente a contatto, dal piccolo computer posto vicino al telefono fino alla lavastoviglie.

Goethe, invece, visse in quel breve momento della storia in cui il livello tecnico dava già alla vita una certa comodità, ma l'uomo colto poteva ancora capire tutti gli strumenti che usava. Goethe sapeva con che cosa e come era costruita la casa in cui abitava, sapeva perché faceva luce la lampada a petrolio, conosceva il principio del cannocchiale, con il quale guardava Mercurio insieme a Bettina, certo non poteva fare il chirurgo, ma aveva assistito ad alcune operazioni e quando era ammalato poteva intendersi con il medico usando un vocabolario da esperto. Il mondo degli oggetti della tecnica era per lui comprensibile e interamente dischiuso al suo sguardo. Questo fu il grande momento di Goethe al centro della storia europea, un momento che lascia una cicatrice di nostalgia nel cuore dell'uomo imprigionato in un ascensore che si contorce e balla.

L'opera di Beethoven ha inizio là dove termina il centro di Goethe. Il mondo comincia gradualmente a perdere la sua trasparenza, si oscura, è sempre più incomprensibile, precipita nell'ignoto, mentre l'uomo, tradito dal mondo, si rifugia in se stesso, nella sua nostalgia, nei suoi sogni, nelle sue ribellioni e, assordato dalla voce dolorosa che si leva dentro di lui, non sente più le voci che si rivolgono a lui dall'esterno. Quel grido interiore è per Goethe un baccano insopportabile. Goethe odiava il rumore. È noto. Non sopportava nemmeno l'abbaiare di un cane in un giardino lontano. Si dice che non amasse la musica. È un errore. Ciò che non amava era l'orchestra. Amava Bach, perché Bach concepiva ancora la musica come limpida combinazione di voci indipendenti e distinte. Ma nelle sinfonie di Beethoven le singole voci degli strumenti si fondevano in un amalgama sonoro di grida e gemiti. Goethe non tollerava i barriti dell'orchestra, così come non tollerava il forte pianto dell'anima. La giovane generazione degli amici di Bettina vedeva il grande Goethe che li guardava con disgusto tappandosi le orecchie. Questo non potevano perdonarglielo e lo attaccavano come nemico dell'anima, della rivolta e del sentimento.

Bettina era sorella del poeta Brentano, moglie del poeta Arnim e adorava Beethoven. Apparteneva alla generazione dei romantici e al tempo stesso era amica di Goethe. Nessun altro si trovava in una simile posizione: era come una regina che governava due regni.

Il suo libro fu un imponente tributo a Goethe. Tutte le sue lettere non furono che un unico *canto* d'amore per lui. Sì, ma poiché tutti sapevano degli occhiali che la signora Goethe le aveva buttato per terra, e di come Goethe avesse allora vergognosamente tradito una bambina innamorata per una salsiccia rabbiosa, questo libro era allo stesso tempo (e molto di più) una *lezione* d'amore impartita a un poeta morto, il quale, di fronte a un grande sentimento, si era comportato come un vile pantofolaio, sacrificando la passione alla misera pace coniugale. Il libro di Bettina era allo stesso tempo un tributo e una bastonata.

13

Lo stesso anno in cui morì Goethe, Bettina raccontò in una lettera a un amico, il conte Hermann von Pückler-Muskau, ciò che era accaduto un'estate di vent'anni prima. Pare che lei avesse saputo questa storia direttamente da Beethoven. Nel 1812 (dieci mesi dopo i giorni neri degli occhiali rotti) il compositore era andato a passare qualche giorno a Karlsbad, dove incontrò Goethe per la prima volta. Un giorno andò a fare una passeggiata con lui. Camminavano insieme per un viale delle terme quando improvvisamente davanti a loro apparve l'imperatrice con la famiglia e la corte. Vedendoli, Goethe smise di ascoltare quel che gli diceva Beethoven, si fece da parte sul margine della strada e si tolse il cappello. Beethoven invece si calcò ben bene il suo sulla fronte, aggrottò le folte sopracciglia, che crebbero di cinque centimetri, e continuò a camminare senza rallentare il passo. Perciò furono loro, i nobili, che si fermarono, si fecero da parte, salutarono. Solo quando fu a una certa distanza da loro Beethoven si girò per aspettare Goethe. E gli disse tutto ciò che pensava del suo servile comportamento da lacchè. Lo redarguì come un mocciso.

Accadde davvero questa scena? La inventò Beethoven? Di sana pianta? Oppure si limitò a colorirla? Oppure la colorì Bettina? Oppure fu lei a inventarla di sana pianta? Nessuno lo saprà mai. È certo, però, che quando scrisse la lettera a von Pückler aveva compreso che l'aneddoto non era da sottovalutare. Solo questo episodio poteva svelare il vero senso della sua storia d'amore con Goethe. Ma come farlo conoscere? «Ti piace questa storia?» chiede nella lettera a Hermann von Pückler. «Kannst Du sie brauchen?». Puoi utilizzarla? Il conte non intendeva utilizzarla e allora Bettina accarezzò l'idea di pubblicare la sua corrispondenza con il conte; ma poi le venne in mente qualcosa di meglio: nel 1838 fece pubblicare sulla rivista «Athenäum» una lettera in cui la storia era raccontata dallo stesso Beethoven! L'originale di questa lettera, datata 1812, non è mai stato trovato. È rimasta solo la copia nella calligrafia di Bettina. Alcuni particolari (ad esempio la data esatta della lettera) provano che Beethoven non l'aveva mai scritta, o almeno che non l'aveva scritta così come la riscrisse Bettina. Ma anche se la lettera era un falso o lo era solo in parte, l'aneddoto affascinò tutti e divenne famoso. E di colpo tutto fu chiaro: non era un caso se Goethe aveva preferito una salsiccia a un grande amore: mentre Beethoven, il ribelle, va avanti con il cappello ben calcato sulla fronte e le mani dietro la schiena, Goethe, il servile, si inchina umilmente al margine del viale.

14

Anche Bettina aveva studiato musica, aveva persino scritto qualche pezzo e aveva dunque certi presupposti per capire quanto ci fosse di nuovo e di bello nella musica di Beethoven. Ciò nonostante pongo una domanda: la musica di Beethoven le interessava per se stessa, per le sue note, o piuttosto per ciò che rappresentava, per il movimento in cui si inseriva, in altre parole per la sua nebulosa affinità con le idee e gli atteggiamenti che Bettina divideva con i compagni della sua generazione? Esiste in realtà l'amore per l'arte ed è mai esistito? Non è un'illusione? Quando Lenin dichiarava di amare soprattutto l'*Appassionata* di Beethoven, che cosa amava esattamente? Che cosa sentiva? La musica? Oppure un sublime baccano, che gli ricordava i moti pomposi della sua anima bramosa di sangue, di fratellanza, di esecuzioni, di giustizia e di assoluto? Traeva gioia dalla musica, oppure dai sogni in cui la musica lo trasportava e che non avevano niente a che vedere né con l'arte né con la bellezza? Torniamo a Bettina: era attratta dal Beethoven musicista o dal Beethoven grande Anti-Goethe? Amava la sua musica di un amore discreto, come quello che ci lega a un'incantevole metafora o all'unione di due colori su un quadro? O piuttosto di quella passione conquistatrice che ci fa aderire a un partito politico? Comunque fosse (e noi non sapremo mai come fu veramente), Bettina inviò nel mondo l'immagine di Beethoven che andava avanti con il cappello ben calcato sulla fronte e quell'immagine ha continuato a camminare da sola attraverso i secoli.

Nel 1927, cento anni dopo la morte di Beethoven, la famosa rivista tedesca «Die literarische Welt» si rivolse ai più importanti compositori contemporanei perché dicessero che cosa significava per loro Beethoven. La redazione non sospettava che questa sarebbe stata l'esecuzione postuma di quell'uomo accigliato con il cappello calcato sulla fronte. Auric, che apparteneva al gruppo dei Sei, dichiarò a nome di tutta la sua generazione: Beethoven gli era indifferente a tal punto, che non valeva neanche la pena di contestargli qualcosa. Forse un giorno sarebbe stato riscoperto e nuovamente apprezzato come Bach cent'anni prima? Escluso! Ridicolo! Anche Janáček affermò che l'opera di Beethoven non lo aveva mai entusiasmato. E Ravel sintetizzò: non gli piaceva Beethoven perché la sua fama era fondata non sulla sua musica, che era palesemente imperfetta, ma sulla leggenda letteraria creata intorno alla sua vita.

La leggenda letteraria. Nel nostro caso si basa su due cappelli: uno è ben calcato sulla fronte sotto la quale si ergono le enormi sopracciglia di Beethoven; l'altro è nella mano di Goethe che si sprofonda in un inchino. I prestigiatori lavorano di preferenza con un cappello nero. Vi fanno scomparire dentro gli oggetti oppure tirano fuori uno stormo di colombe che volano verso il soffitto. Bettina aveva tirato fuori dal cappello di Goethe gli uccellacci del suo servilismo, ma aveva fatto sparire nel cappello di Beethoven (e questo certamente non lo desiderava) la sua musica. Aveva preparato per Goethe quello che ebbe Tycho Brahe e che avrà Carter: un'immortalità ridicola. Ma l'immortalità ridicola è in agguato per tutti, e agli occhi di Ravel, Beethoven con il cappello tirato fin sulle sopracciglia era più ridicolo di Goethe che si inchinava profondamente.

Da ciò deriva che anche quando è possibile foggiare in anticipo l'immortalità, modellarla, prepararla, essa non si realizza mai così come è stata progettata. Il cappello di Beethoven è diventato immortale. In questo il piano è riuscito. Ma quale sarebbe stato il senso del cappello immortale, non lo si poteva stabilire in anticipo.

15

« Sa, Johann, » disse Hemingway « accusano continuamente anche me. Invece di leggere i miei libri, ora scrivono libri su di me. Sul fatto che non amavo le mie mogli. Che non mi sono dedicato abbastanza a mio figlio. Che ho preso a schiaffi un critico. Che mentivo. Che non ero sincero. Che ero orgoglioso. Che ero macho. Che ho dichiarato di aver ricevuto duecentotrenta ferite, mentre erano solo duecentodieci. Che mi masturbavo. Che facevo arrabbiare la mamma ».

« Questa è l'immortalità » disse Goethe. « L'immortalità è un eterno processo ».

« Se è un eterno processo, allora ci vuole un giudice come si deve. E non un'ottusa maestrucola con la bacchetta in mano ».

« Una bacchetta in mano a una maestra ottusa, ecco cos'è l'eterno processo. Che altro immaginava, Ernest? ».

« Non immaginavo niente. Speravo, almeno dopo la morte, di poter vivere in pace ».

« Lei ha fatto di tutto per essere immortale ».

« Sciocchezze. Ho scritto libri. Tutto qui ».

« Appunto! » rise Goethe.

« Io non ho niente contro l'immortalità dei miei libri. Li ho scritti in modo che nessuno potesse togliere una sola parola. Perché resistessero a tutte le intemperie. Ma io personalmente, come uomo, come Ernest Hemingway, io dell'immortalità me ne infischio! ».

« La capisco benissimo, Ernest. Ma doveva essere più cauto quando era vivo. Ormai è tardi ».

« Più cauto? Allude alle mie vanterie? Lo so, quando ero giovane mi piaceva terribilmente darmi delle arie. Mi esibivo in società. Gioivo degli aneddoti che si raccontavano su di me. Ma mi creda, non ero un tale mostro da pensare nel frattempo all'immortalità! Quando un giorno ho capito che di questa si trattava, sono stato preso dal panico. Da quel momento ho dichiarato mille volte che la gente doveva lasciare in pace la mia vita. Ma più lo dichiaravo e peggio era. Sono andato a vivere a Cuba, per sparire dalla loro vista. Quando ho ricevuto il premio Nobel, ho rifiutato di andare a Stoccolma. Le dico, me ne infischiavo dell'immortalità, e le dirò pure un'altra cosa: quando un giorno mi sono reso conto che mi stringeva tra le braccia, ne ho avuto terrore ancor più che della morte. Un uomo può togliersi la vita. Ma non può togliersi l'immortalità. Non appena l'immortalità ti ha fatto salire a bordo, non puoi più scendere e se ti spari, resti sul ponte insieme al tuo suicidio, ed è un orrore, Johann, un orrore. Giacevo morto sul ponte e intorno a me vedevo le mie quattro mogli, accovacciate, tutte quante occupate a scrivere tutto ciò che sapevano su di me, e dietro a loro c'era mio figlio e anche lui scriveva, e quella vecchia strega di Gertrude Stein era là e scriveva e tutti i miei amici erano là e raccontavano a voce alta tutte le indiscrezioni e le calunnie che avevano sempre sentito sul mio conto, e dietro di loro si accalcavano un centinaio di giornalisti con i microfoni, e un esercito di professori universitari sparsi per l'intera America classificava tutto, lo analizzava, lo esponeva e lo elaborava in articoli e libri ».

16

Hemingway tremava e Goethe lo afferrò per una mano: « Ernest, si calmi! Si calmi, amico. Io la capisco. Quello che dice mi ricorda un mio sogno. Fu il mio ultimo sogno, poi non ne feci altri, oppure erano confusi e non riuscivo più a distinguerli dalla realtà. Si immagini la piccola sala di un teatro di marionette. Io sono dietro la scena, muovo le marionette e recito io stesso il testo. È una rappresentazione del *Faust*. Il mio *Faust*. Lo sa che il *Faust* è più bello in un teatro di marionette? Il *Faust* originale era stato concepito per le marionette ed è meglio. Per questo ero così felice che con me non ci fossero attori e io soltanto recitavo i versi, che quel giorno erano più belli che mai. E poi improvvisamente detti un'occhiata in sala e vidi che era vuota. Ne fui turbato. Dove sono gli spettatori? Il mio *Faust* è così noioso che sono andati tutti a casa? Non vale neanche la pena di fischiarmi? Imbarazzato, mi guardai alle spalle e restai di sasso: li credevo in sala e loro erano dietro la scena e mi guardavano con grandi occhi curiosi. Appena il mio sguardo incontrò il loro iniziarono ad applaudire. E io compresi che il mio *Faust* non gli interessava affatto e che il teatro che volevano vedere non erano le marionette che muovevo per la scena, ero io! Non *Faust*, ma Goethe! E allora fui preso da un terrore molto simile a quello di cui lei parlava un attimo fa. Capivo che volevano sentirmi dire qualcosa, ma non potevo farlo. Avevo la gola strozzata, posai le marionette, che restarono distese sulla scena illuminata che nessuno guardava. Sforzandomi di mantenere una calma dignitosa, andai in silenzio verso l'attaccapanni, dove era appeso il mio cappello, me lo misi sulla testa e senza volgere neanche uno sguardo a tutti quei curiosi, uscii dal teatro e mi avviai verso casa. Cercavo di non guardare né a destra né a sinistra e soprattutto di non guardarmi alle spalle, perché sapevo che mi venivano dietro. A casa, aprii la pesante porta e la richiusi in fretta dietro di me. Trovai la lampada ad olio e la accesi. La presi con mano tremante e andai nel mio studio, per dimenticare quello sgradevole episodio con la mia collezione di minerali. Ma prima ancora di arrivare a mettere la lampada sul tavolo mi cadde lo sguardo sulla finestra. E là, schiacciati contro i vetri, c'erano i loro volti. Allora capii che non mi sarei mai più liberato di loro, mai più, mai, mai più. Mi resi conto che la lampada gettava la luce sul mio viso, lo vedevo dai loro grandi occhi che mi osservavano. Spensi, ma nel farlo sapevo che non dovevo spegnere; ora avevano capito che mi nascondevo da loro, che avevo paura di loro, e sarebbero stati ancora più feroci. Ma quella paura ormai era più forte della mia ragione e io fuggii in camera da letto, strappai dal letto la coperta e me la buttai sopra la testa e mi cacciai in un angolo della stanza stretto alla parete...».

17

Hemingway e Goethe si allontanano per le strade dell'aldilà e voi mi chiedete che razza di idea sia mettere insieme proprio quei due. Ma se non c'entrano niente l'uno con l'altro, se non hanno niente in comune! E allora? Con chi pensate che Goethe vorrebbe passare il tempo nell'aldilà? Con Herder? Con Hölderlin? Con Bettina? Con Eckermann? Ricordatevi di Agnes. Del terrore che le incuteva l'idea che all'altro mondo le toccasse di nuovo sentire il brusio di voci femminili che sentiva ogni sabato alla sauna. Dopo la morte non desiderava stare né con Paul né con Brigitte. Perché Goethe dovrebbe desiderare Herder? Vi dirò addirittura, anche se è quasi una bestemmia, che non desiderava nemmeno Schiller. Da vivo non lo avrebbe mai ammesso, perché sarebbe stato un triste bilancio non avere nella vita neanche un solo grande amico. Schiller indubbiamente era fra tutti il più caro. Ma il più caro significa soltanto che gli era più caro di tutti gli altri, i quali, detto francamente, non gli erano troppo cari. Erano i suoi contemporanei, non li aveva scelti lui. Non aveva scelto nemmeno Schiller. Quando un giorno si rese conto che li avrebbe avuti intorno a sé tutta la vita, gli si strinse la gola dall'angoscia. Che fare, doveva rassegnarsi. Ma aveva una qualche ragione per stare con loro anche dopo la morte?

Perciò è solo per il più sincero amore verso di lui che ho immaginato al suo fianco qualcuno che gli interessa moltissimo (se l'avete dimenticato, vi ricordo che Goethe durante la sua vita fu affascinato dall'America!) e che non gli ricorda quella banda di romantici dai volti pallidi che sul finire della sua vita erano ormai padroni della Germania.

«Sa, Johann,» disse Hemingway «per me è una grande fortuna poter stare qui con lei. La gente davanti a lei trema di rispetto, sicché tutte le mie mogli e anche la vecchia Gertrude Stein mi stanno alla larga». Poi cominciò a ridere: «A meno che non sia perché è conciato come uno spaventapasseri!».

Affinché le parole di Hemingway risultino comprensibili, devo spiegare che gli immortali possono scegliere l'aspetto fisico che vogliono tra quelli che hanno avuto durante la loro vita. E Goethe ha scelto l'aspetto intimo dei suoi ultimi anni; nessuno, a parte i suoi familiari, lo aveva conosciuto così: con una visiera verde sulla fronte legata intorno alla testa con un cordino, perché gli bruciavano gli occhi; le pantofole ai piedi; e intorno al collo un grosso scialle di lana variopinto, perché temeva di raffreddarsi.

Quando sentì di essere conciato come uno spaventapasseri, scoppiò a ridere felice, come se Hemingway gli avesse fatto in realtà un grande complimento. Poi si chinò verso di lui e disse piano: «Mi sono conciato così soprattutto per via di Bettina. Ovunque va, parla del suo grande amore per me. Così voglio che la gente veda l'oggetto di questo amore. Quando lei mi avvista da lontano, fugge via. E io so che pesta i piedi per la rabbia nel vedermi andare a passeggio con questo aspetto: sdentato, calvo e con questa cosa ridicola sugli occhi».

PARTE TERZA
LA LOTTA

Le sorelle

La stazione radio che sto ascoltando appartiene allo Stato, per cui non c'è pubblicità e le notizie si alternano agli ultimi successi. La stazione vicina è privata, sicché la musica è sostituita dalla pubblicità, ma questa somiglia a tal punto agli ultimi successi che non so mai quale stazione ascolto, tanto più che mi addormento e riaddormento di continuo. Nel dormiveglia apprendo che in Europa dalla fine della guerra ci sono stati due milioni di morti sulle strade, con una media annuale in Francia di diecimila morti e trecentomila feriti, un intero esercito di senza gambe, senza braccia, senza orecchie, senza occhi. Il deputato Bertrand Bertrand (questo nome è bello come una ninnananna), indignato per il terribile bilancio, ha proposto una misura eccellente, ma ormai ero del tutto addormentato e quale fosse l'ho saputo solo mezz'ora dopo, quando hanno ripetuto la stessa notizia: il deputato Bertrand Bertrand, che ha un nome bello come una ninnananna, ha presentato all'Assemblea nazionale una proposta di legge per vietare la pubblicità della birra. Questo ha provocato all'Assemblea una vera sommossa, molti deputati si sono schierati contro, appoggiati dai rappresentanti della radio e della televisione, che con un simile provvedimento subirebbero una perdita finanziaria. Poi si sente la voce di Bertrand Bertrand in persona: parla di lotta contro la morte, di lotta per la vita. La parola lotta durante il breve discorso sarà stata ripetuta cinque volte e questo mi ha subito ricordato la mia vecchia patria, Praga, le bandiere, i manifesti, la lotta per la felicità, la lotta per la giustizia, la lotta per il futuro, la lotta per la pace; la lotta per la pace fino all'annientamento di tutti da parte di tutti, aggiungeva il saggio popolo ceco. Ma sto di nuovo dormendo (ogni volta che qualcuno pronuncia il nome di Bertrand Bertrand ricado in un dolce sonno) e quando mi risveglio sento un servizio sul giardinaggio, così giro in fretta la manopola sulla stazione vicina. Qui parlano del deputato Bertrand Bertrand e del divieto della pubblicità della birra. Lentamente inizio ad afferrare i nessi logici: la gente si ammazza in macchina come sul campo di battaglia, ma non si possono vietare le macchine, perché sono l'orgoglio dell'uomo moderno; una certa percentuale di incidenti è dovuta alla guida in stato di ubriachezza, ma non si può vietare neanche il vino, perché è la gloria secolare della Francia; una certa percentuale di ubriachezza è dovuta alla birra, ma non si può vietare nemmeno la birra, perché sarebbe contrario a tutti gli accordi internazionali sul libero mercato; una certa percentuale di coloro che bevono birra sono indotti a farlo dalla pubblicità e qui sta il tallone di Achille del nemico, qui ha deciso di battere il pugno il coraggioso deputato! Evviva Bertrand Bertrand, mi dico, ma poiché questa parola ha su di me l'effetto di una ninnananna, mi riaddormento subito e mi sveglio solo quando sento una voce seducente e vellutata, sì, la riconosco, è il presentatore Bernard, il quale, come se oggi le notizie di attualità riguardassero unicamente gli incidenti stradali, comunica quanto segue: una giovane donna questa notte si è seduta su una strada statale, con le spalle nella direzione da cui venivano le macchine. Tre vetture, una dopo l'altra, l'hanno evitata all'ultimo momento, ma sono andate a schiantarsi in un fossato e ci sono stati morti e feriti. La suicida, resasi conto del suo fallimento, ha abbandonato il luogo dell'incidente senza lasciar tracce e solo l'unanime testimonianza dei feriti ha confermato la sua esistenza. Questa notizia mi pare orribile e non riesco più a riprendere sonno. Non mi resta che alzarmi, fare colazione e sedermi alla scrivania. Ma ancora per molto tempo non riesco a concentrarmi, vedo la ragazza seduta di notte sulla strada, rannicchiata, con la fronte premuta contro le ginocchia, e sento le grida che si levano dal fossato. Devo scacciare con la forza questa immagine per poter proseguire il mio romanzo, che, se ancora ricordate, iniziava con me che, accanto alla piscina, aspettavo il professor Avenarius e nel frattempo vedevo una signora sconosciuta che agitava la mano per salutare il maestro di nuoto. Abbiamo rivisto quel gesto quando Agnes salutò davanti a casa il timido compagno di scuola. In seguito aveva usato quel gesto ogni volta che un ragazzo la accompagnava dopo un appuntamento al cancello del giardino. La sua sorellina Laura, nascosta dietro un cespuglio, aspettava che tornasse; voleva vedere il bacio e seguire Agnes mentre andava da sola verso la porta della villa. Aspettava il momento in cui si sarebbe girata e avrebbe lanciato in aria il braccio. Quel movimento ai suoi occhi racchiudeva per magia la nebulosa idea dell'amore, di cui non sapeva nulla, ma che in lei sarebbe rimasto per sempre legato all'immagine della sua affascinante e tenera sorella.

Quando Agnes sorprese Laura che prendeva in prestito il suo gesto per salutare le amichette, la cosa non le piacque, e come sappiamo da quel momento salutò i suoi amanti sobriamente e senza manifestazioni esteriori. Nella breve storia di un gesto possiamo riconoscere il meccanismo che regolava i rapporti fra le due sorelle: la minore imitava la maggiore, tendeva la mano verso di lei, ma Agnes all'ultimo momento le sfuggiva sempre.

Dopo il diploma, Agnes andò all'università a Parigi. Laura se la prese con la sorella perché aveva lasciato il paese che loro due amavano, ma anche lei, dopo il diploma, andò a studiare a Parigi. Agnes si dedicò alla matematica. Quando finì gli studi, tutti le predissero una grande carriera scientifica, ma Agnes, invece di proseguire nell'attività di ricerca, si sposò con Paul e accettò un posto ben pagato ma banale, dove non poteva raggiungere alcuna fama. Laura se ne dispiacque e, una volta iscritta al conservatorio di Parigi, si prefisse di riparare all'insuccesso della sorella diventando famosa al posto suo.

Un giorno Agnes le presentò Paul. Fin dal primo istante in cui lo vide, Laura sentì che qualcuno di invisibile le diceva: « Ecco un uomo! Un vero uomo. L'unico uomo. Non esiste nessun altro ». Chi era l'invisibile qualcuno che le parlava così? Era forse la stessa Agnes? Sì. Era lei che indicava la strada alla sorella più piccola e nello stesso tempo subito gliela sbarrava.

Agnes e Paul erano gentili con Laura e si prendevano cura di lei con tanta sollecitudine che a Parigi si sentiva a casa come un tempo nella città natale. La felicità di essere sempre nell'abbraccio della famiglia era velata dalla malinconica consapevolezza che l'unico uomo che avrebbe potuto amare era anche l'unico al quale non poteva e non avrebbe mai potuto aspirare. Quando era in loro compagnia, si alternavano in lei felicità e crisi di tristezza. Ammutoliva, il suo sguardo si perdeva nel vuoto e Agnes allora le prendeva una mano e diceva: « Che cos'hai, Laura? Che cos'hai, sorellina? ». A volte, nella stessa situazione e per impulsi analoghi, le prendeva una mano anche Paul e tutti e tre si immergevano in un bagno delizioso in cui si mescolavano molti sentimenti diversi: fraterni e amorosi, compassionevoli e sensuali.

Poi si sposò. Brigitte, la figlia di Agnes, aveva dieci anni e Laura decise di regalarle un piccolo cugino o una cugina. Pregò il marito di metterla incinta, il che riuscì facilmente, ma l'esito fu assai penoso: Laura abortì e i medici le dissero che se voleva avere un altro figlio non poteva evitare seri interventi chirurgici.

Gli occhiali neri

Agnes si era innamorata degli occhiali neri quando ancora frequentava il ginnasio. Non tanto perché le proteggevano gli occhi dal sole, ma perché la facevano sentire bella e misteriosa. Gli occhiali divennero la sua passione: come alcuni uomini hanno un armadio pieno di cravatte, come alcune donne comprano decine di anelli, Agnes aveva una collezione di occhiali neri.

Nella vita di Laura gli occhiali neri iniziarono ad avere un ruolo importante dopo il suo aborto. In quei giorni li portava quasi ininterrottamente e diceva agli amici: «Scusate gli occhiali, ma sono una piagnucolona e non posso farmi vedere senza». Gli occhiali neri da allora divennero per lei un segno di tristezza. Se li metteva non per nascondere il pianto, ma per far sapere che stava piangendo. Gli occhiali divennero un surrogato delle lacrime, con il vantaggio, rispetto alle lacrime vere, di non danneggiare le palpebre, di non fargliele diventare rosse e gonfie e in più di starle molto bene.

Se Laura si era innamorata degli occhiali neri, ancora una volta, come già tante altre, era stata ispirata dalla sorella. Ma la storia degli occhiali dimostra anche che il rapporto fra le sorelle non può essere ridotto alla constatazione che la minore imitava la maggiore. Sì, la imitava, ma nello stesso tempo la correggeva: dava agli occhiali neri un contenuto più profondo, un significato più grave, sicché gli occhiali neri di Agnes di fronte a quelli di Laura erano, per così dire, costretti ad arrossire per la loro frivolezza. Ogni volta che Laura compariva con gli occhiali neri, voleva dire che stava soffrendo, e Agnes aveva la sensazione che per delicatezza e per modestia avrebbe dovuto togliersi i propri.

La storia degli occhiali rivela un'altra cosa ancora: Agnes vi appare come la favorita dal destino e Laura come la non amata dal destino. Entrambe le sorelle ritenevano di non essere uguali di fronte alla Fortuna e Agnes forse ne soffriva ancor più di Laura. «Ho una sorellina che è innamorata di me e nella vita è scalognata» diceva spesso. Per questo l'aveva accolta con gioia a Parigi; per questo le aveva presentato Paul e lo aveva pregato di voler bene a Laura; per questo le aveva trovato lei stessa un bell'appartamentino e la invitava a casa sua ogni qual volta sospettava che fosse triste. Ma qualunque cosa facesse, lei restava sempre quella che la Fortuna ingiustamente favoriva e Laura quella che la Fortuna non vedeva neanche.

Laura aveva un grande talento musicale, suonava benissimo il piano, ma ciò nonostante al conservatorio decise caparbiamente di studiare canto. «Quando suono il piano, sono seduta di fronte a un oggetto estraneo, ostile. La musica non mi appartiene, appartiene a quello strumento nero che ho davanti. Invece quando canto il mio corpo si trasforma in un organo e io divento musica». Non era colpa sua se aveva una voce debole, sulla quale tutto naufragava: non diventò una solista e per il resto della vita di tutte le sue ambizioni musicali le rimase solo un coro di dilettanti, con il quale provava due volte la settimana e dava tre o quattro concerti all'anno.

Anche il matrimonio, nel quale aveva messo tutta

la sua buona volontà, dopo sei anni fallì. È vero che il suo ricchissimo marito dovette lasciarle un bell'appartamento e pagare cospicui alimenti, che le permisero di comprare una boutique dove vendeva pellicce con un talento commerciale che sorprese tutti; ma quel successo terreno, troppo materiale, non poteva riparare al torto che le veniva fatto su un piano più alto, spirituale e sentimentale.

La divorziata Laura non faceva che cambiare uomini, aveva fama di amante appassionata e dava a credere che quegli amori fossero la croce della sua vita. « Ho conosciuto molti uomini » diceva spesso e con tono così malinconico e patetico che sembrava accusasse il destino.

« Ti invidio » le rispondeva Agnes e Laura si metteva gli occhiali neri in segno di tristezza.

L'ammirazione che aveva riempito Laura nella lontana infanzia, quando seguiva con lo sguardo Agnes che salutava i suoi ragazzi al cancello, non l'abbandonò mai e quando un giorno comprese che la sorella non avrebbe fatto nessuna sfolgorante carriera scientifica, non poté nascondere la sua delusione.

« Che cosa mi rimproveri? » si difendeva Agnes. « Tu invece di cantare all'Opéra vendi pellicce, e io invece di andare a conferenze internazionali ho un posto gradevolmente insignificante in una società di programmazione ».

« Già, ma io ho fatto tutto il possibile per poter cantare. Tu invece hai abbandonato la carriera scientifica di tua volontà. Io sono stata sconfitta. Tu ti sei arresa ».

« E perché dovrei fare carriera? ».

« Agnes! La vita è una sola! Devi riempirla! Vorremo pur lasciare qualcosa dopo di noi! ».

« Lasciare qualcosa? » disse Agnes con uno stupore pieno di scetticismo.

Laura ribatté con un tono di dissenso quasi doloroso: « Agnes, tu sei negativa! ».

Laura rivolgeva spesso quel rimprovero alla sorella, ma solo dentro di sé. Ad alta voce lo aveva pronunciato appena due o tre volte. L'ultima era stata quando aveva visto il padre, dopo la morte della madre, seduto al tavolo a strappare le fotografie. Quello che faceva il padre era per lei inaccettabile: stava distruggendo un pezzo di vita, un pezzo di vita in comune, suo e della madre; strappava delle immagini, strappava dei ricordi che non appartenevano a lui soltanto, ma a tutta la famiglia e specialmente alle figlie; faceva qualcosa che non aveva il diritto di fare. Cominciò a inveire contro di lui e Agnes prese le parti del padre. Quando furono sole, le due sorelle litigarono per la prima volta nella vita, con passione e cattiveria. «Tu sei negativa! Tu sei negativa!» gridò Laura ad Agnes e poi si infilò gli occhiali neri e se ne andò piangendo di rabbia.

Il corpo

Il famoso pittore Salvador Dalí e sua moglie Gala, quando ormai erano molto vecchi, avevano un coniglio addomesticato che viveva insieme a loro senza allontanarsi di un passo, e loro lo amavano moltissimo. Un giorno che dovevano partire per un lungo viaggio, discussero fino a notte fonda su che cosa fare del coniglio. Portarselo dietro era un problema e anche lasciarlo a qualcuno era un problema, perché il coniglio era diffidente con le altre persone. Il giorno dopo Gala preparò il pranzo e Dalí mangiò di gusto, fino al momento in cui comprese che stava mangiando carne di coniglio. Si alzò dal tavolo e corse in bagno, dove vomitò nella tazza l'amata bestiola, amica fedele dei suoi tardi giorni. Gala invece era felice che colui che amava fosse entrato nelle sue viscere, le avesse accarezzate e fosse diventato corpo della sua padrona. Per lei non c'era realizzazione dell'amore più perfetta che mangiare l'amato. Di fronte a questa fusione dei corpi l'atto sessuale le sembrava un ridicolo solletico.

Laura era come Gala. Agnes era come Dalí. C'erano molte persone a cui voleva bene, donne e uomini, ma se in virtù di un curioso accordo avesse dovuto, come condizione dell'amicizia, prendersi cura del loro naso e farglielo soffiare regolarmente, avrebbe preferito vivere senza amici. Laura, che sapeva quanto la sorella fosse schizzinosa, la attaccava: «Che cosa significa provare simpatia per qualcuno? Come puoi escludere il corpo da questa simpatia? Un uomo, se gli togli il corpo, è ancora un uomo?».

Sì, Laura era come Gala: perfettamente identificata con il proprio corpo, nel quale si sentiva come in un appartamento splendidamente arredato. E il corpo non era solo ciò che si vede allo specchio, la parte più preziosa era dentro. Per questo i nomi degli organi interni del corpo erano diventati la componente preferita del suo vocabolario. Se voleva esprimere quanto l'aveva fatta soffrire l'amante la sera prima, diceva: «Appena è andato via ho dovuto vomitare». Benché parlasse spesso del suo vomito, Agnes dubitava che la sorella avesse mai vomitato. Il vomito non era la verità di Laura, era la sua poesia: la metafora, l'immagine lirica del dolore e del disgusto.

Una volta le due sorelle andarono a far spese in un negozio di biancheria femminile, e Agnes vide Laura accarezzare teneramente il reggiseno che le proponeva la negoziante. Fu uno dei momenti in cui si rese conto di che cosa la divideva dalla sorella: per Agnes il reggiseno apparteneva alla categoria degli oggetti che devono compensare una qualche insufficienza fisica, come ad esempio una fascia, una protesi, gli occhiali o il collare rigido che si porta dopo un infortunio alle vertebre cervicali. Il reggiseno deve sostenere qualcosa che per colpa di un calcolo errato è più pesante del dovuto, e perciò ha bisogno di un'armatura supplementare, un po' come il balcone di un edificio costruito con imperizia, che si deve puntellare con pilastri e sostegni perché non crolli. In altre parole: il reggiseno rivela l'aspetto *tecnico* del corpo femminile.

Agnes invidiava Paul, che viveva senza doversi continuamente accorgere di avere un corpo. Paul inspira, espira, i polmoni gli funzionano come un grande mantice automatizzato ed è così che egli percepisce il suo corpo: dimenticandolo con gioia. Non parla mai neanche dei suoi disturbi fisici e non certo per modestia, ma piuttosto per un vanitoso desiderio di eleganza, perché la malattia è un'imperfezione della quale si vergogna. Per anni aveva sofferto di ulcera gastrica, ma Agnes era venuta a saperlo solo il giorno in cui l'ambulanza l'aveva portato all'ospedale in preda a un attacco terribile, che lo aveva colpito un secondo dopo aver concluso una drammatica arringa nell'aula del tribunale. Questa vanità era sicuramente ridicola, ma Agnes ne era invece commossa e quasi la invidiava a Paul.

Anche se Paul probabilmente era più vanitoso della media, il suo atteggiamento, si diceva Agnes, rivelava comunque la differenza tra la sorte dell'uomo e quella della donna: la donna passa molto più tempo a discutere dei suoi problemi fisici, non le è dato di dimenticare spensieratamente il proprio corpo. Inizia con lo shock della prima mestruazione; il corpo improvvisamente è lì e lei gli sta di fronte come un meccanico che abbia ricevuto l'ordine di mandare avanti una piccola fabbrica: tutti i mesi cambiare gli assorbenti, ingoiare pillole, allacciare il reggiseno, allestire ogni cosa per la produzione. Agnes guardava con invidia gli uomini vecchi; le sembrava che invecchiassero in un altro modo: il corpo di suo padre si era lentamente trasformato nella propria ombra, si era smaterializzato, era rimasto al mondo come pura anima incarnata con noncuranza. Il corpo della donna invece più diventa inutile, più è corpo: voluminoso e pesante; assomiglia a una vecchia manifattura destinata alla demolizione, presso la quale l'io della donna è obbligato a restare come guardiano fino alla fine.

Che cosa può cambiare il rapporto di Agnes con il corpo? Solo un istante di eccitazione. Eccitazione: effimera redenzione del corpo.

Neanche questa volta Laura sarebbe d'accordo con lei. Un istante di redenzione? Come sarebbe, un istante? Per Laura il corpo era sessuale fin dall'inizio, a priori, ininterrottamente e pienamente, per sua essenza. Amare qualcuno per lei significava: portargli il corpo, donargli il corpo, il corpo tutto intero, così com'è, dentro e fuori, e con il suo tempo, che pian piano lo corrode.

Per Agnes il corpo non era sessuale. Lo diventava solo in brevi attimi eccezionali, quando un istante di eccitazione lo illuminava di una luce irreale, artificiale, e lo rendeva desiderabile e bello. E forse proprio per questo Agnes, anche se quasi nessuno lo sapeva, era ossessionata dall'amore fisico, ci si attaccava, perché senza di esso non ci sarebbe più stata un'uscita d'emergenza nella miseria del corpo, e tutto sarebbe stato perduto. Quando faceva l'amore aveva sempre gli occhi aperti, e se vicino c'era uno specchio si guardava: in quel momento il suo corpo le sembrava inondato di luce.

Ma guardare il proprio corpo inondato di luce è un gioco traditore. Una volta che era con il suo amante e facevano l'amore, Agnes vide alcuni difetti del proprio corpo che non aveva notato durante il loro ultimo incontro (si vedevano non più di una, due volte l'anno, in un grande albergo anonimo di Parigi) e non riusciva a distogliere lo sguardo: non vedeva l'amante, non vedeva i corpi nell'amplesso, vedeva solo la vecchiaia che iniziava a roderla. L'eccitazione lasciò in fretta la stanza e lei chiuse gli occhi e affrettò i movimenti dell'amore, come per impedire al partner di leggere i suoi pensieri: in quel momento decise che quella era l'ultima volta che lo incontrava. Si sentiva debole e desiderò il letto matrimoniale, presso il quale la lampadina restava spenta; desiderò il letto matrimoniale come un conforto, come il tranquillo porto del buio.

Sommare e sottrarre

Nel nostro mondo, dove di giorno in giorno i volti sono sempre più numerosi e sempre più simili, è impresa dura voler affermare l'originalità del proprio io e convincersi della propria irripetibile unicità. Ci sono due metodi per coltivare l'unicità dell'io: il metodo del *sommare* e il metodo del *sottrarre*. Agnes sottrae dal suo io tutto ciò che è esteriore e preso in prestito, per avvicinarsi così alla sua essenza pura (correndo il rischio, magari, che alla fine di tutte le sottrazioni spunti uno zero). Il metodo di Laura è l'esatto contrario: per rendere il suo io sempre più visibile, più afferrabile, più intuibile, più voluminoso, vi somma attributi su attributi e cerca di identificarsi con essi (correndo il rischio che sotto la somma degli attributi l'essenza dell'io si perda).

Prendiamo l'esempio della sua gatta. Dopo il divorzio, Laura restò sola in un grande appartamento e si sentiva triste. Desiderava dividere la sua solitudine almeno con qualche animaletto. Dapprima pensò a un cane, ma presto capì che un cane avrebbe richiesto cure che lei non avrebbe potuto dargli. E così si procurò un gatto. Era una grossa gatta siamese, bella e cattiva. Così, mentre viveva con lei e raccontava di lei agli amici, la bestiola, che era stata scelta più che altro per caso, senza grande convinzione (dopotutto all'inizio voleva un cane!), acquistava per lei un significato sempre maggiore: cominciò a tessere le sue lodi, costringendo tutti ad ammirarla. Vedeva in lei la bella autonomia, l'indipendenza, la fierezza, la libertà di comportamento e la continuità del fascino (a differenza del fascino umano, che è sempre interrotto da momenti di goffaggine e di ineleganza); vedeva in lui il suo modello; si vedeva in lui.

Non è importante che Laura per sua natura fosse simile alla gatta oppure no: l'importante è che lei lo avesse disegnato sul suo stemma e che la gatta (l'amore per la gatta, l'apologetica della gatta) fosse diventato uno degli attributi del suo io. Poiché molti dei suoi amanti fin dall'inizio erano irritati da quell'animale egocentrico e cattivo, che soffiava e dava unghiate di punto in bianco, la gatta era diventata il banco di prova della forza di Laura; come se a ognuno lei volesse dire: mi avrai, ma così come sono veramente, ossia anche con la mia gatta. La gatta era diventata l'immagine della sua anima e l'amante doveva prima di tutto accettare la sua anima, se voleva avere il suo corpo.

Il metodo del sommare è abbastanza divertente se uno somma al proprio io un gatto, un cane, il maiale arrosto, l'amore per il mare o per la doccia fredda. Le cose si fanno meno idilliche se uno decide di sommare all'io l'amore per il comunismo, per la patria, per Mussolini, per la chiesa cattolica, per il fascismo o per l'antifascismo. In entrambi i casi il metodo resta esattamente lo stesso: chi si ostina a difendere il primato del gatto sugli altri animali fa in sostanza la stessa cosa di chi proclama Mussolini l'unico salvatore d'Italia: si vanta di un attributo del suo io e si sforza perché tutti intorno a lui riconoscano e amino quell'attributo (il gatto o Mussolini).

Qui sta lo strano paradosso in cui incorrono tutti quelli che coltivano l'io con il metodo del sommare: si sforzano di sommare per creare un io unico e inimitabile, ma poiché diventano istantaneamente propagandisti degli attributi sommati, fanno di tutto perché quanta più gente possibile somigli a loro;

avviene così che la loro unicità (raggiunta con tanta fatica) ricomincia a disperdersi rapidamente.

Perciò possiamo chiederci perché uno che ami un gatto (oppure Mussolini) non si accontenti del suo amore e voglia anche imporlo agli altri. Tentiamo una risposta ricordando la giovane donna della sauna, che affermava combattivamente di amare la doccia fredda. Con ciò era riuscita subito a distinguersi da mezza umanità, quella che preferisce la doccia calda. Purtroppo, la seconda metà del genere umano le assomigliava ancora di più. Ah, com'è triste! La gente è tanta, le idee sono poche e noi come facciamo a distinguerci gli uni dagli altri? La giovane donna conosceva un solo modo per superare lo svantaggio della sua somiglianza con le masse innumerevoli che si dichiaravano per la doccia fredda: doveva pronunciare la sua frase « adoro la doccia fredda! » fin dalla porta della sauna e con un'energia tale da far subito apparire gli altri milioni di donne che dalla doccia fredda traevano il suo stesso piacere come sue povere imitatrici. In altre parole: il puro (semplice e innocente) amore per la doccia può diventare un attributo dell'io solo nel momento in cui facciamo sapere al mondo che per esso siamo capaci di lottare.

Chi ha assunto come attributo del proprio io l'amore per Mussolini diventa un militante politico, chi si proclama amante dei gatti, della musica o dei mobili d'antiquariato, distribuisce regali a chi gli sta intorno.

Immaginate di avere un amico che ama Schumann e odia Schubert, mentre voi amate alla follia Schubert e Schumann vi annoia a morte. Quale disco regalate all'amico per il suo compleanno? Schumann, che ama lui, oppure Schubert, che adorate voi? Certamente Schubert. Se gli regalaste Schumann, avreste la sgradevole sensazione che quel dono non sia sincero e somigli piuttosto a un regalino compiacente con il quale volete ingraziarvi l'amico. Quando fate un regalo, volete farlo per amore, volete donare all'amico un pezzo di voi stessi, un pezzo del vostro cuore! E così gli offrite l'*Incompiuta* di Schubert, sulla quale lui dopo che siete usciti sputerà e poi, infilati i guanti, la prenderà fra due dita e lascerà cadere nella pattumiera davanti a casa.

Laura nel corso di alcuni anni aveva regalato alla sorella e al marito una serie di piatti e tazze, un servizio da tè, un cesto per la frutta, una lampada, una sedia a dondolo, cinque o sei portacenere, una tovaglia, e soprattutto un pianoforte, che un giorno due uomini robusti avevano portato come sorpresa chiedendo dove dovevano metterlo. Laura era raggiante: «Volevo regalarvi qualcosa che vi costringesse a pensare a me anche quando non sono con voi».

Dopo il divorzio Laura passava ogni momento libero dalla sorella. Si dedicava a Brigitte come fosse sua figlia, e se aveva comprato alla sorella il pianoforte, era stato principalmente perché voleva insegnare alla nipote a suonarlo. Brigitte però odiava il pianoforte. Agnes, temendo che la sorella si sentisse ferita, supplicò la figlia di vincersi e di cercare di farsi piacere quei tasti bianchi e neri. Brigitte si difese: «Devo studiare il piano solo per far contenta lei?». E così la storia finì male e qualche mese dopo il pianoforte era diventato un semplice oggetto decorativo, anzi, un impiccio: una specie di triste memento di qualcosa che non era riuscito; una specie di grande corpo bianco (sì, il pianoforte era bianco!) che nessuno voleva.

A dire il vero ad Agnes non piacevano né il servizio da tè, né la sedia a dondolo, né il pianoforte. Non che quelle cose mancassero di raffinatezza, ma avevano tutte qualcosa di eccentrico che non rispondeva né alla natura di Agnes né ai suoi gusti. Perciò accolse non solo con sincera gioia, ma anche con egoistico sollievo, il giorno in cui Laura (erano ormai sei anni che il pianoforte stava lì inutilizzato) annunciò che Bernard, un giovane amico di Paul, era diventato il suo amore. Chi era felicemente innamorato, pensò Agnes, aveva cose migliori da fare che portare regali alla sorella ed educare la nipote.

La donna più vecchia, l'uomo più giovane

«È una notizia straordinaria» disse Paul, quando Laura gli confidò del suo amore e invitò tutt'e due le sorelle a cena. Era una grande gioia per lui che due persone a cui voleva bene si amassero, e ordinò per il pasto due bottiglie di un vino particolarmente costoso.

«Avrai a che fare con una delle famiglie più importanti di Francia» diceva a Laura. «Ma lo sai chi è il padre di Bernard?».

Laura disse: «Certo! Un deputato!» e Paul: «Non sai niente! Il deputato Bertrand Bertrand è figlio del deputato Arthur Bertrand, il quale, orgogliosissimo del suo nome, voleva che con suo figlio diventasse ancora più famoso. Rifletté a lungo sul nome di battesimo da dargli ed ebbe la geniale trovata di battezzarlo Bertrand. Un nome così raddoppiato non sarebbe potuto sfuggire né passare di mente a nessuno. Bastava pronunciarlo, perché il nome Bertrand Bertrand risuonasse come un'ovazione, un'acclamazione di gloria: "Bertrand Bertrand! Bertrand Bertrand! Bertrand Bertrand!"».

A queste parole Paul sollevò il bicchiere, come per scandire il nome di un amato capo e bere alla sua salute. Poi bevve sul serio: «Questo vino è eccellente» disse e proseguì: «Ognuno di noi è misteriosamente influenzato dal proprio nome e Bertrand Bertrand, che lo udiva scandire varie volte al giorno, è stato oppresso per tutta la vita dalla gloria immaginaria di quelle quattro sillabe armoniose. Quando fu bocciato alla maturità, la prese molto peggio di altri compagni di scuola. Come se il nome raddoppiato raddoppiasse automaticamente anche il suo senso di responsabilità. La sua proverbiale modestia gli avrebbe permesso di sopportare l'onta che si era abbattuta su di lui; ma non poteva rassegnarsi all'onta che subiva il suo nome. A vent'anni aveva giurato sul suo nome che avrebbe consacrato la vita intera alla lotta per il bene. Tuttavia, constatò presto che non è facile distinguere che cosa è bene e che cosa è male. Suo padre, ad esempio, insieme alla maggioranza dei deputati, aveva votato a favore del patto di Monaco. Voleva salvaguardare la pace, perché la pace è innegabilmente un bene. Ma poi gli rimproverarono di aver aperto così la strada alla guerra, che era innegabilmente un male. Il figlio voleva evitare gli errori del padre e perciò si atteneva unicamente alle certezze elementari. Non si espresse mai sui palestinesi, su Israele, sulla Rivoluzione d'ottobre, su Castro e addirittura neanche sui terroristi, perché sapeva che esiste un confine oltre il quale l'assassinio non è più assassinio, ma eroismo, e che lui non avrebbe mai saputo riconoscere quel confine. Con tanta più passione parlava contro Hitler, il nazismo e le camere a gas, e in un certo senso gli dispiaceva che Hitler fosse scomparso sotto le rovine della Cancelleria, perché da quel momento il bene e il male erano diventati insopportabilmente relativi. Perciò si sforzava di concentrarsi sul bene nella sua forma più immediata, non deformata dalla politica. Il suo motto era: "Il bene è la vita". E così il senso della sua vita è diventato la lotta contro l'aborto, contro l'eutanasia e contro il suicidio ».

Laura protestò ridendo: « Tu ne fai un imbecille! ».

« Vedi, » disse Paul ad Agnes « Laura già difende la famiglia del suo amante. È una cosa estremamente lodevole, proprio come questo vino, per la cui scelta dovreste farmi un applauso! Poco tempo fa, in un programma contro l'eutanasia, Bertrand

Bertrand si è fatto riprendere al capezzale di un malato paralizzato, con la lingua amputata, cieco e attanagliato da dolori incessanti. Bertrand era seduto chino su di lui e la telecamera lo mostrava nell'atto di infondere al malato la speranza nel futuro. Nell'istante in cui ha pronunciato per la terza volta la parola speranza, il malato si è irritato e ha cominciato a emettere un suono terribile, simile al verso di un animale, un toro, un cavallo o un elefante o tutti quanti insieme; Bertrand Bertrand si è spaventato: non riusciva più a parlare, cercava solo, con uno sforzo enorme, di mantenere il sorriso sul volto e la telecamera ha ripreso a lungo il sorriso irrigidito dalla paura del deputato tremante e accanto a lui, nella stessa inquadratura, il volto del malato che ruggiva. Ma non volevo parlare di questo. Volevo solo dire che il vero guaio l'ha fatto quando ha scelto il nome di suo figlio. All'inizio voleva che si chiamasse come lui, ma poi riconobbe che sarebbe stato grottesco avere al mondo due Bertrand Bertrand, perché la gente non avrebbe mai saputo se fossero due persone o quattro. Tuttavia, non volendo rinunciare alla felicità di sentir risuonare nel nome di battesimo del figlio l'eco del proprio nome, gli venne l'idea di battezzare il figlio Bernard. Solo che Bernard Bertrand non suona come un'ovazione o un'acclamazione di gloria, bensì come un lapsus, o meglio ancora, come uno di quegli esercizi fonetici che servono agli attori e agli annunciatori della radio per imparare a parlare in fretta e a non prendere papere. Come ho detto, i nostri nomi ci influenzano misteriosamente e il nome di Bernard lo predestinò fin dalla culla a parlare un giorno sulle onde dell'etere ».

Paul diceva tutte queste sciocchezze solo perché non osava dire ad alta voce la cosa principale che aveva in mente: gli otto anni di differenza tra Laura e Bernard lo entusiasmavano! Paul, infatti, aveva uno splendido ricordo di una donna di quindici anni più vecchia di lui, che aveva conosciuto intimamente quando aveva circa venticinque anni. Di questo voleva parlare, voleva spiegare a Laura che l'amore per una donna più vecchia fa parte della vita di ogni uomo e che proprio di lei serbiamo il ricordo più bello. «La donna più vecchia è la gemma della vita di un uomo» aveva voglia di esclamare sollevando di nuovo il bicchiere. Ma trattenne quel gesto sconsiderato e si limitò a ricordare in silenzio l'antica amante, che gli aveva affidato la chiave del suo appartamento, dove poteva andare quando voleva e fare quel che voleva, cosa per lui estremamente comoda, perché non andava d'accordo con suo padre e desiderava stare in casa il meno possibile. Lei non aveva mai avanzato pretese sulle sue serate; quando era libero era da lei, e quando non aveva tempo non doveva spiegarle niente. Non lo aveva mai costretto ad accompagnarla da qualche parte, e se anche qualcuno lo vedeva con lei in società, assumeva l'aria della parente innamorata, pronta a fare di tutto per il bel nipote. Quando lui si sposò, gli mandò un sontuoso regalo di nozze, che per Agnes restò sempre un enigma.

Ma non poteva certo dire a Laura: sono felice che il mio amico ami una donna più vecchia ed esperta, che si comporterà con lui come una zia innamorata con il bel nipote. Non poteva dirlo, tanto più che Laura riprese:

«La cosa più bella è che accanto a lui mi sento dieci anni di meno. Grazie a lui ho cancellato dieci o quindici brutti anni e mi sento come se fossi arrivata appena ieri a Parigi dalla Svizzera e l'avessi incontrato».

Questa confessione impedì a Paul di ricordare a voce alta la gemma della sua vita e così si limitò a ricordarla fra sé, gustava il vino e non sentiva più quello che diceva Laura. Solo più tardi, per reinserirsi nella conversazione, disse: «Che cosa ti racconta Bernard di suo padre?».

«Niente» disse Laura. «Posso assicurarti che suo

padre non è oggetto delle nostre conversazioni. So che la sua è una famiglia illustre. Ma tu sai cosa penso delle famiglie illustri».

«E non sei nemmeno curiosa?».

«No» rise allegramente Laura.

«Dovresti esserlo. Bertrand Bertrand è il maggior problema di Bernard Bertrand».

«Non mi sembra proprio» disse Laura, la quale era convinta di essere diventata lei il maggior problema di Bernard Bertrand.

«Tu sai che il vecchio Bertrand aveva destinato Bernard alla carriera politica?» chiese Paul a Laura.

«No» disse Laura stringendo le spalle.

«In quella famiglia la carriera politica si eredita come una proprietà. Bertrand Bertrand contava sul fatto che il figlio un giorno si sarebbe candidato deputato al posto suo. Ma Bernard aveva vent'anni quando sentì al giornale radio questa frase: "Nella catastrofe aerea sull'Oceano Atlantico sono morti centotrentanove passeggeri, tra cui sette bambini e quattro giornalisti". Che in simili notizie i bambini siano nominati come una specie umana particolare e straordinariamente preziosa è una cosa a cui siamo abituati ormai da tempo. Ma l'annunciatrice questa volta, associando ad essi anche i giornalisti, aveva fatto splendere d'un tratto su Bernard la luce della conoscenza. Comprese che al giorno d'oggi il politico è una ridicola macchietta e decise di diventare giornalista. Il caso volle che all'epoca io tenessi alla facoltà di legge un seminario che lui frequentava. Lì si compirono il tradimento della carriera politica e il tradimento del padre. Di questo forse Bernard ti ha parlato!».

«Sì» disse Laura. «Ti adora!».

In quel momento entrò un negro con un cesto di fiori. Laura gli fece un cenno. Il negro mise in mostra degli splendidi denti bianchi, e Laura, preso dal suo cesto un mazzetto con cinque garofani mezzi appassiti, lo porse a Paul: « Tutta la mia felicità la devo a te ».

Paul mise la mano nel cesto e tirò fuori un altro mazzetto di garofani: « Sei tu oggi la festeggiata, non io! », e porse i fiori a Laura.

« Sì, oggi festeggiamo Laura » disse Agnes e prese dal cesto un terzo mazzo di garofani.

Laura aveva gli occhi umidi. « Sto così bene, sto così bene con voi » disse e poi si alzò. Stringeva al petto entrambi i mazzolini, in piedi accanto al negro, che si ergeva come un re. Tutti i negri somigliano a dei re: questo sembrava Otello all'epoca in cui non era ancora geloso di Desdemona, e Laura aveva l'aria di una Desdemona innamorata del suo re. Paul sapeva che cosa stava per accadere. Quando Laura era ubriaca, si metteva sempre a cantare. Dalle profondità del suo corpo il desiderio del canto saliva in alto verso la gola, con tale intensità che alcuni signori ai tavoli volsero su di lei occhi curiosi.

« Laura, » sussurrò Paul « in questo ristorante non apprezzerebbero il tuo Mahler! ».

Laura stringeva a ciascun seno un mazzolino e le sembrava di essere su un palcoscenico. Sentiva sotto le dita i seni gonfi, come se le ghiandole mammarie rigurgitassero di note. Ma un desiderio di Paul per lei era sempre un ordine. Ubbidì e si limitò a sospirare: « Ho una voglia terribile di fare qualcosa... ».

In quel momento il negro, guidato dal delicato istinto dei re, prese dal fondo del cestino gli ultimi due mazzolini di garofani e con un nobile gesto glieli offrì. Laura disse ad Agnes: « Agnes, mia cara Agnes, senza di te non sarei mai venuta a Parigi, senza di te non avrei conosciuto Paul, senza Paul non avrei conosciuto Bernard » e le mise davanti sul tavolo tutti e quattro i mazzolini.

L'undicesimo comandamento

Un tempo la gloria del giornalista poteva essere simboleggiata dal grande nome di Ernest Hemingway. Tutta la sua opera, il suo stile sobrio e conciso, avevano le radici nei reportages che da giovane inviava al giornale di Kansas City. Essere un giornalista allora significava avvicinarsi più di chiunque altro alla realtà, penetrare in tutti i suoi angoli nascosti, sporcarcisi dentro le mani. Hemingway era orgoglioso che i suoi libri fossero al tempo stesso così ancorati alla terra e così alti nel firmamento dell'arte.

Tuttavia, quando dice dentro di sé la parola giornalista (e questa parola oggi in Francia è usata anche per chi lavora alla radio e alla televisione e persino per i fotografi dei giornali), Bernard non pensa a Hemingway, e il genere letterario in cui desidera eccellere non è il reportage. Sogna piuttosto di pubblicare su un settimanale influente editoriali che farebbero tremare tutti i colleghi di suo padre. Oppure interviste. Chi è del resto il più memorabile giornalista degli ultimi tempi? Non Hemingway, che scriveva delle sue avventure in trincea, non Orwell, che passò un anno della sua vita con i poveri di Parigi, non Egon Erwin Kisch, che conosceva tutte le prostitute di Praga, ma Oriana Fallaci, che tra il 1969 e il 1972 pubblicò sul settimanale italiano «L'Europeo» una serie di conversazioni con i più famosi politici dell'epoca. Quelle conversazioni erano più che semplici conversazioni; erano dei duelli. I potenti politici, prima ancora di capire che si battevano in condizioni impari – perché le domande poteva farle solo lei e non loro – già si contorcevano K.O. sul pavimento del ring.

Quei duelli erano un segno dei tempi: la situazione era mutata. Il giornalista aveva capito che fare domande non era solo il metodo di lavoro del reporter, che conduce modestamente le sue indagini munito di taccuino e matita, ma era un modo di esercitare il potere. Il giornalista non è una persona che fa domande, ma una persona che ha il sacro diritto di fare domande, fare domande a chiunque su qualunque cosa. Ma non abbiamo forse tutti questo diritto? E la domanda non è forse il ponte della comprensione gettato da un uomo a un altro? Forse. Preciso dunque la mia affermazione: il potere del giornalista non si fonda sul diritto di fare domande ma sul diritto di *pretendere una risposta*.

Notate bene, prego, che Mosè non ha incluso fra i dieci comandamenti di Dio «Non mentire». Non è un caso! Perché chi dice: «Non mentire», prima ha detto per forza: «Rispondi», e Dio non ha dato a nessuno il diritto di pretendere dal prossimo una risposta. «Non mentire», «rispondi la verità» sono parole che un uomo non dovrebbe mai dire a un altro uomo, finché lo considera un suo pari. Forse soltanto Dio avrebbe il diritto di dirle, ma Dio non ha alcun motivo di farlo, visto che sa tutto e non ha bisogno della nostra risposta.

Fra chi ordina e chi deve obbedire non c'è una disuguaglianza tanto radicale quanto fra chi ha il diritto di pretendere una risposta e chi ha l'obbligo di rispondere. Per questo da tempi immemorabili il diritto di pretendere una risposta viene accordato solo in casi eccezionali. Ad esempio, al giudice che indaga su un crimine. Nel nostro secolo di questo diritto si sono appropriati gli Stati fascisti e comunisti e non in situazioni eccezionali ma in modo permanente. I cittadini di quei paesi sapevano che poteva sempre arrivare il momento in cui sarebbero stati invitati a rispondere: che cosa hanno fatto ieri? che cosa pensano nel fondo dell'animo? di che cosa parlano quando si incontrano con A? hanno rapporti intimi con B? Proprio questo imperativo sacralizzato, «rispondi la verità!», questo undicesimo comandamento alla cui forza non hanno saputo resistere, ha fatto di loro una massa di poveri infantilizzati.

Talvolta naturalmente si trovava un qualche C niente affatto disposto a dire di che cosa aveva parlato con A, e che, per ribellarsi (era spesso la sua unica possibile ribellione), invece della verità diceva una bugia. Ma la polizia lo sapeva e di nascosto faceva installare nel suo appartamento dei microfoni. Non lo faceva certo per ragioni immorali, ma perché si venisse a sapere la verità che il bugiardo C nascondeva. Si atteneva unicamente al suo sacro diritto di esigere una risposta.

Nei paesi democratici chiunque mostrerebbe la lingua a un poliziotto che osasse domandargli di che cosa ha parlato con A e se ha rapporti intimi con B. Ciò nondimeno anche qui l'undicesimo comandamento impera, in tutta la sua forza. Un qualche comandamento deve pur dominare sulla gente in un secolo come il nostro, in cui il Decalogo divino è ormai pressoché dimenticato! Tutto l'edificio morale del nostro tempo si fonda sull'undicesimo comandamento e il giornalista ha capito che, in virtù di una segreta delibera della storia, tocca a lui diventarne l'amministratore, il che gli conferisce un potere che finora né uno Hemingway né un Orwell si erano mai sognati.

Questo fatto è apparso chiaro come il sole quando i giornalisti americani Carl Bernstein e Bob Woodward hanno svelato con le loro domande le sporche manovre del presidente Nixon durante la campagna elettorale e hanno costretto così l'uomo più potente del pianeta prima a mentire pubblicamente, poi ad ammettere pubblicamente che mentiva e infine ad andarsene a testa bassa dalla Casa Bianca. Tutti allora applaudimmo, perché era stata fatta giustizia. Paul oltre a ciò applaudiva perché in quell'episodio intuiva un grande mutamento storico, una pietra miliare, il momento indimenticabile in cui si giunge al cambio della guardia; era apparso un potere nuovo, unico, in grado di detronizzare un vecchio professionista del potere quale era stato fino ad allora l'uomo politico. Detronizzarlo non con le armi o con gli intrighi, ma con la pura forza dell'interrogare.

«Rispondi la verità» dice il giornalista e noi a nostra volta possiamo chiederci quale sia il contenuto della parola verità per chi amministra l'istituzione dell'undicesimo comandamento. Per non creare malintesi, sottolineiamo che non si tratta della verità di Dio, per la quale morì sul rogo Jan Hus, né della verità della scienza e del libero pensiero, per la quale fu bruciato Giordano Bruno. La verità che risponde all'undicesimo comandamento non riguarda né la fede, né il pensiero, è la verità del livello ontologico più basso, la verità puramente positivistica dei fatti: dove è stato ieri C; che cosa pensa veramente in fondo all'animo; di che cosa parla quando si incontra con A; e se ha rapporti intimi con B. Nondimeno, pur appartenendo al livello ontologico più basso, questa è la verità dei nostri tempi, dotata della stessa forza esplosiva che un tempo aveva la verità di Hus o di Giordano Bruno. «Ha avuto rapporti intimi con B?» domanda il giornalista. C, mentendo, afferma di non conoscere B. Ma il giornalista ride sotto i baffi, perché il fotografo del suo giornale già da un pezzo ha fotografato di nascosto B nuda tra le braccia di C e dipende solo da lui in che momento rendere pubblico lo scandalo insieme alle affermazioni del bugiardo C, che vigliaccamente e spudoratamente sostiene di non conoscere B.

È tempo di elezioni, il politico salta dall'aereo all'elicottero, dall'elicottero alla macchina, si agita, suda, ingoia il pranzo di corsa, grida nel microfono, pronuncia discorsi di due ore, ma alla fine dipenderà da un Bernstein o da un Woodward quale delle cinquantamila frasi da lui pronunciate comparirà sulle pagine dei giornali o sarà citata alla radio. Appunto per questo il politico vorrà intervenire direttamente, alla radio o alla televisione, ma lo potrà fare solo passando attraverso un'Oriana Fallaci, che è padrona del programma e gli farà le domande. Il politico, volendo approfittare del momento in cui finalmente sarà visto da tutta la nazione, cercherà di dire in un fiato tutto ciò che gli sta a cuore, ma Woodward gli chiederà solo cose che non gli stanno affatto a cuore e di cui non vuole parlare. Si troverà così nella classica situazione del liceale interrogato alla lavagna e tenterà di usare un vecchio trucco: fingerà di rispondere alla domanda, ma in realtà parlerà di quello che aveva preparato a casa per la trasmissione. Purtroppo è un trucco che, se funzionava un tempo con il professore, non funziona con Bernstein, il quale lo rimprovera spietatamente: «Lei non ha risposto alla mia domanda!».

Chi avrebbe voglia oggi di fare la carriera politica? Chi vorrebbe farsi interrogare alla lavagna per tutta la vita? Certamente non il figlio del deputato Bertrand Bertrand.

L'imagologia

Il politico dipende dal giornalista. Ma da chi dipendono i giornalisti? Da chi li paga. E a pagarli sono le agenzie pubblicitarie, che per la loro pubblicità comprano lo spazio sui giornali e il tempo alla televisione. A tutta prima c'è da credere che esse debbano rivolgersi senza esitare ai giornali che hanno una grande tiratura e che possono quindi incrementare le vendite del prodotto offerto. Ma questa è una visione ingenua della faccenda. La vendita del prodotto c'entra meno di quanto pensiamo. Basta guardare i paesi comunisti: non si può certo affermare che i milioni di ritratti di Lenin appesi ovunque andiate possano aumentare l'amore per Lenin. Le agenzie pubblicitarie del partito comunista (le cosiddette sezioni di agitazione e propaganda) già da tempo hanno dimenticato lo scopo pratico della loro attività (far amare il sistema comunista) e sono diventate esse stesse il proprio scopo: hanno creato una loro lingua, le loro formule, una loro estetica (i direttori di queste agenzie avevano un tempo potere assoluto sull'arte dei loro paesi), un loro stile di vita, che coltivano, diffondono e impongono alle povere nazioni.

Obiettate che pubblicità e propaganda non sono paragonabili, perché una è al servizio del commercio e l'altra dell'ideologia? Non capite niente. Circa cento anni fa in Russia i marxisti perseguitati iniziarono a riunirsi segretamente in piccoli circoli per studiare il *Manifesto* di Marx; semplificarono il contenuto di quella semplice ideologia per diffonderla in circoli più ampi, i cui membri, dopo aver ulteriormente semplificato quella semplificazione del semplice, continuarono a tramandarla e a diffonderla sempre più, finché, quando il marxismo divenne noto e potente in tutto il pianeta, di esso non restava altro che una raccolta di sei o sette slogan, legati tra loro così stentatamente che è difficile chiamarlo ideologia. E proprio perché ormai da tempo ciò che è rimasto di Marx non costituisce più un *sistema logico di idee*, bensì unicamente una serie di immagini e di slogan suggestivi (l'operaio che sorride impugnando il martello, il negro, il bianco e il giallo che si tengono fraternamente per mano, la colomba della pace che spicca il volo verso il cielo, eccetera, eccetera), a buon diritto possiamo parlare di una graduale e planetaria trasformazione dell'ideologia in imagologia.

Imagologia! Chi ha inventato per primo questo magnifico neologismo? Io o Paul? Ma questo in fin dei conti non importa. Importa invece che questa parola ci consenta finalmente di riunire sotto lo stesso tetto cose che hanno nomi diversissimi: le agenzie pubblicitarie; gli esperti di immagine al servizio degli uomini di Stato; i designer che progettano la linea delle automobili e l'attrezzatura delle palestre; i creatori di moda; i barbieri; le star dello *show business* che fissano la norma della bellezza fisica, alla quale ubbidiscono tutti i rami dell'imagologia.

Gli imagologi, naturalmente, esistevano assai prima di creare la loro potente istituzione, così come la conosciamo oggi. Anche Hitler aveva il suo imagologo personale, che pazientemente, in piedi davanti a lui, gli mostrava quali gesti eseguire durante i comizi per affascinare le masse. Ma se quell'imagologo, in un'intervista ai giornali, avesse fatto ai tedeschi un divertente ritratto di Hitler incapace di muovere le mani, non sarebbe sopravvissuto alla sua indiscrezione più di mezza giornata. Oggi invece l'imagologo non solo non nasconde la sua attività, ma addirittura parla spesso lui al posto dei suoi uomini di Stato, e spiega al pubblico che cosa gli ha insegnato a fare e a non fare, in che modo essi metteranno in pratica le sue istruzioni, quali formule utilizzeranno e quale cravatta indosseranno. E non stupiamoci della sua sicurezza: l'imagologia ha riportato negli ultimi decenni una vittoria storica sull'ideologia.

Tutte le ideologie sono state sconfitte: i loro dogmi sono stati infine smascherati come illusioni e la gente ha smesso di prenderli sul serio. I comunisti, ad esempio, credevano che con lo sviluppo del capitalismo il proletariato sarebbe diventato sempre più povero, e quando un giorno fu dimostrato che gli operai di tutta Europa andavano al lavoro in macchina, essi sentirono una gran voglia di gridare che la realtà barava. La realtà era più forte dell'ideologia. E proprio in questo senso l'imagologia l'ha superata: l'imagologia è più forte della realtà, che del resto da molto tempo ha smesso di essere per l'uomo quello che era per mia nonna, la quale viveva in un paese della Moravia e conosceva ancora tutto per esperienza personale: come si cuoce il pane, come si costruisce una casa, come si uccide il maiale, come si fa affumicare la carne, come si imbottiscono i piumini, che cosa pensavano del mondo il parroco e il maestro; ogni giorno incontrava tutto il villaggio e sapeva quanti omicidi erano stati commessi nei dintorni da dieci anni a quella parte; aveva, per così dire, un controllo personale sulla realtà, cosicché nessuno poteva darle a bere che l'agricoltura in Moravia era fiorente se in casa non c'era da mangiare. A Parigi, il mio vicino passa il suo tempo in un ufficio, dove siede per otto ore di fronte a un altro impiegato, poi monta in macchina, torna a casa, accende la televisione e quando l'annunciatore lo informa che secondo un sondaggio d'opinione la maggioranza dei francesi ha deciso che la Francia è il paese più sicuro d'Europa (è un sondaggio che ho letto poco tempo fa), per la gioia apre una bottiglia di champagne, e non saprà mai che proprio quel giorno nella sua strada sono stati commessi tre furti e due omicidi.

I sondaggi d'opinione sono lo strumento decisivo del potere imagologico, che grazie ad essi vive in assoluta armonia con la gente. L'imagologo bombarda la gente di domande: L'economia francese è prospera? Ci sarà la guerra? Esiste il razzismo in Francia? Il razzismo è una cosa buona o cattiva? Chi è il maggior scrittore di tutti i tempi? L'Ungheria è in Europa o in Polinesia? Chi è l'uomo di Stato più sexy del mondo? E poiché la realtà per l'uomo d'oggi è una terra sempre meno frequentata, e del resto a buon diritto non amata, i risultati dei sondaggi sono diventati una sorta di realtà superiore, oppure, per dirla diversamente: sono diventati la verità. I sondaggi d'opinione sono un parlamento in seduta permanente che ha il compito di creare la verità, ed è la verità più democratica che sia mai esistita. Poiché non si troverà mai in contrasto con il parlamento della verità, il potere degli imagologi vivrà sempre nella verità, e anche se so che tutto ciò che è umano è mortale, non riesco a immaginare che cosa potrebbe spezzare questo potere.

Sul confronto tra ideologia e imagologia voglio aggiungere ancora questo: le ideologie erano come ruote gigantesche dietro le quinte, che giravano e mettevano in moto guerre, rivoluzioni e riforme. Anche le ruote imagologiche girano, ma questo non ha effetto sulla storia. Le ideologie si facevano guerra una con l'altra e nessuna era in grado di riempire con il suo pensiero un'intera epoca. L'imagologia organizza da sé il pacifico avvicendarsi dei suoi sistemi all'agile ritmo delle stagioni. Per dirla con Paul: le ideologie facevano parte della storia, mentre il dominio dell'imagologia inizia là dove la storia finisce.

La parola *cambiamento*, così cara alla nostra Europa, ha acquistato un senso nuovo: non significa *una nuova fase nell'àmbito di una continua evoluzione* (come lo intendevano Vico, Hegel o Marx), bensì *uno spostamento da un luogo all'altro*, da una parte all'altra, da qui indietro, da dietro a sinistra, da sinistra in avanti (così come lo intendono i sarti, che inventano un nuovo taglio per la nuova stagione). Se gli imagologi hanno deciso che nel circolo sportivo frequentato da Agnes tutte le pareti saranno ricoperte da uno specchio gigantesco, non è perché chi si allena ha bisogno di osservarsi durante l'allenamento, ma perché nella roulette imagologica lo specchio è diventato il numero fortunato del momento. Se nel momento in cui scrivo queste pagine tutti hanno deciso che Martin Heidegger deve essere considerato una testa confusa e una pecora rognosa, non è perché il suo pensiero sia stato superato da altri filosofi, ma perché nella roulette imagologica egli è diventato un numero sfortunato, un anti-ideale. Gli imagologi creano sistemi di ideali e anti-ideali, sistemi che hanno breve durata e ognuno dei quali viene rapidamente sostituito da un altro, ma che influenzano il nostro comportamento, le nostre opinioni politiche e il nostro gusto estetico, il colore dei tappeti e la scelta dei libri, con la stessa forza con cui un tempo riuscivano a dominarci i sistemi degli ideologi.

Dopo questi commenti posso tornare alla considerazione iniziale. L'uomo politico dipende dal giornalista. E da chi dipendono i giornalisti? Dagli imagologi. L'imagologo è uomo di convinzioni e di princìpi: esige dal giornalista che il suo giornale (canale televisivo, stazione radio) risponda al sistema imagologico di quel dato momento. Ed è questo che gli imagologi verificano di tanto in tanto, quando decidono di appoggiare questo o quel giornale. Un giorno si soffermarono in tal modo anche sulla stazione radio dove lavorava Bernard e dove Paul teneva ogni sabato una breve rubrica personale dal titolo *Il diritto e la legge*. Promisero di procurare alla stazione molti contratti pubblicitari e inoltre di organizzare una campagna appendendo manifesti in tutta la Francia; ma posero anche delle condizioni, alle quali il direttore dei programmi, soprannominato l'orso, non poté fare altro che cedere: gradualmente iniziò ad abbreviare i singoli commenti, perché l'ascoltatore non fosse annoiato da lunghe riflessioni; ogni cinque minuti faceva interrompere i monologhi del conduttore con le domande di un altro conduttore, per dare l'impressione del dialogo; moltiplicò gli intervalli musicali, lasciò la musica anche come sottofondo alle parole, e raccomandò a tutti di dare a quello che dicevano la massima agilità e spensieratezza giovanile, le caratteristiche appunto che hanno abbellito i miei sogni mattutini, trasformando il bollettino meteorologico in un'opera buffa. Poiché gli premeva che i dipendenti non smettessero di vedere in lui il potente orso, si adoperò in ogni modo per mantenere ai loro posti tutti i collaboratori. Solo su un punto cedette. Gli imagologi consideravano il programma *Il diritto e la legge* così palesemente noioso, che si rifiutarono di discuterne, limitandosi a ridere con i loro denti troppo bianchi. L'orso promise che in breve tempo avrebbe abolito la rubrica, e poi si vergognò di aver ceduto. Tanto più se ne vergognò, in quanto Paul era suo amico.

Lo spiritoso alleato dei propri becchini

Il direttore dei programmi era stato soprannominato l'orso e non c'era altro soprannome possibile: era grosso, lento e benché fosse un bonaccione, tutti sapevano che era capace di colpire con la sua pesante zampa quando si arrabbiava. Gli imagologi, con la loro sfrontata pretesa di insegnargli il suo mestiere, erano riusciti ad esaurire quasi tutta la sua bontà da orso. Ora sedeva alla mensa della radio circondato da alcuni collaboratori e diceva: «Questi imbroglioni della pubblicità sono come marziani. Non si comportano come la gente normale. Quando vi dicono guardandovi negli occhi le cose più sgradevoli, hanno il volto raggiante di felicità. Usano non più di sessanta parole e si esprimono con frasi che non ne contengono mai più di quattro. I loro discorsi si basano su due o tre termini tecnici, che non capisco, ed esprimono uno o al massimo due pensieri totalmente primitivi. Non provano la minima vergogna di se stessi e non hanno nessun complesso di inferiorità. Proprio in questo sta la prova del loro potere».

Più o meno in quel momento apparve Paul. Lo accolsero tutti con imbarazzo, che crebbe ancora di più in quanto Paul sembrava di ottimo umore. Andò al bar a farsi dare un caffè e venne a sedersi vicino agli altri.

In presenza di Paul l'orso si sentiva a disagio. Si vergognava di averlo lasciato cadere e di non trovare ora il coraggio di dirglielo in faccia. Travolto da una nuova ondata d'odio per gli imagologi, disse: «In fin dei conti posso anche accontentare quei cretini e trasformare il bollettino del tempo in un dialogo fra clown, ma certo è dura sentire subito dopo Bernard che annuncia una catastrofe aerea con centinaia di vittime. Sono pronto a dare la vita perché i francesi si divertano, ma il giornale radio non è una buffonata».

Tutti avevano l'aria di essere d'accordo, tranne Paul, che con un risata da allegro provocatore disse: «Orso! Gli imagologi hanno ragione! Tu confondi il giornale radio con l'attività pedagogica!».

L'orso si ricordò che i commenti di Paul erano talvolta piuttosto arguti, ma sempre troppo complicati e pieni di parole sconosciute, che poi l'intera redazione andava a cercare di nascosto sul vocabolario. Ma ora non voleva toccare questo argomento e disse, facendo appello a tutta la sua dignità: «Ho sempre avuto un'alta opinione del giornalismo e non voglio perderla».

Paul disse: «Le notizie si ascoltano così come si fuma una sigaretta che poi si schiaccia nel portacenere».

«È questo che faccio fatica ad accettare» disse l'orso.

«Eppure tu sei un accanito fumatore! Perché non vuoi che le notizie somiglino alle sigarette?» disse Paul ridendo. «E poi le sigarette ti rovinano la salute, mentre le notizie non ti possono danneggiare, anzi, sono un piacevole svago prima di una giornata sicuramente faticosa».

«La guerra fra Iran e Iraq sarebbe uno svago?» chiese l'orso e nella sua compassione per Paul cominciò a infiltrarsi l'irritazione. «La sciagura ferroviaria di oggi, questa ecatombe, tu la trovi davvero divertente?».

«Commetti il solito errore di considerare la morte come una tragedia» disse Paul, e si capiva che fin dal mattino era in forma eccellente.

«Devo ammettere» disse l'orso con voce glaciale «che ho sempre considerato la morte come una tragedia».

«E sbagliavi» disse Paul. «Una sciagura ferroviaria è orribile per chi è sul treno o per chi ha un figlio sul treno. Ma nel giornale radio la morte ha esattamente lo stesso significato che ha nei romanzi di Agatha Christie, la quale tra parentesi è la più grande maga di tutti i tempi, perché ha saputo trasformare l'assassinio in divertimento, e non un assassinio soltanto, ma decine di assassinii, centinaia di assassinii, assassinii in serie, commessi per la nostra gioia nel campo di sterminio dei suoi romanzi. Auschwitz è dimenticato, ma dai crematorii dei romanzi di Agatha il fumo sale eternamente verso il cielo e solo un grande ingenuo potrebbe affermare che è fumo di tragedia».

L'orso rammentò che proprio con questo tipo di paradossi Paul influenzava ormai da tempo tutta la redazione, la quale, quando gli imagologi avevano puntato su di lei il loro funesto sguardo, gli aveva offerto un appoggio molto debole, perché in fondo giudicava antiquata la sua posizione. L'orso si vergognava di aver finito per cedere, ma nello stesso tempo sapeva che non gli restava altro da fare. Simili compromessi forzati con lo spirito dei tempi sono cose banali e in fin dei conti necessarie, se non vogliamo chiamare allo sciopero generale tutti quelli a cui non piace il nostro secolo. Nel caso di Paul però non si poteva parlare di compromesso forzato. Paul correva a donare al suo secolo la propria arguzia e la propria intelligenza spontaneamente e, per i gusti dell'orso, con troppa foga. Perciò gli rispose in tono ancora più gelido: «Anch'io leggo Agatha Christie! Quando sono stanco, quando voglio tornare per un attimo bambino. Ma se ogni momento della vita si trasforma in un gioco da bambini, verrà il giorno che il mondo morirà sotto i nostri allegri balbettii e le nostre risate».

Paul disse: «Preferisco morire con l'accompagnamento di un balbettio che con quello della *Marcia funebre* di Chopin. E ti dirò una cosa: il vero danno sta nella marcia funebre, che è una glorificazione della morte. Se ci fossero meno marce funebri, forse anche le morti sarebbero di meno. Capiscimi bene: il rispetto per la tragedia è molto più pericoloso della spensieratezza del balbettio infantile. Ma ti rendi conto di qual è l'eterno presupposto della tragedia? L'esistenza di ideali che sono considerati più preziosi della vita umana. E qual è il presupposto delle guerre? La stessa cosa. Ti mandano a morire perché esiste, pare, qualcosa di più grande della tua vita. La guerra può esistere solo nel mondo della tragedia: fin dall'inizio della storia l'uomo non ha conosciuto che il mondo tragico e non è capace di uscirne. L'età della tragedia può aver fine solo con una rivolta della frivolezza. La gente oggi della *Nona* di Beethoven conosce solo le quattro battute dell'inno alla gioia che sente ogni giorno con la pubblicità del profumo Bella. Questo non mi scandalizza. La tragedia verrà scacciata dal mondo come una vecchia attrice scadente, che si porta le mani al cuore e declama con voce roca. La frivolezza è una radicale cura dimagrante. Le cose perderanno il novanta per cento del loro senso e diventeranno leggere. In tale atmosfera a gravità zero il fanatismo sparirà. La guerra diventerà impossibile ».

« Sono lieto che tu abbia trovato finalmente il modo per eliminare le guerre » disse l'orso.

« Riesci a figurarti la gioventù francese che va a combattere per la patria? Orso, la guerra in Europa è già diventata impossibile. Non politicamente. Antropologicamente impossibile. La gente in Europa non è più capace di fare la guerra ».

Non ditemi che due persone in profondo disaccordo tra loro possono comunque amarsi; sono frottole per bambini. Forse potrebbero amarsi se tacessero le loro opinioni o ne parlassero solo in modo scherzoso, sminuendone così il significato (del resto in questo modo si erano parlati finora Paul e l'orso). Ma una volta scoppiato il conflitto, è troppo tardi.

Non perché essi credano fermamente nelle opinioni che difendono, ma perché non tollerano di non avere ragione. Guardate questi due. Il loro conflitto in realtà non cambia niente di niente, non porta a nessuna decisione, non influenza minimamente l'andamento delle cose, è del tutto sterile, inutile, destinato unicamente a quella mensa e alla sua aria viziata, insieme alla quale verrà presto espulso, appena le donne delle pulizie apriranno le finestre. Eppure, guardate la concentrazione del loro piccolo pubblico intorno al tavolo! Tutti si sono zittiti e li ascoltano, hanno scordato persino di sorseggiare il caffè. Ai due avversari ora interessa soltanto chi di loro verrà riconosciuto da quella piccola opinione pubblica come colui che possiede la verità, perché essere riconosciuto come colui che non la possiede sarebbe per ognuno di loro la stessa cosa che perdere l'onore. Oppure perdere un pezzo del proprio io. L'opinione che difendono, presa in sé, non gli sta a cuore più di tanto. Ma poiché un tempo hanno fatto di quell'opinione un attributo del loro io, ogni attacco rivolto ad essa è come una puntura inflitta al loro corpo.

Da qualche parte, nel profondo dell'animo, l'orso provava soddisfazione all'idea che Paul non avrebbe più tenuto i suoi sofisticati commenti; la sua voce piena di orgoglio d'orso era sempre più bassa e gelida. Invece Paul parlava sempre più forte e tirava fuori idee sempre più esagerate e provocatorie. Disse: «La grande cultura non è altro che la figlia di quella perversione europea che si chiama storia, vale a dire l'ossessione di andare sempre avanti, di considerare il succedersi delle generazioni come una corsa a staffetta, in cui ognuno supera chi lo precede per essere superato da chi lo segue. Senza questa corsa a staffetta chiamata storia, non ci sarebbe l'arte europea e ciò che la caratterizza: il desiderio di originalità, il desiderio di cambiamento. Robespierre, Napoleone, Beethoven, Stalin, Picasso, partecipano tutti a una corsa a staffetta, gareggiano tutti nello stesso stadio».

«Beethoven e Stalin tu li metti insieme?» chiese l'orso con gelida ironia.

«Certo, anche se la cosa ti scandalizza. La guerra e la cultura sono i due poli dell'Europa, il paradiso e l'inferno, la gloria e l'onta, ma non li si può separare. Quando finirà una, finirà anche l'altra, e una non può finire senza l'altra. Che in Europa ormai da cinquant'anni non ci siano guerre in qualche modo dipende misteriosamente dal fatto che in questi cinquant'anni non è apparso nessun Picasso».

«Ti dirò una cosa, Paul» disse l'orso con voce molto lenta, quasi stesse sollevando la sua pesante zampa, per colpire un attimo dopo. «Se è la fine per la grande cultura, è la fine anche per te e per le tue idee paradossali, perché il paradosso come tale appartiene alla grande cultura e non al balbettio dei bambini. Mi ricordi quei giovani che in passato aderirono al nazismo o al comunismo non per vigliaccheria o per far carriera, ma per eccesso di intelligenza. Niente infatti richiede una maggiore attività di pensiero di un'argomentazione volta a giustificare la supremazia del non-pensiero. Io ho avuto la possibilità di constatarlo con i miei occhi e sulla mia pelle dopo la guerra, quando intellettuali e artisti entravano come fessi nel partito comunista, che poi con grande piacere li liquidava tutti sistematicamente. Tu fai la stessa cosa. Tu sei lo spiritoso alleato dei tuoi stessi becchini».

L'asino integrale

Dalla radio a transistor che stava fra le loro teste si udiva la voce familiare di Bernard che parlava con un attore il cui film doveva uscire a giorni. Una frase dell'attore pronunciata con voce più alta li destò dal dormiveglia:

«Sono venuto qui per parlare con lei del film e non di mio figlio».

«Non abbia timore, arriveremo al film» diceva la voce di Bernard. «Ma ci sono esigenze di attualità. Corre voce che lei abbia avuto un certo ruolo nello scandalo di suo figlio».

«Quando lei mi ha invitato qui, mi ha detto espressamente che voleva parlare del film. E allora parleremo del film e non delle mie faccende private».

«Lei è un personaggio pubblico e io le chiedo quello che interessa al pubblico. Mi limito a esercitare la mia professione di giornalista».

«Sono pronto ad ascoltare le sue domande riguardo al film».

«Come vuole. Ma il pubblico si chiederà con stupore perché si rifiuta di rispondere».

Agnes si alzò dal letto. Dopo un quarto d'ora, quando lei uscì per andare in ufficio, si alzò anche Paul, si vestì e scese in portineria a prendere la posta. Una lettera era dell'orso. Con molte frasi, in cui un amaro umorismo si mescolava alle scuse, gli comunicava quel che già sappiamo: la collaborazione di Paul con la stazione radio era terminata.

Rilesse la lettera quattro volte. Poi fece un gesto di indifferenza e uscì per andare allo studio. Ma non servì a niente, non riusciva a concentrarsi su niente, pensava soltanto a quella lettera. Era un così duro colpo per lui? Dal punto di vista pratico decisamente no. Eppure gli faceva male. Per tutta la vita aveva fuggito il mondo dei giuristi; era felice quando poteva tenere un seminario all'università, era felice quando parlava alla radio. Non che la professione dell'avvocato non gli piacesse; al contrario, amava i suoi accusati, si sforzava di comprendere il loro crimine e dargli un senso; «non sono un avvocato, sono un poeta della difesa!» scherzava; si metteva coscientemente dalla parte di coloro che si trovavano al di fuori della legge e si considerava (non senza una notevole vanità) un traditore, una quinta colonna, un guerrigliero dell'umanità in un mondo di leggi disumane, commentate in grossi libri che prendeva in mano con il disgusto dell'esperto annoiato. A lui interessava rimanere in contatto con la gente che stava fuori del Palazzo di giustizia, con gli studenti, i letterati, i giornalisti, per conservare la certezza (e non la mera illusione) di essere uno di loro. Era attaccato a loro e soffriva perché la lettera dell'orso lo respingeva nel suo studio e nelle aule del tribunale.

Ma un'altra cosa ancora lo colpì. Quando ieri l'orso lo aveva chiamato alleato dei suoi becchini, lui l'aveva considerata solo una cattiveria elegante, priva di un contenuto concreto. Dietro alla parola «becchini» non riusciva a immaginare nulla. Non sapeva nulla, allora, dei suoi becchini. Ma oggi, dopo aver ricevuto la lettera dell'orso, era d'un tratto chiaro che i becchini c'erano, che lo avevano già adocchiato e che attendevano.

D'improvviso capì che gli altri lo vedevano diversamente da come si vedeva lui, o da come lui pensava che gli altri lo vedessero. Di tutti i collaboratori della stazione radio l'unico a doversene andare era proprio lui, anche se (e su questo non aveva dubbi) l'orso lo aveva difeso come poteva. In che modo aveva irritato quei pubblicitari? Del resto, sarebbe stato ingenuo pensare che fossero esclusivamente loro a trovarlo inaccettabile. Anche altri dovevano aver dato lo stesso giudizio. Senza che lui lo sospettasse, doveva essere accaduto qualcosa alla sua immagine. Ma che cosa fosse questo qualcosa non lo sapeva, e non lo avrebbe saputo mai. Perché così è, e vale per tutti: non sapremo mai come e perché irritiamo la gente, in che modo risultiamo simpatici, in che modo risultiamo ridicoli; la nostra immagine è per noi il nostro più grande mistero.

Paul sapeva che quel giorno non sarebbe stato in grado di pensare a nient'altro e così alzò il telefono e invitò Bernard a pranzo al ristorante.

Si sedettero uno di fronte all'altro e Paul bruciava dal desiderio di parlare della lettera che aveva ricevuto dall'orso, ma poiché era educato, gli disse innanzi tutto: «Ti ho ascoltato questa mattina. Hai fatto correre quell'attore come una lepre».

«Lo so» disse Bernard. «Può darsi che abbia esagerato. Ma ero di pessimo umore. Ieri ho ricevuto una visita che non dimenticherò. È venuto da me uno sconosciuto, un tipo venti centimetri più alto di me e con una pancia enorme. Si è presentato, sorridendo in modo pericolosamente amabile, e mi ha detto: "Ho l'onore di consegnarle questo diploma"; poi mi ha infilato in mano un grosso tubo di cartone e ha insistito perché l'aprissi davanti a lui. Dentro c'era un diploma. A colori. Scritto a mano, con una calligrafia splendida. Diceva: "Bernard Bertrand è stato nominato asino integrale"».

«Che cosa?» esclamò Paul scoppiando a ridere, ma subito si dominò quando vide il volto serio e immobile di Bernard, in cui non era possibile cogliere la minima traccia di divertimento.

«Sì» ripeté Bernard in tono afflitto. «Sono stato nominato asino integrale».

«E da chi? C'è il nome di qualche organizzazione?».

«No, solo una firma, che è illeggibile».

Bernard descrisse ancora varie volte l'accaduto e poi aggiunse: «All'inizio non potevo credere ai miei occhi. Avevo la sensazione di essere vittima di un attentato, volevo gridare e chiamare la polizia. Ma poi mi sono reso conto che non potevo fare proprio niente. Quel tipo mi sorrideva, con la mano tesa: "Mi consenta di congratularmi con lei" ha detto e io ero così confuso che ho stretto quella mano».

« Gli hai stretto la mano? L'hai veramente ringraziato? » disse Paul trattenendo a fatica il riso.

« Quando ho capito che non potevo far mettere dentro quel tipo, ho voluto mostrare sangue freddo e mi sono comportato come se ciò che accadeva fosse del tutto normale e non mi sfiorasse minimamente ».

« È una legge » disse Paul. « Quando uno viene nominato asino, comincia a comportarsi come un asino ».

« Purtroppo è così » disse Bernard.

« E tu non sai chi fosse? Eppure si è presentato! ».

« Ero così agitato che il nome mi è uscito di mente ».

Paul non poté evitare di ridere di nuovo.

« Sì, lo so, tu dirai che è uno scherzo e ovviamente hai ragione, è uno scherzo, » disse Bernard « ma io non ci posso fare niente. È da allora che non so pensare ad altro ».

Paul non rideva più, perché aveva capito che Bernard diceva la verità: senza dubbio da ieri non pensava ad altro. Come avrebbe reagito lui se avesse ricevuto un simile diploma? Esattamente come Bernard. Quando ottenete il titolo di asino integrale, significa che almeno una persona vi vede come un asino e gli preme farvelo sapere. La cosa già di per sé è molto spiacevole. E c'è una forte possibilità che non si tratti di una persona soltanto, ma che il diploma sia iniziativa di decine di persone. Ed è anche possibile che queste persone preparino dell'altro, che magari inviino la notizia ai giornali e che su « Le Monde » di domani, nella pagina dei funerali, dei matrimoni e delle onorificenze, appaia l'annuncio che Bernard Bertrand è stato nominato asino integrale.

Poi Bernard gli confidò (e Paul non sapeva se doveva ridere di lui o piangere per lui) che lo stesso giorno in cui lo sconosciuto gli aveva dato il diploma, lui lo aveva mostrato a tutti quelli che aveva incontrato. Non volendo essere solo nella sua umiliazione, cercava di coinvolgere gli altri e per questo aveva spiegato a tutti che l'attacco non era diretto solo contro di lui: «Se avesse riguardato me soltanto, mi avrebbero mandato il diploma a casa, al mio indirizzo privato. Invece l'hanno portato alla radio! È un attacco rivolto a me come giornalista! Un attacco rivolto a noi tutti!».

Paul tagliava la carne sul piatto, beveva il vino e si diceva: e così, ecco seduti insieme due amici: uno si chiama asino integrale, l'altro spiritoso alleato dei propri becchini. Capì allora (e la sua commossa benevolenza per l'amico più giovane non fece che crescere) che dentro di sé non lo avrebbe mai più chiamato Bernard ma solo e unicamente asino integrale e questo non per malignità, ma perché nessuno resiste a un così bel titolo; e sicuramente non uno di coloro ai quali Bernard, nella sua irragionevole agitazione, aveva mostrato il diploma lo avrebbe d'ora in poi chiamato diversamente.

E pensò anche che l'orso era stato un vero amico a chiamarlo spiritoso alleato dei propri becchini nel corso di una chiacchierata all'ora di pranzo. Se lo avesse insignito di quel titolo con un diploma, sarebbe stato peggio. E così l'amarezza dell'amico gli fece quasi dimenticare le proprie pene e quando Bernard gli disse: «Anche a te se non sbaglio è successo qualcosa di spiacevole», si limitò a scuotere la mano: «È una sciocchezza», e Bernard annuì: «L'ho pensato subito che non ci avresti neanche badato. Tu puoi fare mille altre cose più intelligenti».

Quando Bernard lo accompagnò alla macchina, Paul disse con molta malinconia: «L'orso si sbaglia e gli imagologi hanno ragione. L'uomo non è che la propria immagine. I filosofi possono dirci che è indifferente ciò che il mondo pensa di noi, che solo ciò che siamo ha valore. Ma i filosofi non capiscono niente. Finché viviamo con la gente siamo soltanto ciò che la gente ci considera. Pensare a come ci vedono gli altri e fare di tutto per rendere la nostra immagine più simpatica possibile viene considerato una specie di finzione o di comportamento sleale. Ma fra il mio io e quello degli altri esiste forse un qualche contatto diretto senza la mediazione degli occhi? È mai pensabile l'amore senza l'angoscioso inseguimento della propria immagine nella mente della persona amata? Nell'attimo in cui non ci interessa più come ci vede la persona che amiamo, abbiamo cessato di amarla».

«È vero» disse Bernard con voce afflitta.

«È un'ingenua illusione pensare che la nostra immagine sia solo un'apparenza, dietro la quale è nascosto il nostro io come unica, vera essenza, indipendente dagli occhi del mondo. Gli imagologi, con tutto il loro radicale cinismo, hanno scoperto che è proprio il contrario: il nostro io è una pura apparenza, inafferrabile, indescrivibile, nebulosa, mentre l'unica realtà, fin troppo facilmente afferrabile e descrivibile, è la nostra immagine agli occhi degli altri. E il peggio è che tu non ne sei padrone. All'inizio cerchi di dipingerla tu stesso, poi vuoi almeno influenzarla e controllarla, ma invano: basta una sola formula maligna e sei trasformato per sempre in una pietosa caricatura».

Si fermarono accanto alla macchina e Paul vide davanti a sé il viso di Bernard, ancora più angosciato e pallido. Capì che con le sue parole di un attimo prima, dettate da un genuino desiderio di consolare l'amico, lo aveva invece ferito. Se ne dispiacque: si era lasciato andare alla sua considerazione solo perché pensava a se stesso, alla propria situazione, e non a Bernard. Ma ormai non c'era rimedio.

Si salutarono, e Bernard disse con un imbarazzo che lo intenerì: «Ti prego soltanto di non dirlo a Laura. E anche ad Agnes non dire nulla».

Paul strinse con forza la mano all'amico: «Puoi contarci».

Tornò in studio e si mise al lavoro. L'incontro con

Bernard lo aveva stranamente confortato e si sentiva meglio rispetto alla mattina. Verso sera si ritrovò a casa con Agnes. Le disse della lettera e sottolineò subito che l'intera faccenda per lui non significava nulla. Si sforzava di ridere, ma Agnes si accorse che tra le parole e il riso Paul tossiva. Conosceva quella tosse. Paul riusciva sempre a controllarsi quando gli accadeva qualcosa di spiacevole, e solo quella breve tosse imbarazzata, di cui lui stesso non si rendeva conto, lo tradiva.

«Gli occorreva una trasmissione più divertente e più giovane» disse Agnes. Le sue parole volevano essere ironiche ed erano dirette contro quelli che avevano soppresso il programma di Paul. Poi lo accarezzò sui capelli. Ma erano cose che non avrebbe dovuto fare. Paul vide nei suoi occhi la propria immagine: l'immagine di un uomo umiliato, che, era stato deciso, non era più né giovane né divertente.

La gatta

Ognuno di noi desidera violare le convenzioni erotiche, i tabù erotici, ed entrare inebriato nel regno del Proibito. Ma abbiamo tutti così poco coraggio... Avere un'amante più vecchia oppure un amante più giovane si può forse raccomandare come il modo più facile e accessibile a tutti per violare la Proibizione. Laura per la prima volta in vita sua aveva un amante più giovane di lei, Bernard aveva per la prima volta un'amante più vecchia di lui ed entrambi lo vivevano come un eccitante peccato comune.

Nell'annunciare a Paul che accanto a Bernard era ringiovanita di dieci anni, Laura aveva detto la verità: un flusso di energia nuova era entrato in lei. Ma non per questo si sentiva più giovane di lui! Al contrario, gustava con un piacere mai conosciuto prima il fatto di avere un amante più giovane, che si considerava più debole e tremava al pensiero che l'amante esperta lo avrebbe confrontato con i suoi predecessori. L'erotismo è come il ballo: c'è sempre uno che conduce l'altro. Laura per la prima volta nella vita conduceva un uomo e condurre per lei era tanto inebriante quanto per Bernard lasciarsi condurre.

Ciò che una donna più vecchia offre all'uomo più giovane è in primo luogo la certezza che il loro amore si svolge lontano dalle trappole del matrimonio, perché dopotutto nessuno può pensare seriamente che un uomo giovane, di fronte al quale si stende una lunga vita piena di successi, si leghi a una donna che ha otto anni più di lui. In questo senso Bernard guardava a Laura proprio come Paul aveva guardato alla signora che aveva poi eletto a gemma della sua vita: supponeva che la sua amante contasse un giorno di ritirarsi spontaneamente davanti a una donna più giovane che Bernard avrebbe potuto presentare ai genitori senza metterli in imbarazzo. Confidando nella sua saggezza materna, sognava addirittura che un giorno lei avrebbe fatto da testimone alle sue nozze, nascondendo perfettamente di fronte alla sposa di essere stata un tempo (e magari, perché no?, di voler essere anche in seguito) la sua amante.

Erano stati felici insieme per due anni. Poi Bernard fu nominato asino integrale e diventò taciturno. Laura non sapeva nulla del diploma (Paul mantenne la parola) e poiché non era abituata a chiedergli del suo lavoro, non sapeva nulla nemmeno delle altre difficoltà che lui incontrava alla radio (le disgrazie, com'è noto, non vengono mai sole), cosicché interpretava i suoi silenzi come segno che lui aveva smesso di amarla. Già varie volte lo aveva sorpreso a pensare ad altro mentre lei gli parlava ed era sicura che in quei momenti lui pensasse a un'altra donna. Ah, in amore basta così poco a gettarci nella disperazione!

Un giorno arrivò da lei immerso come al solito in pensieri neri. Lei corse a cambiarsi nella stanza accanto e lui rimase in salotto da solo con la grossa gatta siamese, per la quale non nutriva una particolare simpatia, ma sulla quale sapeva che l'amante non intendeva ragioni. Seduto dunque in poltrona, in preda ai suoi pensieri neri, allungò meccanicamente la mano verso l'animale, supponendo di essere obbligato ad accarezzarlo. Ma la gatta soffiò e lo morse. Il morso si aggiunse di colpo a tutta la serie di fallimenti che nelle ultime settimane lo avevano perseguitato e umiliato, sicché fu assalito da una rabbia tremenda, balzò su dalla poltrona e si mise a darle la caccia. La gatta si rintanò in un angolo, fece la gobba e sibilò orrendamente.

Poi Bernard si girò e vide Laura. In piedi sulla soglia, era chiaro che aveva osservato tutta la scena. Disse: «No, non hai il diritto di punirla. Aveva pienamente ragione».

Bernard la guardò con stupore. Il morso gli faceva male e si aspettava dall'amante, non dico che si alleasse con lui contro l'animale, ma che almeno provasse un elementare sentimento di giustizia. Aveva una gran voglia di dare alla gatta un calcio così potente da farla rimanere spiaccicata sul soffitto del salotto. Solo con grandissimo sforzo si dominò.

Laura aggiunse, calcando ogni parola: «Lei esige che chi l'accarezza si concentri veramente. Anch'io non sopporto che qualcuno stia con me e nel frattempo pensi ad altro».

Un attimo prima infatti, osservando la reazione ostile della gatta alle carezze distratte di Bernard, aveva provato una violenta solidarietà con essa: da qualche settimana Bernard si comportava con lei esattamente allo stesso modo: la accarezzava e nel frattempo pensava ad altro; fingeva di essere con lei, ma lei sapeva che non ascoltava una sola parola.

Quando vide la gatta mordere Bernard, le sembrò che il suo secondo io, quell'io simbolico e mistico che era per lei la sua bestiola, volesse incitarla, mostrarle come doveva agire, esserle d'esempio. Ci sono momenti in cui bisogna mostrare gli artigli, si disse, e decise che durante la cena intima al ristorante dove sarebbero andati di lì a poco avrebbe finalmente trovato il coraggio per un'azione decisiva.

Anticipando gli eventi, dico chiaro e tondo che è difficile immaginare una stupidaggine più grossa della sua decisione. Quello che voleva fare andava esattamente contro tutti i suoi interessi. Devo infatti sottolineare che in quei due anni della loro relazione, Bernard era stato felice con lei, forse molto più felice di quanto la stessa Laura potesse sospettare. Lei era per lui una fuga dalla vita che il padre, l'armonioso Bertrand Bertrand, gli aveva preparato fin dall'infanzia. Finalmente poteva vivere libero, secondo i suoi desideri, avere un angolo nascosto in cui nessun membro della sua famiglia avrebbe infilato il naso, un angolo in cui si viveva in modo completamente diverso da quello a cui era abituato; adorava le stravaganze di Laura, il pianoforte, che lei suonava di tanto in tanto, i concerti a cui lo portava, i suoi stati d'animo e i suoi capricci. Con lei era lontano dalla gente ricca e noiosa tra la quale si muoveva suo padre. La loro felicità ovviamente dipendeva da una condizione: non dovevano sposarsi. Se fossero stati marito e moglie, tutto sarebbe di colpo cambiato: il loro legame sarebbe stato d'un tratto accessibile a tutti gli interventi della famiglia di lui; il loro amore avrebbe perso non solo il suo fascino ma il suo stesso senso. E Laura avrebbe perso tutti i poteri che finora aveva avuto su Bernard.

Come mai allora poté prendere una decisione tanto stupida, che andava contro tutti i suoi interessi? Conosceva così male il suo amante? Lo capiva così poco?

Sì, per quanto sia stupefacente, non lo conosceva e non lo capiva. Era persino fiera che di Bernard non le interessasse altro che il suo amore. Non gli aveva mai chiesto di suo padre. Non sapeva nulla della sua famiglia. Quando lui talvolta ne parlava, lei si annoiava ostentatamente e subito dichiarava che non voleva perdere in discorsi inutili il tempo che avrebbe potuto dedicare a Bernard. Ancor più stupefacente, però, è che nelle settimane buie del diploma, quando lui si era fatto silenzioso e si scusava dicendo di avere delle preoccupazioni, lei gli aveva sempre detto: «Sì, anch'io so che cosa sia avere delle preoccupazioni», ma non gli aveva mai fatto la più semplice di tutte le domande pensabili: «Che genere di preoccupazioni hai? Insomma, che cosa ti succede? Spiegami che cos'è che ti tormenta!».

È strano: era innamorata pazza di lui e nello stesso tempo non si interessava a lui. Potrei persino dire: era innamorata pazza di lui e *proprio per questo* non si interessava a lui. Se per caso le rimproverassimo il suo disinteresse e l'accusassimo di non conoscere il suo amante, non ci capirebbe. Laura infatti non sapeva che cosa significa *conoscere* qualcuno. In questo era come una vergine che crede di restare incinta se si bacia troppo con l'innamorato! Negli ultimi tempi pensava a Bernard quasi ininterrottamente. Immaginava il suo corpo, il suo viso, aveva la sensazione di essere costantemente con lui, di esserne pervasa. Perciò era sicura di conoscerlo a memoria, di conoscerlo come non lo aveva mai conosciuto nessuno. Il sentimento d'amore ci dà invariabilmente la falsa illusione della conoscenza.

Dopo questa spiegazione, possiamo forse arrivare a credere che al dolce lei gli disse (potrei addurre come scusa che avevano bevuto una bottiglia di vino e due cognac, ma sono sicuro che lo avrebbe detto anche se non fosse stata ubriaca): «Bernard, sposami!».

Il gesto di protesta contro la violazione dei diritti umani

Brigitte era uscita dalla lezione di tedesco fermamente decisa a porre fine ai suoi studi. Da un lato perché nella lingua di Goethe non vedeva alcuna utilità (era stata sua madre che l'aveva costretta a studiarla), dall'altro perché il tedesco suscitava in lei un profondo dissenso. Era una lingua che la irritava per la sua illogicità. Oggi aveva proprio perso le staffe: la preposizione *ohne* (senza) regge l'accusativo, la preposizione *mit* (con) il dativo. Perché? Eppure le due preposizioni indicano l'aspetto positivo e negativo della *stessa* relazione, e perciò dovrebbero reggere lo stesso caso. Lo fece notare al professore, un giovane tedesco, che cadde in imbarazzo e si sentì subito colpevole. Era un uomo simpatico e fine, che soffriva di essere membro della nazione che era stata governata da Hitler. Pronto a vedere nella sua patria tutti gli errori, ammise subito che non esisteva alcuna ragione accettabile perché le preposizioni *mit* e *ohne* reggessero due casi diversi.

«Non è logico, lo so, ma è un uso che si è formato nei secoli» disse, come se di fronte alla giovane francese volesse implorare pietà per una lingua maledetta della storia.

«Sono lieta che lo riconosca. Non è logico. E invece una lingua *deve* essere logica» disse Brigitte.

Il giovane tedesco ne convenne: «Purtroppo a noi è mancato Cartesio. È una lacuna imperdonabile nella nostra storia. La Germania non ha una tradizione di razionalità e di chiarezza, è piena di nebbie metafisiche e della musica di Wagner, e sappiamo tutti chi fosse il maggior ammiratore di Wagner: Hitler!».

Brigitte, cui non interessavano né Wagner né Hitler, continuò seguendo il proprio pensiero: «Una lingua non logica può essere imparata da un bambino, perché il bambino non pensa. Ma uno straniero adulto non potrà mai impararla. Perciò il tedesco per me non è una lingua universale».

«Ha perfettamente ragione» disse il tedesco e aggiunse piano: «Vede quanto era assurda la brama tedesca di dominare il mondo!».

Soddisfatta di sé, Brigitte salì in macchina e andò a comprare una bottiglia di vino da Fauchon. Ma al momento di parcheggiare, scoprì che non era possibile: file di automobili senza un solo spazio vuoto fiancheggiavano i marciapiedi nel raggio di un chilometro; dopo aver fatto lo stesso giro per un quarto d'ora, piena di sdegnato stupore davanti all'impossibilità di trovare un posto, salì con la macchina sul marciapiede e si fermò. Poi scese e si avviò verso il negozio. Già da lontano vide che accadeva qualcosa di insolito. Quando arrivò più vicino capì di che cosa si trattava:

Intorno e dentro al famoso negozio di gastronomia Fauchon, dove ogni prodotto è dieci volte più caro che altrove, sicché vengono a fare la spesa qui solo coloro che trovano maggior piacere nel pagare che nel mangiare, si affollavano circa un centinaio di persone mal vestite, dei disoccupati; era una manifestazione curiosa: i disoccupati non erano venuti né per rompere qualcosa né per minacciare né per gridare slogan; volevano solo mettere in imbarazzo i ricchi, rovinargli, con la loro presenza, il piacere del vino e del caviale. E difatti tutti i commessi e i compratori avevano improvvisamente sorrisetti timidi e non riuscivano più a vendere e a comprare.

Brigitte entrò facendosi largo. I disoccupati non le erano affatto antipatici e non aveva niente neanche contro le signore in pelliccia. Chiese energicamente una bottiglia di Bordeaux. Sorpresa dalla sua risolutezza, la commessa si rese conto d'un tratto che la presenza dei disoccupati, che non la stavano minacciando in alcun modo, non doveva impedirle di servire la giovane cliente. Brigitte pagò la bottiglia e tornò alla macchina, dove la attendevano due poliziotti pronti col blocchetto delle multe.

Cominciò a insultarli e quando loro dissero che la macchina parcheggiata a quel modo ostruiva il passaggio dei pedoni, indicò le file di macchine appiccicate una dietro l'altra: « Mi dite dove dovevo parcheggiare? » gridò. « Se è permesso comprare macchine, si deve anche garantire alla gente un posto dove metterle, no? Dovete essere più logici! ».

Racconto questo solo per un dettaglio: mentre gridava con i poliziotti, Brigitte si ricordò dei disoccupati che manifestavano da Fauchon e provò una viva simpatia per loro: si sentì unita a loro in una lotta comune. Questo le infuse coraggio; alzò la voce, i poliziotti (a disagio, proprio come le signore in pelliccia sotto lo sguardo dei disoccupati) ripeterono senza convinzione e ottusamente le parole proibito, non permesso, disciplina, ordine e alla fine la lasciarono andar via senza multa.

Durante l'alterco Brigitte aveva scosso la testa con brevi movimenti veloci, alzando le spalle e le sopracciglia. Quando a casa raccontò il fatto al padre, la sua testa descrisse lo stesso movimento. Abbiamo già incontrato questo gesto: esprime lo sdegnato stupore di fronte a chi vuole negarci i nostri più naturali diritti. Chiamiamolo perciò *il gesto di protesta contro la violazione dei diritti umani.*

Il concetto di diritti umani è vecchio di duecento anni, ma ha conosciuto il suo periodo di maggior gloria a partire dalla seconda metà degli anni Settanta del nostro secolo. Fu in quegli anni che Aleksandr Solženycin venne espulso dal suo paese e la sua figura insolita, ornata di barba e di catene, ipnotizzò gli intellettuali occidentali, malati di desiderio per il grande destino che non era toccato a loro. Solo grazie a lui arrivarono a credere, con cinquant'anni di ritardo, all'esistenza di campi di concentramento nella Russia comunista, e persino i progressisti d'un tratto furono pronti ad ammettere che non era giusto imprigionare la gente per le sue idee. E trovarono anche una giustificazione eccellente per il loro nuovo atteggiamento: i comunisti russi avevano violato i diritti umani, proclamati solennemente dalla stessa Rivoluzione francese!

Così, grazie a Solženycin, i diritti umani trovarono nuovamente posto nel vocabolario dei nostri tempi; non conosco un solo politico che non parli dieci volte al giorno di «lotta per i diritti umani» o di «negazione dei diritti umani». Tuttavia, poiché in Occidente non esiste la minaccia dei campi di concentramento e si può dire e scrivere ciò che si vuole, la lotta per i diritti umani, via via che ha guadagnato popolarità, si è svuotata di qualsiasi contenuto concreto, ed è infine diventata una specie di atteggiamento generale di tutti nei confronti di tutto, una sorta di energia che trasforma qualsiasi desiderio dell'uomo in diritto. Il mondo è diventato un diritto dell'uomo e tutto è diventato un diritto: il desiderio d'amore un diritto all'amore, il desiderio di riposo un diritto al riposo, il desiderio d'amicizia un diritto all'amicizia, il desiderio di guidare a velocità proibita un diritto a guidare a velocità proibita, il desiderio di felicità un diritto alla felicità, il desiderio di pubblicare un libro un diritto a pubblicare un libro, il desiderio di gridare in piazza di notte un diritto a gridare in piazza di notte. I disoccupati hanno il diritto di occupare il lussuoso negozio di gastronomia, le signore in pelliccia hanno il diritto di comprare il caviale, Brigitte ha il diritto di parcheggiare la macchina sul marciapiede e tutti, i disoccupati, le signore in pelliccia e Brigitte, appartengono allo stesso esercito di combattenti per i diritti umani.

Seduto in poltrona di fronte alla figlia, Paul guardava con amore la sua testa che si muoveva con brevi scatti orizzontali. Sapeva di piacere alla figlia, e questo per lui era più importante che piacere ad Agnes. Gli occhi ammirati della figlia gli davano infatti ciò che Agnes non poteva dargli: la prova che non si era estraniato dalla giovinezza, che apparteneva sempre al mondo dei giovani. Non erano trascorse neanche due ore dal momento in cui Agnes, intenerita dalla sua tosse, lo aveva accarezzato sui capelli. Quanto gli era più gradito guardare il movimento della testa della figlia che non sentire quelle umilianti carezze! La presenza della figlia agiva su di lui come un accumulatore di energia, da cui egli traeva forza.

Essere assolutamente moderni

Ah, il mio Paul, che voleva provocare e tormentare l'orso tirando una riga sulla storia, su Beethoven e su Picasso... Nella mia mente si confonde con Jaromil, il personaggio di un romanzo che ho scritto esattamente vent'anni fa e che in uno dei prossimi capitoli lascerò per il professor Avenarius in un bistrot del boulevard Montparnasse.

Siamo a Praga, nel 1948, e il diciottenne Jaromil è innamorato a morte della poesia moderna, di Breton, di Éluard, di Desnos, di Nezval, e sul loro esempio fa sua la frase di Rimbaud in *Una stagione all'inferno*: «Bisogna essere assolutamente moderni». Solo che quel che a Praga nel 1948 si annunciava d'un tratto come assolutamente moderno era la rivoluzione socialista, che immediatamente e brutalmente ripudiò l'arte moderna, della quale era innamorato a morte Jaromil. E allora il mio eroe, davanti a un gruppo di amici (come lui innamorati a morte dell'arte moderna), rinnegò con sarcasmo tutto ciò che amava (ciò che amava davvero e con tutta l'anima), perché non voleva tradire il grande ordine di «essere assolutamente moderni». Nel suo rinnegamento mise tutta la rabbia e la passione del ragazzo vergine che desidera entrare nell'età adulta con un'azione brutale, e gli amici, quando videro con quale accanimento rinnegava tutto quanto gli era più caro, ciò per cui viveva e voleva continuare a vivere, che rinnegava il cubismo e il surrealismo, Picasso e Dalí, Breton e Rimbaud, che li rinnegava nel nome di Lenin e dell'Armata rossa (che in quel momento costituivano il culmine di tutta la modernità pensabile), avevano un nodo in gola e provarono prima stupore, poi disgusto e alla fine quasi orrore. La vista di quel ragazzo vergine, pronto a uniformarsi a quel che si annunciava come moderno e a uniformarvisi non per viltà (in nome del successo personale o della carriera), ma coraggiosamente, come chi sacrifica con dolore ciò che ama, sì, quella vista aveva davvero in sé qualcosa di orribile (un presagio del terrore che seguì poi, il terrore delle persecuzioni e degli arresti). Forse, chissà, a qualcuno di quelli che allora lo osservavano passò per la mente il pensiero: «Jaromil è l'alleato dei suoi becchini».

Paul e Jaromil naturalmente non si assomigliano affatto. L'unica cosa che li unisce è appunto la loro appassionata convinzione che «bisogna essere assolutamente moderni». «Assolutamente moderni» è un concetto che non ha alcun contenuto stabilito o chiaramente definibile. È difficile che Rimbaud nel 1872 immaginasse dietro a quelle parole i milioni di busti di Lenin e di Stalin e ancor meno i film pubblicitari, le fotografie a colori sulle riviste o la faccia sconvolta di un cantante rock. Ma questo ha poca importanza, perché essere assolutamente moderni significa: non mettere mai in discussione il contenuto della modernità e servirlo come si serve l'assoluto, ossia senza dubitare.

Paul sapeva, proprio come Jaromil, che la modernità di oggi è una e quella di domani è un'altra, e che per l'eterno *imperativo* della modernità bisogna saper tradire il suo mutevole *contenuto*, per lo *slogan* di Rimbaud tradire i suoi *versi*. A Parigi nel 1968, con una terminologia ancora più radicale di quella che usava Jaromil nel 1948 a Praga, gli studenti rifiutavano il mondo così com'era, il mondo della superficialità, delle comodità, del commercio, della pubblicità, della sciocca cultura di massa, che imbottisce la testa della gente con i suoi melodrammi, il mondo delle convenzioni, il mondo del padre. Paul allora aveva passato varie notti sulle barricate e aveva la stessa voce decisa che aveva Jaromil vent'anni prima di lui, non si faceva intenerire da nulla, e appoggiato al braccio che la rivolta studentesca gli offriva, usciva dal mondo dei padri, per essere a trenta o trentacinque anni finalmente adulto.

Ma poi il tempo è passato, sua figlia è cresciuta, e si è sentita perfettamente a suo agio nel mondo così com'è, nel mondo della televisione, del rock, della pubblicità, della cultura di massa e dei suoi melodrammi, nel mondo dei cantanti, delle automobili, dei lussuosi negozi di gastronomia e degli eleganti industriali che diventano star della televisione. Sebbene Paul fosse in grado di difendere le sue opinioni contro giudici, poliziotti, prefetti e ministri, non era in grado di difenderle davanti a sua figlia, che gli si sedeva sulle ginocchia e non aveva alcuna fretta di abbandonare il mondo del padre e diventare adulta. Al contrario, voleva restare il più a lungo possibile a casa con il suo tollerante papà, il quale (quasi intenerito) le permetteva ogni sabato di rimanere tutta la notte con un amico in camera sua.

Che cosa significa essere assolutamente moderni quando un uomo non è più giovane e sua figlia è completamente diversa da come era lui alla sua età? Paul aveva trovato facilmente la risposta: essere assolutamente moderni in tal caso significa identificarsi assolutamente con la figlia.

Immagino Paul seduto a casa con Agnes e Brigitte, a cena. Brigitte è leggermente girata sulla sedia, mastica e guarda lo schermo del televisore. Tutti e tre tacciono perché il volume è alzato al massimo. Paul ha sempre in mente la funesta frase dell'orso, che lo ha chiamato alleato dei suoi stessi becchini. Poi la risata della figlia lo distoglie dai suoi pensieri: sullo schermo si vede una pubblicità: un bambino nudo, di appena un anno, si alza dal vasetto e si allontana tirandosi dietro la carta igienica, che si srotola e si svolge candidamente dietro alla figuretta che avanza, come uno splendido velo nuziale. E Paul in quel momento ricorda di aver scoperto con sorpresa, poco tempo prima, che Brigitte non ha mai letto una poesia di Rimbaud. Pensando a quanto lui alla sua età amasse Rimbaud, può a buon diritto considerarla il proprio becchino.

Prova un che di malinconico all'idea che sua figlia rida di cuore per una sciocchezza alla televisione e non abbia mai letto il suo amato poeta. Ma poi si chiede: perché, in realtà, lui amava tanto Rimbaud? Com'era arrivato a quell'amore? Era stato affascinato dai suoi versi? No. Rimbaud allora si fondeva per lui in un unico amalgama rivoluzionario con Trockij, Breton, i surrealisti, Mao, Castro. La prima cosa che aveva conosciuto di Rimbaud era stato il suo slogan fin troppo noto: *cambiare la vita*. (Come se ci fosse bisogno di genio poetico per una formula così banale...). Sì, è vero che poi aveva letto i suoi versi e alcuni li sapeva anche a memoria e li amava. Ma non aveva mai letto tutte le sue poesie e amava solo quelle di cui gli avevano parlato i suoi conoscenti, che a loro volta ne parlavano perché erano state raccomandate dai loro conoscenti. Rimbaud dunque non era il suo amore estetico e può darsi che di amori estetici non ne avesse mai avuti. Lo seguiva come si segue una bandiera, o un partito politico, o la squadra di calcio per cui si fa il tifo. Che cosa avevano portato veramente a Paul i versi di Rimbaud? Solo l'orgoglio di far parte di coloro che amavano i versi di Rimbaud.

Ripensava di continuo alla recente discussione con l'orso: sì, aveva esagerato, si era lasciato trasportare dal paradosso, aveva provocato l'orso e tutti gli altri, ma pensandoci bene, tutto ciò che aveva detto non era la verità? Ciò che l'orso con tanto rispetto chiama « cultura » non sarà solo una nostra autoillusione, una cosa che è senza dubbio bella e preziosa, ma che per noi significa molto meno di quanto riusciamo ad ammettere?

Qualche giorno prima aveva esposto a Brigitte le idee che avevano scioccato l'orso, cercando di usare le stesse parole. Voleva vedere come avrebbe reagito. La figlia non solo non fu scandalizzata da quelle formulazioni provocatorie, ma era pronta ad andare ancora più in là. Questo per Paul fu molto importante. Infatti si era attaccato sempre più alla figlia e negli ultimi anni chiedeva il suo parere per tutti i suoi problemi. All'inizio l'aveva fatto a fini educativi, per costringerla a pensare a cose serie, ma presto i ruoli inavvertitamente si capovolsero: non somigliava più al maestro che incoraggia con le domande uno scolaro timido, ma a un uomo insicuro che va a consultare un'indovina.

All'indovina non si chiede di essere saggia (Paul non ha un'opinione esagerata né del talento né della cultura di sua figlia), ma di essere legata da condutture invisibili a un serbatoio di saggezza che si trova fuori di lei. Quando ascoltava le opinioni esposte da Brigitte, non le attribuiva a una sua originalità personale, ma alla grande saggezza collettiva della gioventù che parlava attraverso la sua bocca, e le accoglieva per questo con sempre maggior fiducia.

Agnes si alzò, raccolse i piatti e li portò in cucina. Brigitte si era girata con tutta la sedia verso lo schermo e Paul restò solo a tavola. Gli tornò in mente un gioco di società a cui giocavano i suoi genitori. Dieci persone camminano in cerchio intorno a dieci sedie e a un segnale convenuto tutti si devono sedere. Su ogni sedia c'è una scritta. Su quella rimasta per lui c'è scritto: *spiritoso alleato dei propri becchini*. E Paul sa che il gioco è finito e che lui resterà seduto su quella sedia per sempre.

Che fare? Niente. Del resto, perché uno non dovrebbe essere alleato dei propri becchini? Deve forse fare a pugni con loro? Perché poi i becchini sputino anche sulla sua bara?

Sentiva di nuovo la risata di Brigitte e subito gli venne in mente una nuova definizione, la più paradossale, la più radicale. Gli piacque tanto che quasi dimenticò la sua tristezza. Questa era la definizione: essere assolutamente moderni significa essere alleati dei propri becchini.

Essere vittime della propria fama

Dire a Bernard «sposami!» era in ogni caso un errore, ma dirglielo dopo che lui aveva ricevuto il diploma di asino integrale era un errore grosso come il Monte Bianco. Dobbiamo infatti tener presente una cosa che a prima vista sembra piuttosto inverosimile, ma senza la quale non si può comprendere Bernard: a parte il morbillo durante l'infanzia non aveva conosciuto nessuna malattia, a parte la morte del cane da caccia di suo padre nessun lutto lo aveva finora colpito, e a parte qualche brutto voto agli esami non aveva conosciuto insuccessi; era vissuto nella naturale convinzione di essere destinato alla felicità e di risultare simpatico a tutti. La nomina ad asino era il primo grande colpo che riceveva.

Vi fu poi una singolare combinazione di circostanze. Più o meno nello stesso periodo gli imagologi avevano lanciato la campagna pubblicitaria per la sua stazione radio e su grandi manifesti appesi in tutta la Francia appariva ora la fotografia a colori dell'équipe redazionale: erano tutti in piedi, sullo sfondo del cielo azzurro, in camicia bianca e maniche rimboccate, e a bocca aperta: ridevano. All'inizio Bernard camminava per Parigi vibrante di orgoglio. Ma dopo una o due settimane di fama immacolata era venuto a trovarlo quel gigante panciuto e sorridendo gli aveva consegnato il tubo di cartone con il diploma. Se fosse accaduto all'epoca in cui la sua foto gigante non era ancora stata offerta al mondo intero, forse lo avrebbe sopportato un po' meglio. Ma la fama di quella foto conferì all'onta del diploma una sorta di risonanza; la amplificò.

Se «Le Monde» pubblica la notizia che uno sconosciuto di nome Bernard Bertrand è stato nominato asino integrale è un conto, ben altra cosa è se questa notizia riguarda uno la cui fotografia si trova ad ogni angolo di strada. La fama aggiunge a tutto quel che ci capita un'eco centuplicata. È scomodo andare per il mondo con l'eco. Bernard comprese d'un tratto la sua nuova vulnerabilità e si disse che la fama era esattamente ciò a cui non aveva mai tenuto. Certo, voleva avere successo, ma il successo e la fama sono due cose diverse. Fama significa essere conosciuti da molte persone che voi non conoscete e che avanzano pretese su di voi, vogliono sapere tutto di voi e si comportano come se voi gli apparteneste. Gli attori, i cantanti, i politici provano ovviamente una specie di voluttà quando possono donarsi agli altri in questo modo. Ma Bernard non desiderava quella voluttà. Poco tempo prima, intervistando l'attore il cui figlio era coinvolto in uno scandalo increscioso, aveva goduto nel vedere come la fama diventava il tallone d'Achille dell'attore, la sua debolezza, la chioma per la quale Bernard poteva afferrarlo, scuoterlo senza mai mollarlo. Bernard desiderava essere sempre colui che fa le domande, non colui che deve rispondere. La fama appartiene a chi risponde, non a chi interroga. La faccia di chi risponde è illuminata dal riflettore, mentre chi fa le domande è ripreso di spalle. È illuminato Nixon, e non Woodward. Bernard non desidera la fama dell'illuminato, ma il potere di chi sta in penombra. Desidera la forza del cacciatore che spara alla tigre, e non la fama della tigre, ammirata da coloro che la useranno come scendiletto.

Purtroppo, la fama non appartiene soltanto ai personaggi famosi. Ogni uomo vive nella vita la sua piccola, breve fama e almeno per un momento prova le stesse emozioni di Greta Garbo, di Nixon o della tigre scuoiata. La bocca aperta di Bernard rideva dai muri di Parigi e lui aveva la sensazione di essere messo alla gogna: tutti lo vedevano, lo esaminavano, lo giudicavano. Nel momento in cui Laura disse: «Bernard, sposami!», lui la immaginò sulla gogna al suo fianco. E allora d'un tratto (mai prima d'ora gli era capitato!) la vide vecchia, sgradevolmente eccentrica e un po' ridicola.

Tutto ciò era ancora più stupido, in quanto non aveva mai avuto tanto bisogno di lei come adesso. Di tutti gli amori possibili il più necessario per lui restava sempre quello di una donna più vecchia, a patto che questo amore fosse sempre più segreto e la donna sempre più saggia e più discreta. Se Laura, invece di proporgli stupidamente di sposarla, avesse deciso di costruire con il loro amore un castello lussuoso, lontano dalla vita sociale, non avrebbe dovuto temere per Bernard. Ma lei vedeva la sua fotografia ad ogni angolo di strada e quando la unì al suo mutato comportamento, ai suoi silenzi e alla sua distrazione, concluse senza troppo riflettere che il successo aveva portato sulla strada di Bernard un'altra donna, alla quale lui pensava senza sosta. E poiché non voleva arrendersi senza lottare, era passata all'attacco.

Ora capite perché Bernard batteva in ritirata. Quando uno attacca, l'altro deve ritirarsi, è una legge. La ritirata, come tutti sanno, è la manovra militare più difficile. Bernard ci si applicò con la precisione di un matematico: se finora era abituato a passare da Laura quattro notti alla settimana, adesso le limitò a due; se era abituato a stare insieme a lei tutti i week-end, ora stava con lei una domenica sì e una no e si apprestava ad operare in futuro nuove restrizioni. Si sentiva come il pilota di un razzo che, rientrando nella stratosfera, doveva frenare repentinamente. Sicché frenava, con cautela e determinazione, mentre la sua affascinante e materna amica spariva dalla sua vista. Al suo posto c'era una donna litigiosa, senza più saggezza e maturità e spiacevolmente attiva.

Un giorno l'orso gli disse: « Ho conosciuto la tua fidanzata ».

Bernard arrossì di vergogna.

L'orso continuò: « Parlava di qualche incomprensione tra voi. È una donna simpatica. Sii più buono con lei ».

Bernard impallidì dalla rabbia. Sapeva che l'orso non era capace di tenere a freno la lingua e non dubitava che tutta la radio fosse già informata sull'identità della sua amante. Mettersi con una donna più vecchia gli era sembrata finora un'amabile perversione, quasi un segno di coraggio, ma adesso era certo che i colleghi non avrebbero visto nella sua scelta che una nuova conferma della sua asineria.

« Perché vai a lamentarti di me con gli estranei? ».

« Quali estranei? ».

« L'orso ».

« Pensavo che fosse tuo amico ».

« Anche se fosse un amico, perché gli confidi le nostre faccende intime? ».

Lei disse tristemente: « Io non nascondo che ti amo. Oppure non ho il diritto di parlarne? Ti vergogni di me, forse? ».

Bernard non rispose. Sì, si vergognava di lei. Si vergognava di lei anche se con lei era felice. Ma era felice solo nei momenti in cui dimenticava che si vergognava di lei.

La lotta

Laura la prese molto male quando si accorse che il razzo dell'amore rallentava il suo volo.
« Spiegami che cosa ti è successo! ».
« Non mi è successo niente ».
« Sei cambiato ».
« Ho bisogno di stare solo ».
« Ti è successo qualcosa? ».
« Ho delle preoccupazioni ».
« Se hai delle preoccupazioni, è una ragione di più per non stare solo. Quando si hanno delle preoccupazioni, si ha bisogno dell'altro accanto a sé ».
Un venerdì lui andò nella sua casa in campagna e non la invitò. Il sabato lei comparve, non invitata. Sapeva che non doveva farlo, ma da tempo era abituata a fare ciò che non doveva, e ne era addirittura orgogliosa, perché proprio per questo gli uomini la ammiravano, Bernard ancora più degli altri. Talvolta, nel mezzo di un concerto o di uno spettacolo teatrale che non le piaceva, per protesta si alzava e andava via ostentatamente e rumorosamente, sotto gli occhi scandalizzati di tutta la platea. Una volta che Bernard le aveva mandato al negozio la figlia sedicenne della portinaia con una lettera che lei aspettava con ansia, in un impeto di gioia aveva preso da uno scaffale un cappello di pelliccia che costava come minimo duemila franchi e l'aveva regalato alla ragazza. Un'altra volta che avevano preso in affitto una villetta al mare per due giorni di vacanza, volendo punire l'amante per qualcosa, gio-

cò tutto il giorno con il figlio dodicenne di un pescatore loro vicino, fingendo di aver dimenticato l'esistenza di lui. Lo strano fu che anche questa volta, pur sentendosi ferito, Bernard finì per vedere nel suo modo di agire un'incantevole spontaneità («per quel bambino ho scordato il mondo intero!»), unita a un che di femminile che lo disarmava (non era forse maternamente commossa dal bambino?), e la sua rabbia sparì quando il giorno dopo lei ignorò il figlio del pescatore e si dedicò a lui. Le sue trovate capricciose, sotto gli occhi innamorati e ammirati di Bernard, fiorivano lietamente, si potrebbe dire che sbocciavano come rose; in quelle azioni sconvenienti e in quelle parole avventate Laura vedeva la propria personalità, il fascino del proprio io, ed era felice.

Nel momento in cui Bernard cominciò a sfuggirle, il suo comportamento stravagante, pur non cambiando, perse di colpo il suo tratto felice e la sua naturalezza. Il giorno in cui decise di andare a trovarlo non invitata, sapeva che non avrebbe destato ammirazione ed entrò in casa sua con una sensazione d'angoscia che rese la sicura sfrontatezza delle sue azioni, altre volte innocente e persino affascinante, aggressiva e spasmodica. Lei ne era consapevole ed era in collera con lui per averle tolto la gioia che fino a poco tempo prima aveva di se stessa, una gioia che ora si rivelava fragilissima, senza radici, e del tutto dipendente da lui, dal suo amore e dalla sua ammirazione. Ma tanto più qualcosa la spingeva ad agire in modo eccentrico, irragionevole, e a provocarlo perché fosse cattivo con lei; voleva causare un'esplosione, con la segreta e vaga fiducia che dopo la tempesta le nubi si sarebbero dissipate e tutto sarebbe tornato come prima.

«Sono qui. Spero che ti faccia piacere» disse ridendo.

«Sì, mi fa piacere. Ma io sono venuto per lavorare».

«Non ti disturberò mentre lavori. Non voglio niente da te. Non voglio altro che stare con te. Ti ho mai disturbato mentre lavoravi?».

Lui non rispose.

«Eppure siamo andati spesso fuori quando tu preparavi la trasmissione. Ti ho forse mai disturbato?».

Lui non rispose.

«Ti ho disturbato?».

Non c'era niente da fare. Doveva rispondere: «No, non mi hai disturbato».

«Allora perché adesso ti disturbo?».

«Non mi disturbi».

«Non mentire! Comportati da uomo e trova almeno il coraggio di dirmi che sei fuori dai gangheri perché sono venuta senza essere invitata. Non sopporto gli uomini vigliacchi. Preferisco che tu mi dica di sparire. Dillo!».

Lui alzò le spalle, imbarazzato.

«Perché sei così vigliacco?».

Di nuovo lui alzò le spalle.

«Non alzare le spalle!».

Lui aveva voglia di alzare le spalle per la terza volta, ma non lo fece.

«Spiegami che cosa ti è successo!».

«Non mi è successo niente».

«Sei cambiato».

«Laura, ho delle preoccupazioni!» disse lui, alzando la voce.

«Anch'io ho delle preoccupazioni!» ribatté lei, sullo stesso tono.

Bernard capiva che si stava comportando come uno stupido, come un bambino sgridato dalla mamma, e la odiava per questo. Ma che altro fare? Con le donne sapeva essere tenero, divertente, forse anche seducente, ma non sapeva essere cattivo, non glielo avevano mai insegnato, anzi, tutti gli avevano sempre detto e ripetuto che con le donne non bisogna mai essere cattivi. Come deve agire un uomo con una donna che arriva da lui senza essere stata invitata? Dov'è l'università in cui si possano imparare queste cose?

Smise di risponderle e andò nella stanza accanto. Si stese sul divano e prese il primo libro che gli capitò per le mani. Era un giallo in edizione tascabile. Sdraiato sulla schiena, teneva il libro aperto sul petto, facendo finta di leggere. Passò circa un minuto ed entrò Laura. Si sedette in poltrona di fronte a lui. Notò l'illustrazione a colori che decorava la copertina del libro e disse: « Ma come fai a leggere quella roba? ».

Lui la guardò sorpreso.

« Sto osservando la copertina » disse lei.

Lui continuava a non capire.

« Come puoi farmi vedere una copertina così di cattivo gusto? Se proprio devi leggere quel libro in mia presenza, fammi il piacere di strappare la copertina ».

Bernard non disse nulla, strappò via la copertina, gliela diede e continuò a leggere.

Laura aveva voglia di gridare. Si disse che a questo punto avrebbe dovuto alzarsi, andarsene e non rivederlo mai più. Oppure scostare leggermente il libro che teneva in mano e sputargli in faccia. Ma non aveva il coraggio né per l'una né per l'altra cosa. Invece si gettò su di lui (il libro cadde sul tappeto) e prese a baciarlo furiosamente, toccandolo per tutto il corpo.

Bernard non aveva la minima voglia di fare l'amore. Ma se aveva osato rifiutare di discutere con lei, non seppe rifiutare il suo invito erotico. D'altra parte in questo assomigliava a tutti gli uomini del mondo. Chi di loro osa dire a una donna che con un movimento erotico li tocca tra le gambe: «Togli quella mano!»? E così, colui che un attimo prima con sprezzante superbia aveva strappato la copertina del libro, porgendola all'amante umiliata, ora rispondeva ubbidiente al tocco delle sue dita, la baciava e intanto si toglieva i pantaloni.

Ma neanche lei desiderava fare l'amore. Se era balzata su di lui, era stato per la disperazione di non sapere che cosa fare e la necessità di fare qualcosa. Quelle carezze appassionate e impazienti esprimevano il suo cieco desiderio di un'azione, il suo muto desiderio di una parola. Quando cominciarono a fare l'amore, lei si sforzò perché il loro abbraccio fosse più selvaggio che mai e smisurato quanto un incendio. Ma come riuscirci, durante un amplesso silenzioso (perché i loro amplessi erano sempre muti, se escludiamo una o due parole liriche dette ansimando)? Sì, come? con l'irruenza dei movimenti? con l'intensità dei sospiri? con frequenti cambiamenti di posizione? Non conosceva altri modi e ora li usava tutti e tre. Ma soprattutto, di sua iniziativa, cambiava ogni istante la posizione del proprio corpo; ora stava carponi, ora si sedeva a cavalcioni sopra di lui, o inventava nuove posizioni, estremamente scomode, che non avevano mai usato.

Bertrand interpretò la sua sorprendente attività fisica come un invito che non poteva lasciare inascoltato. Riaffiorò in lui l'antica angoscia del ragazzo timoroso che gli altri sottovalutino il suo talento e la sua maturità erotica. Quest'angoscia restituiva a Laura un potere che nelle ultime settimane aveva perso e sul quale un tempo era fondato il loro rapporto: il potere della donna più vecchia del suo compagno. Lui aveva di nuovo la sgradevole impressione che Laura fosse più esperta, che sapesse ciò che lui non sapeva, che potesse confrontarlo con altri e giudicarlo. Perciò eseguiva tutti i movimenti richiesti con straordinario zelo e al minimo cenno che lei voleva cambiare posizione reagiva con prontezza e disciplina, come un soldato in un'esercitazione. L'inatteso impegno motorio del loro rapporto lo occupò così a fondo che non ebbe neanche il tempo di chiedersi se era eccitato oppure no e se provava qualcosa che si potesse chiamare voluttà.

Neanche lei pensava al piacere e all'eccitazione. Si diceva: non ti lascerò, non mi scaccerai, lotterò per tenerti. E il suo sesso che si muoveva su e giù si era trasformato in una macchina da guerra che lei aveva messo in moto e guidava. Si diceva che quella era la sua ultima arma, l'unica che le era rimasta, ma onnipotente. Al ritmo dei suoi movimenti ripeteva fra sé, come il basso ostinato in una composizione musicale: *lotterò, lotterò, lotterò,* e credeva di vincere.

Basta aprire un qualsiasi vocabolario. Lottare significa mettere la propria volontà contro la volontà di un altro, allo scopo di spezzare l'altro, di metterlo in ginocchio, eventualmente di ucciderlo. «La vita è lotta» è una frase che la prima volta deve essere stata pronunciata con malinconia e rassegnazione. Il nostro secolo di ottimismo e di massacri è riuscito a trasformare questa frase terribile in una dolce canzone. Direte che forse lottare *contro* qualcuno è terribile, ma lottare *per* qualcosa, per avere qualcosa, è nobile e bello. Sì, è bello fare ogni sforzo per ottenere la felicità (l'amore, la giustizia e così via), ma se vi piace designare i vostri sforzi con la parola lotta, significa che dietro al vostro nobile sforzo si cela il desiderio di buttare a terra qualcuno. La lotta *per* è sempre legata alla lotta *contro* e la preposizione per nel corso della lotta viene sempre dimenticata a favore della preposizione contro.

Il sesso di Laura si muoveva con forza su e giù. Laura lottava. Faceva l'amore e lottava. Lottava per Bernard. Ma contro chi? Contro colui che stringeva a sé e poi di nuovo respingeva, per costringerlo ad assumere un'altra posizione. Questa ginnastica estenuante sul divano e sul tappeto, che li bagnava di sudore, che li lasciava senza fiato, assomigliava alla pantomima di una lotta spietata: lei lottava e lui si difendeva, lei dava ordini e lui ubbidiva.

Il professor Avenarius

Il professor Avenarius scese lungo l'avenue du Maine, superò la stazione Montparnasse e poiché non aveva fretta, decise di passare per i grandi magazzini Lafayette. Nel reparto donna si trovò circondato dai manichini di cera vestiti all'ultima moda, che lo osservavano da tutte le parti. Avenarius amava la loro compagnia. Soprattutto lo attiravano le figure femminili che sembravano impietrite in un movimento convulso, con le bocche spalancate che non esprimevano il riso (gli angoli della bocca non erano allungati), bensì lo spavento. Il professor Avenarius immaginava che tutte quelle donne impietrite avessero appena visto il suo membro splendidamente eretto, il quale non solo era gigantesco ma si distingueva dagli altri perché terminava con una piccola testa di diavolo cornuto. Oltre ai manichini che esprimevano un ammirato orrore, ce n'erano altri le cui labbra, protese a boccuccia invece che aperte, avevano la forma di un grosso anello rosso con un piccolo orifizio al centro, come se ad ogni istante dovessero sporgere la lingua per invitare il professor Avenarius a un bacio sensuale. E poi c'era un terzo gruppo di manichini, le cui labbra disegnavano sul volto di cera un sorriso trasognato. I loro occhi semichiusi lasciavano chiaramente intendere che stavano assaporando il lungo, tranquillo piacere dell'amplesso.

La splendida sessualità che i manichini diffondevano nell'aria, come onde di radiazioni atomiche, non trovava eco in nessuno; tra la merce esposta camminava gente stanca, grigia, annoiata, irritata e del tutto indifferente al sesso; solo il professor Avenarius passeggiava felice in quel luogo, con la sensazione di essere il capo di una gigantesca partouze.

Ma tutto ciò che è bello finisce: il professor Avenarius uscì dai grandi magazzini e si ritrovò su una scalinata, per la quale scese nei sotterranei del métro, poiché voleva sottrarsi ai fiumi di macchine che percorrevano il boulevard. Passava di lì spesso e nulla di ciò che vedeva lo meravigliava. Nel corridoio sotterraneo si assisteva alle solite scene. C'erano due clochards barcollanti, uno dei quali stringeva in mano un fiasco di vino rosso e di tanto in tanto si rivolgeva con pigrizia ai passanti per chiedere con un disarmante sorriso un contributo per un'altra bottiglia. Seduto per terra accanto al muro, un giovane teneva la faccia nascosta nel palmo delle mani; davanti a lui una scritta fatta col gesso sul pavimento diceva che era appena uscito dal carcere, che non riusciva a trovare lavoro e aveva fame. Infine (in piedi contro il muro opposto a quello del giovane uscito dal carcere) c'era un uomo dall'aria stanca con ai piedi di qua un cappello, sul cui fondo luccicava qualche spicciolo, e di là una tromba.

Era una scena più che normale, e un solo particolare insolito attirò il professor Avenarius. Proprio tra il giovane uscito dal carcere e i due clochards ubriachi, non vicino al muro ma in mezzo al corridoio, una signora piuttosto carina, non ancora quarantenne, teneva in mano una cassetta per le offerte rossa e con un sorriso radioso pieno di seducente femminilità la porgeva ai passanti; sulla cassetta c'era una scritta: *aiutate i lebbrosi*. L'abito elegante della signora contrastava con l'ambiente e il suo entusiasmo illuminava la penombra del corridoio come una lanterna. La sua presenza ovviamente toglieva il buonumore ai mendicanti, abituati a passare lì le loro giornate lavorative, e la tromba ai piedi del musicista era indubbiamente un'espressione di resa di fronte alla concorrenza sleale.

Ogni volta che la signora incontrava con gli occhi uno sguardo, pronunciava senza emettere voce, in modo che i passanti leggessero le parole sulle sue labbra piuttosto che sentirle: «I lebbrosi!». Anche il professor Avenarius voleva leggere quelle parole sulle sue labbra, ma la donna, quando lo vide, disse soltanto: «I leb–» e lasciò «brosi» in sospeso perché lo riconobbe. Avenarius a sua volta riconobbe lei e non riusciva a spiegarsi come fosse capitata in quel posto. Risalì di corsa le scale e si trovò dall'altra parte del boulevard.

Lì comprese che l'idea di passare sotto ai fiumi di macchine era stata inutile, perché il traffico era bloccato: dalla Coupole verso la rue de Rennes, una folla di persone marciava al centro della strada. Poiché avevano tutti la faccia scura, il professor Avenarius pensò che fossero giovani arabi che protestavano contro il razzismo. Indifferente, fece un altro paio di metri e aprì la porta di un caffè; il gestore gli gridò: «Si è fermato qui il signor Kundera. Ha detto che doveva fare un salto in un altro posto e si scusa del ritardo. Le ha lasciato un libro perché si diverta mentre aspetta», e gli porse il mio romanzo *La vita è altrove* nell'edizione economica detta Folio.

Avenarius si infilò il libro in tasca senza neanche dargli un'occhiata, perché in quell'istante gli tornò in mente la donna con la cassetta rossa ed ebbe il desiderio di rivederla.

«Torno fra un attimo» disse e uscì. Dalle scritte sopra le teste dei dimostranti capì finalmente che quelli che marciavano lungo il boulevard non erano arabi, bensì turchi, e che non protestavano contro il razzismo francese, bensì contro la bulgarizzazione della minoranza turca in Bulgaria. I manifestanti alzavano i pugni, ma con una certa stanchezza, perché lo sconfinato disinteresse dei parigini sul marciapiede li stava portando sull'orlo della disperazione. Ma quando videro il ventre possente e minaccioso di un uomo che incedeva lungo il bordo del marciapiede nella loro stessa direzione e col pugno levato gridava: «À bas les Russes! À bas les Bulgares! Abbasso i russi! Abbasso i bulgari!», furono percorsi da una nuova energia e un clamore di slogan si alzò nuovamente sul boulevard.

Vicino alle scale del métro, che aveva salito di corsa un momento prima, Avenarius vide due brutte vecchie che distribuivano volantini. Desideroso di sapere qualcosa sulla lotta turca, chiese a una di loro: «Voi siete turche?». «Per carità, no!» si schermì quella, come se l'avesse accusata di una cosa terribile. «Non abbiamo niente a che fare con la manifestazione. Noi siamo qui per protestare contro il razzismo». Il professor Avenarius prese un volantino da entrambe le donne e si imbatté nel sorriso di un giovanotto appoggiato con nonchalance al parapetto del métro. Con un allegro fare provocatorio anche lui gli porse un volantino.

«Questo contro che cosa è?» domandò Avenarius.

«È per la libertà dei canachi nella Nuova Caledonia».

Il professor Avenarius dunque, con tre volantini, scese nel sotterraneo del métro e già da lontano notò che l'atmosfera delle catacombe era cambiata; l'insulsa stanchezza era sparita, e stava succedendo qualcosa: gli giungeva la voce allegra della tromba, applausi, risa. Poi vide tutta la scena: la giovane signora era sempre là, ma circondata dai due clochards: uno la teneva per la mano libera, l'altro stringeva delicatamente il braccio che reggeva la cassetta. Quello che la teneva per la mano faceva passi di danza, tre indietro, tre in avanti. Quello che la teneva sotto il braccio allungava verso i passanti il cappello del musicista e gridava: «Pour les lépreux! Per i lebbrosi! Pour l'Afrique!» e accanto a lui il trombettista suonava, suonava, ah! suonava come non aveva mai suonato in vita sua e tutt'intorno la gente si affollava divertita, sorrideva, tirava monete nel cappello del clochard, persino banconote, e lui ringraziava: « Merci! Ah, que la France est généreuse! Senza la Francia i lebbrosi creperebbero come bestie! Ah, que la France est généreuse! ».

La signora non sapeva che cosa fare; a tratti cercava di liberarsi e poi di nuovo, quando udiva l'applauso degli spettatori, faceva dei passettini avanti e indietro. D'improvviso il clochard cercò di girarla verso di sé per ballare con lei corpo a corpo. Investita dal puzzo d'alcool che veniva dalla sua bocca, cominciò a difendersi confusamente, con l'angoscia e la paura sul volto.

Il giovane rilasciato dal carcere d'un tratto si alzò e iniziò ad agitare il braccio, come se volesse avvertire i due clochards di qualcosa. Si stavano avvicinando due poliziotti. Quando il professor Avenarius li notò, anche lui si mise a ballare. Faceva oscillare da una parte all'altra il suo ventre enorme, faceva dei cerchi con i gomiti all'altezza delle spalle, sorrideva a destra e a sinistra e diffondeva intorno a sé un indicibile senso di pace e di spensieratezza. Quando i poliziotti passarono lì davanti, sorrise alla signora con la cassetta come fosse suo alleato e prese a battere le mani al ritmo della tromba. I poliziotti si voltarono a guardare impassibili e continuarono la ronda.

Raggiante per il successo, Avenarius diede ai suoi passi ancora più slancio, piroettò con insospettata leggerezza, corse avanti e indietro, lanciò le gambe in aria imitando i gesti di una ballerina di can can che si solleva la gonna. Ispirato da tutto questo, il clochard che teneva a braccetto la signora si chinò e le prese fra le dita l'orlo della gonna. Lei voleva difendersi, ma non riusciva a staccare gli occhi dall'uomo grasso che le sorrideva incoraggiante; quando si sforzò di ricambiare il sorriso, il clochard le alzò la gonna fino alla vita: apparvero le gambe nude e le mutande verdi (ottima scelta con la gonna rosa). Lei cercò ancora di divincolarsi, ma era impotente: in una mano aveva la cassetta (nessuno ci aveva buttato dentro neanche un centesimo, ma lei la teneva saldamente, come se in essa fosse racchiuso tutto il suo onore, il senso della sua vita, forse la sua stessa anima), mentre l'altra mano era immobilizzata dalla stretta del clochard. Se le avessero legato tutt'e due le mani e l'avessero violentata, non sarebbe stato peggio. Il clochard le teneva la gonna sollevata gridando: «Per i lebbrosi! Per l'Africa!» e sul volto di lei scorrevano lacrime di umiliazione. Ma poiché non voleva manifestare quell'umiliazione (l'umiliazione confessata è una doppia umiliazione), cercava di sorridere, come se tutto avvenisse con il suo consenso e per il bene dell'Africa, arrivò persino a lanciare in aria una gamba, un po' corta, ma ugualmente bella.

Poi le arrivò al naso la puzza terribile del clochard, la puzza della sua bocca e degli abiti, che non si toglieva da qualche anno, sicché facevano ormai tutt'uno con la pelle (se gli fosse capitato un incidente, l'intera équipe chirurgica avrebbe dovuto raschiarglieli dal corpo per un'ora prima di poterlo mettere sul tavolo operatorio); a quel punto non resse più: si staccò da lui con violenza e stringendo al petto la cassetta rossa corse verso il professor Avenarius. Questi allargò le braccia e la strinse a sé. Lei tremava stretta a lui e singhiozzava. Egli si affrettò a calmarla, la prese per mano e la condusse fuori dal métro.

Il corpo

«Laura, tu dimagrirai» disse Agnes preoccupata, mentre pranzava al ristorante con la sorella.

«Non mi piace niente. Vomito tutto» rispose Laura bevendo l'acqua minerale che aveva ordinato per il pranzo al posto del solito vino. «È troppo forte» disse.

«L'acqua minerale?».

«Dovrei allungarla con l'acqua naturale».

«Laura...». Agnes voleva rimproverare la sorella, ma disse solo: «Non puoi tormentarti così».

«Tutto è perduto, Agnes».

«Che cosa è cambiato tra voi esattamente?».

«Tutto. E intanto facciamo l'amore come mai prima d'ora. Come due folli».

«Allora che cosa è cambiato, se fate l'amore come folli?».

«Sono gli unici momenti in cui ho la certezza che lui è con me. Ma appena smettiamo di fare l'amore, ha già la testa altrove. È finita, anche se facessimo l'amore altre cento volte. Perché fare l'amore non è la cosa principale. Non si tratta di fare l'amore. Si tratta di pensare a me. Ho avuto molti uomini e nessuno di loro oggi sa nulla di me, e io non so nulla di loro, e mi chiedo che ho vissuto a fare questi anni, visto che non ho lasciato una sola traccia in nessuno! Che cosa è rimasto della mia vita? Niente, Agnes, niente! Ma questi ultimi due anni sono stata davvero felice, perché sapevo che Bernard pensava a me, che occupavo la sua mente, che vivevo in lui. Perché solo questa per me è la vita vera: vivere nel pensiero dell'altro. Altrimenti sono morta già da viva».

«Ma quando sei a casa da sola e ascolti i dischi, il tuo Mahler, non riesci a trarne almeno una piccola felicità elementare, per la quale vale la pena di vivere?».

«Agnes, sai bene che stai dicendo delle sciocchezze. Mahler per me non significa niente di niente, se sono da sola. Mahler mi piace soltanto quando sono con Bernard o quando so che mi pensa. Quando sono senza di lui non ho nemmeno la forza di rifare il letto. Non mi va neanche di lavarmi e di cambiarmi la biancheria».

« Laura! Bernard non è mica l'unico uomo al mondo! ».

« Lo è! » disse Laura. « Perché vuoi che menta con me stessa? Bernard è la mia ultima occasione. Non ho vent'anni e nemmeno trenta. Dopo Bernard ormai c'è solo il deserto ».

Bevve l'acqua minerale e di nuovo disse: « È troppo forte ». Poi chiamò il cameriere perché le portasse dell'acqua semplice.

« Tra un mese se ne andrà per due settimane in Martinica » proseguì. « Ci sono stata due volte con lui. Questa volta mi ha già annunciato che ci andrà senza di me. Quando me l'ha detto non ho potuto mangiare per due giorni. Ma io so cosa farò ».

Il cameriere portò una caraffa e Laura, davanti ai suoi occhi esterrefatti, versò l'acqua nel bicchiere con quella minerale e poi ripeté di nuovo: « Sì, io so cosa farò ».

Tacque, come per invitare con quel silenzio la sorella a porre una domanda. Agnes capì e di proposito non chiese nulla. Ma il silenzio si protraeva, e Agnes alla fine capitolò: « Che cosa vuoi fare? ».

Laura rispose che nelle ultime settimane era andata da cinque medici e, con la scusa dell'insonnia, si era fatta prescrivere da ognuno dei barbiturici.

Da quando Laura aveva cominciato a unire ai suoi pianti le allusioni al suicidio, Agnes era stata assalita dall'angoscia e dalla stanchezza. Già molte volte aveva cercato di distoglierla da quelle idee usando la logica e il sentimento; l'aveva rassicurata del suo amore (« non puoi fare una cosa simile *a me*! »), ma senza alcun risultato: Laura ricominciava a parlare di suicidio, come se non avesse sentito neanche una parola.

« Andrò in Martinica una settimana prima di lui » continuò. « Ho la chiave. La villa è vuota. Farò in modo che mi trovi là. E che non possa dimenticarmi mai più ».

Agnes sapeva che Laura era capace di fare cose

irragionevoli e la sua frase «farò in modo che mi trovi là» le mise paura: immaginò il corpo immobile di Laura in mezzo al salone della villa tropicale e si spaventò, perché quell'immagine era del tutto plausibile, concepibile, simile a Laura.

Amare qualcuno per Laura significava portargli in dono il proprio corpo, portarglielo come aveva fatto portare da sua sorella un pianoforte bianco; metterglielo nel centro della casa: eccomi, ecco i miei cinquantasette chilogrammi, la mia carne, le mie ossa, sono per te e da te li lascio. Quel dono per lei era un gesto erotico, perché il corpo ai suoi occhi non era sessuale solo in eccezionali momenti di eccitazione, bensì, come ho già detto, fin dall'inizio, a priori, ininterrottamente e tutto quanto, con la sua superficie e il suo interno, nel sonno e nella veglia e anche nella morte.

Per Agnes l'erotismo si limitava a un istante di eccitazione, durante il quale il corpo diventava desiderabile e bello. Solo quell'istante giustificava e riscattava il corpo; una volta passata quell'illuminazione artificiale, il corpo ridiventava un semplice e sudicio meccanismo che lei era costretta a servire. Per questo Agnes non avrebbe mai potuto dire «farò in modo che mi trovi là». Le avrebbe fatto orrore che colui che amava la vedesse come un semplice corpo privo di sesso e di magia, con una smorfia raggricciata sul volto e in una posizione che non sarebbe più stata in grado di controllare. Si sarebbe vergognata. Il pudore le avrebbe impedito di diventare volontariamente cadavere.

Ma Agnes sapeva che Laura era diversa: lasciare il suo corpo morto nel salone della casa dell'amante era un'idea che derivava dal suo rapporto con il corpo, dal suo modo di amare. Per questo ebbe paura. Si sporse sul tavolo e afferrò la mano della sorella.

«Tu mi capisci» diceva ora Laura a voce bassa. «Tu hai Paul. L'uomo migliore che si possa desiderare. Io ho Bernard. Se Bernard mi lascia, non ho più niente e non avrò più nessuno. E tu sai che io non mi accontento di poco. Non starò a guardare la miseria della mia vita. Ho un concetto troppo alto della vita. Dalla vita io voglio tutto, oppure me ne vado. Tu mi capisci. Sei mia sorella ».

Ci fu un attimo di silenzio, mentre Agnes cercava confusamente le parole per rispondere. Era stanca. Già da qualche settimana si ripetevano gli stessi discorsi, a continua dimostrazione dell'inefficacia di tutto quel che lei diceva alla sorella. In quel momento di stanchezza e di impotenza risuonarono d'un tratto queste parole totalmente inverosimili:

« Il vecchio Bertrand Bertrand è di nuovo insorto all'Assemblea contro il dilagare dei suicidi. La villa in Martinica è sua. Immagina la gioia che gli darò! » disse Laura ridendo.

Quel riso, benché nervoso e stentato, giunse comunque in aiuto di Agnes come un alleato inatteso. Cominciò a ridere anche lei e il riso non tardò a perdere la sua forzatura iniziale e fu d'un tratto un riso vero, un riso di sollievo, le due sorelle avevano gli occhi pieni di lacrime e sentivano che si volevano bene e che Laura non si sarebbe tolta la vita. Parlavano tutt'e due a precipizio, non si lasciavano la mano, e le loro erano parole di amore fraterno, dalle quali trasparivano la villa col giardino in Svizzera e il gesto del braccio lanciato in aria come una palla colorata, come un invito al viaggio, come una promessa che parlava di un futuro insospettato, una promessa che, pur non essendosi realizzata, era comunque rimasta con loro come una bella eco.

Quando l'attimo di vertigine fu passato, Agnes disse: « Laura, non devi fare sciocchezze. Nessuno vale il tuo tormento. Pensa a me e a quanto ti voglio bene! ».

E Laura disse: « Ma qualcosa vorrei fare. Qualcosa devo fare! ».

« Qualcosa? E che cosa? ».

Laura guardò la sorella negli occhi, profondamente, e strinse le spalle, come per ammettere che il contenuto preciso della parola « qualcosa » per il momento le sfuggiva. E poi piegò leggermente indietro la testa, velò il volto di un vago sorriso un po' malinconico, mise le punte delle dita fra i seni e ripetendo la parola « qualcosa » lanciò le braccia in avanti.

Agnes si era tranquillizzata: è vero che non riusciva a immaginare niente di concreto dietro alla parola « qualcosa », ma il gesto di Laura non lasciava dubbi: quel « qualcosa » puntava a splendide vette e non aveva niente a che vedere con un corpo morto allungato per terra, sul pavimento di un salone tropicale.

Qualche giorno dopo Laura andò all'associazione Francia-Africa, di cui il padre di Bernard era presidente, e si offrì come volontaria per andare nelle strade a raccogliere i soldi per i lebbrosi.

Il gesto del desiderio di immortalità

Il primo amore di Bettina fu suo fratello Clemens, che più tardi divenne un grande poeta romantico, poi, come sappiamo, si innamorò di Goethe, e intanto adorava Beethoven e amava sua marito Achim von Arnim, anche lui un grande poeta, poi impazzì per il principe Hermann von Pückler-Muskau, che non era un grande poeta ma scriveva libri (del resto è a lui che è dedicato *Corrispondenza di Goethe con una bambina*), poi, quando aveva ormai cinquant'anni, nutrì sentimenti materno-erotici per due giovinetti, Philipp Nathusius e Julius Döring, i quali non scrivevano libri ma scambiavano lettere con lei (corrispondenza anche questa che in parte pubblicò), ammirò Karl Marx, che una volta costrinse a fare una lunga passeggiata notturna a due, mentre lei era in visita dalla fidanzata di lui Jenny (Marx non voleva andare, desiderava stare con Jenny e non con Bettina; ma nemmeno l'uomo che fu capace di mandare a gambe all'aria il mondo intero riuscì a tener testa alla donna che dava del tu a Goethe), ebbe un debole per Franz Liszt, ma solo fugacemente, perché si accorse con sdegno che Liszt non si curava d'altro che della propria gloria, tentò con passione di aiutare il pittore Karl Blecher, malato di mente (di cui detestava la moglie non meno di quanto detestasse un tempo la signora Goethe), avviò una corrispondenza con l'erede al trono di Sassonia-Weimar, Karl Alexander, scrisse per il re di Prussia Federico Guglielmo *Il libro del re*, dove spiegava quali obblighi avesse il re verso i suoi sudditi, e subito dopo *Il libro dei poveri*, dove mostrava la terribile miseria in cui viveva il popolo, si rivolse di nuovo al re chiedendo la scarcerazione di Friedrich Wilhelm Schloeffel, accusato di un complotto comunista, e subito dopo intervenne presso di lui a favore di Ludwik Mierosławski, uno dei capi della rivoluzione polacca, il quale attendeva l'esecuzione in un carcere prussiano. L'ultimo uomo che adorò non lo conobbe mai personalmente: era Sándor Petöfi, il poeta ungherese che morì a ventisei anni nelle file dell'esercito ribelle del 1848. Così rivelò al mondo non solo un grande poeta (lo chiamava *Sonnengott*, Dio del sole), ma con lui anche la sua patria, di cui l'Europa quasi ignorava l'esistenza. Se ricordiamo che gli intellettuali ungheresi che nel 1956 erano insorti contro l'Impero russo, scatenando la prima grande rivoluzione antistalinista, da questo poeta presero il nome di «circolo Petöfi», dobbiamo riconoscere che con i suoi amori Bettina è presente in tutta una lunga fase della storia europea che va dal Settecento alla metà del nostro secolo. Coraggiosa, testarda Bettina: fata della storia, sacerdotessa della storia. E a buon diritto dico sacerdotessa, perché per Bettina la storia era (tutti i suoi amici usavano questa metafora) «l'incarnazione di Dio».

Ci furono momenti in cui i suoi amici le rimproverarono di non pensare abbastanza alla sua famiglia, alla sua situazione finanziaria, di sacrificarsi troppo per gli altri e di non saper fare i conti.

«Ciò che dite non mi interessa! Non sono una contabile! Ecco quello che sono!» e così dicendo portava le dita di entrambe le mani al petto, in modo che i due medici toccassero il punto situato esattamente fra i due seni. Poi piegava leggermente indietro la testa, velava il volto di un vago sorriso e lanciava con violenza eppure con grazia le braccia in avanti. Nel fare questo movimento, i polsi si toccavano fra loro all'interno e solo alla fine le braccia si allargavano e le palme delle mani ruotavano in avanti.

No, non vi sbagliate. È lo stesso movimento che aveva fatto Laura nel capitolo precedente, quando aveva annunciato che voleva fare «qualcosa». Rivediamo la situazione:

Quando Agnes disse: «Laura, non devi fare sciocchezze. Nessuno vale il tuo tormento. Pensa a me e a quanto ti voglio bene!», Laura rispose: «Ma qualcosa vorrei fare. Qualcosa devo fare!».

Dicendo questo, immaginava vagamente di andare a letto con un altro uomo. Ci aveva già pensato spesso e la cosa non era affatto in contrasto con il suo desiderio di togliersi la vita. Erano le due reazioni estreme e del tutto legittime di una donna umiliata. Il suo vago sogno di infedeltà fu brutalmente interrotto dall'infelice sforzo di Agnes per chiarire la questione.

«Qualcosa? E che cosa?».

Laura capì che sarebbe stato ridicolo confessare un desiderio di infedeltà subito dopo aver parlato di suicidio. Perciò si sentì imbarazzata e si limitò a ripetere nuovamente la parola «qualcosa». E poiché lo sguardo di Agnes richiedeva una risposta più concreta, cercò di dare un senso a quella parola indefinita almeno con un gesto: portò le mani al petto e le lanciò in avanti.

Come le venne in mente di fare quel gesto? Difficile dirlo. Non lo aveva mai fatto prima. Qualche sconosciuto glielo aveva suggerito, come a un attore che ha dimenticato la battuta. Anche se quel gesto non esprimeva nulla di concreto, dava comunque l'idea che «fare qualcosa» significasse sacrificarsi, donarsi al mondo, inviare la propria anima verso azzurri orizzonti come una colomba bianca.

L'idea di andare a mettersi nel métro con una cassetta per le offerte ancora un attimo prima doveva esserle del tutto estranea e certo non le sarebbe mai venuta in mente se non avesse portato le dita al petto e non avesse lanciato le braccia avanti. Era come se quel gesto fosse stato dotato di una volontà propria: la guidava e lei non faceva altro che seguirlo.

I gesti di Laura e Bettina sono identici e c'è sicuramente un nesso tra il desiderio di Laura di aiutare dei negri lontani e il tentativo di Bettina di salvare un polacco condannato a morte. Ciò nonostante, il parallelo sembra incongruo. Non riesco a immaginare Bettina von Arnim in piedi nel métro a mendicare con una cassetta per le offerte! A Bettina non interessavano gli atti di carità! Bettina non era una di quelle ricche dame che in mancanza di un'attività migliore organizzavano collette per i poveri. Era cattiva con la servitù, tanto che suo marito fu costretto a rimproverarla («anche un servo ha un'anima!» le ricorda in una lettera). Ciò che la spingeva ad aiutare gli altri non era la passione per la beneficenza, ma il desiderio di entrare in contatto diretto, personale, con Dio, che credeva incarnato nella storia. Tutti i suoi amori per uomini famosi (e gli altri uomini non le interessavano!) non erano che un trampolino sul quale cadeva con tutto il suo peso, per rimbalzare il più in alto possibile, fin là dove risiedeva quel Dio incarnato nella storia.

Sì, tutto questo è vero. Ma attenzione! Nemmeno Laura era una di quelle signore sensibili che dirigono circoli di beneficenza. Non aveva l'abitudine di dare soldi ai mendicanti. Quando passava davanti a loro, a due, tre metri da loro, non li vedeva neppure. Era affetta da miopia spirituale. Le erano più vicini i negri lontani quattromila chilometri, con il corpo che si sgretolava pezzo per pezzo. Si trovavano esattamente in quel punto oltre l'orizzonte in cui lei aveva inviato con un grazioso movimento del braccio la sua anima dolente.

Ma tra un polacco condannato a morte e dei negri malati c'è pur sempre una differenza! Ciò che in Bettina era un intervento nella storia, in Laura è diventato una semplice opera caritatevole. Ma Laura non ne ha colpa. La storia mondiale, con le sue rivoluzioni, le sue utopie, le sue speranze e la sua disperazione, ha abbandonato l'Europa, lasciandosi dietro solo la nostalgia. Proprio per questo i francesi hanno reso internazionali gli atti di carità. Non vi sono stati portati (come magari gli americani) dall'amore cristiano per il prossimo, ma dalla nostalgia per la storia perduta, dal desiderio di richiamarla indietro ed essere presenti in lei almeno come una cassetta rossa con gli spiccioli per i negri lebbrosi.

Chiamiamo il gesto di Bettina e di Laura *il gesto del desiderio di immortalità*. Bettina, che aspira alla grande immortalità, vuole dire: mi rifiuto di morire con il presente e i suoi guai, voglio superare me stessa, essere parte della storia, perché la storia è memoria eterna. Laura, anche se aspira soltanto alla piccola immortalità, vuole la stessa cosa: superare se stessa e l'infelice momento in cui vive, fare «qualcosa» perché tutti quelli che l'hanno conosciuta la ricordino.

L'ambiguità

Fin dall'infanzia Brigitte si sedeva volentieri sulle ginocchia di suo padre, ma mi sembra che a diciott'anni ci si sedesse ancora più volentieri. Agnes non se ne scandalizzava: Brigitte si infilava spesso nel letto dei genitori (magari la sera tardi, quando guardavano la televisione) e fra loro tre c'era un'intimità fisica maggiore di quella che c'era stata un tempo fra Agnes e i suoi genitori. Ciò nonostante non le sfuggiva l'ambiguità di quella scena: una ragazza adulta, col seno e il sedere ben sviluppati, sedeva sulle ginocchia di un bell'uomo ancora in piene forze, gli sfiorava la spalla e la faccia con quei seni avidi di conquiste e lo chiamava «papà».

Una volta invitarono a casa un'allegra brigata, tra cui anche Laura. Quando tutti furono di ottimo umore, Brigitte si sedette sulle ginocchia del padre e Laura disse: «Anch'io!». Brigitte le fece posto su una gamba e così erano sedute tutt'e due sulle ginocchia di Paul.

Questa situazione ci ricorda ancora una volta Bettina, perché lei e nessun altro ha innalzato il sedersi sulle ginocchia a modello classico dell'ambiguità erotica. Ho detto che Bettina attraversò l'intero campo di battaglia erotico della sua vita protetta dallo scudo dell'infanzia. Portò davanti a sé quello scudo fino a cinquant'anni, per poi trasformarlo in uno scudo di madre e prendere lei sulle ginocchia gli uomini giovani. E anche questa era una situazione meravigliosamente ambigua: è proibito sospettare la madre di intenti erotici verso il figlio e proprio per questo la posizione dell'uomo giovane che siede (pur nel senso figurato della parola) sulle ginocchia di una donna matura è piena di significati erotici, che sono tanto più efficaci in quanto occulti.

Mi permetto di affermare che senza l'arte dell'ambiguità non c'è vero erotismo e che più forte è l'ambiguità, più potente è l'eccitazione. Chi non ricorda nella propria infanzia lo splendido gioco del dottore! La bambina è stesa per terra e il maschietto la spoglia con la scusa di essere il dottore. La bambina è ubbidiente, perché chi la sta esaminando non è un maschietto curioso, ma un signore serio che si preoccupa della sua salute. Il contenuto erotico di questa situazione è tanto immenso quanto misterioso ed entrambi sono senza fiato. E lo sono ancora di più in quanto il maschietto nemmeno per un istante può smettere di essere un medico e anche tirando giù le mutandine alla bambina continuerà a darle del lei.

Il ricordo di quel beato momento dell'infanzia mi richiama alla memoria il ricordo ancora più bello di una città ceca di provincia, dove una giovane donna ceca fece ritorno da Parigi nel 1969. Era andata a studiare in Francia nel 1967 e due anni dopo ritrovò il suo paese occupato dall'armata russa e la gente che aveva paura di tutto e desiderava con tutta l'anima essere altrove, in un posto dove ci fosse la libertà, dove ci fosse l'Europa. La giovane ceca, che per due anni aveva frequentato i seminari che si dovevano frequentare allora se si voleva essere al centro degli avvenimenti intellettuali, aveva imparato che, ancora prima dello stadio edipico, nella nostra primissima infanzia tutti attraversiamo lo stadio che il famoso psicoanalista ha chiamato *stadio dello specchio*, che è quello in cui ognuno di noi, prima ancora di scoprire il corpo della madre e del padre, scopre il proprio corpo. La giovane ceca concluse che molte delle sue compatriote nel loro sviluppo avevano saltato appunto questo stadio. Avvolta dall'aureola di Parigi e dei suoi famosi seminari, riunì attorno a sé un gruppo di giovani donne. Spiegava loro teorie che nessuna comprendeva e faceva eseguire esercizi pratici che erano tanto semplici quanto la teoria era complessa: tutte si spogliavano nude e ognuna si studiava in un grande specchio, poi tutte si osservavano a vicenda, a lungo e attentamente, e infine si reggevano l'un l'altra uno specchietto per poter vedere ciò che finora da sole non avevano mai visto. La capogruppo nel frattempo non interrompeva per un attimo i suoi discorsi teorici, la cui affascinante incomprensibilità le trasportava tutte lontano dall'occupazione russa, lontano dalla loro provincia, e inoltre offriva loro una sorta di eccitazione innominata e innominabile, della quale evitavano di parlare. È probabile che la capogruppo, oltre ad essere stata allieva del grande Lacan, fosse anche lesbica, ma non penso che nel gruppo ci fossero molte lesbiche convinte. E confesso che di tutte quelle donne, chi occupa di più le mie fantasticherie è una ragazza assolutamente innocente, per la quale durante la seduta non esisteva altro al mondo che gli oscuri discorsi di un Lacan mal tradotto in ceco. Ah, quelle riunioni scientifiche di donne nude in un appartamento di una città ceca di provincia, con le strade pattugliate dall'esercito russo, com'erano più eccitanti di un'orgia, dove tutti si sforzano di fare quel che va fatto, quel che è convenuto e che ha soltanto un unico, misero senso e nessun altro! Ma affrettiamoci a lasciare la cittadina ceca e torniamo alle ginocchia di Paul: su uno è seduta Laura e sull'altro questa volta immaginiamo, per ragioni sperimentali, non Brigitte ma sua madre:

Laura prova la piacevole sensazione di toccare con il sedere la coscia dell'uomo che segretamente desidera; questa sensazione è tanto più stuzzicante in quanto si è seduta sulle sue ginocchia non come amante ma come cognata, con il pieno consenso della moglie. Laura è la tossicomane dell'ambiguità.

Agnes non trova niente di eccitante nella situazione, ma non riesce a far tacere la frase ridicola che continua a passarle per la testa: «Su ciascun ginocchio di Paul siede un orifizio anale femminile! Su ciascun ginocchio di Paul siede un orifizio anale femminile!». Agnes è la chiaroveggente osservatrice dell'ambiguità.

E Paul? Lui fa chiasso, scherza e solleva a turno le ginocchia, in modo che le due sorelle non mettano in dubbio neanche per un attimo che lui è lo zietto buono e allegro, sempre pronto a trasformarsi in un cavallo da corsa per le sue piccole nipoti. Paul è il tonto dell'ambiguità.

All'epoca delle sue pene d'amore, Laura gli chiedeva spesso consiglio e si incontrava con lui in diversi caffè. Prendiamo nota che del suicidio non veniva fatta parola. Laura aveva pregato la sorella di non parlare con nessuno dei suoi progetti morbosi e lei stessa non li aveva mai confidati a Paul. L'immagine troppo brutale della morte non aveva sciupato, dunque, il fine tessuto di bella tristezza che li avvolgeva, e loro sedevano uno di fronte all'altra e a tratti si toccavano. Paul le stringeva la mano o la spalla come a qualcuno cui vogliamo infondere fiducia e forza, perché Laura amava Bernard e chi ama merita aiuto.

Vorrei dire che in quei momenti la guardava negli occhi, ma non sarebbe esatto, perché Laura aveva ricominciato allora a portare gli occhiali neri; Paul sapeva che era perché lui non la vedesse con gli occhi pieni di pianto. Gli occhiali neri assunsero d'un tratto molti significati: conferivano a Laura un che di severamente elegante e inaccessibile; nello stesso tempo però accennavano a qualcosa di molto fisico e sensuale: all'occhio molle di lacrime, un occhio che d'un tratto era un orifizio del corpo, una delle nove belle porte del corpo femminile di cui parla Apollinaire in una famosa poesia, un orifizio umido, coperto da una foglia di fico di vetro nero. A volte accadeva che l'idea della lacrima dietro gli occhiali fosse così intensa e la lacrima immaginata così calda da trasformarsi in un vapore, che li avvolgeva entrambi privandoli del giudizio e della vista.

Paul vedeva quel vapore. Ma ne capiva il significato? Penso di no. Immaginate la seguente situazione: Una bambina va da un bambino. Inizia a spogliarsi e dice: «Dottore, mi deve visitare». E il bambino dice: «Ma bambina! Io non sono mica un dottore!».

Proprio così si comportava Paul.

L'indovina

Se nella discussione con l'orso Paul si atteggiava a spiritoso seguace della frivolezza, com'è possibile che con le due sorelle sulle ginocchia fosse così poco frivolo? La spiegazione è questa: la frivolezza, nella sua concezione, era un salutare clistere che egli voleva prescrivere alla cultura, alla vita pubblica, all'arte, alla politica; un clistere per Goethe e Napoleone, ma attenti: non per Laura e Bernard! La sua profonda diffidenza verso Beethoven e Rimbaud era riscattata dalla sua smisurata fiducia nell'amore.

Il concetto di amore si univa in lui all'immagine del mare, il più ribelle di tutti gli elementi. Quando era in vacanza con Agnes, di notte, nella stanza d'albergo, lasciava la finestra spalancata, perché mentre facevano l'amore entrasse da fuori la voce della risacca e loro si fondessero con quella grande voce. Amava sua moglie ed era felice con lei; ciò nonostante nel profondo del suo animo si faceva sentire una debole delusione per un amore che non si era mai manifestato in modo più drammatico. Quasi invidiava a Laura gli ostacoli che le sbarravano la strada, perché essi soltanto, secondo Paul, erano in grado di trasformare l'amore in una storia d'amore. Provava per la cognata una solidarietà piena d'affetto e i suoi strazi amorosi lo facevano soffrire come se fossero stati suoi.

Un giorno Laura gli telefonò per dirgli che Bernard sarebbe partito a giorni per la villa di famiglia in Martinica e che lei era pronta a raggiungerlo contro la sua volontà. Se lo avesse trovato là con un'altra donna, tanto peggio. Almeno sarebbe stato tutto chiaro.

Per evitarle conflitti inutili, Paul cercò di dissuaderla. Ma la conversazione si faceva interminabile: lei continuava a ripetere sempre gli stessi argomenti e Paul, suo malgrado, si era ormai rassegnato a dirle: «Se sei davvero tanto convinta che la tua decisione sia giusta, non esitare e vai!», quando Laura, prevenendolo di un istante, disse: «Una cosa soltanto potrebbe distogliermi dal mio viaggio: che tu me lo proibisca».

Così aveva dato un chiaro consiglio a Paul su come trattenerla permettendole di conservare, di fronte a se stessa e di fronte a lui, la dignità della donna decisa ad andare fino in fondo alla sua disperazione e alla sua lotta. Ricordiamo che quando Laura vide Paul per la prima volta, udì dentro di sé le stesse parole che una volta Napoleone aveva detto a Goethe: «Ecco un uomo!». Se Paul fosse stato veramente un uomo, le avrebbe detto senza esitare che le proibiva di partire. Ma Paul, ahimè, non era un uomo, bensì un uomo di princìpi: già da molto tempo aveva eliminato la parola «proibire» dal suo vocabolario e ne era orgoglioso. Protestò: «Lo sai che non proibisco niente a nessuno».

Laura insisté: «Ma io *voglio* che tu mi ordini e mi proibisca. Lo sai che nessuno ne ha più diritto di te. Farò ciò che mi dirai».

Paul si sentì in imbarazzo: da un'ora le spiegava che non avrebbe dovuto seguire Bernard e lei da un'ora ripeteva il contrario. Perché, invece di lasciarsi convincere, pretendeva che lui glielo proibisse? Tacque.

«Hai paura?» chiese lei.

«Di che?».

«Di impormi la tua volontà».

«Visto che non ho saputo convincerti, non ho il diritto di proibirti nulla».

«È quello che dico: hai paura».

« Volevo convincerti con la ragione ».
Lei rise: « Ti nascondi dietro alla ragione perché hai paura di impormi la tua volontà. Hai paura di me! ».
La sua risata lo gettò in un imbarazzo ancora maggiore, cosicché, per porre fine alla conversazione, disse: « Ci rifletterò ».
Poi chiese il parere di Agnes.
Lei disse: « Non deve seguirlo. Sarebbe una schiocchezza tremenda. Se parli con lei, fai di tutto perché non vada! ».
Ma il parere di Agnes non significava molto, perché il principale consigliere di Paul era Brigitte.
Quando le spiegò la situazione in cui si trovava la zia, lei immediatamente replicò: « E perché non dovrebbe andarci? Uno deve fare ciò che gli va di fare ».
« Ma pensa se trova lì l'amante di Bernard » obiettò Paul. « Gli farà una scenata terribile! ».
« E lui le ha detto forse che lì ci sarà un'altra donna? ».
« No ».
« Allora doveva dirglielo. Se non gliel'ha detto è un vigliacco e risparmiarlo non ha alcun senso. Che cosa può perdere Laura? Niente ».
Possiamo chiederci perché Brigitte desse a Paul proprio questa risposta e non un'altra. Per solidarietà con Laura? No. Laura si comportava spesso come se fosse la figlia di Paul e per Brigitte ciò era ridicolo e disgustoso. Non aveva la minima voglia di solidarizzare con la zia; si trattava di una sola cosa: piacere al padre. Aveva intuito che Paul si rivolgeva a lei come a un'indovina e voleva rafforzare la sua magica autorità. Supponendo, giustamente, che sua madre fosse contraria al viaggio di Laura, aveva deciso di assumere la posizione opposta, di lasciar parlare per bocca sua la voce della giovinezza e affascinare il padre con un gesto di avventato coraggio.

Scuoteva la testa con brevi scatti orizzontali alzando le spalle e le sopracciglia e Paul provava di nuovo la bella sensazione di avere in sua figlia un accumulatore da cui traeva energia. Forse, chissà, sarebbe stato più felice se Agnes avesse avuto l'abitudine di inseguirlo, di salire sugli aerei per dare la caccia alle sue amanti su isole lontane. Per tutta la vita aveva desiderato che la donna amata fosse capace di sbattere la testa contro il muro per causa sua, di urlare di disperazione o saltare di gioia per la stanza. Si disse che Laura e Brigitte erano dalla parte del coraggio e della pazzia, e senza un grano di pazzia la vita non varrebbe la pena di essere vissuta. Che Laura si facesse dunque guidare dalla voce del cuore! Perché ogni nostra azione dovrebbe essere rigirata dieci volte nel padellino della ragione come una frittella?

«Tieni presente, comunque,» obiettò ancora «che Laura è una donna sensibile. Un simile viaggio potrebbe recarle sofferenza».

«Io al posto suo partirei e nessuno mi tratterrebbe» troncò il discorso Brigitte.

Poi Laura gli telefonò di nuovo. Per prevenire lunghe discussioni, le disse subito: «Ci ho riflettuto sopra e voglio dirti che devi fare esattamente ciò che desideri fare. Se proprio vuoi partire, parti!».

«E io che avevo deciso di non partire. Eri così scettico sul mio viaggio. Ma se lo approvi, allora parto domani».

Per Paul fu una doccia fredda. Capì che senza il suo espresso incoraggiamento Laura non sarebbe andata in Martinica. Ma ormai non poteva più dire nulla; la conversazione era finita. Il giorno dopo l'aereo l'avrebbe portata oltre l'Atlantico, e Paul sapeva di essere personalmente responsabile di quel viaggio, che nel profondo dell'animo, esattamente come Agnes, considerava una pura assurdità.

Il suicidio

Dal momento in cui era salita sull'aereo erano trascorsi due giorni. Alle sei del mattino squillò il telefono. Era Laura. Annunciò alla sorella e al marito che in Martinica era appena mezzanotte. La sua voce aveva un'allegria innaturale, e Agnes ne dedusse immediatamente che le cose prendevano una brutta piega.

Non sbagliava: quando Bernard aveva visto Laura sul viale di palme che conduceva alla sua villa, era sbiancato dalla collera e le aveva detto: «Ti avevo pregato di non venire». Lei aveva cercato di spiegargli, ma lui, senza dire una parola, aveva gettato un paio di cose nella valigia, era salito in macchina e se ne era andato. Rimasta sola, Laura aveva vagato per la casa e nell'armadio aveva trovato un suo costume da bagno rosso, che aveva dimenticato lì la volta precedente.

«Solo questo mi aspettava. Solo il costume» disse passando dal riso al pianto. Piangendo continuò: «È stato nauseante da parte sua. Ho vomitato. E poi ho deciso di rimanere. Tutto finirà in questa villa. Quando Bernard tornerà, mi troverà qui con addosso quel costume».

La voce di Laura risuonava per la stanza; la sentivano tutti e due, ma il ricevitore era uno e se lo strappavano di mano.

«Ti prego,» diceva Agnes «calmati, prima di tutto calmati. Cerca di essere fredda e ragionevole».

Laura scoppiò di nuovo a ridere: «Pensa che prima del viaggio mi ero procurata venti scatole di barbiturici, ma ero così agitata che le ho lasciate tutte a Parigi».

«Ah, meno male, meno male» disse Agnes e in quel momento provò davvero un certo sollievo.

«Ma qui in un cassetto ho trovato una pistola» continuò Laura, ridendo di nuovo. «Ovviamente

Bernard teme per la sua vita! Ha paura di essere aggredito dai negri! Ci vedo un segno».
«Che segno?».
«Che ha lasciato la pistola per me».
«Tu vaneggi! Non ha lasciato niente per te! Non si aspettava il tuo arrivo!».
«Certo che non l'ha lasciata qui apposta. Ma ha comprato una pistola che nessun altro userà tranne me. Sicché l'ha lasciata qui per me».
Di nuovo Agnes fu assalita da una sensazione di disperata impotenza. Disse: «Ti prego, rimetti quella pistola dove stava».
«Io non la so usare. Ma Paul... Paul, mi senti?».
Paul prese in mano il ricevitore: «Sì».
«Paul, sono contenta di sentire la tua voce».
«Anch'io, Laura, ma ti prego...».
«Lo so, Paul, ma io non ce la faccio più...» e scoppiò in singhiozzi.
Ci fu un attimo di silenzio.
Poi Laura riprese: «Ho la pistola davanti a me. Non faccio altro che fissarla».
«Allora rimettila dove stava» disse Paul.
«Paul, tu hai fatto il militare».
«Sì».
«Sei ufficiale!».
«Sottotenente».
«Quindi sai sparare con la pistola».
Paul era in imbarazzo. Ma fu costretto a dire: «Sì».
«Come si capisce che una pistola è carica?».
«Se parte il colpo, è carica».
«Se schiaccio il grilletto, parte il colpo?».
«Può partire».
«Come sarebbe: può?».
«Parte se è stata tolta la sicura».
«E come si capisce se è stata tolta?».
«Non le spiegherai mica come deve ammazzarsi?» urlò Agnes e strappò il ricevitore di mano a Paul.

Laura continuava: « Io voglio solo sapere come si usa. Mi sembra giusto sapere come si usa una pistola. Che significa, se è stata tolta la sicura? Come si toglie? ».

« Adesso basta » disse Agnes. « Non una parola di più sulla pistola. Rimettila dove stava. Basta, basta con questi scherzi ».

Laura ebbe d'un tratto una voce completamente diversa, seria: « Agnes! Io non scherzo! » e ricominciò a piangere.

La conversazione non finiva più, Agnes e Paul ripetevano le stesse frasi, rassicuravano Laura del loro amore, la pregavano di restare con loro, di non lasciarli, finché in ultimo lei promise che avrebbe rimesso la pistola nel cassetto e che sarebbe andata a dormire.

Quando riappesero il ricevitore erano così esausti che a lungo non riuscirono a dire una sola parola.

Poi Agnes disse: « Ma perché fa così! Perché fa così! ».

E Paul disse: « È colpa mia. Sono stato io a mandarla laggiù ».

« Ci sarebbe andata in ogni caso ».

Paul scuoteva la testa: « No. Era pronta a restare. Ho fatto la più grossa idiozia della mia vita ».

Agnes non voleva che Paul si tormentasse coi sensi di colpa. Non per compassione, ma per gelosia: non voleva che si sentisse tanto responsabile per Laura, che Laura assorbisse tanto i suoi pensieri. Perciò disse: « Come fai ad essere così sicuro che ha trovato una pistola? ».

Dapprima Paul non capì. « Che cosa vuoi dire? ».

« Che magari lì non c'è nessuna pistola ».

« Agnes! Lei non sta facendo la commedia! Lo si capisce! ».

Agnes cercò di formulare i suoi sospetti con più prudenza: « È possibile che la pistola ci sia. Ma è anche possibile che Laura abbia con sé i barbiturici e che parli della pistola apposta per confonderci. E

195

non è da escludere nemmeno che non ci siano né pistola né barbiturici e che lei voglia solo tormentarci».

«Agnes,» disse Paul «tu sei cattiva con lei».

Il rimprovero di Paul destò in Agnes nuova cautela: senza che Paul lo sospettasse, Laura negli ultimi tempi gli era diventata più vicina di Agnes; pensa a lei, si occupa di lei, si preoccupa per lei, è commosso da lei, e Agnes è improvvisamente costretta a pensare che Paul la confronti con la sorella e che lei esca dal confronto come la meno sensibile delle due.

Tentò di difendersi: «Non sono cattiva. Voglio solo dirti che Laura fa di tutto per attirare l'attenzione su di sé. È naturale, perché soffre. Tutti tendono a ridere del suo amore infelice e ad alzare le spalle. Se ha in mano una pistola, nessuno può più ridere».

«E se questo desiderio di attirare su di sé l'attenzione la portasse a togliersi la vita? Non è forse possibile?».

«È possibile» disse Agnes e tra loro scese di nuovo un lungo silenzio colmo di angoscia.

Poi Agnes disse: «Anch'io posso capire che uno desideri togliersi la vita. Che non riesca più a sopportare il dolore. E la cattiveria della gente. Che voglia sparire dalla vista della gente, e che sparisca. Ognuno ha il diritto di uccidersi. È una nostra libertà. Non ho niente contro il suicidio come modo di sparire».

Voleva tacere, a questo punto, ma il feroce disaccordo con quel che faceva la sorella la spinse a continuare: «Ma non è il suo caso. Lei non vuole sparire. Lei pensa al suicidio perché vede in esso un modo di *rimanere*. Di rimanere con lui. Di rimanere con noi. Di imprimersi per sempre nella memoria di noi tutti. Di buttarsi a corpo morto sulla nostra vita. Di schiacciarci».

«Sei ingiusta» disse Paul. «Lei sta soffrendo».

« Lo so » disse Agnes e scoppiò in lacrime. Immaginò la sorella morta e tutto ciò che aveva appena detto le sembrava piccolo e meschino e imperdonabile.

« E se le sue promesse fossero state solo per calmarci? » disse, e fece il numero della villa in Martinica; il telefono squillava senza risposta e loro avevano di nuovo la fronte imperlata di sudore; sapevano che non sarebbero riusciti a riappendere e avrebbero ascoltato all'infinito lo squillo che segnava la morte di Laura. Finalmente sentirono la sua voce, che suonò quasi sgarbata. Le chiesero dove fosse finita. « Nella stanza accanto ». Agnes e Paul parlavano nel ricevitore tutti e due insieme. Dissero della loro angoscia, dissero che avevano dovuto parlarle ancora una volta per sentirsi tranquilli. Le ripeterono che le volevano bene e che aspettavano con impazienza il suo ritorno.

Tutti e due arrivarono in ufficio in ritardo e per tutto il giorno non pensarono che a lei. La sera le telefonarono di nuovo e di nuovo la conversazione durò un'ora e di nuovo la rassicurarono del loro amore e della loro ansia di rivederla.

Qualche giorno dopo suonarono alla porta. Paul era solo in casa. In piedi sulla soglia c'era lei, con gli occhiali neri. Gli si gettò fra le braccia. Andarono in salotto, si sedettero in poltrona uno di fronte all'altra, ma lei era così agitata che un attimo dopo si alzò e prese a camminare per la stanza. Parlava febbrilmente. Poi si alzò dalla poltrona anche lui e anche lui si mise a parlare camminando per la stanza.

Parlava con disprezzo del suo ex allievo, del suo protetto e amico. Naturalmente lo si poteva spiegare con il proposito di rendere più facile a Laura la sua separazione. Ma lui stesso fu sorpreso di pensare seriamente e sinceramente tutto quel che diceva: Bernard è un figlio viziato di genitori ricchi; un uomo arrogante e presuntuoso.

Laura, appoggiata al camino, guardava Paul. E

Paul d'un tratto si accorse che non portava più gli occhiali. Li aveva in mano e teneva fissi su di lui i suoi occhi, gonfi di pianto, umidi. Paul comprese che Laura non lo stava ascoltando già da un pezzo.

Tacque. Nella stanza scese il silenzio, che con una specie di forza misteriosa lo spinse ad avvicinarsi a lei. «Paul,» disse Laura «perché noi due non ci siamo incontrati prima? Prima di tutti gli altri...».

Quelle parole si stesero tra loro come una nebbia. Paul entrò in quella nebbia e allungò la mano come qualcuno che non vede e brancola; la mano toccò Laura. Laura sospirò e lasciò che la mano di Paul restasse sulla sua pelle. Poi fece un passo di lato e si rimise gli occhiali. Quel gesto fece alzare la nebbia e di nuovo furono uno di fronte all'altra come cognato e cognata.

Un attimo dopo entrò nella stanza Agnes, di ritorno dal lavoro.

Gli occhiali neri

La prima volta che vide la sorella dopo il suo ritorno dalla Martinica, invece di prenderla fra le braccia come una naufraga appena scampata alla morte, Agnes rimase sorprendentemente fredda. Non vedeva la sorella, vedeva solo gli occhiali neri, quella maschera tragica che intendeva dettare il tono della scena successiva. Come se non avesse notato la maschera, disse: «Laura, sei terribilmente dimagrita». Solo a questo punto si avvicinò a lei e, come si usa in Francia tra conoscenti, la baciò leggermente sulle guance.

Se consideriamo che queste erano le prime parole dopo quei drammatici giorni, dobbiamo riconoscere che erano poco adatte. Non si riferivano né alla vita, né alla morte, né all'amore, bensì alla digestione.

Ma, presa in sé, non era una cosa troppo grave, perché Laura parlava volentieri del suo corpo e lo considerava una metafora dei suoi sentimenti. La cosa grave era che la frase non era stata detta né con apprensione né con malinconica ammirazione per la sofferenza che aveva causato il dimagrimento, ma con un palese e stanco disgusto.

Non c'è dubbio che Laura colse perfettamente il tono di voce della sorella e ne comprese il senso. Ma anche lei fece finta di non capire ciò che pensava l'altra e annunciò con voce piena di sofferenza: «Sì. Sono dimagrita sette chili».

Agnes voleva dire: «Ora basta! Ora basta! È durata troppo! Smettila!», ma si controllò e non disse nulla.

Laura sollevò il braccio: «Guarda, questo non è mica il mio braccio, è uno stecco... Non posso mettermi una sola gonna. Mi cadono tutte. Mi esce anche il sangue dal naso...» e, come per dimostrare ciò che aveva appena detto, piegò indietro la testa e inspirò ed espirò forte e a lungo con il naso.

Agnes guardava quel corpo dimagrito con irrefrenabile disgusto e le venne in mente questo pensiero: dove sono andati a finire i sette chilogrammi perduti da Laura? Si sono dispersi nell'azzurrità, come un'energia consumata? O se ne sono andati nelle fogne con i suoi escrementi? Dove sono finiti i sette chili dell'insostituibile corpo di Laura?

Nel frattempo Laura si era tolta gli occhiali neri e li aveva messi sulla cornice del camino contro la quale era appoggiata. Rivolse alla sorella le palpebre gonfie, come un attimo prima le aveva rivolte a Paul.

Quando si tolse gli occhiali fu come se si fosse denudata il volto. Come se si fosse spogliata. Ma non come una donna si spoglia davanti all'amante, bensì come lo fa davanti al medico, scaricando su di lui tutta la responsabilità del proprio corpo.

Agnes non riuscì a trattenere la frase che le girava per la testa, e disse ad alta voce: «Ora basta. Smettila. Siamo tutti allo stremo delle forze. Ti lascerai con Bernard come hanno fatto milioni di donne con milioni di uomini senza minacciare il suicidio».

Potremmo pensare che dopo varie settimane di discorsi senza fine, in cui Agnes le aveva giurato il suo amore fraterno, questa esplosione dovesse sorprendere Laura, ma strano a dirsi non fu così: Laura reagì alle parole di Agnes come se si fosse preparata da tempo. Disse molto tranquillamente: «Allora io ti dirò quello che penso. Tu non sai che cos'è l'amore, tu non l'hai mai saputo e non lo saprai mai. L'amore non è mai stato il tuo forte».

Laura sapeva dove sua sorella era vulnerabile e Agnes ebbe paura; capì che Laura ora parlava solo perché era presente Paul. Improvvisamente fu chiaro che non si era mai trattato di Bernard: tutto il dramma del suicidio non lo riguardava affatto, ed era assai probabile che non ne sarebbe mai venuto a conoscenza; quel dramma era solo per Paul e per Agnes. E le venne in mente anche che quando una persona inizia a lottare, mette in moto una forza che non si arresta al primo obiettivo, e che dietro al primo obiettivo, che per Laura era Bernard, ce ne sono altri.

Ormai non era possibile evitare la lotta. Agnes disse: «Sette chili persi per causa sua sono una prova d'amore materiale che non può essere negata. Comunque c'è una cosa che non capisco. Se io amo qualcuno, voglio soltanto il suo bene. Se odio qualcuno, gli auguro del male. Tu negli ultimi mesi hai tormentato Bernard e anche noi. Che c'entra con l'amore? Niente».

Immaginiamo ora il salotto come la scena di un teatro: all'estrema destra c'è il camino, dalla parte opposta la scena è delimitata dalla libreria. Nel centro, sul fondo, ci sono il divano, un tavolino basso e due poltrone. Paul è in piedi al centro della stanza, Laura è vicina al camino e guarda fisso Agnes, che si trova a due passi da lei. Gli occhi gonfi di Laura accusano la sorella di crudeltà, incomprensione e freddezza. Mentre Agnes parla, Laura si allontana da lei indietreggiando verso il centro della stanza, dove si trova Paul, come per manifestare con quel movimento retrogrado una meravigliata paura di fronte all'ingiusto attacco della sorella.

Quando fu a due passi da Paul, si fermò e ripeté: «Tu non sai proprio che cosa sia l'amore».

Agnes avanzò e prese il posto della sorella accanto al camino. Disse: «Lo so benissimo che cos'è l'amore. In amore è più importante l'altro, colui che amiamo. Di questo si tratta e basta. E io mi chiedo che cosa signifchi l'amore per chi non è in grado di vedere che se stessa. In altre parole, che cosa intende con la parola amore una donna assolutamente egocentrica».

«Chiedersi che cosa sia l'amore non ha alcun senso, cara sorella» disse Laura: «L'amore o l'hai vissuto o non l'hai vissuto. L'amore è l'amore, non c'è nient'altro da dire. Sono le ali che mi battono in petto e mi spingono ad azioni che a te sembrano irragionevoli. Ed è proprio questo che a te non è mai accaduto. Tu hai detto che non so vedere che me stessa. Ma io vedo te e ti vedo fino in fondo. Quando negli ultimi tempi mi assicuravi del tuo amore, sapevo che nella tua bocca questa parola non aveva alcun senso. Era solo una finta. Era solo un argomento per calmarmi. Per impedirmi di turbare la tua pace. Io ti conosco, sorella: tu hai vissuto tutta la vita dall'altra parte dell'amore. Completamente dall'altra parte. Oltre i confini dell'amore».

Entrambe le donne parlavano d'amore ed erano divorate dall'odio. E l'uomo che era con loro ne era disperato. Voleva dire qualcosa che allentasse la tensione insopportabile: «Siamo tutti e tre stanchi. Stravolti. Avremmo bisogno di andarcene tutti da qualche parte e dimenticare Bernard».

Ma Bernard era dimenticato già da un pezzo e l'intervento di Paul ebbe come unico effetto di sostituire allo scontro verbale tra le sorelle un silenzio in cui non c'era né un grammo di pietà, né un solo ricordo conciliante, né la benché minima coscienza dei legami di sangue o della solidarietà familiare.

Non perdiamo di vista la scena nel suo insieme: a destra, appoggiata al camino, c'era Agnes; al centro della stanza, girata verso la sorella, c'era Laura e a due passi da lei, a sinistra, Paul. E Paul adesso agitava la mano disperato, perché non riusciva in alcuna maniera ad arginare l'odio esploso così assurdamente fra le donne che amava. Come per allontanarsi il più possibile in segno di protesta, si voltò e andò verso la libreria. Poi vi si appoggiò di spalle e girò la faccia verso la finestra cercando di non vederle.

Agnes si accorse degli occhiali neri posati sulla cornice del camino e istintivamente li prese in mano. Li osservò con astio, come se tenesse in mano due lacrime annerite della sorella. Provava disgusto per tutto ciò che veniva dal corpo di Laura e quelle grosse lacrime di vetro le apparivano come una delle sue secrezioni.

Laura guardava Agnes e vedeva i propri occhiali nelle sue mani. Quegli occhiali improvvisamente le mancavano. Aveva bisogno di uno scudo, di un velo, con cui riparare il viso dall'astio della sorella. Ma nello stesso tempo non riusciva a decidersi a fare quattro passi, ad andare dalla sorella-nemico e prenderle gli occhiali dalle mani. Aveva paura di lei. E così, con una sorta di passione masochistica, si rassegnò alla vulnerabile nudità del proprio viso, che recava stampate tutte le tracce della sua pena. Sapeva che Agnes non sopportava il suo corpo, i suoi discorsi sul corpo, sui sette chili perduti, lo sapeva per istinto e per intuito, e forse proprio per questo, per dispetto, in quel momento voleva essere il più possibile un corpo, un corpo abbandonato, gettato via. Voleva depositare quel corpo in mezzo al loro salotto e lasciarlo lì. Lasciarlo steso lì immobile e pesante. E se loro non lo volevano, costringerli a prendere quel corpo, il suo corpo, uno per le braccia, l'altro per le gambe, e trasportarlo fuori di casa, come la notte si trasportano di nascosto in strada i vecchi materassi inutili.

Agnes era accanto al camino e teneva in mano gli occhiali neri. Laura era in mezzo al salotto e si allontanava dalla sorella indietreggiando a piccoli passi. Poi fece un ultimo passo indietro e il suo corpo si appoggiò di spalle a quello di Paul, stretto a lui, sempre più stretto, perché dietro a Paul c'era la libreria e lui non poteva più arretrare. Laura tese le braccia e premette con forza le palme delle mani sulle cosce di Paul. Poi piegò indietro la testa, cosicché la sua nuca ora toccava il petto di Paul.

Agnes è da un lato della stanza, con gli occhiali neri in mano, e dall'altro lato, contro di lei e lontano da lei come un immobile gruppo scultoreo, c'è Laura stretta al corpo di Paul. Sono tutti e due immobili, come di pietra. Nessuno dice nulla. Passa una frazione di secondo, e Agnes allontana l'indice dal pollice. Gli occhiali neri, quel simbolo della tristezza della sorella, quella metamorfosi delle lacrime, cadono sul pavimento di pietra che circonda il camino e vanno in pezzi.

PARTE QUARTA
HOMO SENTIMENTALIS

1

Nell'eterno processo intentato contro Goethe, sono stati pronunciati innumerevoli atti di accusa e testimonianze concernenti il caso Bettina. Per non stancare il lettore con un elenco di quisquilie, citerò solo tre testimonianze, che mi sembrano le più importanti.

Prima: la testimonianza di Rainer Maria Rilke, il più grande poeta tedesco dopo Goethe.

Seconda: la testimonianza di Romain Rolland, che tra gli anni Venti e Trenta era uno dei romanzieri più letti fra gli Urali e l'Atlantico e che godeva inoltre di grande autorità come progressista, antifascista, umanista, pacifista e amico della rivoluzione.

Terza: la testimonianza del poeta Paul Éluard, splendido esponente di quella che è stata chiamata avanguardia, cantore dell'amore, anzi, diciamolo con le sue parole, cantore dell'amore-poesia, poiché in lui questi due concetti (lo conferma una delle sue più belle raccolte di versi intitolata *L'amore la poesia*) si fondevano in uno solo.

2

Come testimone convocato all'eterno processo, Rilke usa esattamente le stesse parole che scrisse nella sua più celebre opera in prosa pubblicata nel 1910, *I quaderni di Malte Laurids Brigge*, dove rivolge a Bettina questa lunga apostrofe:

«Com'è possibile che ancora non parlino tutti del tuo amore? È forse accaduto da allora qualcosa di più memorabile? Di che si occupano dunque? Tu stessa conoscesti il valore del tuo amore, tu ne parlasti all'altissimo poeta affinché lo rendesse umano. Poiché quell'amore era ancora un elemento. Ma lui ne ha dissuaso la gente, scrivendoti. Tutti hanno letto le sue risposte e credono più ad esse, perché per loro il poeta è più comprensibile della natura. Ma forse un giorno si vedrà che qui fu il limite della sua grandezza. Quell'amante gli fu imposta (*auferlegt*) e lui non resse (*er hat sie nicht bestanden*: il pronome *sie* si riferisce all'amante, a Bettina: Goethe non superò la prova che per lui fu Bettina). Che cosa significa che non seppe ricambiare (*erwidern*)? Un simile amore non ha bisogno di alcun contraccambio, ha in se stesso l'appello (*Lockruf*) e la risposta; si esaudisce da sé. Ma egli avrebbe dovuto umiliarsi innanzi ad esso con tutta la sua grandezza e scrivere ciò che gli dettava con ambedue le mani, come Giovanni a Patmo, e in ginocchio. Non c'era altra scelta di fronte a quella voce che "adempiva l'ufficio degli angeli" (*die "das Amt der Engel verrichtete"*); che era giunta per avvolgerlo e condurlo nell'eterno. Era il carro della sua infuocata ascensione. Era il mito oscuro (*der dunkle Mythos*) preparato per la sua morte, che egli lasciò vuoto».

3

La testimonianza di Romain Rolland riguarda il rapporto tra Goethe, Beethoven e Bettina. Lo scrittore ne dà una dettagliata interpretazione nel suo saggio *Goethe e Beethoven*, pubblicato a Parigi nel 1930. Pur sfumando delicatamente la propria posizione, Rolland non nasconde di nutrire maggior simpatia per Bettina: spiega gli avvenimenti all'incirca come lei. Non nega la grandezza di Goethe, ma è rattristato dalla sua cautela politica ed estetica, che poco si addice ai genii. E Christiane? Ah, meglio non parlarne, è una « nullité d'esprit », un nulla spirituale.

Questa posizione è espressa, lo ripeto, con tatto e senso della misura. Gli epigoni sono sempre più radicali dei loro ispiratori. Leggo ad esempio una accurata biografia francese di Beethoven, uscita negli anni Sessanta. Vi si parla apertamente della « vigliaccheria » di Goethe, del suo « servilismo », della sua « paura senile di fronte a tutto ciò che è nuovo in letteratura e in estetica », eccetera, eccetera. Bettina, per contro, è dotata di « una lungimiranza e di doti profetiche che quasi le conferiscono la dimensione del genio ». E Christiane come sempre è solo una povera « volumineuse épouse », una sposa voluminosa.

4

Pur schierandosi dalla parte di Bettina, Rilke e Rolland parlano di Goethe con rispetto. In *I sentieri e le strade della poesia* (testi scritti, per essere giusti, nel momento peggiore della sua carriera, il 1949, quando era un fanatico seguace di Stalin), Paul Éluard, da vero Saint-Just dell'amore-poesia, sceglie parole molto più dure:

« Goethe nel suo diario accenna al suo primo incontro con Bettina Brentano con queste sole parole: "Mamsell Brentano". Il rinomato poeta, l'autore del *Werther*, preferiva la pace del focolare ai deliri attivi della passione (*aux délires actifs de la passion*). E tutta l'immaginazione, tutto il talento di Bettina non lo avrebbero distolto dal suo sogno olimpio. Se Goethe avesse ceduto, il suo canto sarebbe forse disceso verso la terra, ma noi non lo avremmo amato di meno, perché in tali circostanze probabilmente non si sarebbe deciso per il ruolo di cortigiano e non avrebbe contaminato il suo popolo convincendolo che bisogna preferire l'ingiustizia al disordine».

5

«Quell'amante gli fu imposta» scrisse Rilke e noi possiamo chiederci: che significa la forma grammaticale passiva? In altre parole: *chi* gliela impose?

Una domanda analoga ci viene in mente leggendo una frase della lettera che Bettina scrive a Goethe il 15 giugno 1807: «Non devo aver paura di abbandonarmi a questo sentimento, perché non sono stata io a piantarlo nel mio cuore».

Chi fu a piantarlo? Goethe? Di sicuro Bettina non voleva dire questo. Colui che lo aveva piantato nel cuore di Bettina era qualcuno al di sopra di lei e al di sopra di Goethe: se non Dio, almeno uno degli angeli di cui parla Rilke.

A questo punto possiamo prendere le difese di Goethe: se qualcuno (Dio o un angelo) ha piantato un sentimento nel cuore di Bettina, è naturale che Bettina obbedisca a quel sentimento: è un sentimento nel *suo* cuore, è un *suo* sentimento. Ma sembra che nessuno abbia piantato sentimenti nel cuore di Goethe. Bettina gli fu «imposta». Imposta come compito. Auferlegt. Come può dunque Rilke prendersela tanto con Goethe, se questi si opponeva a compiti che gli erano stati imposti contro la sua volontà e per così dire senza il minimo preavviso? Perché sarebbe dovuto cadere in ginocchio e scrivere «con ambedue le mani» ciò che gli dettava una voce venuta dall'alto?

Ovviamente non troveremo nessuna risposta razionale e possiamo aiutarci solo con un paragone: immaginiamo Simone che sta pescando nel lago di Tiberiade. Arriva Gesù e lo invita ad abbandonare le sue reti e a seguirlo. E Simone dice: «Lasciami in pace. Preferisco le mie reti e i miei pesci». Un Simone del genere diverrebbe all'istante una figura comica, il Falstaff del Vangelo, proprio come agli occhi di Rilke Goethe è diventato il Falstaff dell'amore.

6

Rilke dice dell'amore di Bettina che «non ha bisogno di alcun contraccambio, ha in se stesso l'appello e la risposta; si esaudisce da sé». L'amore che il giardiniere degli angeli pianta nel cuore della gente non ha bisogno di alcun oggetto, di alcuna risonanza, di alcuna *Gegenliebe* (amore contraccambiato), come diceva Bettina. L'amato (ad esempio, Goethe) non è né la ragione né il senso dell'amore.

All'epoca della sua corrispondenza con Goethe, Bettina scrive lettere d'amore anche ad Arnim. In una di queste dice: «Il vero amore (*die wahre Liebe*) è incapace di infedeltà». Un simile amore che non si cura di un contraccambio (*die Liebe ohne Gegenliebe*) «cerca l'amato in ogni reincarnazione».

Se a piantare l'amore nel cuore di Bettina non fosse stato un giardiniere angelico, ma Goethe o Arnim, nel suo cuore sarebbe cresciuto l'amore per

Goethe o l'amore per Arnim, un amore inimitabile, inconfondibile, destinato a colui che lo aveva piantato in lei, a colui che era amato, e dunque senza possibilità di reincarnazione. Tale amore potrebbe essere definito come una *relazione*: una relazione privilegiata fra due persone.

Tuttavia, ciò che Bettina chiama «wahre Liebe» (vero amore), non è l'amore-rapporto ma l'*amore-sentimento*: il fuoco che una mano celeste accende nell'anima dell'uomo, la fiaccola alla cui luce chi ama «cerca l'amato in ogni reincarnazione». Tale amore (l'amore-sentimento) non sa che cosa sia l'infedeltà, perché anche se l'oggetto dell'amore muta, l'amore in sé rimane sempre quella stessa fiamma accesa dalla stessa mano celeste.

Giunti a questo punto della nostra considerazione, possiamo iniziare a comprendere perché nella sua vasta corrispondenza Bettina abbia posto a Goethe così poche domande. Mio Dio, immaginate di poter scrivere a Goethe! Gli fareste domande su tutto! Sui suoi libri. Sui libri dei suoi contemporanei. Sulla poesia. Sulla prosa. Sulla pittura. Sulla Germania. Sull'Europa. Sulla scienza e sulla tecnica. Lo incalzereste con le vostre domande, fino a costringerlo a precisare le sue posizioni. Litighereste con lui, fino a obbligarlo a dire quel che non ha mai detto.

Ma Bettina non ha scambio d'opinioni con Goethe. Non discute con lui nemmeno sull'arte. Con una sola eccezione: gli scrive di musica. Ma è lei che sta in cattedra! Goethe la pensa manifestamente in altro modo. Come mai Bettina non lo interroga a fondo sulle ragioni del suo disaccordo? Se avesse saputo fargli domande, avremmo nelle risposte di Goethe la prima critica *avant la lettre* del romanticismo musicale!

Ah no, in quella vasta corrispondenza non troveremo niente del genere, vi leggeremo pochissimo su Goethe, semplicemente perché a Bettina Goethe interessava molto meno di quanto supponiamo; la ragione e il senso del suo amore non era Goethe ma l'amore.

7

L'Europa ha fama di civiltà fondata sulla ragione. Ma si potrebbe dire altrettanto bene che è una civiltà del sentimento; ha creato un tipo d'uomo che io chiamo: *homo sentimentalis*.

La religione ebraica prescrive una legge ai suoi credenti. Questa legge vuole essere accessibile alla ragione (il Talmud non è che un'incessante analisi razionale dei precetti stabiliti dalla Bibbia) e non richiede nessun particolare senso del trascendente, nessuna particolare esaltazione o fuoco mistico nell'anima. Il criterio del bene e del male è oggettivo: si tratta di comprendere la legge scritta e di osservarla.

Il cristianesimo ha capovolto questo criterio: *Ama Dio e fa' ciò che vuoi!* ha detto sant'Agostino. Il criterio del bene e del male è stato posto nell'anima individuale ed è diventato soggettivo. Se l'anima del tal dei tali è piena d'amore, è tutto a posto: egli è buono e tutto ciò che fa è buono.

Bettina la pensa come sant'Agostino, quando scrive ad Arnim: «Ho trovato uno splendido proverbio: il vero amore ha sempre ragione anche quando ha torto. Lutero invece dice in una lettera: il vero amore ha spesso torto. Non mi convince tanto quanto il mio proverbio. Tuttavia in un altro punto Lutero dice: l'amore precede tutto, anche il sacrificio e la preghiera. Da ciò deduco che l'amore è la virtù più grande. L'amore fa perdere la coscienza (*macht bewusstlos*) del terreno e riempie del celeste, l'amore libera in tal modo dalla colpa (*macht unschuldig*)».

Nella convinzione che l'amore ci rende innocenti si fonda l'originalità del diritto europeo e della sua teoria della colpa, che prende in considerazione i sentimenti dell'accusato: se uccidete qualcuno freddamente, per denaro, non avete scusanti; se lo uccidete perché vi ha offeso, la vostra collera sarà una circostanza attenuante e avrete una pena minore; se poi lo uccidete per un amore infelice o per gelosia, la giuria simpatizzerà con voi e Paul, come vostro difensore, chiederà il massimo della pena per l'ucciso.

8

L'homo sentimentalis non può essere definito come un uomo che ha sentimenti (poiché tutti li abbiamo), ma come un uomo che ha innalzato i sentimenti a valori. Nell'istante in cui il sentimento viene considerato un valore, tutti vogliono averlo; e poiché tutti amiamo vantarci dei nostri valori, abbiamo la tendenza a ostentare i nostri sentimenti.

La trasformazione del sentimento in valore si verificò in Europa nel dodicesimo secolo: i trovatori che cantavano la loro immensa passione per un'amata e irraggiungibile dama apparivano a tutti quelli che li ascoltavano così meravigliosi e belli, che chiunque, seguendo il loro esempio, voleva apparire in preda a un qualche insopprimibile moto del cuore.

Nessuno ha rivelato l'homo sentimentalis con più acutezza di Cervantes. Don Chisciotte decide di amare una certa dama, di nome Dulcinea, sebbene la conosca appena (la cosa non ci sorprende, perché già sappiamo che quando si tratta di «wahre Liebe», di vero amore, l'amato conta pochissimo). Nel capitolo venticinquesimo del primo libro, parte con Sancio per le montagne deserte, dove intende mostrargli la grandezza della sua passione. Ma come convincere un altro che nel mio cuore arde una fiamma? E come provarlo a un essere per giunta tanto ingenuo e ottuso quale è Sancio? E così Don Chisciotte, in una strada del bosco, si toglie tutti i vestiti salvo la camicia, e per dimostrare al servo l'immensità della sua passione si mette a far capriole. Ogni volta che si ritrova a testa in giù, la camicia gli scende fino alle spalle e Sancio vede ballonzolare il suo sesso. La vista del piccolo membro illibato del cavaliere è così comicamente triste, così straziante, che persino Sancio, con la sua anima coriacea, non resiste a quella commedia, monta su Ronzinante e si allontana in fretta.

Quando morì il padre, Agnes dovette organizzare la cerimonia funebre. Desiderava che il funerale si svolgesse senza orazioni e consistesse unicamente nell'ascolto dell'*Adagio* della decima sinfonia di Mahler, una musica che il padre amava. Ma era una musica terribilmente triste e Agnes temeva che durante la cerimonia non sarebbe stata in grado di trattenere le lacrime. Le sembrava intollerabile singhiozzare in pubblico e così mise sul grammofono il disco con l'*Adagio* e lo ascoltò. Una, due, tre volte. La musica le ricordava il padre e lei piangeva. Ma quando l'*Adagio* risuonò nella stanza per l'ottava, la nona volta, il potere della musica si attenuò; quando fece suonare il disco per la tredicesima volta, non ne fu più commossa che se avesse ascoltato l'inno nazionale del Paraguay. Grazie a questo allenamento riuscì a non piangere al funerale.

Nella definizione di sentimento è compresa l'idea che esso nasca in noi indipendentemente dalla nostra volontà, e spesso contro la nostra volontà. Nel momento in cui *vogliamo* sentire (*decidiamo* di sentire, come Don Chisciotte decise di amare Dulcinea), il sentimento non è più un sentimento, ma l'imitazione di un sentimento, la sua rappresentazione. Il che si chiama comunemente isterismo. Perciò l'homo sentimentalis (ossia l'uomo che ha innalzato il sentimento a valore) equivale in realtà all'*homo hystericus*.

Con ciò non si può dire che l'uomo che imita un sentimento non lo provi veramente. L'attore che recita la parte del vecchio re Lear prova sulla scena, davanti a tutti gli spettatori, la tristezza dell'uomo abbandonato e tradito, ma questa tristezza evapora nell'istante in cui termina lo spettacolo. Perciò l'homo sentimentalis, che ci fa vergognare con i suoi grandi sentimenti, subito dopo ci sconcerta con la sua inspiegabile indifferenza.

9

Don Chisciotte era vergine. Bettina sentì per la prima volta una mano maschile sul suo seno a venticinque anni, quando restò sola con Goethe in una camera d'albergo alle terme di Teplitz. Goethe conobbe l'amore fisico, se posso credere ai suoi biografi, soltanto nel suo viaggio in Italia, quando aveva già quasi quarant'anni. Subito dopo il suo ritorno, incontrò a Weimar un'operaia di ventitré anni e ne fece la sua prima amante fissa. Era Christiane Vulpius, la quale, dopo molti anni di convivenza, nel 1806 divenne legalmente sua moglie e nel memorabile anno 1811 buttò per terra gli occhiali di Bettina. Era devotissima a suo marito (si racconta che lo difese con il proprio corpo quando fu minacciato da due soldati ubriachi dell'esercito di Napoleone) ed era evidentemente anche un'amante notevole, come testimoniano le scherzose parole di Goethe, che la chiamava «*mein Bettschatz*», che possiamo tradurre: il tesoro del mio letto.

Christiane, tuttavia, nell'agiografia di Goethe si colloca al di fuori dell'amore. L'Ottocento (ma anche il nostro secolo, che continua ad essere prigioniero del secolo passato) ha rifiutato a Christiane l'ingresso nella galleria degli amori di Goethe, accanto a Lotte (che sarebbe stata il modello della Charlotte del *Werther*), a Friederike, a Lili, a Bettina o a Ulrike. Direte che è perché era sua moglie e perché siamo abituati a considerare automaticamente il matrimonio come qualcosa di impoetico. Penso però che il vero motivo sia più profondo: il pubblico rifiutava di vedere in Christiane un amore di Goethe semplicemente perché Goethe andava a letto con lei. Perché il tesoro dell'amore e il tesoro del letto erano due cose che si escludevano a vicenda. Se gli scrittori dell'Ottocento amavano concludere i loro romanzi con il matrimonio, non era perché volessero preservare la storia d'amore dalla noia coniugale. No, volevano preservarla dal coito!

Tutte le grandi storie d'amore europee si svolgono nella sfera extracoitale: la storia della principessa di Clèves, quella di Paul e Virginie, quella raccontata da Fromentin nel romanzo *Dominique*, dove l'eroe ama per tutta la vita una sola donna alla quale non darà mai un bacio, e naturalmente la storia di Werther e la storia di Victoria nel romanzo di Hamsun, e quella di Pierre e Luce, i personaggi di Romain Rolland che hanno fatto piangere i lettori di tutta Europa. Nell'*Idiota*, Dostoevskij fa andare a letto Nastasja Filippovna con un mercante qualsiasi, ma quando si tratta di vera passione, ossia quando Nastasja si trova fra il principe Myškin e Rogožin, i loro organi sessuali si sciolgono nei tre grandi cuori come lo zucchero in tre tazze di tè. L'amore di Anna Karenina e di Vronskij finisce con il loro primo atto sessuale, poi non c'è altro che la sua disgregazione e noi non sappiamo neanche perché: facevano l'amore in modo così miserevole? oppure lo facevano così splendidamente che la potenza del piacere ha suscitato in loro il senso di colpa? Qualunque risposta diamo, arriveremo sempre alla stessa conclusione: oltre l'amore precoitale non c'era più e non poteva più esserci nessun altro grande amore.

Il che non significa affatto che l'amore extracoitale fosse innocente, angelico, infantile, puro; al contrario, conteneva tutto ciò che di infernale si può immaginare a questo mondo. Nastasja Filippovna è andata tranquillamente a letto con molti riccioni volgari, ma nel momento in cui incontra il principe Myškin e Rogožin, i cui organi sessuali, come ho detto, si sciolgono nel grande samovar del sentimento, entra in una zona di catastrofi e muore. Oppure vi ricordo questa magnifica scena del *Dominique* di Fromentin: i due innamorati, che si desiderano da anni senza che nessuno abbia mai toccato l'altro, partono per una gita a cavallo e la tenera, delicata, riservata Madeleine con inattesa crudeltà lancia gli animali in una corsa indemoniata, perché sa che Dominique è un cavaliere inesperto e rischia di uccidersi. Amore extracoitale: una pentola sul fuoco, nella quale il sentimento bollendo si trasforma in passione, cosicché il coperchio sobbalza come impazzito.

Il concetto d'amore in Europa ha le sue radici nel terreno extracoitale. Il ventesimo secolo, che si vanta di aver liberato i costumi ed è pronto a farsi beffe dei sentimenti romantici, non è stato capace di dare al concetto d'amore un contenuto nuovo (in questo sta uno dei suoi fallimenti), sicché il giovane europeo, quando pronuncia in cuor suo questa grande parola, volente o nolente torna con le ali dell'entusiasmo esattamente là dove Werther viveva il suo amore per Lotte e Dominique per poco non cadeva da cavallo.

10

È sintomatico che Rilke, così come ammirava Bettina, ammirasse anche la Russia, nella quale per un certo periodo ritenne di vedere la sua patria spirituale. Poiché la Russia è *par excellence* la terra della sentimentalità cristiana. È stata risparmiata sia dal razionalismo della filosofia scolastica medioevale, sia dal Rinascimento. La nuova èra, fondata sul pensiero critico cartesiano, vi è giunta con uno o due secoli di ritardo. In Russia dunque l'homo sentimentalis non ha trovato un contrappeso sufficiente ed è diventato la propria iperbole, quella che si indica comunemente con il nome di *anima slava*.

La Russia e la Francia sono i due poli dell'Europa, che si attireranno in eterno. La Francia è una terra antica e stanca, dove dei sentimenti è rimasta solo la forma. Un francese conclude le sue lettere con un «vogliate gradire, caro signore, l'espressione dei miei distinti sentimenti». La prima volta che ho ricevuto una lettera del genere, firmata dalla segretaria della casa editrice Gallimard, vivevo ancora a Praga. Ho fatto un balzo fino al soffitto per la gioia: a Parigi c'è una donna che mi ama! È riuscita a inserire alla fine di una lettera burocratica una dichiarazione d'amore! Non solo ha dei sentimenti per me, ma sottolinea espressamente che sono distinti! Nessuna ceca mi ha mai detto una cosa simile!

Soltanto molti anni dopo, a Parigi, mi hanno spiegato che esiste un intero ventaglio semantico di formule conclusive per la corrispondenza; grazie ad esse un francese può dosare, con la precisione di un farmacista, i sentimenti che – senza provarli – vuole manifestare al destinatario; di tutte queste formule, i «distinti sentimenti» esprimono il grado più basso della cortesia burocratica, quasi al confine con il disprezzo.

Oh, Francia! Sei la terra della Forma così come la Russia è la terra del Sentimento! Perciò il Francese, eternamente frustrato perché non sente ardere in petto alcuna fiamma, guarda con invidia e nostalgia alla terra di Dostoevskij, dove gli uomini avvicinano agli uomini le labbra protese al bacio, pronti a sgozzare chi rifiuta di baciarli. (D'altra parte, se lo sgozzano, bisogna perdonarli immediatamente, perché hanno agito spinti dal loro amore ferito e questo, come sappiamo da Bettina, li rende innocenti. A Parigi il sentimentale assassino troverà almeno duecento avvocati pronti a organizzare uno speciale treno Parigi-Mosca per andare a difenderlo. A ciò saranno indotti non da una qualche pietà (sentimento troppo esotico e poco praticato nel loro paese), ma da princìpi astratti, che sono la loro unica passione. Questo l'assassino russo non lo capisce, e una volta libero si precipita dal difensore francese per abbracciarlo e baciarlo sulla bocca. Il francese arretra sgomento, il russo si offende, gli ficca un coltello in corpo, e la storia ricomincia).

11

Ah, i russi...

Quando vivevo ancora a Praga si raccontava questo aneddoto sull'anima russa. Un ceco seduce a velocità travolgente una russa. Dopo l'amplesso la russa gli dice con infinito disprezzo: «Hai avuto il mio corpo. Non avrai mai la mia anima!».

Magnifica storiella. Bettina scrisse a Goethe quarantanove lettere. In esse la parola anima appare cinquanta volte, la parola cuore centodiciannove. Solo di rado la parola cuore è intesa nella sua accezione anatomica letterale («mi batteva il cuore»), più spesso è usata come sineddoche per indicare il petto («vorrei stringerti al mio cuore»), ma nella stragrande maggioranza dei casi ha lo stesso significato della parola anima: l'*io sensibile*.

Penso dunque sono è la frase dell'intellettuale che sottovaluta il mal di denti. *Sento dunque sono* è una verità di portata molto più generale e che riguarda tutto ciò che è vivo. Il mio io non si differenzia sostanzialmente dal vostro per quello che pensa. Tanta la gente, pochi i pensieri: tutti pensiamo più o meno le stesse cose e ci passiamo a vicenda le idee, ce le prestiamo, le rubiamo. Però quando uno mi pesta un piede, il dolore lo sento solo io. Il fondamento dell'io non è il pensiero, ma la sofferenza, che è il più fondamentale di tutti i sentimenti. Nella sofferenza neanche un gatto può dubitare del suo io inconfondibile. Nella grande sofferenza il mondo scompare e ognuno di noi è solo con se stesso. La sofferenza è l'università dell'egocentrismo.

«Non mi disprezzate?» chiede Ippolit al principe Myškin.

«Perché? Forse perché avete sofferto e soffrite più di noi?».

«No, perché non sono degno della mia sofferenza».

Non sono degno della mia sofferenza. Grande frase. Ne deriva che la sofferenza non solo è il fondamento dell'io, la sua unica inconfutabile prova ontologica, ma è anche, fra tutti i sentimenti, il più degno di rispetto: il valore dei valori. Per questo Myškin ammira tutte le donne che soffrono. Quando vede per la prima volta la fotografia di Nastasja Filippovna, dice: «Questa donna deve aver sofferto molto». Tali parole stabiliscono fin dall'inizio, prima ancora che essa compaia sulla scena del romanzo, che Nastasja Filippovna è al di sopra di tutti gli altri. «Io non sono nulla ma voi, voi avete sofferto» dice Myškin ammaliato a Nastasja nel quindicesimo capitolo della prima parte e da quell'istante è perduto.

Ho detto che Myškin ammira tutte le donne che

soffrono, ma potrei anche ribaltare la mia affermazione: nel momento in cui gli piace una donna, la immagina sofferente. E poiché non sa tacere nulla di quel che pensa, glielo racconta subito. Del resto è un eccellente metodo di seduzione (peccato che Myškin abbia saputo approfittarne così poco!), perché dire a una donna «voi avete sofferto molto» è come parlare alla sua anima, accarezzarla, esaltarla. Ogni donna in un simile momento è pronta a dire: «Non hai ancora il mio corpo, ma la mia anima è già tua!».

Sotto lo sguardo di Myškin, l'anima cresce, cresce, assomiglia a un fungo gigantesco, alto come un palazzo di cinque piani, assomiglia a una mongolfiera che da un momento all'altro salirà nel cielo con il suo equipaggio di aeronauti. Si arriva al fenomeno che io chiamo: *ipertrofia dell'anima*.

12

Quando Goethe ricevette da Bettina la proposta per il suo monumento, se ricordate bene, avvertì nell'occhio una lacrima, ed era certo che il suo più riposto intimo gli facesse in tal modo sapere la verità: Bettina lo amava davvero e lui le aveva fatto torto. Solo più tardi si rese conto che le lacrime non gli avevano affatto rivelato la mirabile verità della devozione di Bettina, bensì la banale verità della propria presunzione. Si vergognava di aver nuovamente ceduto alla demagogia delle proprie lacrime. A partire dai cinquant'anni ne aveva avuto infatti una lunga esperienza: ogni volta che qualcuno lo lodava o quando provava viva soddisfazione per aver fatto un'opera buona o nobile, si sentiva le lacrime agli occhi. Che cos'è questa lacrima? si domandava e non aveva mai trovato la risposta. Una cosa però gli era chiara: la lacrima, con frequenza quasi sospetta, era provocata dalla commozione suscitata in Goethe dalla vista di Goethe.

Circa una settimana dopo la terribile morte di Agnes, Laura andò a trovare l'affranto Paul.

«Paul,» disse «siamo rimasti soli al mondo».

Paul sentì che gli occhi gli si riempivano di lacrime e girò la testa, per nascondere a Laura la sua commozione.

Proprio quel movimento spinse lei ad afferrarlo per il braccio: «Paul, non piangere!».

Paul guardò Laura attraverso le lacrime e constatò che anche lei aveva gli occhi umidi. Sorrise e disse con voce tremante: «Io non piango. Sei tu che piangi».

«Di qualunque cosa tu abbia bisogno, Paul, sai che sono qui, che sono interamente con te».

E Paul le rispose: «Lo so».

La lacrima nell'occhio di Laura era quella della commozione di Laura per Laura decisa a sacrificare la sua intera vita restando al fianco del marito della sorella defunta.

La lacrima nell'occhio di Paul era quella della commozione di Paul per la fedeltà di Paul incapace di vivere con un'altra donna che non fosse l'ombra della moglie morta, la sua imitazione, sua sorella.

E poi un giorno si sdraiarono insieme su un ampio letto e le lacrime (la misericordia delle lacrime) fecero sì che non avessero la minima sensazione del tradimento che potevano commettere nei confronti di una morta.

L'antica arte dell'ambiguità erotica giunse in loro soccorso: giacevano uno accanto all'altra non come sposi, ma come fratelli. Laura finora per Paul era stata un tabù; è probabile che non l'avesse mai neanche lontanamente associata nel pensiero a una qualche immagine erotica. Ora sentiva di essere suo fratello, di dover sostituire per lei la sorella perduta. Questo all'inizio gli rese moralmente più facile andare a letto con lei e dopo lo riempì di un'eccitazione totalmente sconosciuta: sapevano tutto uno dell'altra (come fratello e sorella) e ciò che li separava non era l'ignoto, ma la proibizione; una proibizione che durava da vent'anni e che con il passare del tempo era sempre più inviolabile. Nulla era più vicino del corpo dell'altro. Nulla era più proibito del corpo dell'altro. Con un'eccitante sensazione di incesto (e con gli occhi velati di lacrime) prese a fare l'amore con lei e l'amò così selvaggiamente come non aveva mai amato nessuna in vita sua.

13

Ci sono civiltà che hanno avuto un'architettura più grande di quella europea e la tragedia antica resterà per sempre insuperabile. Tuttavia nessuna civiltà ha creato dai suoni quel miracolo che è la storia millenaria della musica europea, con la sua ricchezza di forme e di stili! Europa: la grande musica e l'homo sentimentalis. Due gemelli sdraiati fianco a fianco nella stessa culla.

La musica non solo ha insegnato agli europei ad essere ricchi di sentimento ma anche ad adorare il proprio sentimento e il proprio io sensibile. Conoscerete certo questa situazione: il violinista sul podio chiude gli occhi e suona le prime due lunghe note. In quello stesso momento anche l'ascoltatore chiude gli occhi, sente l'anima che gli si allarga in petto e si dice: « Com'è bello! ». E intanto ciò che ascolta sono due semplici note, che, prese in sé, non possono racchiudere nessun pensiero del compositore, nessuna forza creatrice, dunque nessuna arte né bellezza. Ma quelle due note hanno toccato il cuore dell'ascoltatore, mettendo a tacere la sua ragione e il suo giudizio estetico. Un semplice suono musicale ha su di noi press'a poco lo stesso effetto dello sguardo di Myškin su una donna. Musica: una pompa per gonfiare l'anima. Le anime ipertrofiche trasformate in grandi mongolfiere si librano sotto il soffitto della sala da concerto, urtandosi l'un l'altra in una ressa incredibile.

Laura amava la musica sinceramente e profondamente; nel suo amore per Mahler vedo un significato preciso: Mahler è l'ultimo grande compositore europeo che ancora si rivolge ingenuamente e direttamente all'homo sentimentalis. Dopo Mahler, il sentimento nella musica diviene sospetto; Debussy vuole incantarci, non commuoverci, e Stravinsky addirittura si vergogna del sentimento. Mahler è per Laura *l'ultimo compositore* e quando lei sente dalla camera di Brigitte il rock a tutto volume, il suo amore ferito per la musica europea che scompare sotto il frastuono delle chitarre elettriche la fa andare su tutte le furie; dà a Paul un ultimatum: o Mahler o il rock; il che significa: o io o Brigitte.

Ma come scegliere tra due musiche ugualmente non amate? Per Paul (che ha le orecchie delicate come Goethe) il rock è troppo rumoroso e la musica romantica desta in lui sensazioni d'angoscia. Un tempo durante la guerra, quando tutti intorno a lui erano sconvolti da notizie che seminavano panico, dalla radio invece dei soliti tanghi e valzer risuonavano gli accordi in minore della musica seria e solenne; quegli accordi si iscrissero per sempre nella memoria del bambino come nunzi di catastrofi. Più in là comprese che il pathos della musica romantica unifica l'intera Europa: essa risuona ogni volta che viene ucciso un uomo di Stato o viene annunciata una guerra, ogni volta che è necessario imbottire di gloria la testa della gente, perché vada a farsi ammazzare più volentieri. Hitler e Stalin, De Gaulle e Mussolini, erano ricolmi di una commozione fraternamente identica, quando udivano il fragore della *Marcia funebre* di Chopin o dell'*Eroica* di Beethoven. Ah, fosse dipeso da Paul, il mondo avrebbe fatto tranquillamente a meno del rock e di Mahler. Ma le due donne non gli consentivano la neutralità. Lo costringevano a scegliere: fra due musiche, fra due donne. E lui non sapeva che cosa fare, perché le amava ugualmente entrambe.

Loro invece si odiavano. Brigitte guardava con lacerante tristezza il pianoforte bianco, che per anni era servito soltanto ad appoggiare oggetti; le ricordava Agnes, che per amore della sorella la pregava di imparare a suonarlo. Appena morta Agnes, il pianoforte era resuscitato e risuonava per giornate intere. Brigitte desiderava che il rock scatenato vendicasse la madre tradita dal padre e scacciasse l'intrusa. Quando comprese che Laura sarebbe rimasta, se ne andò lei. Il rock tacque. I dischi giravano sul grammofono, i tromboni di Mahler risuonavano nella casa e straziavano il cuore di Paul oppresso dalla nostalgia per la figlia. Laura si avvicinò a Paul, gli prese la testa fra le mani e lo guardò negli occhi. Poi disse: « Vorrei darti un figlio ». Entrambi sapevano che i medici già da tempo le avevano prospettato i pericoli di una gravidanza. Perciò aggiunse: « Mi sottoporrò a tutto ciò che sarà necessario ».

Era estate. Laura chiuse la boutique e insieme andarono due settimane al mare. Le onde si frangevano sulla riva e riempivano con il loro grido il petto di Paul. La musica di quell'elemento era la sola che lui amasse con passione. Constatò con felice stupore che dentro di lui Laura si fondeva con quella musica; l'unica donna della sua vita che ai suoi occhi assomigliasse al mare; che fosse il mare.

14

Romain Rolland, testimone d'accusa nell'eterno processo intentato contro Goethe, emergeva per due qualità: l'atteggiamento adorante verso la donna («era donna e già per questo la amiamo» scrive di Bettina) e il desiderio entusiasta di marciare con il progresso (il che per lui significava: con la Russia comunista e con la Rivoluzione). È curioso che questo adoratore delle donne allo stesso tempo ammirasse tanto Beethoven perché aveva rifiutato di salutare delle donne. Poiché di questo si trattava, se abbiamo ben compreso la storia delle terme di Teplitz: Beethoven con il cappello ben calcato sulla fronte e le braccia dietro la schiena avanza verso l'imperatrice e la sua corte, dove oltre ai signori c'erano sicuramente anche delle dame. Non salutarle sarebbe stata una scortesia senza pari! Ma la cosa è proprio incredibile: anche se era eccentrico e burbero, Beethoven non fu mai villano con le donne! Tutta questa storia è una palese idiozia e ha potuto essere accolta con credulità e poi tramandata solo perché la gente (e addirittura un romanziere, il che è una vergogna) ha perso qualsiasi senso della realtà.

Mi farete notare che è fuori luogo indagare sulla veridicità di un aneddoto che con lampante chiarezza non è una testimonianza ma un'allegoria. Bene; prendiamo dunque l'allegoria come tale; dimentichiamo come è nata (tanto non potremo mai saperlo con precisione), dimentichiamo il senso che ha voluto faziosamente insinuare questo o quel tale, e cerchiamo di cogliere il suo, se così si può dire, significato oggettivo:

Che cosa significa il cappello di Beethoven ben calcato sulla fronte? Che Beethoven rifiuta il potere della nobiltà in quanto reazionario e ingiusto, mentre il cappello nell'umile mano di Goethe implora che il mondo sia conservato così com'è? Sì, questa è l'interpretazione generalmente accolta, che tuttavia è insostenibile: anche Beethoven, così come Goethe, dovette crearsi ai suoi tempi un modus vivendi, per sé e per la sua musica; dedicava perciò le sue sonate ora a questo ora a quel principe, e addirittura non esitò a comporre, in onore dei vincitori che si erano riuniti a Vienna dopo la sconfitta di Napoleone una cantata in cui il coro grida: «Che il mondo torni di nuovo com'era!»; si spinse tanto in là da scrivere una polacca per la zarina russa, che era come mettere simbolicamente la povera Polonia (quella Polonia per cui trent'anni dopo lotterà con tanto coraggio Bettina) ai piedi del suo usurpatore.

Se dunque nel nostro quadro allegorico Beethoven avanza incontro a un capannello di nobili senza togliersi il cappello, ciò non può significare che i nobili sono degli spregevoli reazionari e lui un ammirevole rivoluzionario, bensì che coloro che *creano* (statue, poesie, sinfonie) meritano maggior rispetto di coloro che *governano* (sui servi, sui funzionari o su intere nazioni). Che la creazione è più del potere, l'arte più della politica. Che immortali sono le opere e non le guerre o i balli dei principi.

(Goethe del resto la pensava esattamente allo stesso modo, con questa differenza, che non considerava utile far conoscere ai padroni del mondo questa spiacevole verità quando erano ancora in vita. Era sicuro che nell'eternità sarebbero stati loro a inchinarsi per primi, e ciò gli bastava).

L'allegoria è chiara, eppure è universalmente interpretata in modo contrario al suo significato. Quelli che alla vista di questo quadro allegorico si affrettano ad applaudire Beethoven non capiscono affatto il suo orgoglio: sono per lo più persone accecate dalla politica, le stesse che preferiscono Lenin, Castro, Kennedy o Mitterrand a Fellini o Picasso. Romain Rolland di certo si toglierebbe il cappello piegandosi molto più giù di Goethe, se per caso nel viale delle terme di Teplitz avanzasse verso di lui Stalin.

15

C'è qualcosa di strano nel rispetto di Romain Rolland per le donne. Lui che ammirava Bettina solo perché era donna («era donna e già per questo la amiamo») non provava alcuna ammirazione per Christiane, eppure è fuori d'ogni dubbio che fosse donna anche lei! Bettina è per lui «pazza e saggia» (*folle et sage*), è «pazzamente viva e briosa» con un cuore «tenero e pazzo» e ancora varie volte è chiamata pazza. E noi sappiamo che per l'homo sentimentalis le parole matto, pazzo, pazzia (che in francese suonano ancor più poetiche che in altre lingue: *fou, folle, folie*) indicano l'esaltazione del sentimento liberato dalla censura (i deliri attivi della passione, direbbe Éluard) e sono dunque pronunciate con commossa ammirazione. Di Christiane, invece, l'adoratore delle donne e del proletariato non parla mai senza aggiungere al suo nome, contro tutte le regole della galanteria, gli aggettivi «gelosa», «grassa», «rossa e pingue», «importuna», «curiosa» e ancora diverse volte «grassa».

È strano che l'amico delle donne e del proletariato, araldo dell'uguaglianza e della fratellanza, non fosse per niente commosso dal fatto che Christiane era un'ex operaia, e che Goethe aveva dimostrato un coraggio del tutto eccezionale convivendo pubblicamente con lei e facendone poi sua moglie davanti a tutti. Dovette affrontare non solo le maldicenze dei salotti di Weimar ma anche la disapprovazione dei suoi amici intellettuali, Herder e Schiller, che a tal proposito storcevano il naso. Non mi stupisce che la Weimar degli aristocratici abbia gioito quando Bettina la chiamò grossa salsiccia. Mi stupisce però che potesse gioirne l'amico delle donne e della classe operaia. Come mai la giovane patrizia, che esibiva malignamente la sua cultura di fronte a una donna semplice, era così vicina a lui? E come mai Christiane, che amava bere e danzare, che non badava alla linea e ingrassava allegramente, non ebbe mai diritto a quel divino aggettivo, «pazza», e agli occhi dell'amico del proletariato fu soltanto «importuna»? Come mai all'amico del proletariato non venne in mente di ricavare dalla scena degli occhiali un'allegoria in cui la semplice popolana giustamente puniva la giovane e arrogante intellettuale e Goethe, schierandosi con la moglie, marciava a testa alta (e senza cappello!) contro l'armata degli aristocratici e dei loro ignobili pregiudizi?

Ovviamente questa allegoria non sarebbe stata meno stupida della precedente. Tuttavia la domanda resta: perché l'amico del proletariato e delle donne ha scelto la prima allegoria stupida e non la seconda? Perché ha preferito Bettina a Christiane?

Questa domanda va al nocciolo della questione.

Il prossimo capitolo darà la risposta:

16

Goethe invitò Bettina (in una lettera non datata) a «uscire da se stessa». Oggi diremmo che le rimproverava il suo egocentrismo. Ma ne aveva il diritto? Chi si batteva per i montanari insorti nel Tirolo, per la gloria del defunto Petöfi, per la vita di Mierosławski? Lui o lei? Chi pensava sempre agli altri? Chi era pronto a sacrificarsi?

Bettina. Su questo non si discute. Ciò tuttavia non invalida il rimprovero di Goethe. Perché Bettina non uscì mai dal proprio io. Ovunque andasse, il suo io sventolava dietro a lei come una bandiera. Ciò che la ispirava a combattere per i montanari tirolesi non erano i montanari, ma l'affascinante immagine di Bettina che combatteva per i montanari tirolesi. Ciò che la spingeva al suo amore per Goethe non era Goethe, ma la seducente immagine della Bettina-bimba innamorata del vecchio poeta.

Ricordiamo quel suo gesto, che ho chiamato gesto del desiderio di immortalità: prima aveva messo le dita nel punto fra i due seni, come per indicare il centro stesso di ciò che è chiamato io. Poi aveva lanciato le braccia avanti, come per inviare l'io in qualche posto lontano, verso l'orizzonte, nell'immensità. Il gesto del desiderio di immortalità conosce solo due luoghi nello spazio: l'io, qui, e l'orizzonte laggiù, in lontananza; solo due concetti: l'assoluto dell'io e l'assoluto del mondo. Questo gesto non ha niente a che vedere con l'amore, perché l'altro, il prossimo, chiunque si trovi fra questi due poli estremi (l'io e il mondo), è escluso a priori dal gioco, è omesso, non visto.

Il ventenne che si iscrive al partito comunista o che va sui monti con il fucile a combattere con i partigiani è affascinato dalla propria immagine di rivoluzionario, attraverso la quale si distingue dagli altri, diventa se stesso. All'origine della sua lotta c'è l'amore esasperato e insoddisfatto per il proprio io, al quale vuole dare contorni nitidi per poi inviarlo (con il descritto gesto del desiderio di immortalità) sulla grande scena della storia, dove sono puntati migliaia di occhi; e noi sappiamo, dall'esempio di Myškin e Nastasja Filippovna, che sotto gli sguardi intensi l'anima cresce, si gonfia, si dilata, e alla fine si libra verso il cielo come una splendida aeronave illuminata.

Ciò che porta gli uomini ad alzare i pugni, che gli mette in mano un fucile, che li spinge alla lotta comune per le cose giuste e ingiuste, non è la ragione, ma l'anima ipertrofica. È lei la benzina senza la quale il motore della storia non girerebbe e l'Europa se ne starebbe sdraiata sull'erba a guardare pigramente le nuvole che galleggiano in cielo.

Christiane non era affetta da ipertrofia dell'anima

e non desiderava mettersi in mostra sulla grande scena della storia. Ho il sospetto che preferisse stare sdraiata sull'erba con gli occhi fissi al cielo, dove galleggiavano le nuvole. (Ho persino il sospetto che in quei momenti riuscisse ad essere felice, cosa che l'uomo dall'anima ipertrofica non vede di buon occhio, perché lui, che brucia sul fuoco del suo io, non è mai felice). Romain Rolland, amico del progresso e della lacrima, non esitò dunque un solo istante, quando dovette scegliere fra lei e Bettina.

17

Vagabondando per le strade dell'aldilà, Hemingway intravide in lontananza un giovane che veniva verso di lui; era vestito in modo elegante e si teneva ostentatamente impettito. Quando il damerino si fu avvicinato un po', Hemingway poté distinguere sulla sua bocca un lieve sorriso malizioso. Quando furono a due metri di distanza, il giovane rallentò il passo, come per dare a Hemingway l'ultima occasione per riconoscerlo.

«Johann!» esclamò Hemingway sorpreso.

Goethe sorrideva soddisfatto; era orgoglioso dell'ottima riuscita dell'effetto scenico. Non dimentichiamo che era stato a lungo direttore di teatro e aveva il senso degli effetti. Poi prese l'amico sotto braccio (è interessante che anche ora, pur essendo più giovane di Hemingway, continuasse a comportarsi con lui con la stessa benevola indulgenza del più anziano) e lo portò a fare una lunga passeggiata.

«Johann,» disse Hemingway «oggi lei è bello come un Dio». La bellezza dell'amico destava in lui una gioia sincera ed egli rideva felice. «Dove ha lasciato le babbucce? E quella visiera verde sopra gli occhi?». E dopo aver smesso di ridere, disse: «Doveva presentarsi così all'eterno processo. Schiacciare i giudici non con gli argomenti ma con la sua bellezza!».

«Lei sa che all'eterno processo non ho pronunciato una sola parola. È stato per disprezzo. Ma non ho potuto fare a meno di andare là e ascoltarli. Me ne pento».

«Che vuole? Lei è stato condannato all'immortalità per il peccato di aver scritto libri. Me l'ha spiegato lei stesso».

Goethe strinse le spalle e disse con un certo orgoglio: «Può darsi che i nostri libri siano in un certo senso immortali. Forse». Dopo una pausa aggiunse piano ed estremamente deciso: «Ma noi no».

«Proprio il contrario» protestò Hemingway con amarezza. «Con tutta probabilità i nostri libri tra poco non saranno più letti. Del suo *Faust* rimarrà soltanto la stupidissima opera di Gounod. E forse anche quel verso sull'eterno femminino che ci trae da qualche parte...».

«*Das Ewigweibliche zieht uns hinan*» recitò Goethe.

«Esattamente. Ma della sua vita, fin nei minimi particolari, la gente non smetterà mai di occuparsi».

«Lei non ha ancora capito, Ernest, che i personaggi di cui parlano non siamo noi?».

«Adesso non venga a dirmi, Johann, che lei non ha alcun rapporto con il Goethe di cui tutti scrivono e parlano. Ammetto che l'immagine che è rimasta di lei non le assomiglia in tutto e per tutto. Ammetto che in essa lei è decisamente deformato. Ma ciò nonostante è presente in essa».

«No, non lo sono» disse Goethe con estrema fermezza. «E le dirò un'altra cosa. Non sono presente neanche nei miei libri. Chi non è, non può essere presente».

«Questo per me è un discorso troppo filosofico».

«Dimentichi per un attimo di essere americano e usi il cervello: chi non è, non può essere presente. È così complicato? Nell'istante in cui sono morto, me ne sono andato da ogni dove e totalmente. Me ne sono andato anche dai miei libri. Quei libri sono al mondo senza di me. Nessuno mi ci troverà mai più. Perché non si può trovare chi non è».

«Sarò lieto di darle ragione,» disse Hemingway «ma mi spieghi: se l'immagine che è rimasta di lei non ha niente in comune con lei, perché le ha dedicato tante cure quando era vivo? Perché ha invitato presso di lei Eckermann? Perché si è messo a scrivere *Poesia e verità*?».

«Ernest, si rassegni al fatto che sono stato stolto quanto lei. La preoccupazione per la propria immagine, è questa la fatale immaturità dell'uomo. È così difficile essere indifferenti alla propria immagine. Una tale indifferenza è al di sopra delle forze umane. L'uomo ci arriva solo dopo la morte. E neanche subito. Solo molto tempo dopo la morte. Lei non c'è ancora arrivato. Ancora non è maturo. Ed è morto... da quanto esattamente?».

«Da ventisette anni» disse Hemingway.

«Non sono niente. Dovrà aspettare almeno altri venti, trent'anni, per arrivare a rendersi pienamente conto che l'uomo è mortale e per saper trarre da questo tutte le conseguenze. Prima non ci si riesce. Poco prima di morire dichiaravo ancora di sentire dentro di me una tale forza creatrice, che era impossibile che sparisse senza lasciar tracce. E ovviamente credevo di continuare a vivere nell'immagine che avrei lasciato di me. Sì, ero come lei. Anche dopo la morte mi riusciva difficile rassegnarmi a non essere. Sa, è una cosa terribilmente strana. Essere mortali è l'esperienza umana più fondamentale e nello stesso tempo l'uomo non è mai stato capace di accettarla, di comprenderla e di comportarsi di conseguenza. L'uomo non sa essere mortale. E quando è morto non sa neanche essere morto».

«E lei sa forse essere morto, Johann?» chiese Hemingway per alleggerire la gravità del momento. «Pensa davvero che il modo migliore di essere morto sia perdere tempo a chiacchierare con me?».

«Non faccia lo stupido, Ernest» disse Goethe. «Sa bene che in questo istante siamo solo la frivola fantasia di un romanziere, che ci fa dire quello che vuole lui e che probabilmente non avremmo mai detto. Ma basta così. Ha notato il mio aspetto di oggi?».

«Non gliel'ho forse detto subito, quando l'ho visto? Lei è bello come un Dio!».

«Così apparivo quando l'intera Germania mi considerava uno spietato seduttore» disse Goethe in tono quasi solenne. Poi, commosso, aggiunse: «Volevo che lei mi ricordasse proprio così nei prossimi anni».

Hemingway guardò Goethe con improvvisa e tenera indulgenza: «E lei, Johann, quanti anni ha da morto?».

«Centocinquantasei» rispose Goethe con un certo imbarazzo.

«E ancora non sa essere morto?».

Goethe sorrise: «Lo so, Ernest. Il mio comportamento è un po' in contrasto con quanto le dicevo un attimo fa. Ma mi sono concesso questa vanità infantile perché oggi ci vediamo per l'ultima volta». E poi lentamente, come uno deciso a non fare altre dichiarazioni, pronunciò queste parole: «Ho capito infatti definitivamente che l'eterno processo è un'idiozia. Ho deciso di approfittare del fatto che sono morto e di andare, se mi si passa il termine impreciso, a dormire. Assaporare la voluttà del totale non essere, che secondo il mio grande nemico Novalis sarebbe di colore azzurro».

PARTE QUINTA
IL CASO

1

Dopo pranzo risalì nella sua stanza. Era domenica, l'albergo non attendeva nuovi ospiti, nessuno le faceva premura perché se ne andasse; nella stanza l'ampio letto era ancora disfatto, così come l'aveva lasciato al mattino. Quella vista la riempì di felicità: aveva passato lì due notti da sola, senza udire altro che il proprio respiro e dormendo sdraiata di traverso da un angolo all'altro, quasi volesse con il proprio corpo abbracciare interamente quella grande superficie quadrata che apparteneva soltanto al suo corpo e al suo sonno.

Nella valigia aperta sul tavolo era già tutto sistemato: in cima, sulla gonna piegata, c'era l'edizione in brossura delle poesie di Rimbaud. Le aveva prese con sé perché nelle ultime settimane aveva pensato moltissimo a Paul. All'epoca in cui Brigitte non era ancora al mondo, saliva spesso dietro di lui su una grande motocicletta e insieme giravano la Francia. Con quel periodo e con quella motocicletta si fondevano i suoi ricordi di Rimbaud: era il loro poeta.

Aveva preso quelle poesie semidimenticate come se avesse preso un vecchio diario, curiosa di vedere se gli appunti, ingialliti dal tempo, le sarebbero parsi commoventi, ridicoli, affascinanti o insignificanti. I versi erano sempre ugualmente belli, ma qualcosa in essi la sorprese: non avevano proprio niente a che vedere con la grossa motocicletta sulla quale andavano una volta. Il mondo delle poesie di Rimbaud era molto più vicino ai contemporanei di Goethe che non a quelli di Brigitte. Rimbaud, che aveva ordinato a tutti di essere assolutamente moderni, era un poeta della natura, era un vagabondo, nelle sue poesie c'erano parole che l'uomo d'oggi ha ormai dimenticato o dalle quali non trae più nessuna gioia: crescione, tigli, quercia, grilli, noce, olmo, erica, corvi, i caldi escrementi delle vecchie piccionaie, e strade, strade soprattutto. *Nelle sere blu d'estate andrò per i sentieri, punzecchiato dal grano a pestar l'erba sottile... Non parlerò, non penserò a nulla... E andrò lontano, lontano, come uno zingaro, per la Natura, – lieto come con una donna...*

Chiuse la valigia. Poi uscì nel corridoio, corse giù davanti all'albergo, gettò la valigia sul sedile posteriore e si sedette al volante.

2

Erano le due e mezza e ormai doveva mettersi in viaggio, perché non guidava volentieri con il buio. Ma non riusciva a decidersi a girare la chiave dell'avviamento. Come un amante che non ha avuto il tempo di dire tutto quel che aveva nel cuore, il paesaggio intorno a lei le impediva di andarsene. Scese dalla macchina. Intorno a lei c'erano le montagne; quelle a sinistra erano luminose, avevano colori accesi, e sopra al loro verde orizzonte splendevano i bianchi ghiacciai; le montagne a destra erano avvolte da una foschia giallastra che le trasformava in un semplice profilo. Erano due illuminazioni completamente diverse; due mondi diversi. Girò la testa da sinistra a destra e da destra a sinistra e decise che avrebbe fatto ancora un'ultima passeggiata. E si avviò per una strada che, salendo dolcemente attraverso i prati, portava su nei boschi.

Erano passati circa venticinque anni da quando era venuta con Paul sulle Alpi con la grossa motocicletta. Paul amava il mare e le montagne gli erano estranee. Lei voleva conquistarlo al suo mondo; voleva che restasse incantato alla vista degli alberi e dei prati. La motocicletta era ferma sul margine della strada asfaltata e Paul diceva:

« Il prato non è altro che un campo di sofferenza. Ogni secondo in quel bel verde qualche creatura muore, le formiche mangiano i lombrichi vivi, gli uccelli in alto stanno in agguato, aspettando di scorgere una donnola o un topo. Vedi quel gatto nero, immobile nell'erba? Aspetta soltanto che gli capiti l'occasione di uccidere. Questo rispetto ingenuo per la natura mi ripugna. Pensi che una cerva nelle fauci della tigre provi meno terrore di quanto ne proveresti tu? Il motivo per cui la gente si è inventata che un animale non può soffrire quanto un uomo è che altrimenti non potrebbe sopportare la consapevolezza di essere circondata da una natura che è orrore e nient'altro che orrore ».

Paul era lieto che l'uomo stesse lentamente ricoprendo tutta la terra di cemento. Per lui era come veder murare viva una crudele assassina. Agnes, che lo comprendeva troppo bene, non se la prendeva per il suo disamore verso la natura, motivato, se così si può dire, da un senso di umanità e di giustizia.

Ma può darsi che fosse invece la lotta gelosa e abbastanza comune di un marito che vuole definitivamente strappare la moglie al padre. Perché Agnes aveva imparato ad amare la natura da suo padre. Con lui percorreva chilometri e chilometri di strade e ammirava il silenzio dei boschi.

Una volta alcuni amici l'avevano portata in macchina per la natura americana. Era l'infinito e inaccessibile regno degli alberi tagliato da lunghe strade asfaltate. Il silenzio di quei boschi le era sembrato ostile ed estraneo quanto il frastuono di New York. Nel bosco che ama Agnes, le strade si ramificano in strade più piccole e in sentieri ancora più piccoli; per i sentieri vanno i boscaioli. Sulle strade ci sono panchine dalle quali si vede un paesaggio pieno di pecore e mucche al pascolo. È l'Europa, è il cuore dell'Europa, sono le Alpi.

3

Depuis huit jours, j'avais déchiré mes bottines
Aux cailloux des chemins...

Da otto giorni stracciavo le mie scarpe
sui sassi delle strade...

scrive Rimbaud.

Strada: striscia di terra che si percorre a piedi. Diversa dalla strada è la strada asfaltata, che si distingue non solo perché la si percorre con la macchina, ma in quanto è una semplice linea che unisce un punto a un altro. La strada asfaltata non ha senso in se stessa; hanno senso solo i due punti che essa unisce. La strada è una lode allo spazio. Ogni tratto di strada ha senso in se stesso e ci invita alla sosta. La strada asfaltata è una trionfale svalutazione dello spazio, che per suo merito oggi non è che un semplice ostacolo al movimento dell'uomo e una perdita di tempo.

Prima ancora di scomparire dal paesaggio, le strade sono scomparse dall'animo umano: l'uomo ha smesso di desiderare di camminare con le proprie gambe e di gioire per questo. Anche la propria vita ormai non la vede più come una strada, bensì come una strada asfaltata: come una linea che conduce da un punto a un altro, dal grado di capitano al grado di generale, dal ruolo di moglie al ruolo di vedova. Il tempo della vita è diventato per lui un semplice ostacolo che è necessario superare a velocità sempre maggiori.

La strada e la strada asfaltata sono anche due diversi concetti di bellezza. Quando Paul dice che nel tal posto c'è un bel paesaggio, significa questo: se ti fermi là con la macchina, vedi un bel castello del Quattrocento con accanto un parco; oppure: là c'è un lago, sulla cui fulgida superficie, che si perde in lontananza, nuotano i cigni.

Nel mondo delle strade asfaltate un bel paesaggio significa: un'isola di bellezza unita da una linea ad altre isole di bellezza.

Nel mondo delle strade la bellezza è continua e sempre mutevole; ad ogni passo ci dice: «Fermati!».

Il mondo delle strade era il mondo del padre. Il mondo delle strade asfaltate era il mondo del marito. E la storia di Agnes si richiude come un cerchio: dal mondo delle strade al mondo delle strade asfaltate e ora di nuovo al punto di partenza. Perché Agnes si trasferisce in Svizzera. Ormai è deciso ed è questa la ragione per cui nelle ultime due settimane si sente continuamente e follemente felice.

4

Era ormai pomeriggio avanzato quando tornò alla macchina. E proprio nel momento in cui stava infilando la chiave nella serratura, il professor Avenarius in costume da bagno giungeva nella piccola piscina dove io lo attendevo già nell'acqua calda, lasciandomi frustare dai violenti getti che sgorgavano dalle pareti sotto la superficie.

In tal modo gli eventi sono sincronizzati. Sempre, quando avviene qualcosa nel luogo Z, avviene qualcos'altro nei luoghi A, B, C, D, E. «E proprio nel momento in cui...» è una delle frasi magiche di tutti i romanzi, la frase che ci ammalia quando leggiamo *I tre moschettieri*, il romanzo più caro al professor Avenarius, al quale, invece di salutarlo, dissi: «Proprio in questo momento, mentre tu entri in piscina, la protagonista del mio romanzo ha finalmente girato la chiave dell'avviamento per mettersi in viaggio verso Parigi».

«Splendida coincidenza» disse il professor Avenarius palesemente compiaciuto e si immerse.

«Naturalmente di coincidenze simili al mondo ne accadono miliardi al secondo. Su questo, sogno di scrivere un grande libro: Una teoria del caso. Parte prima: il caso determina le coincidenze. Ad esempio: "Proprio nel momento in cui il professor Avenarius entrò nella piscina per sentire il getto caldo dell'acqua sulla sua schiena, da un castagno del parco comunale di Chicago cadde una foglia gialla". Questa è una coincidenza casuale di eventi, ma non ha nessunissimo senso. Nella mia classificazione dei casi lo chiamo *caso muto*. Ma immagina che io dica: "Proprio nel momento in cui cadde la *prima* foglia gialla nella città di Chicago, il professor Avenarius entrò in piscina per massaggiarsi la schiena". La frase diventa malinconica, perché vediamo il professor Avenarius come nunzio dell'autunno e l'acqua in cui si è immerso ci appare salata di lacrime. Il caso ha ispirato all'evento un significato inatteso e per questo lo chiamo *caso poetico*. Ma posso anche dire quel che ti ho comunicato quando ti ho visto: "Il professor Avenarius si immerse nella piscina proprio nel momento in cui Agnes sulle Alpi metteva in moto la sua vettura". Questo caso non lo si può chiamare poetico, perché non dà alcun senso particolare alla tua entrata nella piscina, ma è comunque un caso molto prezioso che chiamo *contrappuntistico*. È come quando si uniscono due melodie in una stessa composizione. È una cosa che conosco dall'infanzia. Un ragazzo cantava una canzoncina e nello stesso tempo un altro ragazzo ne cantava un'altra, e funzionava! Ma c'è ancora un altro tipo di caso: "Il professor Avenarius entrò nel sotterraneo del métro a Montparnasse proprio nel momento in cui si trovava lì una bella signora con in mano una cassetta rossa per le offerte". Questo è il cosiddetto caso *genera-storia*, adorato dai romanzieri».

A questo punto feci una pausa, perché volevo provocarlo a dirmi qualcosa di più preciso sul suo incontro nel métro, ma lui si limitò a ruotare la schiena in modo che il getto d'acqua zampillante massaggiasse per bene la sua lombaggine e assunse un'aria indifferente, come se il mio ultimo esempio non lo riguardasse affatto.

«Non riesco a liberarmi della sensazione» disse «che nella vita umana il caso non sia guidato dal calcolo della probabilità. Voglio dire che ci capitano molti casi tanto improbabili che non possiamo giustificarli matematicamente. Poco tempo fa, mentre camminavo per una strada di Parigi del tutto insignificante in un quartiere del tutto insignificante, ho incontrato una donna di Amburgo che venticinque anni fa vedevo quasi tutti i giorni e che poi avevo completamente perso di vista. Camminavo per quella strada soltanto perché per errore ero sceso dal métro una fermata prima. E lei era in gita a Parigi per tre giorni e si era smarrita. La probabilità del nostro incontro era di uno su un miliardo!».

«Con quale metodo fai il calcolo della probabilità degli incontri umani?».

«Tu conosci forse qualche metodo?».

«No. E me ne dispiace» dissi. «È strano, ma la vita umana non si è mai assoggettata all'indagine matematica. Prendi ad esempio il tempo. Sogno di fare un esperimento che con l'aiuto di elettrodi applicati alla testa dell'uomo indaghi su quale percentuale della vita è dedicata al presente, quale ai ricordi e quale al futuro. Giungeremmo così a conoscere chi è veramente l'uomo in rapporto al tempo. Che cos'è il tempo umano. E sicuramente potremmo definire tre tipi d'uomo fondamentali in base all'aspetto del tempo che è per loro dominante. Per tornare ai casi. Che cosa possiamo dire di attendibile sui casi della vita, senza un'indagine matematica? Purtroppo una matematica esistenziale non esiste».

« Matematica esistenziale. Eccellente trovata » disse Avenarius e meditò. Poi disse: « In ogni modo, che si tratti della probabilità di uno su un milione, o su un bilione, l'incontro era assolutamente improbabile e proprio in questa improbabilità stava il suo valore. Perché la matematica esistenziale, che non esiste, conierebbe più o meno questa equazione: il valore di una coincidenza è uguale al suo grado di improbabilità ».

« Incontrare inaspettatamente al centro di Parigi una bella donna che non vedevamo da anni... » dissi con aria trasognata.

« Non so da che cosa hai giudicato che fosse bella. Era la guardarobiera di una birreria dove un tempo andavo tutti i giorni, e il circolo dei pensionati le aveva offerto la possibilità di una gita di tre giorni a Parigi. Quando ci siamo riconosciuti, ci siamo guardati con imbarazzo. Addirittura quasi con disperazione, la stessa che proverebbe un ragazzo senza gambe vincendo a tombola una bicicletta. Come se tutti e due sapessimo di aver ricevuto in dono un caso enormemente prezioso che però non ci sarebbe servito a niente. Ci sembrava che qualcuno stesse ridendo di noi e ci vergognavamo uno di fronte all'altro ».

« Questo tipo di casi si potrebbe chiamare *morboso* » dissi. « Tuttavia, per quanto mi sforzi, non riesco a escogitare una categoria in cui collocare il caso che ha fatto prendere a Bernard Bertrand il diploma di asino integrale ».

Avenarius disse con tutta la sua autorità: « Bernard Bertrand ha preso il diploma di asino integrale perché è un asino integrale. Qui non si trattava affatto di un caso. Era una pura necessità. Nemmeno le ferree leggi della storia di cui parla Marx sono necessità più grandi di questo diploma ».

E come se la mia domanda lo avesse indispettito, si drizzò nell'acqua in tutta la sua minacciosa imponenza. Mi tirai su anch'io e uscimmo dalla piscina per andare a sederci al bar, dall'altra parte della sala.

5

Avevamo ordinato un bicchiere di vino, mandammo giù il primo sorso e Avenarius disse: « Eppure ti è chiaro che ogni cosa che faccio è un atto di guerra contro Satania ».

« Certo che lo so » risposi. « Appunto per questo domando che senso abbia scagliarsi proprio su Bernard Bertrand ».

« Non capisci niente » disse Avenarius, come se fosse stanco di una mia persistente incapacità di capire quel che mi aveva spiegato già molte volte. « Non esiste una lotta efficace o ragionevole contro Satania. Marx ci ha provato, tutti i rivoluzionari ci hanno provato e Satania alla fine si è impossessata di tutte le organizzazioni che avevano lo scopo originario di annientarla. Tutto il mio passato di rivoluzionario è finito in una delusione e oggi per me ha importanza una sola domanda: che cosa resta da fare a uno che ha capito che contro Satania qualsiasi lotta organizzata, efficace e ragionevole è impossibile? Gli restano solo due possibilità: o rassegnarsi e smettere di essere se stesso, oppure continuare a coltivare in sé un bisogno interiore di ribellione e manifestarlo di tanto in tanto. Non per cambiare il mondo, come un tempo giustamente e vanamente si augurava Marx, ma perché vi è costretto da un intimo imperativo morale. Ho pensato a te negli ultimi tempi. Anche per te è importante manifestare la tua ribellione non solo scrivendo romanzi, che non ti possono portare alcuna soddisfazione reale, ma attraverso l'azione. Oggi voglio che tu finalmente ti unisca a me! ».

« Però non mi è ancora chiaro » dissi « perché un bisogno morale interiore ti ha spinto ad attaccare un povero giornalista della radio. Quali ragioni oggettive ti hanno portato a questo? Perché proprio lui è diventato per te il simbolo dell'asineria? ».

« Ti proibisco di usare la stupida parola simbolo! » disse Avenarius alzando la voce. « Questa è la mentalità delle organizzazioni terroristiche! È la mentalità dei politici, che oggi non sono altro che giocolieri di simboli! Io disprezzo allo stesso modo coloro che appendono fuori dalle finestre le bandiere nazionali e coloro che le bruciano nelle piazze. Bernard per me non è un simbolo. Per me non c'è niente di più concreto di lui! Lo sento parlare tutte le mattine! Entro nella giornata accompagnato dalle sue parole! La sua voce affettata, effeminata, con le sue battute idiote, mi dà ai nervi! Non sopporto nulla di quello che dice! Ragioni oggettive? Non so che cosa siano! L'ho nominato asino integrale sulla base della mia più stravagante, maligna e capricciosa libertà personale! ».

« Questo volevo sentire » dissi. « Non hai agito affatto come il Dio della necessità, ma come il Dio del caso ».

« Caso o necessità, sono contento di essere un Dio per te » disse il professor Avenarius di nuovo con la sua normale voce pacata. « Ma non capisco perché ti sorprende tanto la mia scelta. Uno che scherza in modo idiota con gli ascoltatori e fa una campagna contro l'eutanasia è fuor d'ogni dubbio un asino integrale e io non riesco a immaginare una sola obiezione possibile».

Le ultime parole di Avenarius mi lasciarono di stucco: «Tu confondi Bernard Bertrand con Bertrand Bertrand!».

«Io intendo il Bernard Bertrand che parla alla radio e lotta contro il suicidio e la birra!».

Mi presi la testa fra le mani: «Sono due persone diverse! Padre e figlio! Come hai potuto unire in una sola persona un giornalista della radio e un deputato?! Il tuo errore è un esempio perfetto di quello che un attimo fa abbiamo definito caso morboso».

Avenarius ebbe un attimo di imbarazzo. Ma subito si riprese e disse: «Temo che tu non ti districhi troppo bene nella tua teoria personale del caso. Nel mio errore non c'è niente di morboso. Anzi, somiglia chiaramente a quello che hai chiamato caso poetico. Padre e figlio sono diventati un solo asino a due teste. Nemmeno l'antica mitologia greca ha inventato un animale così splendido!».

Finimmo di bere il vino, andammo a vestirci negli spogliatoi e da lì telefonammo al ristorante per prenotare un tavolo.

6

Il professor Avenarius si stava infilando un calzino quando ad Agnes tornò in mente questa frase: «Ogni donna preferisce sempre i figli al marito». Gliel'aveva detta in tono confidenziale sua madre (in circostanze ormai dimenticate) all'epoca in cui Agnes era sui dodici, tredici anni. Il senso della frase diviene chiaro solo se ci riflettiamo sopra un momento: dire che vogliamo più bene ad A che a B non è confrontare due livelli di amore, ma significa che

B non è amato. Se amiamo qualcuno, infatti, non possiamo paragonarlo a nessuno. L'amato non è paragonabile. Anche se amiamo A e B, non possiamo paragonarli tra loro, perché paragonandoli già cessiamo di amare uno dei due. E se diciamo pubblicamente che preferiamo uno all'altro, non si tratterà mai per noi di una confessione pubblica del nostro amore per A (perché in tal caso basterebbe dire soltanto «Amo A!»), ma di un messaggio per far capire, con discrezione e tuttavia con chiarezza, che B ci è del tutto indifferente.

La piccola Agnes, naturalmente, non era capace di una simile analisi. La madre certo contava su questo; aveva bisogno di confidarsi e nello stesso tempo non voleva essere pienamente compresa. Ma la bambina, anche se non era in grado di comprendere tutto, intuì comunque che la frase era a sfavore del padre. Del padre che lei amava! Perciò non si sentiva lusignata di essere lei la preferita, ma addolorata perché si faceva torto all'amato.

La frase restò impressa nella sua mente; cercava di immaginare che cosa significasse concretamente amare qualcuno di più e qualcuno di meno; sdraiata a letto prima di addormentarsi, stretta nella coperta, vedeva davanti agli occhi questa scena: il padre era in piedi e teneva per mano le due figlie. Davanti a loro era schierato il plotone d'esecuzione, che ormai aspettava soltanto l'ordine: puntare! fuoco! La madre andava dal generale nemico a implorare la grazia e lui le accordava il diritto di salvare due dei tre condannati. E così, subito prima che il comandante dia l'ordine di sparare, la madre accorre, strappa le figlie dalle mani del padre e con fretta atterrita le porta via. Agnes è trascinata dalla madre e ha la testa voltata indietro verso il padre; la tiene voltata così caparbiamente, ostinatamente, che le viene un crampo al collo; vede il padre che le segue con lo sguardo, triste e senza la minima protesta: è rassegnato alla scelta della madre, perché sa che l'amore materno è più grande dell'amore coniugale e che tocca a lui morire.

A volte aveva immaginato che il generale nemico desse alla madre il diritto di salvare solo uno dei condannati. Non aveva dubitato neanche per un istante che la madre avrebbe salvato Laura. Si vedeva sola col padre, di fronte ai fucili puntati. Si tenevano per mano. Ad Agnes in quel momento non interessava affatto quel che avveniva della madre e della sorella, non le guardava, e tuttavia sapeva che si allontanavano in fretta e che nessuna delle due si voltava indietro! Avvolta nella coperta, sul suo lettino, Agnes aveva negli occhi lacrime brucianti e provava una felicità inesprimibile, perché teneva il padre per mano, era con lui e sarebbero morti insieme.

7

Probabilmente Agnes avrebbe dimenticato la scena dell'esecuzione se un giorno le due sorelle non avessero litigato, quando sorpresero il padre su un mucchio di fotografie strappate. Guardando Laura che gridava, Agnes rammentò che era la stessa Laura che la lasciava sola con il padre di fronte al plotone d'esecuzione e andava via *senza voltarsi indietro*. D'un tratto comprese che il loro contrasto era più profondo di quanto sospettasse, e proprio per questo non tornò mai più su quel litigio per le fotografie strappate, come se temesse di nominare ciò che doveva restare innominato, di risvegliare ciò che doveva restare addormentato.

Quando la sorella se ne era andata piangendo di rabbia e lei era rimasta sola con il padre, aveva avvertito per la prima volta una strana sensazione di stanchezza di fronte alla sorprendente constatazione (in genere ci sorprendono sempre le constatazioni più banali) che per tutta la vita avrebbe avuto sempre la stessa sorella. Avrebbe potuto cambiare amici, cambiare amante, avrebbe potuto, se le fosse venuta voglia, divorziare da Paul, ma non avrebbe mai potuto cambiare sorella. Laura è la costante della sua vita, il che per Agnes è tanto più faticoso in quanto il loro rapporto era stato fin dall'inizio simile a una corsa: Agnes correva avanti e la sorella dietro a lei.

A volte aveva l'impressione di trovarsi dentro a una favola che conosceva dall'infanzia: la principessa fugge a cavallo dal malvagio persecutore; in mano ha una spazzola, un pettine e un nastro. Getta dietro di sé la spazzola e fra lei e il persecutore crescono fitti boschi. Così guadagna tempo, ma ben presto il persecutore è di nuovo in vista e lei getta dietro di sé il pettine, che si trasforma di colpo in rocce aguzze. E quando lui ancora una volta le è alle calcagna, scioglie il nastro, che si srotola come un ampio fiume.

Poi ad Agnes era rimasto in mano un solo oggetto: gli occhiali neri. Li aveva buttati per terra ed ecco che dal persecutore la divideva un tratto ricoperto di schegge taglienti.

Ma ora non ha più niente in mano, e sa che Laura è più forte di lei. È più forte perché ha trasformato la debolezza in arma e in superiorità morale: le viene fatto torto, è abbandonata dall'amante, soffre, tenta il suicidio, mentre Agnes, felicemente sposata, butta per terra gli occhiali della sorella, la umilia e le proibisce di entrare in casa sua. Sì, dal momento degli occhiali rotti, nove mesi prima, non si sono più viste. E Agnes sa che Paul, pur non dicendo nulla, non è d'accordo con lei. Gli dispiace per Laura. La corsa si avvicina alla fine. Agnes sente il respiro della sorella appena dietro di lei e sa che Laura vincerà.

La sensazione di stanchezza è sempre più forte. Non ha più nessuna voglia di continuare a correre. Non è un'atleta. Non ha mai voluto far gare. Non l'ha scelta lei sua sorella. Non vuole essere né il suo modello né la sua rivale. La sorella nella vita di Agnes è un caso, né più né meno che la forma delle sue orecchie. Non si è scelta la sorella così come non si è scelta la forma delle orecchie e per tutta la vita è costretta a trascinare con sé un'insensatezza del caso.

Quando era piccola, il padre le aveva insegnato a giocare a scacchi. Era rimasta incantata da una mossa che con termine specialistico si chiama arrocco: il giocatore con una sola mossa sposta due pezzi: mette la torre nella casella accanto al re e muove il re dall'altra parte della torre. Quella mossa le piaceva: il nemico concentra tutti i suoi sforzi per colpire il re e il re d'un tratto gli sparisce davanti agli occhi: si trasferisce. Per tutta la vita aveva sognato quella mossa e tanto più la sognava quanto più era stanca.

8

Dall'epoca in cui il padre, morendo, le aveva lasciato i soldi sul conto in Svizzera, lei andava sulle Alpi due o tre volte all'anno, sempre nello stesso albergo, e si sforzava di immaginare che sarebbe rimasta là per sempre: avrebbe potuto vivere senza Paul e senza Brigitte? Come faceva a saperlo? I tre giorni che era abituata a trascorrere all'albergo, quella « solitudine di prova », le avevano insegnato poco. La parola « andarsene! » risuonava nella sua mente come la tentazione più bella. Ma se davvero se ne fosse andata, non lo avrebbe rimpianto subito dopo? È vero che desiderava la solitudine, ma nello stesso tempo amava il marito e la figlia e si preoccupava per loro. Avrebbe chiesto loro notizie, avrebbe avuto bisogno di sapere se andava tutto bene. Ma come restare sola, separata da loro, e contemporaneamente sapere tutto di loro? E come avrebbe organizzato la sua nuova vita? Cercare un nuovo lavoro? Non sarebbe stato facile. Non fare nulla? Sì, era allettante, ma non si sarebbe sentita improvvisamente come in pensione? Quando rifletteva su tutto questo, il suo progetto di «andarsene» le appariva sempre più artificioso, forzato, irrealizzabile, simile a una pura utopia, con la quale si illude chi in fondo all'animo sa che è impotente e che non farà nulla.

E poi un giorno la soluzione era giunta dall'esterno, del tutto inattesa e allo stesso tempo nel modo più comune. Il suo datore di lavoro aveva aperto una filiale a Berna e poiché tutti sapevano che lei parlava il tedesco bene quanto il francese, le chiesero se non volesse dirigerla lei. Sapendo che era sposata, non contavano troppo sul suo consenso; lei li sorprese: disse «sì» senza un istante di esitazione; e sorprese anche se stessa: quel «sì», che aveva pronunciato senza riflettere, dimostrava che il suo desiderio non era una commedia che recitava con civetteria a se stessa senza crederci, ma qualcosa di reale e di serio.

Quel desiderio aveva colto avidamente l'occasione per smettere di essere una semplice fantasticheria romantica e diventare parte di una cosa del tutto prosaica: una promozione sul lavoro. Accettando l'offerta, Agnes aveva agito come una qualsiasi donna ambiziosa, cosicché nessuno poteva scoprire né sospettare le vere ragioni personali della sua decisione. E per lei tutto improvvisamente divenne chiaro; non c'era più bisogno di fare tentativi e prove e cercare di immaginare «come sarebbe stato se...». Quello che desiderava all'improvviso era lì e lei era sorpresa di accoglierlo come una gioia pura e senza ombre.

Questa gioia fu così violenta che suscitò in lei vergogna e senso di colpa. Non trovò il coraggio di dire a Paul della sua decisione. Andò così un'ultima volta nel suo albergo sulle Alpi. (Ormai in futuro qui avrebbe avuto un suo appartamento: o nella periferia di Berna o in montagna). In quei giorni voleva pensare bene al modo in cui comunicare tutto a Brigitte e a Paul, perché la credessero una donna ambiziosa ed emancipata, impegnata in un lavoro di successo, mentre prima non lo era stata mai.

9

Era già buio; con i fari accesi, Agnes oltrepassò il confine svizzero e si ritrovò sull'autostrada francese, che le aveva sempre fatto paura; gli svizzeri, disciplinati, osservavano le regole, mentre i francesi, scuotendo la testa con brevi scatti orizzontali, manifestavano sdegno per coloro che volevano negare alla gente il diritto alla velocità, e trasformavano il percorso in macchina in una celebrazione orgiastica dei diritti umani.

Sentiva fame e cominciò a cercare la segnalazione di un ristorante o di un motel dove poter mangiare. A sinistra la sorpassavano con un rumore terribile tre grosse motociclette; alla luce dei fanali si vedevano i motociclisti in un abbigliamento che assomigliava allo scafandro degli astronauti e che conferiva loro un aspetto da esseri extraterrestri e disumani.

In quel momento al ristorante un cameriere si chinò sul nostro tavolo per portare via i piatti vuoti dell'antipasto, e io stavo appunto dicendo ad Avenarius: «Proprio la mattina in cui ho cominciato a scrivere la terza parte del mio romanzo, ho sentito alla radio una notizia che non posso dimenticare. Una ragazza è uscita di notte su una strada statale e si è seduta con le spalle nella direzione da cui venivano le macchine. Sedeva con la testa appoggiata sulle ginocchia, e aspettava la morte. L'uomo al volante della prima macchina ha sterzato all'ultimo momento ed è morto con la moglie e i due figli. Anche la seconda macchina è finita nel fossato. E dopo la seconda macchina, una terza. La ragazza non si è fatta niente. Si è alzata, è andata via e nessuno ha più scoperto chi fosse».

Avenarius disse: «Quali ragioni credi che possano spingere una giovane donna a sedersi su una strada di notte per farsi schiacciare dalle macchine?».

«Non so» risposi. «Ma scommetterei che la sua ragione era piccola. O piuttosto, che vista dall'esterno ci sembrerebbe piccola o irragionevole».

«Perché?» chiese Avenarius.

Alzai le spalle: «Per un suicidio così orribile non riesco a immaginare alcuna grande ragione, quale ad esempio potrebbe essere una malattia incurabile o la morte di una persona cara. In un caso simile, nessuno sceglierebbe questa fine raccapricciante, che farebbe perdere la vita ad altra gente! Solo una ragione priva di ragione può condurre a tanto irragionevole orrore. In tutte le lingue che provengono dal latino, la parola ragione (*ratio, reason, raison*) ha due significati: prima di indicare la causa, indica la facoltà di riflettere. Anche la ragione nel senso di causa è sempre percepita come razionale. Una ragione la cui razionalità non sia trasparente sembra incapace di causare un effetto. Ma in tedesco ragione nel senso di causa si dice *Grund*, parola che non ha niente a che vedere con la *ratio* latina e che significa in origine suolo e poi fondamento. Dal punto di vista della ratio latina, il comportamento della ragazza seduta sulla strada appare assurdo, eccessivo, senza ragione, eppure ha la sua ragione, vale a dire il suo fondamento, il suo Grund. Nelle profondità di ciascuno di noi è iscritto un Grund che è la causa permanente delle nostre azioni, che è il suolo sul quale cresce il nostro destino. Io cerco di cogliere in ognuno dei miei personaggi il suo Grund e sono sempre più convinto che esso abbia carattere di metafora».

«Il tuo pensiero mi sfugge» disse Avenarius.

«Peccato. È il pensiero più importante che mi sia mai venuto in mente».

In quell'istante arrivò il cameriere con l'anatra, che col suo aroma delizioso ci fece del tutto dimenticare il tema della nostra conversazione.

Passò qualche minuto prima che Avenarius rompesse il silenzio: «Cos'è che stai scrivendo, di preciso?».

«Non si può raccontare».

«Peccato».

«Quale peccato. Vantaggio. I nuovi tempi si gettano su tutto ciò che è stato scritto per trasformarlo in film, programmi televisivi o fumetti. Poiché in un romanzo è essenziale solo quel che non si può dire altro che con il romanzo, in ogni adattamento resta solo quel che non è essenziale. Se un pazzo che oggi scrive ancora romanzi vuole salvarli, deve scriverli in modo che non si possano adattare, in altre parole, in modo che non si possano raccontare».

Avenarius non era d'accordo: «*I tre moschettieri* di Alexandre Dumas posso raccontartelo con sommo piacere e, se vuoi, dall'inizio alla fine!».

«Sono come te: guai a chi mi tocca Alexandre Dumas» dissi. «Tuttavia mi dispiace che quasi tutti i romanzi che sono stati scritti risultino troppo obbedienti alla regola dell'unità di azione. Voglio dire che il loro fondamento è un'unica catena di azioni ed eventi legati da un rapporto di causalità. Questi romanzi assomigliano a una via stretta lungo la quale i personaggi vengono mandati avanti a colpi di frusta. La tensione drammatica è la vera maledizione del romanzo, perché trasforma tutto, anche le pagine più belle, anche le scene e le osservazioni più sorprendenti, in una semplice tappa che conduce alla soluzione finale, in cui è concentrato il senso di tutto ciò che veniva prima. Il romanzo si consuma come un fascio di paglia nel fuoco della propria tensione».

«Ascoltandoti» disse timidamente il professor Avenarius «incomincio a temere che il tuo romanzo sia una noia».

« E allora, forse, tutto ciò che non è una corsa frenetica verso la soluzione finale è una noia? Mentre mastichi questa splendida coscia, ti annoi forse? Ti affretti alla meta? Niente affatto: tu vuoi che l'anatra entri dentro di te il più lentamente possibile e che il suo sapore non finisca mai. Il romanzo non deve somigliare a una corsa ciclistica, bensì a un banchetto con molte portate. Non vedo l'ora di arrivare alla sesta parte. Nel romanzo entra un personaggio completamente nuovo. E alla fine di questa sesta parte se ne va così come è venuto e di lui non resta traccia. Non è causa di nulla e non lascia alcun effetto. E proprio questo mi piace. Sarà un romanzo nel romanzo e la storia erotica più triste che abbia mai scritto. Farà diventar triste anche te ».
Avenarius tacque un momento, imbarazzato, e poi mi chiese gentilmente: « E come si intitolerà il tuo romanzo? ».
« L'insostenibile leggerezza dell'essere ».
« Ma mi pare che l'abbia già scritto qualcuno ».
« Io! Ma avevo sbagliato titolo. Quel titolo doveva appartenere solo al romanzo che sto scrivendo adesso ».
Poi tacemmo, concentrandoci sul sapore del vino e dell'anatra.
Masticando, Avenarius disse: « Mi sembra che tu lavori troppo. Dovresti pensare alla salute ».
Sapevo bene dove voleva arrivare, ma finsi di non sospettare nulla e gustai il vino in silenzio.

10

Dopo una pausa più lunga, Avenarius tornò alle ultime parole e ripeté: « Mi sembra che tu lavori troppo. Dovresti pensare alla salute ».

Dissi: «Ci penso. Vado regolarmente a fare sollevamento pesi».

«È pericoloso. Può venirti un colpo».

«È proprio quello che temo» dissi, rammentandomi di Robert Musil.

«Quello che ti serve è la corsa. La corsa di notte. Ora ti faccio vedere una cosa» disse poi misteriosamente e si sbottonò la giacca. Vidi che fissato intorno al petto e intorno alla sua imponente pancia aveva un curioso sistema di cinghie che ricordavano lontanamente i finimenti di un cavallo. La cinghia in basso a destra aveva un gancio dal quale pendeva un grande e minaccioso coltello da cucina.

Lodai il suo equipaggiamento, ma poiché volevo allontanare il discorso da un tema che conoscevo bene, lo feci cadere sull'unica cosa che mi stava a cuore e che volevo sapere da lui: «Quando hai visto Laura nel sotterraneo del métro, lei ti ha riconosciuto e tu hai riconosciuto lei».

«Sì» disse Avenarius.

«Mi interessa sapere come vi conoscevate».

«Ti interessano le stupidaggini e le cose serie ti annoiano» disse con una certa delusione e si riabbottonò la giacca. «Sei come una vecchia portinaia».

Strinsi le spalle.

Proseguì: «Non c'è proprio niente di interessante. Prima che io conferissi il diploma all'asino integrale era apparsa per le strade la sua fotografia. Stavo aspettando nella sala d'ingresso della radio, per vederlo dal vivo. Quando uscì dall'ascensore, una donna gli corse incontro e lo baciò. Poi li ho seguiti diverse volte e ogni tanto i nostri sguardi si sono incrociati, sicché il mio viso è dovuto sembrarle familiare, anche se non sapeva chi fossi».

«Ti piaceva?».

Avenarius abbassò la voce: «Ti confesso che se non fosse stato per lei forse non avrei mai realizzato il mio progetto del diploma. Di progetti del genere ne ho a migliaia e per lo più restano soltanto dei sogni».

« Sì, lo so » assentii.

« Ma quando a un uomo interessa una donna, fa di tutto per entrare in contatto con lei, almeno indirettamente, almeno marginalmente, per toccare almeno a distanza il suo mondo e metterlo in moto ».

« Sicché Bernard è diventato un asino integrale perché ti piaceva Laura ».

« Forse non sbagli » disse Avenarius con aria assorta, e poi aggiunse: « In quella donna c'è qualcosa che la rende predestinata a diventare una vittima. Proprio questo mi attraeva in lei. Ero entusiasta quando l'ho vista in mezzo a due clochards ubriachi e puzzolenti! Un momento indimenticabile! ».

« Sì, fin qui la tua storia mi è nota. Ma voglio sapere che cosa è successo poi ».

« Ha un sedere assolutamente straordinario » proseguì Avenarius senza badare alla mia domanda. « Quando andava a scuola i compagni dovevano per forza pizzicarglielo. Dentro di me la sento strillare ogni volta con voce acuta da soprano. Quel suono era già una dolce promessa dei suoi piaceri futuri ».

« Sì, parliamone. Raccontami che cosa è successo in seguito, quando l'hai portata via dal métro come un miracoloso salvatore ».

Avenarius finse di non sentirmi. « Un esteta direbbe » proseguì « che il suo sedere è troppo voluminoso e un po' basso, il che è tanto più seccante in quanto la sua anima aspira alle altezze. Ma per me proprio in questo contrasto è concentrata l'umana sorte: la testa è piena di sogni e il sedere come un'àncora di ferro ci trattiene a terra ».

Le ultime parole di Avenarius chissà come mai suonarono malinconiche, forse perché i nostri piatti erano vuoti e dell'anatra non c'erano più tracce. Di nuovo si chinò su di noi il cameriere per portar via i piatti. Avenarius alzò la testa verso di lui: « Non ha un pezzo di carta? ».

Il cameriere gli porse uno scontrino, Avenarius tirò fuori una penna e fece sulla carta questo disegno:

⇕

Poi disse: « Questa è Laura: la testa piena di sogni guarda verso il cielo. E il corpo è attratto verso terra: il suo sedere e il suo petto, anch'esso piuttosto pesante, guardano in giù ».

« È strano » dissi e accanto al disegno di Avenarius tracciai il mio:

« Chi è? » chiese Avenarius.
« Sua sorella Agnes: il corpo si alza come una fiamma. E la testa è sempre leggermente abbassata: una testa scettica che guarda verso terra ».
« Preferisco Laura » disse Avenarius con fermezza e aggiunse: « Più di tutto, però, preferisco la corsa di notte. Ti piace la chiesa di Saint-Germain-des-Prés? ».
Annuii.
« Eppure non l'hai mai vista veramente ».
« Non ti capisco » dissi.
« Poco tempo fa camminavo lungo la rue de Rennes verso il boulevard e mi sono messo a contare quante volte ero in grado di lanciare uno sguardo a quella chiesa senza essere buttato per terra da un passante frettoloso o investito da una macchina. Contai sette sguardi molto brevi, che mi costarono un livido sul braccio sinistro, perché un giovanotto

impaziente mi diede una botta con il gomito. L'ottavo sguardo mi fu concesso quando mi piantai direttamente di fronte all'entrata della chiesa e guardai verso l'alto. Ma vedevo solo la facciata con una prospettiva dal basso molto deformante. Da quelle immagini fugaci o alterate ho elaborato nella mente una specie di segno approssimativo che ha a che fare con quella chiesa non più di quanto Laura abbia a che fare con il mio disegno delle due frecce. La chiesa di Saint-Germain-des-Prés è scomparsa e tutte le chiese di tutte le città sono scomparse allo stesso modo, come la luna quando giunge il momento dell'eclissi. Le macchine che hanno riempito le strade hanno ridotto i marciapiedi, sui quali si affollano i passanti. Questi, se vogliono guardarsi l'un l'altro, vedono le macchine sullo sfondo, e se vogliono guardare la casa di fronte, vedono le macchine in primo piano; non esiste una sola angolatura in cui sul fondo, davanti, di lato, non si vedano le macchine. Il loro rumore onnipresente divora ogni istante di contemplazione come un corrosivo. Le macchine hanno reso invisibile l'antica bellezza delle città. Io non sono uno di quegli sciocchi moralisti che si indignano perché ogni anno sulle strade ci sono diecimila morti. Se non altro, è un modo per ridurre il numero degli automobilisti. Ma protesto contro il fatto che le macchine hanno provocato l'eclissi delle cattedrali».

Il professor Avenarius tacque e poi disse: «Vorrei ancora un po' di formaggio».

11

A poco a poco i formaggi mi fecero dimenticare la chiesa e il vino mi riportò alla memoria l'immagine sensuale delle due frecce poste una sull'altra: «Sono sicuro che l'hai accompagnata a casa e lei ti ha invitato a salire. Ti ha confessato di essere la donna più infelice del mondo. Intanto il suo corpo si scioglieva al tocco delle tue dita, era indifeso e non era in grado di trattenere né lacrime né urina».

«Né lacrime né urina!» esclamò Avenarius. «Splendida immagine!».

« E poi hai fatto l'amore con lei e lei ti guardava in faccia, scuoteva la testa e ti diceva: "Non è lei che amo! Non è lei che amo!"».

«Quello che dici è estremamente eccitante,» disse Avenarius «ma di chi parli?».

«Di Laura!».

Mi interruppe: «È assolutamente necessario che tu ti alleni. La corsa di notte è l'unica cosa che ti possa distogliere dalle tue fantasie erotiche».

«Non sono equipaggiato come te» dissi alludendo alle sue cinghie. «Sai bene che senza un'attrezzatura come si deve non ci si può lanciare in una simile impresa».

«Stai tranquillo. L'attrezzatura non è così importante. Anch'io prima correvo senza. Questa» e si toccò il petto «è una raffinatezza a cui sono giunto solo dopo molti anni e a portarmici non è stato tanto un bisogno pratico, quanto piuttosto una sorta di desiderio di perfezione puramente estetico e quasi inutile. Per ora puoi tenere tranquillamente il coltello in tasca. L'unica cosa importante è osservare questa regola: alla prima macchina la destra anteriore, alla seconda la sinistra anteriore, alla terza la destra posteriore, alla quarta...».

«...la sinistra posteriore...».

«Sbagliato!» rise Avenarius come un maestro cattivo che si rallegra per la risposta errata dell'alunno. «Alla quarta tutte e quattro!».

Ridemmo per un attimo e Avenarius proseguì: «So che da qualche tempo sei ossessionato dalla matematica, perciò devi apprezzare questa regolarità geometrica. Mi attengo ad essa come a una regola incondizionata, che ha un doppio significato: da una parte attira su una falsa traccia la polizia, che vedrà nella strana disposizione delle gomme bucate un qualche senso, un messaggio, un codice, e invano cercherà di decifrarlo; ma soprattutto: osservare questo modello geometrico introduce nella nostra azione distruttiva il principio della bellezza matematica, che ci distingue radicalmente dai vandali che graffiano la macchina con un chiodo e cacano sul tetto. Ho elaborato il mio metodo in tutti i dettagli molti anni fa in Germania, quando ancora credevo nella possibilità della resistenza organizzata contro Satania. Frequentavo un'associazione di ecologisti. Per costoro, il male principale di Satania sta nel fatto che distrugge la natura. Perché no, Satania la si può intendere anche così. Avevo simpatia per gli ecologisti. Elaborai un piano per l'istituzione di squadre che durante la notte avrebbero bucato le gomme. Se il piano si fosse realizzato, ti assicuro che le macchine avrebbero cessato di esistere. Cinque squadre di tre uomini e in una città di media grandezza le macchine sarebbero sparite in un mese! Presentai loro la mia proposta in ogni dettaglio, da me tutti avrebbero potuto imparare come si fa una azione sovversiva perfetta, efficace e a prova di polizia. Ma quegli sciocchi mi considerarono un provocatore! Mi fischiarono e mi minacciarono con i pugni! Due settimane più tardi andarono con le loro grosse motociclette e le loro piccole macchine a una manifestazione di protesta da qualche parte nei boschi, dove doveva essere costruita una centrale nucleare. Devastarono una quantità d'alberi e si lasciarono dietro una puzza che durò quattro mesi. Allora capii che già da molto tempo erano diventati parte integrante di Satania e quello fu il mio ultimo tentativo per cercare di cambiare il mondo. Oggi ormai utilizzo le vecchie pratiche rivoluzionarie solo per un mio diletto interamente egoistico. Correre per le strade di notte a bucare le gomme è una gioia favolosa per l'anima e un ottimo allenamento per il corpo. Ancora una volta te lo raccomando decisamente. Dormirai meglio. E non penserai a Laura».

«Dimmi solo una cosa. Tua moglie ci crede che esci di casa la notte per bucare le gomme? Non sospetta che sia solo una scusa per coprire le tue avventure notturne?».

«Ti sfugge un dettaglio. Io russo. Così mi sono guadagnato il diritto di dormire nella stanza più lontana dell'appartamento. Sono il signore assoluto delle mie notti».

Ridacchiava e io avevo una gran voglia di accettare il suo invito e promettergli che sarei andato con lui: da un lato la sua impresa mi sembrava lodevole, dall'altro volevo bene al mio amico e volevo farlo contento. Ma prima che potessi aprir bocca, lui chiamò a voce alta il cameriere perché ci facesse il conto, cosicché il filo del discorso si spezzò e fummo presi da un altro argomento.

12

Nessuno dei ristoranti sull'autostrada le piaceva, passava oltre e la fame e la stanchezza aumentavano. Era ormai molto tardi quando frenò di fronte a un motel.

Nella sala da pranzo non c'era nessuno tranne una madre con il figlio di sei anni, che ora stava seduto, ora correva in giro per la stanza e strepitava in continuazione.

Aveva ordinato la cena più semplice e adesso osservava un pupazzo che stava al centro del tavolo. Era una figurina di gomma, réclame di un qualche prodotto. Aveva un grande corpo, le gambe corte e in faccia un naso mostruoso, verde, che gli scendeva fino all'ombelico. Una cosa piuttosto stramba, si disse, e preso in mano il pupazzetto lo osservò a lungo.

Poi immaginò che qualcuno desse vita a quel pupazzo. Dotato di un'anima, esso sentirebbe probabilmente un gran dolore se qualcuno torcesse il suo naso verde di gomma, come sta facendo adesso Agnes. Presto nascerebbe in lui la paura della gente, perché tutti avrebbero voglia di giocare con quel naso ridicolo e la sua vita non sarebbe altro che paura e sofferenza.

Il pupazzo proverebbe forse un sacro rispetto per il suo Creatore? Lo ringrazierebbe della vita? Lo pregherebbe forse? Un giorno qualcuno gli metterebbe davanti uno specchio e da quel momento lui desidererebbe coprirsi il volto con le mani di fronte alla gente, perché proverebbe una vergogna terribile. Ma non potrebbe farlo, perché il suo Creatore l'ha fabbricato in modo tale che non può muovere le mani.

È strano, si diceva Agnes, pensare che il pupazzo si vergognerebbe. È forse responsabile di avere il naso verde? Non alzerebbe piuttosto le spalle con indifferenza? No, non alzerebbe le spalle. Si vergognerebbe. Quando l'uomo scopre per la prima volta il suo « io » fisico, la prima e la principale cosa che sente non è né indifferenza né collera, ma vergogna: una vergogna fondamentale che, più forte o più debole e smussata dal tempo, lo accompagnerà tutta la vita.

Quando aveva sedici anni fu ospite di conoscenti dei suoi genitori; nel mezzo della notte le vennero le mestruazioni e macchiò di sangue il lenzuolo. Al mattino presto, quando se ne accorse, fu presa dal panico. Sgattaiolò di nascosto in bagno a prendere il sapone e poi strofinò il lenzuolo con una salvietta bagnata; questo non solo rese la macchia ancora più grande, ma sporcò anche il materasso; si vergognò da morire.

Perché tutta quella vergogna? Il ciclo mestruale

non ce l'hanno forse tutte le donne? Li aveva forse inventati lei gli organi femminili? Ne era forse responsabile? Non lo era. Ma la responsabilità non ha niente a che vedere con la vergogna. Se, mettiamo il caso, avesse rovesciato dell'inchiostro, rovinando la tovaglia e il tappeto dei suoi ospiti, sarebbe stato imbarazzante e spiacevole, ma non si sarebbe vergognata. Il fondamento della vergogna non è un nostro sbaglio personale ma l'oltraggio, l'umiliazione che proviamo per essere costretti ad essere ciò che siamo senza averlo scelto, e l'insopportabile sensazione che questa umiliazione sia visibile da ogni parte.

Non c'è da stupirsi se il pupazzo con il lungo naso verde si vergogna della propria faccia. Ma che cosa dire del padre di Agnes? Lui era bello!

Sì, lo era. Ma che cos'è la bellezza, dal punto di vista matematico? Bellezza significa che l'esemplare somiglia il più possibile al prototipo originale. Immaginiamo che nel computer siano state inserite le misure massime e minime di tutte le parti del corpo: la lunghezza del naso fra i tre e i sette centimetri, l'altezza della fronte fra i tre e gli otto centimetri e così via. Un uomo brutto ha la fronte alta otto centimetri e il naso lungo soltanto tre. Bruttezza: il capriccio poetico del caso. Nell'uomo bello il gioco dei casi ha scelto una media di tutte le misure. Bellezza: l'impoeticità del giusto mezzo. Nella bellezza ancor più che nella bruttezza si manifesta la non-individualità, la non-personalità del volto. L'uomo bello vede nel proprio volto il progetto tecnico originale, così come lo ha disegnato chi ha presentato il prototipo, e difficilmente può credere che ciò che vede sia il suo « io » inimitabile. Perciò si vergogna, proprio come il pupazzo animato con il lungo naso verde.

Mentre il padre moriva, lei era seduta sul bordo del letto. Prima di entrare nella fase finale dell'agonia, lui le disse: « Non guardarmi più » e queste furono le ultime parole che udì dalla sua bocca, il suo ultimo messaggio.

Gli ubbidì; chinò la testa verso il pavimento, chiuse gli occhi, gli teneva soltanto la mano e non la lasciava; gli permise di andarsene, lentamente e non visto, nel mondo in cui non ci sono più volti.

13

Pagò e uscì fuori verso la macchina. Contro di lei si precipitò il bambino che aveva visto strepitare nel ristorante. Si accovacciò di fronte a lei, tenendo la mano tesa davanti a sé come se avesse una pistola automatica e, imitando il rumore dei colpi: «Bang, bang, bang!», la uccise con proiettili immaginari.

Lei si fermò sopra di lui e disse con voce pacata: «Sei idiota?».

Lui smise di sparare e la guardò con grandi occhi infantili.

Lei ripeté: «Sì, certo che sei idiota».

Il viso del bambino si contrasse in una smorfia piagnucolosa: «Lo dico alla mamma!».

«Corri! Corri da lei a fare la spia!» disse Agnes. Si sedette in macchina e partì in fretta.

Era contenta di non aver incontrato la madre. Se la immaginava mentre urlava contro di lei, scuotendo la testa con brevi scatti orizzontali e sollevando le spalle e le sopracciglia, per difendere il figlio offeso. Ovviamente, i diritti del bambino stanno al di sopra di tutti gli altri diritti. E in realtà perché la loro madre preferiva Laura ad Agnes, quando il generale nemico le permetteva di salvare uno solo dei tre componenti della famiglia? La risposta era chiarissima: preferiva Laura perché era più piccola. Nella gerarchia delle età al posto più alto c'è il neonato, poi il bambino, poi l'adolescente, e soltanto dopo l'adulto. Il vecchio, poi, è vicinissimo alla terra, ai piedi della piramide dei valori.

E il morto? Il morto è sotto terra. Dunque ancora più in basso del vecchio. A un vecchio sono ancora riconosciuti tutti i diritti umani. Il morto invece li perde fin dal primo istante di morte. Non c'è più nessuna legge a difenderlo dalla calunnia, la sua vita privata cessa di essere privata; nemmeno le lettere che gli hanno scritto i suoi amori, nemmeno il libro dei ricordi che gli ha lasciato sua madre, niente, niente, non c'è più niente che gli appartenga.

Negli ultimi anni prima di morire il padre gradualmente aveva distrutto tutto dietro di sé: di lui non erano rimasti neanche i vestiti nell'armadio, nessuno scritto, nessun appunto di lezioni, nessuna lettera. Aveva cancellato le sue tracce e nessuno aveva sospettato nulla. Solo con le fotografie casualmente lo avevano sorpreso. Ma non erano arrivate a impedirgli di distruggerle. Non ne lasciò neanche una.

Laura per questo aveva protestato. Lei combatteva per i diritti dei vivi contro le ingiustificate pretese dei morti. Perché il volto che un domani scompare nel fuoco o nella terra non appartiene al futuro morto ma solo e soltanto ai vivi, che sono affamati e hanno bisogno di mangiare i morti, le loro lettere, i loro soldi, le loro fotografie, i loro antichi amori, i loro segreti.

Ma suo padre era sfuggito a tutti quanti, si diceva Agnes.

Pensava a lui e sorrideva. E di colpo le venne in mente che suo padre era stato il suo unico amore. Sì, era chiarissimo: suo padre era stato il suo unico amore.

In quel momento attorno a lei stavano di nuovo passando a enorme velocità grosse motociclette; alla luce dei fanali si vedevano le figure curve sui manubri e cariche dell'aggressività di cui tremava la notte.

Era proprio quello il mondo dal quale voleva fuggire, fuggire per sempre, e perciò decise che al primo bivio sarebbe uscita dall'autostrada per prendere una strada statale meno frequentata.

14

Ci ritrovammo in una via di Parigi piena di rumore e di luci e ci dirigemmo verso la Mercedes di Avenarius che era parcheggiata qualche strada più avanti. Stavamo di nuovo pensando alla ragazza che si era seduta sulla statale di notte e, con la testa nascosta fra le mani, attendeva l'urto di una macchina.

Dissi: «Cercavo di spiegarti che in ognuno di noi è iscritta la ragione delle nostre azioni, ciò che i tedeschi chiamano Grund, fondamento; il codice che contiene l'essenza del nostro destino; quel codice a mio avviso ha carattere di metafora. Senza un'immagine poetica non puoi comprendere la ragazza di cui stiamo parlando. Ad esempio: va per la vita come per una valle; ad ogni istante incontra qualcuno e gli rivolge la parola; ma la gente la guarda senza comprendere e va oltre, perché la sua voce è così debole che nessuno la sente. Me la figuro in questo modo e sono certo che anche lei si vede così: come una donna che va per una valle fra gente che non la ascolta. Oppure un'altra immagine: è nell'affollata sala d'attesa del dentista; nella sala entra un nuovo paziente, va verso la poltrona sulla quale lei è seduta e si siede sulle sue ginocchia; non l'ha fatto con intenzione, ma perché ha visto la poltrona vuota; lei si difende, agita le braccia, grida: "Signore! Ma non vede! Il posto è occupato! Ci sono seduta io!", ma l'uomo non la sente, si è messo comodo sopra di lei e chiacchiera allegramente con un altro paziente in attesa. Sono due immagini che la definiscono, che mi permettono di comprenderla. Il suo desiderio di suicidarsi non è stato provocato da qualcosa che era venuto dall'esterno. Era piantato nel suolo del suo essere, lentamente era cresciuto ed era sbocciato come un fiore nero».

«Te lo concedo» disse Avenarius. «Ma devi pur sempre spiegare il fatto che ha deciso di togliersi la vita proprio quel giorno e non un altro».

«E come spiegare che un fiore sboccia proprio quel giorno e non un altro? Viene il suo tempo. Il desiderio di autodistruzione era cresciuto lentamente e un giorno lei non ha più potuto resistere. Le ingiustizie che subiva erano, suppongo, piuttosto piccole: la gente non rispondeva al suo saluto; nessuno le sorrideva; aspettava in fila alla posta e una donna grassa le dava una spinta e passava avanti; lavorava come commessa in un grande magazzino e il direttore l'accusava di comportarsi male con i clienti. Mille volte aveva voluto opporsi e gridare, ma non si era mai decisa a farlo, perché aveva una voce debole che nei momenti di rabbia vacillava. Era più debole di tutti gli altri e veniva continuamente offesa. Quando su un uomo si abbatte il male, l'uomo lo riflette sugli altri. Questo si chiama conflitto, lite o vendetta. Ma l'uomo debole non ha la forza di riflettere il male che si abbatte su di lui, la propria debolezza lo offende e lo umilia e di fronte ad essa è assolutamente indifeso. Non gli resta altro che distruggere la sua debolezza insieme con se stesso. E così è nato nella ragazza il sogno della propria morte».

Avenarius, che cercava con lo sguardo la sua Mercedes, si accorse di cercarla nella strada sbagliata. Ci girammo e tornammo indietro.

Continuai: «La morte che lei desiderava non sembrava una sparizione, ma un buttar via. Buttar via se stessa. Non era soddisfatta di un solo giorno della sua vita, di una sola parola che aveva pronunciato. Portava se stessa per la vita come qualcosa di mostruoso, che odiava e di cui non era possibile liberarsi. Per questo desiderava tanto buttarsi via, come si butta la carta spiegazzata, come si butta una mela marcia. Desiderava buttarsi via come se colei che buttava e colei che veniva buttata fossero due persone diverse. Immaginava di buttarsi dalla finestra. Ma era un'idea ridicola perché abitava al primo piano e il negozio in cui lavorava era al piano terra e non aveva finestre. E lei desiderava morire così, colpita da un pugno cui segue un suono come quando schiacci le elitre di un maggiolino. Era quasi un desiderio fisico di essere schiacciata, come quando hai bisogno di premere forte il palmo della mano sul punto che ti duole ».

Giungemmo alla sontuosa Mercedes di Avenarius e ci fermammo.

Avenarius disse: « Così come la dipingi, vien quasi da provar simpatia per lei... ».

« So che cosa vuoi dire: se non avesse provocato la morte di altre persone. Ma anche questo è espresso nelle due immagini che ti ho descritto. Quando rivolgeva la parola a qualcuno, nessuno la sentiva. Stava perdendo il mondo. Quando dico il mondo, intendo quella parte dell'universo che risponde ai nostri richiami (sia pure con un'eco appena percepibile), e di cui noi stessi udiamo i richiami. Per lei il mondo stava diventando muto e cessava di essere il suo mondo. Era completamente chiusa in se stessa e nel suo tormento. Ma non poteva strapparla alla sua chiusura almeno la vista del tormento degli altri? No. Perché il tormento degli altri avveniva nel mondo che lei aveva perso, che non era più il suo. Se il pianeta Marte non è altro che una grande sofferenza, dove anche un sasso grida di dolore, questo non ci commuove, perché Marte non appartiene al nostro mondo. Chi si trova fuori del mondo non è sensibile al dolore del mondo. L'unica cosa che l'aveva strappata per un attimo al suo tormento era stata la malattia e la morte del suo cagnolino. La vicina si era indignata: non ha compassione per la gente, ma piange per un cane. Piangeva per il cane perché il cane era parte del suo mondo, mentre la vicina non lo era; il cane rispondeva alla sua voce, la gente non le rispondeva».

Tacemmo pensando alla povera ragazza, poi Avenarius aprì la porta della macchina e mi esortò con un cenno: «Vieni! Ti porto con me! Ti presto le scarpe da tennis e il coltello!».

Sapevo che se non fossi andato io con lui a bucare le gomme, non avrebbe trovato nessun altro e sarebbe rimasto solo nella sua bizzarria come in un esilio. Avevo una voglia matta di andare con lui, ma ero pigro, sentivo vagamente il sonno che si avvicinava, e passare metà della notte a correre per la strada mi sembrava un sacrificio impensabile.

«Vado a casa. Vado a piedi» dissi e gli detti la mano.

Andò via. Seguivo con lo sguardo la sua Mercedes provando rimorso per aver tradito un amico. Poi mi avviai verso casa e dopo un po' i miei pensieri tornarono alla ragazza nella quale il desiderio di autodistruzione era cresciuto come un fiore nero.

Mi dissi: e un giorno, terminato il lavoro, non andò a casa, ma prese una strada che usciva dalla città. Non vedeva nulla intorno a sé, non sapeva se fosse estate autunno o inverno, se stesse camminando sulla riva del mare o lungo una fabbrica; del resto era molto tempo che non viveva più nel mondo; il suo unico mondo era la sua anima.

15

Non vedeva nulla intorno a sé, non sapeva se fosse estate o autunno o inverno, se stesse camminando sulla riva del mare o lungo una fabbrica, e se camminava, lo faceva solo perché l'anima piena di inquietudine richiede il movimento, non riesce a star ferma in un posto, perché quando non si muove il male diventa terribile. È come avere un gran mal di denti. Qualcosa vi costringe a girare per la stanza da una parete all'altra; in questo non vi è alcuna ragione ragionevole, perché il movimento non può far diminuire il dolore, ma senza che voi ne sappiate il perché, il dente dolorante implora quel movimento.

E così camminava e si ritrovò su una grande autostrada, dove le macchine sfrecciavano una dietro l'altra, camminava sul margine, da un paracarro all'altro, e non si accorgeva di nulla, guardava soltanto nella sua anima, dove vedeva varie immagini di umiliazione sempre uguali. Non riusciva a staccarne gli occhi; solo ogni tanto, quando passava una motocicletta rumorosa e le facevano male i timpani per il fracasso, si rendeva conto che il mondo esterno esisteva; ma quel mondo non aveva alcun significato, era uno spazio vuoto buono solo per camminare e per trasferire la sua anima dolente da un posto all'altro nella speranza che il dolore diminuisse.

Già da molto tempo pensava di farsi investire da una macchina. Ma le macchine che percorrevano l'autostrada a grandissima velocità le incutevano paura, erano mille volte più forti di lei; non riusciva a immaginare dove avrebbe preso il coraggio per gettarsi sotto le loro ruote. Avrebbe dovuto gettarsi *su* di loro, *contro* di loro, e non aveva forze per questo, così come non le aveva quando voleva gridare con il direttore che le rimproverava ingiustamente qualcosa.

Era uscita all'imbrunire ed era ormai notte. Le facevano male i piedi e sapeva di non avere più forze per andare lontano. In quell'attimo di stanchezza su un grande cartello indicatore vide illuminata la parola *Dijon*.

Di colpo dimenticò la sua stanchezza. Era come se quella parola le ricordasse qualcosa. Si sforzò di afferrare il ricordo sfuggente: di qualcuno che era di Digione, oppure di qualcuno che le aveva raccontato qualcosa di divertente accaduto lì. Improvvisamente si convinse che quella città era piacevole e che le persone lì erano diverse da quelle che aveva conosciuto finora. Era come sentire una musica da ballo in mezzo al deserto. Come vedere una fonte d'acqua argentea che sgorga in mezzo a un cimitero.

Sì, sarebbe andata a Digione! Prese a far cenni alle macchine. Ma le macchine passavano, la accecavano con i loro fari e non si fermavano. Era la stessa situazione di sempre, dalla quale non le era dato di fuggire: si rivolgeva a qualcuno, lo chiamava, gli parlava, gridava, e nessuno la sentiva.

Già da mezz'ora agitava invano il braccio: le macchine non si fermavano. La città illuminata, l'allegra città di Digione, l'orchestra da ballo in mezzo al deserto, piombarono di nuovo nelle tenebre. Il mondo di nuovo si ritraeva da lei e lei tornava alla sua anima, intorno alla quale in lungo e in largo non c'era che il vuoto.

Poi giunse in un punto in cui dall'autostrada si staccava una statale minore. Si fermò: no, le macchine sull'autostrada non servono a niente: non la schiacciano e non la portano a Digione. Si avviò per la tortuosa strada statale allontanandosi dall'autostrada.

16

Come vivere in un mondo con il quale non si è d'accordo? Come vivere con gli uomini quando non si considerano né i loro tormenti né le loro gioie come proprie? Quando si sa di non appartenere a loro?

L'amore o il convento, si dice Agnes. L'amore o il

convento: due modi in cui l'uomo può rifiutare il computer di Dio, in cui può sfuggirgli.

Amore: Agnes tempo addietro aveva immaginato una prova di questo tipo: vi domandano se dopo la morte volete risvegliarvi alla vita. Se amate davvero acconsentirete solo a patto di incontrare di nuovo la persona che amate. La vita per voi è un valore condizionato, giustificato solo dal fatto che vi permette di vivere il vostro amore. La persona che amate per voi conta più della creazione di Dio, più della vita. Naturalmente questa è una beffa blasfema fatta al computer del Creatore, il quale si considera l'apice di tutto e il senso dell'essere.

Ma la maggior parte della gente non ha conosciuto l'amore e fra quelli che suppongono di conoscerlo ben pochi supererebbero con successo la prova inventata da Agnes; correrebbero dietro alla promessa di una nuova vita senza porre alcuna condizione; preferirebbero la vita all'amore e ricadrebbero volontariamente nella tela di ragno del Creatore.

Se all'uomo non è dato vivere con la persona amata e sottomettere tutto all'amore, allora gli resta un altro modo per sfuggire al Creatore: andare in convento. Agnes ricorda una frase della *Certosa di Parma* di Stendhal: « Il se retira à la chartreuse de Parme ». Fabrizio se ne andò; si ritirò nella certosa di Parma. Fino a quel punto nel romanzo non si era mai parlato di nessuna certosa, eppure quest'unica frase nell'ultima pagina è così importante che Stendhal ne ha fatto il titolo del suo romanzo; perché la vera meta di tutte le avventure di Fabrizio del Dongo era la certosa: un luogo distaccato dal mondo e dalla gente.

Una volta andavano in convento quelli che non erano d'accordo con il mondo e non facevano propri né i suoi tormenti né le sue gioie. Ma il nostro secolo si rifiuta di riconoscere alla gente il diritto di non essere d'accordo con il mondo e perciò i conventi in cui poteva fuggire un Fabrizio non si trovano più. Non c'è più un luogo distaccato dal mondo e dalla gente. Di un luogo simile è rimasto solo il ricordo, l'ideale del convento, il sogno del convento. La certosa. Il se retira à la chartreuse de Parme. Il miraggio del convento. Per quel miraggio Agnes va da ormai sette anni in Svizzera. Per la certosa delle strade distaccate dal mondo.

Agnes si ricordò uno strano momento vissuto quel pomeriggio, prima della partenza, quando per l'ultima volta si era messa a vagare per il paesaggio. Era giunta a un ruscello e si era stesa sull'erba. Era stata sdraiata lì a lungo, con la sensazione che la corrente entrasse dentro di lei e lavasse via tutti i dolori e la sporcizia: il suo io. Strano, indimenticabile momento: aveva dimenticato l'io, aveva perso l'io, era senza io; e in questo stava la felicità.

Ricordando quel momento, ad Agnes viene in mente un pensiero, vago, fuggevole, eppure così importante, forse il più importante di tutti, tanto che cerca di coglierlo con le parole:

Quel che nella vita è insostenibile non è *essere* ma *essere il proprio io*. Il Creatore con il suo computer ha fatto entrare nel mondo miliardi di io con le loro vite. Ma oltre a questa quantità di vite, è possibile immaginare un essere più fondamentale che era qui ancor prima che il Creatore iniziasse a creare, un essere sul quale egli non ha avuto e non ha influenza. Oggi, mentre era stesa sull'erba ed entrava in lei il canto monotono del ruscello, che lavava via il suo io, la sporcizia dell'io, Agnes partecipava di quell'essere fondamentale che si manifesta nella voce del tempo che scorre e nell'azzurro del firmamento; ora sa che non c'è niente di più bello.

La strada statale, sulla quale era uscita lasciando l'autostrada, è silenziosa e sopra ad essa brillano stelle lontane, infinitamente lontane. Agnes si dice:

Vivere: nel vivere non c'è alcuna felicità. Vivere: portare il proprio io dolente per il mondo.

Ma essere, essere è felicità. Essere: trasformarsi in una fontana, in una vasca di pietra, nella quale l'universo cade come una tiepida pioggia.

17

Camminò ancora a lungo, le facevano male i piedi, barcollava e poi si sedette sull'asfalto esattamente al centro della metà destra della strada. Aveva la testa nascosta fra le spalle, il naso toccava le ginocchia e le spalle curve le bruciavano per la consapevolezza di essere rivolte al metallo, alla lamiera, all'urto. Teneva il petto rannicchiato, il suo povero esile petto, nel quale bruciava l'amara fiamma dell'io dolente che non le permetteva di pensare ad altro che a se stessa. Desiderava un urto che la schiacciasse e spegnesse quella fiamma.

Quando sentì arrivare una macchina si rannicchiò ancora di più, il rumore si fece insopportabile, ma invece del colpo che si aspettava la investì da destra solo una violenta corrente d'aria, che fece leggermente girare il suo corpo seduto. Si udì uno stridore di freni, poi l'enorme fragore di un urto; non vedeva nulla, poiché teneva gli occhi chiusi e il viso stretto alle ginocchia, fu solo sbalordita di essere viva e seduta come era seduta prima.

E di nuovo udì il rumore di un motore che si avvicinava; questa volta fu scaraventata a terra, l'urto risuonò molto vicino e subito dopo si udirono delle grida, grida indescrivibili, grida terribili, che la fecero balzare in piedi. Era in mezzo alla strada vuota; a circa duecento metri di distanza vedeva le fiamme e da un altro punto, più vicino a lei, si levavano dal fossato verso il cielo scuro sempre quelle stesse indescrivibili, terribili grida.

Le grida erano così insistenti, così terribili, che il mondo intorno a lei, il mondo che lei aveva perso, divenne reale, colorato, accecante, rumoroso. Stava in piedi al centro della strada e d'un tratto ebbe l'impressione di essere grande, potente, forte; il mondo, quel mondo perduto che si rifiutava di sentirla, tornava a lei gridando ed era così bello e così terribile che anche lei ebbe voglia di gridare, ma non poteva, la sua voce era spenta in gola e lei non era in grado di resuscitarla.

Si ritrovò nella luce accecante di una terza macchina. Voleva saltar via, ma non sapeva da che parte; sentì lo stridore dei freni, la macchina le girò intorno e si udì l'urto. Allora, il grido che aveva in gola finalmente si risvegliò. Dal fossato, sempre dallo stesso punto, veniva incessante l'urlo del dolore e lei ora gli rispondeva.

Poi si voltò e fuggì via. Fuggiva gridando, affascinata dal fatto che la sua debole voce potesse emettere simili grida. Là dove la statale si congiungeva all'autostrada c'era una colonnina con il telefono. Lo sollevò: «Pronto! Pronto!». Dall'altra parte finalmente si udì una voce. «C'è stato un incidente!». La voce le chiedeva di riferire il luogo, ma lei non sapeva dove fosse, e così riappese e fuggì di nuovo verso la città che aveva lasciato nel pomeriggio.

18

Appena qualche ora prima aveva insistito sulla necessità di osservare un ordine rigoroso nel bucare le gomme: prima la destra anteriore, poi la sinistra anteriore, poi la sinistra posteriore, poi tutt'e quattro le ruote. Ma era solo una teoria, con la quale voleva strabiliare il pubblico degli ecologisti o il suo amico credulone. In realtà Avenarius procedeva senza alcun sistema. Correva per strada e quando gliene veniva l'estro allungava il coltello e lo infilava nella gomma più vicina.

Mentre eravamo al ristorante, mi aveva spiegato che dopo ogni colpo bisogna rimettere il coltello sotto la giacca, riappenderlo alla cinghia e poi continuare a correre con le mani libere. Da un lato perché così si corre meglio, dall'altro per ragioni di sicurezza: non conviene esporsi al pericolo di essere visti da qualcuno con un coltello in mano. L'azione dello squarcio deve essere violenta e breve, non deve durare più di qualche secondo.

Disgraziatamente però, Avenarius tanto era dogmatico nella teoria, tanto nella pratica si comportava con negligenza, senza metodo e con una pericolosa inclinazione alla comodità. Ora appunto, dopo aver bucato due gomme (invece di quattro) in una strada deserta, si raddrizzò e proseguì la sua corsa stringendo sempre il coltello, contro tutte le regole di sicurezza. La macchina successiva, verso la quale si dirigeva, si trovava all'angolo. Allungò la mano quando era ancora a una distanza di quattro, cinque passi (dunque di nuovo contro le regole: troppo presto!) e in quel momento udì nell'orecchio destro uno strillo. Una donna lo stava guardando impietrita dal terrore. Doveva essere sbucata da dietro l'angolo proprio nel momento in cui tutta l'attenzione di Avenarius era concentrata sul bersaglio prescelto accanto al marciapiede. Ora stavano impalati uno di fronte all'altra e poiché anche lui si era irrigidito per lo spavento, la sua mano era rimasta tesa e immobile. La donna non riusciva a togliere gli occhi dal coltello alzato e di nuovo mandò un urlo. Soltanto allora Avenarius si riprese e riappese il coltello alla cinghia sotto la giacca. Per tranquillizzare la donna, sorrise e le chiese: «Che ore sono?».

Quasi questa domanda l'avesse terrorizzata ancor più del coltello, la donna lanciò un terzo terribile strillo.

Dall'altro lato della strada, intanto, stavano arrivando alcuni passanti notturni e Avenarius commise un errore fatale. Se avesse di nuovo estratto il coltello iniziando ad agitarlo furiosamente, la donna si sarebbe ripresa dallo sbigottimento e si sarebbe data alla fuga trascinando con sé anche tutti gli occasionali passanti. Ma lui si mise in testa di comportarsi come se nulla fosse e ripeté in tono cortese: « Potrebbe dirmi che ore sono? ».

Vedendo che si avvicinava gente e che Avenarius non intendeva farle del male, la donna cacciò fuori un quarto terribile strillo e poi a voce alta prese ad accusarlo rivolta a tutti quelli che potevano udirla: « Mi ha puntato addosso un coltello! Voleva violentarmi! ».

Con un movimento che esprimeva totale innocenza, Avenarius allargò le braccia: « Volevo unicamente » disse « sapere l'ora esatta ».

Dal piccolo assembramento che si era creato intorno a loro si staccò un ometto in uniforme, un poliziotto. Domandò che cosa succedeva. La donna ripeté che Avenarius aveva cercato di violentarla.

Il piccolo poliziotto si avvicinò timidamente ad Avenarius, il quale in tutta la sua maestosa altezza tese la mano davanti a sé e disse con voce imponente: « Sono il professor Avenarius! ».

Queste parole e il modo dignitoso in cui erano state pronunciate fecero grande impressione all'agente, che sembrò sul punto di invitare la folla a disperdersi e di lasciar andare Avenarius.

Ma la donna, una volta passata la paura, si fece aggressiva: « Fosse anche il professor Kapilarius, » gridava « lei mi ha minacciato con un coltello! ».

Dalla porta di una casa, due metri più in là, uscì un uomo. Camminava con un passo curioso, come un sonnambulo, e si fermò nell'istante in cui Avenarius stava spiegando con voce ferma: « Non ho fatto altro che chiedere a questa signora che ora fosse ».

La donna, con la sensazione che Avenarius cercasse di ottenere con la sua dignità il favore degli astanti, cominciò a gridare al poliziotto: « Ha un coltello sotto la giacca! L'ha nascosto sotto la giacca! Un coltello enorme! Basta perquisirlo! ».

Il poliziotto alzò le spalle e quasi in tono di scusa disse ad Avenarius: « Sarebbe così gentile da sbottonarsi la giacca? ».

Avenarius per un attimo non si mosse. Poi comprese che non poteva far altro che ubbidire. Lentamente si sbottonò la giacca e la aprì, cosicché tutti poterono vedere l'ingegnoso sistema di cinghie che avvolgevano il suo petto e lo spaventoso coltello da cucina che vi era appeso.

La gente tutt'intorno sospirò sbigottita, e il sonnambulo, che intanto si era avvicinato ad Avenarius, gli disse: « Sono un avvocato. Se le occorresse il mio aiuto questo è il mio biglietto da visita. Voglio dirle solo una cosa. Non è affatto obbligato a rispondere alle domande. Può richiedere fin dall'inizio dell'inchiesta la presenza di un avvocato ».

Avenarius accettò il biglietto e se lo infilò in tasca. L'agente lo afferrò per un braccio e si rivolse al capannello di persone: « Circolare! Circolare! ».

Avenarius non faceva resistenza. Aveva compreso di essere in arresto. Ora che tutti avevano visto il grande coltello da cucina appeso alla sua pancia, nessuno gli manifestava più la minima simpatia. Girò lo sguardo verso l'uomo che si era dichiarato avvocato e gli aveva dato il suo biglietto da visita. Ma quello stava andando via senza voltarsi: si diresse verso una macchina parcheggiata e infilò la chiave nella serratura. Avenarius vide l'uomo indietreggiare e inginocchiarsi davanti a una ruota.

In quel momento il poliziotto strinse forte il braccio di Avenarius e lo condusse da una parte.

L'uomo accanto alla macchina sospirò: « Mio Dio! » e tutto il suo corpo iniziò a tremare dal pianto.

19

In lacrime corse su in casa e si precipitò al telefono per chiamare un taxi. Nel ricevitore una voce straordinariamente dolce disse: «Taxi, Parigi. Un momento, prego, attenda in linea...», poi si sentì una musica, un allegro coro di voci femminili, percussioni, e dopo parecchio tempo la musica si interruppe e di nuovo gli parlò la voce dolce pregandolo di attendere in linea. Aveva voglia di sbraitare che non aveva pazienza, perché sua moglie stava morendo, ma sapeva che gridare non aveva senso, perché la voce che gli parlava era incisa su un nastro e nessuno avrebbe ascoltato le sue proteste. Poi si udì di nuovo la musica, il coro femminile, gli strilli, le percussioni e dopo un bel po' una vera voce di donna, cosa che riconobbe al volo, perché non era una voce dolce ma una voce molto sgradevole e impaziente. Quando chiese un taxi che lo portasse ad alcune centinaia di chilometri da Parigi, la voce gli disse subito di no e quando cercò di spiegare che aveva disperato bisogno di un taxi, di nuovo il suo orecchio fu colpito dalla musica allegra, dalle percussioni, dal coro di voci femminili e poi, dopo molto tempo, dalla dolce voce del nastro registrato che lo invitò ad attendere pazientemente in linea.

Riattaccò il ricevitore e fece il numero del suo assistente. Ma invece dell'assistente, dall'altra parte c'era la sua voce registrata su un apparecchio: una voce scherzosa, civettuola, deformata dal sorriso: «Sono lieto che vi siate finalmente ricordati di me. Non sapete quanto mi dispiaccia non poter parlare con voi, ma se mi lasciate il vostro numero di telefono vi richiamerò con gioia non appena possibile...».

«Idiota» disse e riappese.

Perché Brigitte non è in casa? Perché non è già a casa da un pezzo, si chiedeva ormai per la centesima volta e andò a guardare nella sua stanza, anche se era escluso che lui non l'avesse sentita rientrare.

A chi si doveva rivolgere ancora? A Laura? Lei gli avrebbe sicuramente prestato volentieri la macchina, ma avrebbe insistito per andare con lui; e questo non poteva proprio permetterlo: Agnes aveva rotto con la sorella e Paul non voleva fare nulla contro il suo volere.

Poi si ricordò di Bernard. Le ragioni per cui aveva smesso di frequentarlo gli parvero d'un tratto ridicolmente futili. Fece il suo numero. Bernard era a casa.

Gli spiegò che cosa era successo, e gli chiese se per favore poteva prestargli la macchina.

«Sono da te in un attimo» disse Bernard e Paul in quel momento provò un grande amore per il vecchio amico. Desiderava abbracciarlo e piangere sul suo petto.

Era contento che Brigitte non fosse a casa. Si augurava che non arrivasse, per poter andare da Agnes solo. Improvvisamente era sparito tutto, la cognata, la figlia, il mondo intero, erano rimasti soltanto lui e Agnes; non voleva che con loro ci fosse un terzo. Era sicuro che Agnes stesse morendo. Se le sue condizioni non fossero state tragiche, non lo avrebbero chiamato da un ospedale di paese nel cuore della notte. Ora aveva solo il pensiero di trovarla ancora in vita. Di poterla baciare ancora una volta. Era ossessionato dal desiderio di baciarla. Desiderava un bacio, un bacio finale, l'ultimo bacio, con il quale avrebbe catturato come in una rete il suo volto, che presto sarebbe scomparso, lasciando di sé solo il ricordo.

Non gli restava che aspettare. Si mise a riordinare la sua scrivania e subito dopo si stupì di potersi dedicare in quel momento a un'attività così insignificante. Che gliene importava se il tavolo era in ordine o no? E perché un attimo prima per strada aveva dato il suo biglietto da visita a uno sconosciuto? Ma non riusciva a fermarsi: sistemava i libri su un lato del tavolo, accartocciava le buste delle lettere vecchie e le gettava nel cestino. Si rendeva conto che è proprio così che agisce l'uomo quando capita una disgrazia: come un sonnambulo. L'inerzia della quotidianità cerca di mantenerlo sui binari della vita.

Guardava l'orologio. Aveva già perso quasi mezz'ora per le gomme bucate. Sbrigati, sbrigati, diceva fra sé a Bernard, fa' che Brigitte non mi trovi qui, che possa andare da Agnes solo e arrivare in tempo.

Ma non ebbe fortuna. Brigitte tornò a casa pochi secondi prima che arrivasse Bernard. I due amici di un tempo si abbracciarono, Bernard tornò a casa e Paul si sedette nella sua macchina con Brigitte. Guidava lui e andava più in fretta che poteva.

20

Vedeva una figura di donna in piedi in mezzo alla strada, una donna bruscamente illuminata da un potente fanale, con le braccia distese come in una danza, ed era come l'apparizione della ballerina che tira il sipario alla fine dell'ultimo numero, perché poi non c'era più nulla e di tutto lo spettacolo precedente, di colpo dimenticato, non restava che quell'ultima immagine. Poi ci fu solo la stanchezza, una stanchezza così grande, simile a un pozzo profondo, tanto che le infermiere e i medici la credettero priva di sensi, invece lei sentiva e si rendeva conto con sorprendente chiarezza che stava morendo. Riusciva persino a provare una certa meraviglia di non sentire alcuna nostalgia, alcun rimpianto, alcun orrore, nulla di ciò che finora aveva collegato all'idea della morte.

Poi vide che un'infermiera si chinava su di lei e le sussurrava: «Suo marito è in viaggio. Sta venendo da lei. Il suo sposo».

Agnes sorrise. Ma perché aveva sorriso? Le tornò in mente qualcosa dello spettacolo che aveva dimenticato: sì, era sposata. Poi riaffiorò anche un nome: Paul! Sì, Paul. Paul. Paul. Il suo sorriso era il sorriso di quando si ritrova inaspettatamente una parola perduta. Come quando vi mostrano l'orsetto che non vedevate da cinquant'anni, e voi lo riconoscete.

Paul, diceva fra sé, e sorrideva. Quel sorriso restò sulla sua bocca, anche se ormai ne aveva scordato la ragione. Era stanca e tutto la stancava. Soprattutto non aveva la forza di sopportare nessuno sguardo. Aveva gli occhi chiusi, per non vedere niente e nessuno. Tutto ciò che accadeva intorno a lei la infastidiva e la disturbava e lei desiderava che non accadesse nulla.

Poi di nuovo ricordò: Paul. Che cosa le stava dicendo l'infermiera? Che arrivava? Il ricordo dello spettacolo dimenticato, che era la sua vita, divenne tutt'a un tratto più chiaro. Paul. Paul sta arrivando! In quel momento desiderò violentemente, appassionatamente, che lui non la vedesse più. Era stanca, non voleva nessuno sguardo. Non voleva lo sguardo di Paul. Non voleva che la vedesse morire. Doveva sbrigarsi a morire.

E ancora una volta, l'ultima, si ripeté la situazione fondamentale della sua vita: fugge e qualcuno la insegue. Paul la insegue. E ormai non ha più nessun oggetto in mano. Né la spazzola, né il pettine, né il nastro. È disarmata. È nuda, ha solo una specie di sudario bianco da ospedale. Si trova sulla dirittura d'arrivo, dove niente ormai la può aiutare, dove si può contare solo sulla velocità della propria corsa. Chi sarà più veloce? Paul o lei? La sua morte o l'arrivo di Paul?

La stanchezza si fece ancora più profonda e lei aveva la sensazione di allontanarsi in fretta, come se qualcuno trascinasse indietro il letto. Aprì gli occhi e vide un'infermiera con il camice bianco. Com'era il suo volto? Non riusciva a distinguerlo. E le tornarono in mente le parole: « No, là non ci sono volti ».

21

Quando si avvicinò al letto insieme a Brigitte, vide il corpo ricoperto dal lenzuolo fino alla testa. Una donna con una camicia bianca disse loro: «È morta un quarto d'ora fa».

La brevità del tempo che lo separava dall'istante in cui era ancora in vita acuì la sua disperazione. L'aveva persa per quindici minuti. Aveva perso per quindici minuti il completamento della propria vita, che di colpo restava interrotta, assurdamente troncata in due. Gli sembrava che durante i venticinque anni vissuti insieme lei non fosse mai stata veramente sua, gli sembrava di non averla mai avuta; e che ora, per colmare e portare a termine la storia del loro amore, gli mancasse un ultimo bacio; un ultimo bacio per afferrarla ancora viva con le sue labbra, per trattenerla sulle sue labbra.

La donna con la camicia bianca sollevò il lenzuolo. Paul vide un volto familiare, pallido, bello eppure completamente diverso: le sue labbra, pur sempre dolci, formavano una linea che non aveva mai visto. Il suo volto aveva un'espressione che lui non comprendeva. Non fu capace di chinarsi su di lei e baciarla.

Brigitte accanto a lui scoppiò in lacrime e nascose la testa sul suo petto tremando dai singhiozzi.

Lui guardò di nuovo Agnes: quello strano sorriso, che lui non le aveva mai visto, quel sorriso sconosciuto sotto le palpebre chiuse, non era per lui, era per qualcun altro che lui non conosceva, e diceva qualcosa che lui non capiva.

La donna con la camicia bianca lo afferrò bruscamente per un braccio; Paul stava per svenire.

PARTE SESTA
IL QUADRANTE

1

Il bambino, appena nato, inizia a succhiare il seno di sua madre. Quando la madre lo stacca dal seno, si succhia il pollice.

Una volta Rubens aveva chiesto a una signora: perché lascia che suo figlio si succhi il pollice? Ha dieci anni, ormai! Lei si era irritata: «Vorrebbe proibirglielo? Prolunga il suo contatto con il seno materno! Vuole che gli provochi un trauma?».

E così il bambino si succhia il pollice fino al momento in cui, a tredici anni, lo sostituisce armoniosamente con la sigaretta.

Quando Rubens in seguito aveva fatto l'amore con la madre che difendeva il diritto di suo figlio a succhiarsi il dito, a un certo punto le aveva messo in bocca il proprio pollice, e lei, ruotando lentamente la testa a destra e a sinistra, si era messa a leccarlo. Teneva gli occhi chiusi e sognava di fare l'amore con due uomini.

Questo piccolo episodio fu per Rubens una data significativa, perché in questo modo scoprì come mettere alla prova le donne: infilava loro il pollice in bocca ed esaminava la reazione. Quelle che lo leccavano erano senza alcun dubbio attratte dall'amore collettivo. Quelle che restavano indifferenti al pollice erano disperatamente sorde alle tentazioni perverse.

Una delle donne in cui la «prova del pollice» aveva rivelato inclinazioni orgiastiche lo amava davvero. Dopo aver fatto l'amore, aveva preso il suo pollice e l'aveva baciato goffamente, il che significava: ora voglio che il tuo pollice torni ad essere un pollice e sono felice, dopo tutto quello che ho immaginato, di essere completamente sola qui con te.

Le trasformazioni di un pollice. Oppure: come si muovono le lancette sul quadrante della vita.

2

Le lancette sul quadrante dell'orologio girano in cerchio. Anche lo zodiaco, così come lo disegna l'astrologo, ha la forma di un quadrante. L'oroscopo è un orologio. Si creda o no alle predizioni dell'astrologia, l'oroscopo è una metafora della vita che nasconde in sé una grande saggezza.

Come vi disegna l'oroscopo un astrologo? Fa un cerchio, immagine della sfera celeste, e lo divide in dodici parti, che rappresentano i singoli segni: Ariete, Toro, Gemelli e così via. In questo cerchio-zodiaco inserisce poi i simboli grafici del Sole, della Luna e dei sette pianeti esattamente là dove questi astri si trovavano nell'istante della vostra nascita. È come se nel quadrante di un orologio regolarmente suddiviso in dodici ore disegnasse altre nove cifre collocate in modo irregolare. Sul quadrante girano nove lancette: sono ancora una volta il Sole, la Luna e i pianeti così come si muovono realmente nell'universo durante la vostra vita. Ogni pianeta-lancetta si trova in rapporti sempre nuovi con i pianeti-cifre, i simboli immobili del vostro oroscopo.

L'irripetibile irregolarità in cui si sono raggruppate le stelle sul quadrante dello zodiaco nell'istante della vostra nascita è il tema costante della vostra vita, la sua definizione algebrica, l'impronta digitale della vostra personalità; le stelle immobilizzate sul vostro oroscopo creano, con il loro rapporto reciproco, angoli il cui valore, espresso in gradi, ha vario significato (negativo, positivo, neutro): immaginate che nel vostro segno l'amorosa Venere si trovi in rapporto di tensione con l'aggressivo Marte; che il Sole, raffigurante la vostra personalità, sia rafforzato dalla congiunzione con l'energico e avventuroso Urano; che la sessualità, simboleggiata dalla Luna, sia unita al farnetico Nettuno e così via. Ma nel loro giro le lancette delle stelle in movimento toccheranno i punti fissi dell'oroscopo mettendo in gioco (indebolendo, favorendo, minacciando) i diversi elementi del tema della vostra vita. E la vita è così: non somiglia a un romanzo picaresco, dove il protagonista di capitolo in capitolo viene continuamente sorpreso da nuovi avvenimenti senza alcun denominatore comune. Somiglia alla composizione che i musicisti chiamano: *tema con variazioni*.

Urano avanza nel cielo con relativa lentezza. Ci vogliono sette anni prima che attraversi un solo segno. Supponiamo che oggi si trovi in rapporto critico con il Sole immobile del vostro oroscopo (mettiamo a un angolo di 90 gradi): state vivendo un periodo difficile; tra undici anni questa situazione si ripeterà (Urano formerà con il Sole un angolo di 180 gradi, il che ha un significato altrettanto infausto), ma sarà una ripetizione solo apparente, perché nello stesso momento in cui il Sole sarà aggredito da Urano, Saturno in cielo sarà in così armonico rapporto con Venere che la tempesta passerà intorno a voi in punta di piedi. Sarà come riprendere la stessa malattia, ma viverla in un ospedale da favola, dove al posto di infermiere impazienti lavorano gli angeli.

Pare che l'astrologia ci insegni il fatalismo: non sfuggirai al tuo destino! Per me l'astrologia (intendiamoci, l'astrologia come metafora della vita) dice qualcosa di molto più sottile: non sfuggirai al *tema* della tua vita! Da ciò deriva, ad esempio, che è una pura illusione voler iniziare a un certo punto della vita una « nuova vita » che non assomigli alla precedente, iniziare, come si dice, da zero. La vostra vita sarà sempre fatta dello stesso materiale, degli stessi mattoni, degli stessi problemi, e ciò che in un primo momento vi apparirà come una « nuova vita » ben presto si dimostrerà una semplice variazione di quella precedente.

L'oroscopo assomiglia all'orologio e l'orologio è la scuola del finito: non appena la lancetta descrive un cerchio e ritorna al punto di partenza, una fase è conclusa. Sul quadrante dell'oroscopo le nove lancette girano a diversa velocità e ad ogni istante si conclude una fase e ne inizia un'altra. Quando l'uomo è giovane, non è in grado di percepire il tempo come un cerchio, bensì come una strada che porta dritta verso orizzonti sempre nuovi; non intuisce ancora che la sua vita contiene un unico tema; lo comprende solo nel momento in cui la sua vita comincia a realizzare la prima variazione.

Rubens aveva circa quattordici anni quando per strada lo fermò una bambina che ne aveva più o meno la metà e gli chiese: « Mi scusi, signore, che ore sono? ». Era la prima volta che una sconosciuta gli dava del lei e lo chiamava signore. Ne provò una gioia folle e gli sembrava che davanti a lui si aprisse una nuova fase della vita. Poi dimenticò completamente quell'episodio e se ne ricordò il giorno in cui una bella signora gli disse: « E quando era giovane pensava anche lei che... ». Era la prima volta che qualcuno si riferiva alla sua giovinezza come passato. In quel momento gli tornò alla memoria l'immagine della bambina dimenticata, che tempo addietro gli aveva chiesto l'ora, e comprese che quelle due figure femminili erano collegate tra loro. Erano figure di per sé insignificanti, incontrate per caso, eppure, nell'attimo in cui le mise in relazione reciproca, gli apparvero come due eventi significativi sul quadrante della sua vita.

Lo dirò ancora in altro modo: immaginiamo che il quadrante della vita di Rubens sia posto su un gigantesco orologio medioevale, magari quello davanti al quale sono passato per vent'anni a Praga, nella piazza della Città Vecchia. Battono le ore e sul quadrante si apre una finestrella: ne esce fuori una marionetta – la fanciulla di sette anni che gli chiede l'ora. E poi, quando la stessa lancetta, estremamente lenta, tocca dopo molti anni un altro numero, le campane si mettono a suonare, si apre di nuovo la finestrella ed esce la marionetta della giovane signora che gli domanda: « E quando era giovane...? ».

3

Quando era molto giovane, non osava confidare a nessuna donna le sue fantasie erotiche. Pensava che tutta l'energia amatoria dovesse trasformarsi senza residui in una sbalorditiva attività fisica sul corpo della donna. Le sue giovani partner, del resto, erano della stessa opinione. Ne ricorda vagamente una, indichiamola con la lettera A, che mentre facevano l'amore all'improvviso si era puntata sui gomiti e sui talloni inarcando il corpo a ponte, cosicché lui, standole sopra, vacillò e per poco non cadde dal letto. Quel gesto sportivo era pieno di significati passionali, dei quali Rubens le fu grato. Stava vivendo la sua prima fase: *la fase del mutismo atletico*.

Poi gradualmente perse quel mutismo; si sentì

molto coraggioso la prima volta in cui di fronte a una ragazza indicò ad alta voce certe parti del suo corpo. Ma quel coraggio non era grande come gli sembrava, perché l'espressione che aveva scelto era un tenero diminutivo o una perifrasi poetica. Comunque fu estasiato dal proprio coraggio (e anche sorpreso che la ragazza non lo sgridasse) e prese a inventare le metafore più complicate, per poter parlare, con una deviazione poetica, dell'atto sessuale. Era la seconda fase: *la fase delle metafore*.

In quel periodo stava con la ragazza B. Dopo i soliti preamboli verbali (pieni di metafore), fecero l'amore. Quando lei fu vicina all'orgasmo, gli disse all'improvviso una frase che indicava il suo organo sessuale con un'espressione inequivocabile e non metaforica. Fu il giorno in cui udì per la prima volta quella parola da una bocca femminile (il che, detto fra parentesi, fu un'altra data significativa sul quadrante). Sorpreso, abbagliato, capì che quel termine brutale aveva più fascino e forza esplosiva di tutte le metafore che fossero mai state inventate.

Qualche tempo dopo, lo invitò a casa sua la donna C. Aveva circa quindici anni più di lui. Prima di andare, egli aveva anticipato al suo amico M le splendide oscenità (no, niente più metafore!) che era pronto a dire a quella signora durante l'amplesso. Fallì in modo singolare: prima che si decidesse a pronunciarle, le pronunciò lei. E di nuovo fu sbalordito. Non solo dal fatto che lei lo avesse preceduto con il suo coraggio erotico, ma da una cosa ancor più stupefacente: lei aveva usato le stesse testuali parole che lui si era preparato già da qualche giorno. Quella coincidenza lo entusiasmò. Entrò così lentamente nella terza fase: *la fase della verità oscena*.

La quarta fase fu strettamente legata all'amico M: *la fase del telefono senza fili*. Telefono senza fili era il nome di un gioco che faceva tra i cinque e i sette anni: i bambini si sedevano in fila e il primo sussurrava al secondo una frase, il secondo la passava con un sussurro al terzo, il terzo al quarto, finché l'ultimo la diceva ad alta voce e tutti ridevano per la differenza tra la frase originaria e la sua trasformazione finale. Gli adulti Rubens e M giocavano al telefono senza fili in questo modo: dicevano alle donne che erano le loro amanti frasi oscene formulate in maniera molto originale e le donne, ignorando di partecipare al telefono senza fili, le trasmettevano ad altri. E poiché Rubens e M avevano alcune amanti in comune (che si passavano con discrezione), per loro tramite si inviavano allegri saluti. Una volta, durante l'amore, una donna disse a Rubens una frase così inverosimile, così stranamente ricercata, che lui vi riconobbe all'istante una maligna invenzione dell'amico. Fu assalito da un invincibile impulso al riso e la donna, prendendo quel riso trattenuto per una contrazione amatoria, eccitata, ripeté ancora una volta la frase, la terza volta la gridò e Rubens dentro di sé vedeva il fantasma di M che sghignazzava sopra ai loro corpi nell'amplesso.

In quell'occasione si ricordò della ragazza B, che alla fine della fase delle metafore di punto in bianco gli aveva detto una parola oscena. Soltanto ora, a distanza, si pose la domanda: era la prima volta che lei pronunciava quella parola? Allora non ne aveva dubitato affatto. Pensava che fosse innamorata di lui, sospettava che volesse sposarlo, ed era sicuro che oltre a lui non aveva nessun altro. Soltanto adesso capiva che ci doveva essere stato qualcuno all'inizio che le aveva insegnato (che l'aveva allenata, direi) a pronunciare ad alta voce quella parola, prima che potesse dirla a Rubens. Sì, soltanto anni dopo, grazie all'esperienza del telefono senza fili, si rese conto che all'epoca in cui gli giurava la sua fedeltà B aveva sicuramente un altro amante.

L'esperienza del telefono senza fili lo aveva trasformato: aveva perso la sensazione (a cui tutti siamo soggetti) che l'atto dell'amore fisico fosse un istante di assoluta intimità, in cui il mondo intorno a noi si trasforma in un infinito deserto in mezzo al quale due corpi solitari si stringono l'uno all'altro. Ora improvvisamente aveva capito che quel momento non offriva affatto un'intima solitudine. Anche quando camminava tra la folla degli Champs-Élysées il suo isolamento era molto più intimo di quando stringeva tra le braccia la più segreta delle sue amanti. Perché la fase del telefono senza fili è la fase sociale dell'amore: in virtù di alcune parole, tutti partecipano all'abbraccio di due esseri apparentemente soli; la società alimenta senza sosta il mercato delle immagini lascive e ne consente la diffusione e la circolazione. Rubens allora aveva coniato questa formula per definirne una nazione: comunità di individui la cui vita erotica è unita dallo stesso telefono senza fili.

Ma poi conobbe la ragazza D, che era la più verbale di tutte le donne che avesse mai incontrato. Già al secondo appuntamento gli confidò di essere una fanatica della masturbazione e di procurarsi l'orgasmo raccontandosi delle favole. «Favole? Quali favole? Racconta!», e cominciò a fare l'amore con lei. E lei raccontava: uno stabilimento balneare, cabine, fori aperti nel legno delle pareti, occhi che sentiva su di sé mentre si spogliava, porte che si aprivano all'improvviso, quattro uomini sulla soglia e così via, e così via, la favola era splendida, era banale, e lui era pienamente soddisfatto di D.

Ma a partire da quel periodo gli successe una cosa strana: quando si incontrava con altre donne, ritrovava nelle loro fantasie frammenti dei lunghi racconti narrati da D mentre facevano l'amore. Spesso si imbatteva nella stessa parola, nella stessa costruzione, benché si trattasse di parole e di costruzioni del tutto insolite. Il monologo di D era uno specchio in cui ritrovava tutte le donne che conosceva, era un'immensa enciclopedia, un Larousse in otto volumi delle immagini e delle frasi erotiche. All'inizio si spiegava il grande monologo di D in base al principio del telefono senza fili: l'intera nazione, attraverso centinaia di amanti, aveva ammassato nella testa di lei, come in un alveare, le immagini lascive raccolte in tutti gli angoli del paese. Ma in seguito constatò che questa spiegazione era improbabile. Incontrava frammenti del monologo di D anche in donne che non potevano, lo sapeva con certezza, essere entrate indirettamente in contatto con D, poiché non esisteva nessun amante comune che avesse potuto sostenere tra loro il ruolo del postino.

Del resto si ricordò anche dell'episodio con C: si era preparato le frasi indecenti che le avrebbe detto durante l'amplesso, ma lei lo aveva preceduto. Allora si era detto che era stata telepatia. Ma davvero lei aveva letto quelle frasi nella sua mente? Era più probabile che lei le avesse nella propria mente già molto prima di conoscerlo. Ma come mai avevano in mente entrambi le stesse frasi? Ovviamente perché c'era una qualche fonte comune. E allora gli venne l'idea che in tutte le donne e in tutti gli uomini scorre una sola e identica corrente, un unico fiume collettivo di immagini erotiche. Il singolo riceve la sua razione di fantasia lasciva non dall'amante, alla maniera del telefono senza fili, ma da quella corrente impersonale (o sovrapersonale oppure subpersonale). Ma se dico che il fiume che ci attraversa è impersonale, significa che non appartiene a noi, ma a colui che ci ha creato e che lo ha messo in noi, in altre parole, che appartiene a Dio o addirittura che esso è proprio Dio o una delle sue trasformazioni. La prima volta che Rubens formulò questo pensiero, gli sembrò sacrilego, ma poi l'impressione della bestemmia si dissolse, ed egli sprofondava nel fiume sotterraneo con una sorta di pia umiltà: sapeva che in quella corrente siamo tutti uniti, non come nazione, ma come figli di Dio; ogni volta che si immergeva in quella corrente, provava la sensazione di fondersi con Dio in una specie di atto mistico. Sì, la quinta fase era la *fase mistica*.

4

Che la storia della vita di Rubens non sia altro che una storia di amore fisico?

È possibile intenderla così, e i momenti in cui si rivelava d'un tratto come tale erano anche gli eventi significativi sul quadrante.

Fin dal liceo trascorreva ore intere nei musei davanti ai quadri, a casa dipingeva centinaia di tempere ed era famoso tra i compagni di scuola per le sue caricature dei professori. Le disegnava a matita per la rivista studentesca ciclostilata e con il gesso sulla lavagna durante l'intervallo, con grande divertimento della classe. In quel periodo ebbe la possibilità di capire che cos'era la fama: tutto il liceo lo conosceva e lo ammirava e tutti lo chiamavano per scherzo Rubens. In memoria di quegli anni felici (gli unici anni di gloria) conservò quel soprannome per tutta la vita e insisteva con gli amici (con sorprendente ingenuità) perché lo chiamassero così.

La celebrità ebbe termine con il diploma. Poi fece domanda di ammissione alla scuola di arti figurative, ma non superò l'esame. Andò peggio degli altri? Oppure ebbe sfortuna? È strano, ma non so rispondere a questa semplice domanda.

Con indifferenza, si mise a studiare legge, dando la colpa del suo insuccesso alla piccineria della Svizzera natale. Sperava di compiere altrove la sua missione di pittore e tentò la fortuna altre due volte: la prima quando si presentò all'esame all'École des Beaux-Arts di Parigi e fu respinto, poi quando offrì i suoi disegni ad alcune riviste. Perché li rifiutarono? Non erano buoni? Oppure coloro che li avevano giudicati erano ottusi? Oppure il disegno non interessava più a nessuno? Posso solo ripetere che non ho una risposta per queste domande.

Stanco degli insuccessi, rinunciò a ulteriori tentativi. Si può concludere naturalmente (e lui ne era ben consapevole) che la sua passione per il disegno e la pittura era più debole di quanto lui pensasse, e che dunque non era destinato alla carriera artistica, come aveva creduto quando andava al liceo. All'inizio questa scoperta lo lasciò deluso, ma poi gli risuonò caparbia nell'animo la difesa della sua rassegnazione: perché doveva avere la passione per la pittura? Che cosa c'è di tanto lodevole in una passione? Gli artisti non sono forse quasi tutti istigati a un'attività del tutto inutile solo perché vedono nella passione per l'arte una cosa sacra, una sorta di missione, se non di dovere (dovere verso se stessi, addirittura verso l'umanità)? Per effetto della propria rassegnazione, cominciò a vedere negli artisti e nei letterati individui invasati dall'ambizione, più che dotati di creatività, ed evitava la loro compagnia.

Il suo maggior rivale, N, un coetaneo che veniva dalla stessa città e aveva studiato nello stesso liceo, non solo fu accettato all'Accademia di Belle Arti, ma poco dopo ebbe anche notevoli successi. Quando studiavano alle superiori, tutti consideravano Rubens molto più dotato di N. Vuol dire che si erano tutti sbagliati? Oppure che il talento è una cosa che si può perdere per strada? Come già sospettiamo, non c'è risposta a queste domande. Del resto, è da rilevare un'altra circostanza: nel periodo in cui i suoi insuccessi lo spinsero ad abbandonare definitivamente la pittura (lo stesso periodo in cui N celebrava i suoi primi successi), Rubens frequentava una ragazza giovanissima, molto bella, mentre il suo rivale si era sposato con una signorina di famiglia ricca, tanto brutta che alla sua vista Rubens aveva perso la parola. Gli sembrò che in quella combinazione di circostanze il destino gli indicasse dov'era il caposaldo della sua vita: non nella vita pubblica, ma in quella privata, non nella caccia al successo professionale, ma nel successo con le donne. E d'un tratto, quel che ancora ieri pareva una sconfitta si dimostrava una sorprendente vittoria: sì, rinunciava alla fama, alla lotta per l'affermazione (vana e triste lotta), per buttarsi nella vita stessa. Non si chiese nemmeno perché proprio le donne fossero «la vita stessa». Gli sembrava ovvio e lampante fuor d'ogni dubbio. Era sicuro di aver scelto una strada migliore del suo rivale, che aveva ricevuto in dote una bruttona con i soldi. In quelle circostanze la sua bellissima ragazza fu per lui non solo una promessa di felicità, ma soprattutto un trionfo e un orgoglio. Per ratificare la sua inattesa vittoria e darle un'impronta di irrevocabilità, sposò la bella, convinto che il mondo intero lo avrebbe invidiato.

5

Le donne per Rubens significano «la vita stessa», eppure non ha niente di più urgente da fare che sposarsi con una bella ragazza, rinunciando così alle donne. Il suo comportamento è illogico, ma del tutto normale. Rubens aveva ventiquattro anni. Era entrato proprio allora nella fase della verità oscena (ciò significa che fu poco dopo aver conosciuto la ragazza B e la signora C), ma le sue nuove esperienze non cambiarono la sua certezza che l'amore, il grande amore, il più grande valore della vita, del quale sentiva molto parlare, leggeva molto, intuiva molto e non sapeva nulla, stesse ben al di sopra dei rapporti sessuali. Non aveva dubbi che l'amore fosse il coronamento della vita (di quella «vita stessa» che aveva preferito alla carriera) e che dunque lui doveva accoglierlo a braccia aperte e senza compromessi.

Come ho detto, le lancette sul quadrante sessuale segnavano l'ora della verità oscena, ma non appena si innamorò ci fu un immediato regresso agli stadi precedenti: a letto taceva oppure diceva alla sua futura sposa tenere metafore, convinto che l'oscenità li avrebbe portati entrambi fuori dal territorio dell'amore.

Lo dirò ancora in altro modo: l'amore per la bella ragazza lo riportò alla sua condizione di ragazzo vergine, poiché, come ho detto in altre occasioni, ogni europeo, quando pronuncia la parola amore, ritorna con le ali dell'entusiasmo al pensiero e al sentimento precoitale (o extracoitale), esattamente nei luoghi in cui soffriva il giovane Werther e dove il Dominique di Fromentin per poco non cadeva da cavallo. Perciò quando conobbe la sua bella ragazza, Rubens era pronto a mettere sul fuoco la pentola con il sentimento e aspettare il punto di cottura che avrebbe trasformato il sentimento in passione. A complicare un po' le cose c'era solo il fatto che all'epoca aveva in un altra città un'amante (indichiamola con la lettera E), maggiore di lui di tre anni, che aveva frequentato a lungo prima di conoscere la sua futura sposa e che continuò a frequentare ancora per qualche mese. Smise di vederla solo il giorno in cui prese la decisione di sposarsi. La rottura non fu provocata da uno spontaneo raffreddamento dei sentimenti per E (presto si vedrà che l'amava fin troppo), quanto piuttosto dalla consapevolezza di essere entrato nella grande e solenne fase della vita in cui bisogna consacrare il grande amore con la fedeltà. Ma una settimana prima del matrimonio (sulla cui necessità, dopo tutto, in fondo all'animo aveva dei dubbi) lo colse un'insopportabile nostalgia per E, che aveva lasciato senza una parola di spiegazione. Poiché non aveva mai chiamato amore il rapporto con lei, fu sorpreso di desiderarla tanto immensamente, con il cuore, con la testa, con il corpo. Non riuscì a dominarsi e andò da lei. Passò una settimana a umiliarsi perché gli permettesse di fare l'amore con lei, a pregarla, ad assediarla con la tenerezza, la tristezza, le premure, ma lei non gli offriva che la vista del suo volto afflitto; il suo corpo non poté neanche sfiorarlo.

Insoddisfatto e rattristato, tornò a casa il mattino delle nozze. Durante il banchetto si ubriacò e la sera portò la sposa nel loro appartamento. Accecato dal vino e dalla nostalgia, mentre facevano l'amore la chiamò con il nome della sua ex amante. Fu una catastrofe! Non avrebbe mai dimenticato i grandi occhi che lo guardavano con atterrito stupore! In quell'istante in cui tutto crollava, gli venne in mente che l'amante ripudiata si era vendicata di lui, e con il proprio nome, il giorno stesso delle nozze, aveva minato per sempre la sua vita coniugale. E forse in quel breve momento si rese conto anche di quanto fosse inverosimile ciò che era successo, di quanto fosse stupido e grottesco il suo lapsus, così grottesco che avrebbe reso l'inevitabile crack del suo matrimonio ancora più insopportabile. Per tre o quattro terribili secondi fu incapace di reagire, poi d'un tratto si mise a gridare: «Eva! Elisabetta! Caterina!». E non riuscendo a ricordare in fretta altri nomi femminili, ripeté: «Caterina! Elisabetta! Sì, tu per me sei tutte le donne! Tutte le donne del mondo intero! Eva! Clara! Giulia! Tu sei tutte le donne! Tu sei la donna al plurale! Pauline, Pierrette, tutte le donne del mondo intero sono in te, tu hai tutti i loro nomi!...» e la amò accelerando i movimenti come un vero atleta del sesso; qualche istante dopo poté constatare che gli occhi sbarrati di lei avevano ripreso un'espressione normale e il corpo, che un attimo prima si era irrigidito sotto di lui, si muoveva di nuovo a un ritmo la cui regolarità gli restituì calma e sicurezza.

Il modo in cui si era tirato fuori da quella situazione infernale rasentava l'incredibile e c'è da stupirsi che la sposina prendesse per buona una commedia così pazza. Non dimentichiamo, però, che vivevano entrambi prigionieri del pensiero precoitale, che avvicina l'amore all'assoluto. Com'è il criterio dell'amore nella fase verginale? Soltanto quantitativo: l'amore è un sentimento molto, molto, molto grande.

Il falso amore è un sentimento piccolo, il vero amore (die wahre Liebe!) è un sentimento grande. Ma dal punto di vista dell'assoluto, gli amori non sono tutti piccoli? Certo. Quindi l'amore, per dimostrare di essere quello vero, vuole sottrarsi alla logica, non vuole conoscere misura, non vuole essere verosimile, desidera trasformarsi nei «deliri attivi della passione» (non dimentichiamo Éluard!), in altre parole, vuole essere folle! Dunque, l'assurdità di un gesto esagerato non può portare che vantaggi. Per un osservatore esterno il modo in cui Rubens si tirò fuori dai pasticci non è né elegante né convincente, ma nella situazione data era l'unico che gli permettesse di evitare la catastrofe: comportandosi da pazzo, Rubens si appellava all'assoluto dell'amore, che è pazzo, e la cosa funzionò.

6

Sebbene Rubens a tu per tu con la giovane moglie fosse tornato un lirico atleta dell'amore, non significa che avesse rinunciato per sempre alle lascivie erotiche, ma che voleva sfruttare anche la lascivia ai fini dell'amore. Immaginava che nell'estasi monogamica una sola donna gli avrebbe dato di più di cento altre. C'era solo una questione da risolvere: qual era il tempo di marcia che l'avventura della sensualità doveva osservare sulla strada dell'amore? Dato che la strada dell'amore doveva essere lunga, lunghissima, se possibile senza fine, stabilì come principio: frenare i tempi e non correre.

Poniamo che immaginasse il suo futuro sessuale con la bella ragazza come la scalata di un'alta montagna. Se fosse arrivato in cima fin dal primo giorno, che cosa avrebbe fatto poi? Doveva dunque programmare il percorso in modo che riempisse tutta la sua vita. Perciò faceva l'amore con la sua giovane moglie con passione, con ardore fisico, ma in modo classico, per così dire, e senza tracce di quell'oscenità che lo attirava (e con lei ancor più che con qualsiasi altra donna) ma che rimandava agli anni futuri.

E poi d'improvviso accadde ciò che non si aspettava: non si capivano più, si urtavano i nervi, cominciarono a lottare per il potere in casa, lei affermava che aveva bisogno di più spazio per la sua vita personale, lui si arrabbiava perché lei non voleva cuocergli un uovo, e più in fretta di quanto potessero immaginare accadde che d'un tratto divorziarono. Il grande sentimento sul quale lui voleva costruire tutta la sua vita sparì così in fretta che dubitava di averlo mai provato. La scomparsa del sentimento (improvvisa, rapida, facile!) fu per lui una cosa vertiginosa e incredibile! Lo affascinò molto di più del suo improvviso innamoramento due anni prima.

Ma non solo dal lato sentimentale: anche dal lato erotico il bilancio del loro matrimonio era zero. Grazie al tempo lento che si era imposto, aveva vissuto con quella splendida creatura rapporti sessuali ingenui, privi di grande eccitazione. Non solo non era arrivato con lei in cima alla montagna, ma neanche al primo belvedere. Perciò dopo il divorzio cercò di incontrarla ancora qualche volta (lei non si oppose: dal momento in cui lui aveva smesso di lottare per il potere in casa, le piaceva di nuovo fare l'amore con lui) e di mettere in atto rapidamente almeno qualcuna delle piccole perversioni che aveva serbato per gli anni avvenire. Ma non mise in atto quasi nulla, perché anche questa volta scelse un tempo troppo veloce e la bella divorziata interpretò la sua impaziente sensualità (l'aveva trascinata direttamente nella fase della verità oscena) come cinismo e mancanza d'amore, sicché i loro rapporti postconiugali ebbero presto termine.

Il breve matrimonio fu una semplice parentesi nella sua vita, il che mi porterebbe a dire che era tornato esattamente dov'era prima di incontrare la sua futura sposa; ma non sarebbe la verità. Quel gonfiarsi del sentimento amoroso e il suo sgonfiarsi, incredibilmente privo di dramma e di dolore, portò Rubens a una convinzione scioccante, che gli indicava irrevocabilmente il suo posto *oltre i confini dell'amore*.

7

Il grande amore che lo aveva abbagliato due anni prima gli aveva fatto dimenticare la pittura. Ma quando chiuse la parentesi del matrimonio e constatò con malinconica delusione che si trovava nel territorio oltre i confini dell'amore, la sua rinuncia alla pittura gli apparve d'un tratto come una resa ingiustificata.
Ricominciò a schizzare su un blocco i quadri che desiderava dipingere. Ma capì che tornare indietro ormai era impossibile. Quando era al liceo, immaginava che tutti i pittori del mondo camminassero sulla stessa grande strada; era una strada maestosa che portava dai pittori gotici ai grandi italiani del Rinascimento, e poi agli olandesi, da loro a Delacroix, da Delacroix a Manet, da Manet a Monet, da Bonnard (ah, come amava Bonnard!) a Matisse, da Cézanne a Picasso. I pittori non marciavano su quella strada in fila, come i soldati, no, ognuno andava solo, ma ciò nonostante, quel che scopriva uno serviva da ispirazione all'altro, e tutti sapevano di aprirsi un varco in avanti, verso l'ignoto, che era la meta comune e che li univa tutti. E poi improvvisamente la strada era scomparsa. Era come svegliarsi da un bel sogno; per un attimo continuiamo a cercare le immagini sbiadite, prima di capire finalmente che i sogni non si possono richiamare indietro. La strada

era scomparsa, eppure era rimasta nell'anima dei pittori sotto forma di inestinguibile desiderio di «andare avanti». Ma dov'è l'«avanti» se non c'è più la strada? Da che parte cercare l'«avanti» perduto? E così il desiderio di andare avanti divenne la nevrosi dei pittori; correvano tutti in direzioni diverse e intanto si incrociavano continuamente, come la folla che gira qua e là per la stessa piazza. Volevano distinguersi l'uno dall'altro e ognuno riscopriva una scoperta non ancora riscoperta dagli altri. Per fortuna presto ci furono persone (non pittori, bensì mercanti e organizzatori di mostre, con i loro agenti e consulenti pubblicitari) che impressero l'ordine a quel disordine, e cominciarono a decidere quale scoperta si dovesse scoprire di nuovo e in quale anno. L'ordine ristabilito fece aumentare enormemente le vendite dei quadri contemporanei. Ora li compravano per i loro salotti gli stessi ricconi che solo dieci anni prima deridevano Picasso e Dalí, motivo per cui Rubens li odiava appassionatamente. Ora i ricchi avevano deciso di essere moderni e Rubens tirò un sospiro di sollievo, contento di non essere un pittore.

Una volta, a New York, visitò il museo d'arte moderna. Al primo piano c'erano Matisse, Braque, Picasso, Miró, Dalí, Ernst e lui era felice. Le pennellate sulla tela esprimevano un piacere selvaggio. La realtà era splendidamente violentata come una donna da un fauno, oppure affrontava il pittore come un toro il torero. Ma quando salì al piano superiore, dove c'erano quadri di epoca più recente, si ritrovò nel deserto; non c'era nessuna traccia della gioiosa pennellata sulla tela; nessuna traccia del piacere; toro e torero erano spariti; i quadri avevano cacciato via la realtà, oppure le assomigliavano con una fedeltà cinica ed esanime. Tra i due piani scorreva il fiume Lete, il fiume della morte e dell'oblio. Allora si disse che forse la sua rinuncia alla pittura aveva un senso più profondo che non la mancanza di talento

o di tenacia: sul quadrante della pittura europea era scoccata la mezzanotte.
Trapiantato nell'Ottocento, di che si occuperebbe un alchimista di genio? Che ne sarebbe di Cristoforo Colombo, oggi che le comunicazioni marittime sono servite da un migliaio di società di trasporti? Che avrebbe scritto Shakespeare in un'epoca in cui il teatro non fosse ancora esistito o in cui avesse smesso di esistere?
Non sono domande retoriche. Quando un uomo è dotato per un'attività che ha già suonato la mezzanotte (o che non ha ancora suonato la prima ora), che ne è del suo talento? Si trasforma? Si adatta? Cristoforo Colombo diventerebbe direttore di una compagnia di viaggi? Shakespeare scriverebbe sceneggiature per Hollywood? Picasso disegnerebbe cartoni animati? Oppure tutti questi grandi talenti si tirerebbero in disparte, se ne andrebbero, per così dire, nel convento della storia, pieni di una cosmica delusione per essere nati nel momento sbagliato, fuori dall'epoca che è la loro, fuori dal quadrante del tempo per cui erano stati creati? Abbandonerebbero il loro talento anacronistico come Rimbaud abbandonò a diciannove anni la poesia?
Ovviamente neanche queste domande hanno una risposta, né per me, né per voi, né per Rubens. Il Rubens del mio romanzo aveva doti irrealizzate di grande pittore? O non aveva alcun talento? Aveva abbandonato la pittura per mancanza di forze o al contrario proprio per la forza della sua chiaroveggenza, che aveva visto la vanità della pittura? Certamente pensava spesso a Rimbaud e in cuor suo si paragonava a lui (pur timidamente e con ironia). Non solo Rimbaud abbandonò la poesia in modo radicale e senza rimpianti, ma l'attività a cui si dedicò poi era una beffarda negazione della poesia: si dice che avesse un commercio d'armi in Africa e addirittura di schiavi. La seconda affermazione è con tutta probabilità una leggenda diffamatoria, che

però come iperbole coglie bene la violenza autodistruttiva, la passione, la rabbia che separarono Rimbaud dal suo passato di artista. Se Rubens era sempre più attratto dalla finanza e dalla borsa, era forse anche perché questa attività (a torto o a ragione) gli sembrava l'antitesi dei suoi sogni di una carriera artistica. Il giorno in cui il suo compagno N diventò famoso, Rubens vendette un quadro che un tempo aveva ricevuto in dono da lui. Grazie a quella vendita non solo guadagnò parecchio denaro, ma scoprì anche il modo in cui si sarebbe procurato da vivere in futuro: avrebbe venduto ai ricchi (che disprezzava) i quadri dei pittori contemporanei (che non stimava).

Al mondo ci sono sicuramente molte persone che si guadagnano da vivere vendendo quadri, ma che non si sognano neanche di vergognarsi della loro professione. Velázquez, Vermeer, Rembrandt, non furono anche loro mercanti di quadri? Rubens naturalmente lo sa. Ma se pure riesce a paragonarsi a Rimbaud mercante di schiavi, non si paragonerà mai ai grandi pittori mercanti di quadri. Nemmeno per un istante dubiterà della totale inutilità del suo lavoro. All'inizio la cosa lo rese triste e si rimproverò l'immoralità della sua posizione. Ma poi si disse: che significa in realtà essere utili? La somma dell'utilità di tutta la gente di tutti i tempi dà come risultato esattamente il mondo così com'è oggi. Da ciò deriva: non c'è niente di più morale che essere inutili.

8

Erano passati circa dodici anni dal suo divorzio, quando andò a trovarlo la donna F. Gli raccontò che poco tempo prima un uomo l'aveva invitata a casa sua e l'aveva fatta aspettare dieci minuti buoni in salotto, con la scusa di dover terminare un'importante telefonata nella stanza accanto. La telefonata era più che altro un trucco per darle la possibilità di guardare alcune riviste pornografiche posate sul tavolino davanti alla poltrona che le aveva indicato. F concluse il racconto con questa osservazione: «Se fossi stata più giovane, sarei stata sua. Se avessi avuto diciassette anni. Quella è l'età delle fantasie più pazze, in cui non si resiste a niente...».

Rubens ascoltava F piuttosto distrattamente, finché le sue ultime parole lo destarono dall'indifferenza. Questo ormai gli accadrà di continuo: qualcuno pronuncia una frase ed essa inaspettatamente agisce su di lui come un rimprovero: gli ricorda qualcosa che nella vita gli è sfuggito, qualcosa che ha sprecato, sprecato irrimediabilmente. Mentre F parlava dei suoi diciassette anni, quando non era capace di resistere ad alcuna seduzione, si ricordò di sua moglie, che aveva anche lei diciassette anni quando la conobbe. Gli tornò in mente un albergo di provincia in cui era stato con lei qualche tempo prima del matrimonio. Avevano fatto l'amore in una camera adiacente a quella di un loro amico. La ragazza più volte aveva sussurrato a Rubens: «Lui ci sente!». Soltanto oggi (seduto di fronte a F che gli parla delle tentazioni dei suoi diciassette anni) si rende conto che quella notte lei aveva sospirato più forte che mai, che aveva addirittura gridato, e dunque aveva gridato apposta perché l'amico la sentisse. Anche nei giorni seguenti era tornata spesso a quella notte e aveva chiesto: «Davvero pensi che non ci abbia sentito?». Lui allora aveva interpretato la sua domanda come una spaurita espressione di pudore e per tranquillizzarla (ora è rosso fino alle orecchie al pensiero della sua idiozia giovanile!) le aveva detto che l'amico era famoso perché dormiva come un sasso.

Guardando F, si rese conto che non aveva alcuna voglia particolare di fare l'amore con lei in presenza di un'altra donna o di un altro uomo. Ma come mai il ricordo di sua moglie, che quattordici anni prima sospirava forte e gridava pensando all'amico sdraiato dietro la parete sottile, come mai quel ricordo ora gli mandava il sangue alla testa?

Pensò: fare l'amore in tre, in quattro, può essere eccitante solo in presenza della donna amata. Soltanto l'amore può destare lo sconcerto e l'eccitante orrore che si prova alla vista di un corpo femminile tra le braccia di un altro uomo.

La vecchia concezione moralistica che rifiuta un senso al rapporto sessuale senza amore era d'un tratto giustificata e acquistava un significato nuovo.

9

Il giorno seguente prese l'aereo per Roma, dove aveva alcuni impegni. Verso le quattro era libero. Fu invaso da un'insopprimibile nostalgia: pensava a sua moglie, e non solo a lei; tutte le donne che aveva conosciuto gli sfilavano davanti agli occhi e gli sembrava di averle perse tutte, gli sembrava che la sua esperienza con loro gli avesse dato molto meno di quanto potesse e dovesse dargli. Per scrollarsi di dosso quella nostalgia, quell'insoddisfazione, visitò la galleria di Palazzo Barberini (in tutte le città visitava sempre le pinacoteche) e poi si incamminò verso Piazza di Spagna, salì l'ampia scalinata ed entrò a Villa Borghese. Sugli alti piedistalli che fiancheggiavano in lunghe file i viali alberati erano collocati i busti di marmo degli italiani famosi. I loro volti irrigiditi nella smorfia finale erano esposti là a riassunto della loro vita. Rubens era sempre stato sensibile al comico dei monumenti. Sorrideva. Si ricordò una fiaba dell'infanzia: un mago faceva un incantesimo durante un banchetto: tutti i presenti restavano nella posizione in cui si trovavano in quel momento, con la bocca aperta, il volto contratto dalla masticazione, l'osso rosicchiato in mano. Un altro ricordo: gli uomini in fuga da Sodoma non osavano voltarsi indietro, per la minaccia che si sarebbero trasformati in statue di sale. Questo episodio della Bibbia fa capire chiaramente che non c'è orrore più grande, non c'è punizione più grande, del trasformare un istante in eternità, strappare l'uomo al tempo, fermarlo nel mezzo del suo movimento naturale. Immerso in questi pensieri (li dimenticò un istante dopo!), d'un tratto la vide davanti a sé. No, non era sua moglie (quella che sospirava forte perché sapeva che l'amico nella stanza accanto la sentiva), era qualcun altro.

Tutto si risolse in una frazione di secondo. La riconobbe solo nel momento in cui i loro corpi si trovarono affiancati e un passo ancora li avrebbe allontanati inesorabilmente. Dovette trovare dentro di sé la decisione e la rapidità per fermarsi, girarsi (lei reagì subito al suo movimento) e rivolgerle la parola.

Ebbe la sensazione di aver desiderato proprio lei per molti anni, di averla cercata tutto quel tempo per tutto il mondo. A cento metri c'era un caffè con i tavolini all'aperto, sotto le chiome degli alberi e uno splendido cielo azzurro. Si sedettero uno di fronte all'altra.

Lei portava degli occhiali neri. Lui li prese fra le dita, glieli tolse con cura e li appoggiò sul tavolo. Lei non si oppose.

Le disse: «Con questi occhiali quasi non la riconoscevo».

Bevevano acqua minerale e non riuscivano a smettere di fissarsi. Lei era a Roma con suo marito e aveva solo un'ora di tempo. Lui sapeva che se fosse stato possibile avrebbero fatto l'amore quel giorno stesso e in quello stesso minuto.

Come si chiamava? Qual era il suo nome di batte-

simo? L'aveva dimenticato e non poteva domandarglielo. Le stava raccontando (e lo pensava sinceramente) che gli sembrava di averla attesa per tutto il tempo in cui non si erano visti. Come poteva dunque confessarle che non sapeva il suo nome?
Le disse: «Sa come la chiamavamo?».
«No».
«La liutista».
«Liutista?».
«Perché era delicata come il liuto. Sono stato io a inventare per lei questo nome».
Sì, lo aveva inventato lui. Non anni prima, all'epoca della loro breve conoscenza, ma ora, a Villa Borghese, perché aveva bisogno di darle un nome; e perché gli era parsa elegante e delicata come un liuto.

10

Che cosa sapeva di lei? Poco. Ricordava confusamente di averla vista su un campo da tennis (lui aveva circa diciassette anni, lei dieci di meno), e una volta l'aveva invitata in un locale notturno. A quell'epoca era di moda un ballo in cui l'uomo e la donna stavano a un passo di distanza, ruotavano sui fianchi e muovevano alternativamente ora un braccio e ora l'altro in direzione del partner. Con quel movimento lei si era incisa nella sua memoria. Che cosa aveva di tanto speciale? In primo luogo non guardò Rubens neanche una volta. Dove guardava, dunque? Nel vuoto. Tutti i ballerini tenevano le braccia con i gomiti piegati e le muovevano in avanti alternandole. Anche lei faceva quei movimenti, ma in modo un po' diverso: nel muovere il braccio in avanti faceva contemporaneamente un piccolo arco a sinistra con l'avambraccio destro, un piccolo arco a destra con l'avambraccio sinistro. Era come se dietro quei movimenti circolari volesse nascondere il proprio volto. Come se volesse cancellarlo. Quel ballo all'epoca era considerato relativamente indecente, ed era come se la ragazza desiderasse ballare in modo indecente e nello stesso tempo nascondere quell'indecenza. Rubens era incantato! Come se fino ad allora non avesse mai visto niente di più tenero, di più bello, di più eccitante. Poi seguì un tango e tutti si strinsero a coppie. Non poté resistere a un impulso improvviso e mise la mano sul seno della ragazza. Lui stesso ne fu spaventato. Che avrebbe fatto lei? Non fece nulla. Continuò a ballare con la sua mano sul seno, guardando avanti a sé. Lui le chiese con voce quasi tremante: «Nessuno le ha mai toccato il seno?». E lei con voce altrettanto tremante (fu davvero come se qualcuno avesse sfiorato le corde di un liuto) rispose: «No». E lui non le tolse la mano dal seno e percepì quel «no» come la parola più bella del mondo; era estasiato: gli sembrava di vedere il pudore da vicino, vedeva il pudore così *com'è*, lo si poteva toccare (del resto lo stava toccando; il pudore della ragazza era andato tutto nel suo seno, si era concentrato nel suo seno, si era trasformato nel suo seno).

Perché non si erano più incontrati? Inutile rompersi la testa. Non lo ricorda più.

11

Nel 1897 Arthur Schnitzler, il romanziere viennese, pubblicò una splendida novella, *La signorina Else*. La protagonista è una ragazza virtuosa, il cui padre è indebitato e rischia la rovina. Il creditore promette di condonare il debito al padre se la figlia gli si mostrerà nuda. Dopo una lunga lotta interiore, Else acconsente, ma si vergogna a tal punto, che l'esibizione della sua nudità le fa perdere la ragione e muore. Perché non sorgano equivoci: non è un racconto moralistico, che vuole accusare il ricco cattivo e perverso! No, è una novella erotica che ci lascia senza fiato: ci fa comprendere quale potere avesse un tempo la nudità: per il creditore significava un'enorme somma di danaro e per la ragazza un infinito pudore dal quale nasceva un'eccitazione che confinava con la morte.

Il racconto di Schnitzler indica un attimo significativo sul quadrante dell'Europa: i tabù erotici erano ancora potenti alla fine del puritano Ottocento, ma la liberazione dei costumi stava riportando in vita il desiderio altrettanto potente di superarli. Il pudore e l'impudicizia si intersecavano in un momento in cui avevano la stessa forza. Fu un momento di eccezionale tensione erotica. Vienna lo conobbe al mutar del secolo. È un momento che non tornerà più.

Pudore significa che ci impediamo di fare ciò che vogliamo, e proviamo vergogna perché vogliamo quel che ci impediamo. Rubens apparteneva all'ultima generazione europea educata nel pudore. Per questo era tanto eccitato quando posò la mano sul seno della ragazza mettendo in moto il suo pudore. Una volta, al liceo, si intrufolò in un corridoio dove, da una finestra, si poteva vedere nella stanza in cui le sue compagne, nude fino alla vita, erano in attesa della radiografia al torace. Una di loro lo vide e si mise a urlare. Le altre si buttarono addosso il grembiule, uscirono strillando nel corridoio e cominciarono a inseguirlo. Rubens visse un momento di paura; d'improvviso non erano più compagne di scuola, amiche disposte a scherzare e a flirtare. Nei loro volti c'era una cattiveria reale, moltiplicata per giunta dal loro numero, una cattiveria collettiva che aveva deciso di braccarlo. Riuscì a scappare, ma loro continuarono la caccia e lo denunciarono alla direzione. Si prese una pubblica rampogna, di fronte a tutta la classe. Il direttore, con vero disprezzo nella voce, lo chiamò voyeur.

Aveva circa quarant'anni quando le donne cominciarono a lasciare i loro reggiseni nei cassetti della biancheria e a sdraiarsi sulle spiagge mostrando il petto al mondo intero. Lui passeggiava lungo la riva del mare e fuggiva con gli occhi la loro inattesa nudità, perché il vecchio imperativo aveva in lui salde radici: non ferire il pudore femminile! Quando incontrava una sua conoscente senza reggiseno, ad esempio la moglie di un amico o una collega, constatava con sorpresa che non era lei a vergognarsi, ma lui. Era in imbarazzo e non sapeva dove mettere gli occhi. Cercava di evitare di posarli sul seno, ma non era possibile, perché i seni nudi si vedono anche se l'uomo guarda una mano o gli occhi di una donna. E così si sforzava di guardare il loro seno con la stessa naturalezza che se avesse guardato un ginocchio o la fronte. Ma qualunque cosa facesse, gli sembrava che quei seni nudi lo accusassero, sospettandolo di non essere sufficientemente d'accordo con la loro nudità. E aveva la forte sensazione che le donne che incontrava sulla spiaggia fossero le stesse che vent'anni prima lo avevano denunciato al direttore per voyeurismo: altrettanto cattive e compatte, per chiedere con la stessa aggressività, moltiplicata dal loro numero, che fosse riconosciuto il loro diritto di mostrarsi nude.

Alla fine si rassegnò in qualche modo ai seni nudi, ma non poteva liberarsi dell'impressione che fosse accaduto qualcosa di grave: sul quadrante dell'Europa era di nuovo scoccata l'una: era scomparso il pudore. E non solo era scomparso, ma era scomparso con tanta leggerezza, quasi nel giro di una notte, che in verità sembrava che non fosse mai esistito. Che lo avessero soltanto inventato gli uomini trovandosi faccia a faccia con la donna. Che il pudore fosse una loro illusione. Il loro sogno erotico.

12

Quando Rubens divorziò da sua moglie, si ritrovò una volta per tutte, come ho già detto, «oltre i confini dell'amore». Questa formula gli piaceva. Spesso si ripeteva tra sé (a volte malinconico, a volte contento): vivrò la mia vita «oltre i confini dell'amore».

Ma il territorio che aveva chiamato «oltre i confini dell'amore» non somigliava all'ombroso e trascurato cortile di un grande e splendido palazzo (il palazzo dell'amore), no, quel territorio era vasto, ricco, magnifico, infinitamente vario e forse più grande e più bello dello stesso palazzo dell'amore. In quel territorio si muovevano diverse donne, alcune delle quali gli erano indifferenti, altre lo divertivano, ma altre ancora lo facevano innamorare. Bisogna comprendere questo apparente controsenso: oltre i confini dell'amore esiste l'amore.

Infatti, ciò che aveva spinto le avventure amorose di Rubens «oltre i confini dell'amore» non era la mancanza di sentimento, ma la volontà di limitare quelle avventure alla sfera puramente erotica, di proibir loro qualunque influenza sul corso della sua vita. Ma in qualsiasi modo definiamo l'amore, la definizione dirà sempre che l'amore è qualcosa di essenziale, che trasforma la vita in destino: di conseguenza, le vicende che si svolgono «oltre i confini dell'amore», fossero anche le più belle, sono necessariamente episodiche.

Ma ripeto: pur relegata «oltre i confini dell'amore», nel territorio dell'episodico, tra le donne di

Rubens ve n'erano alcune per le quali egli provava affetto, o dalle quali era ossessionato, o che destavano la sua gelosia preferendo un altro. In altre parole, anche oltre i confini dell'amore esistevano gli amori, e poiché la parola amore era proibita, erano amori tutti segreti e quindi ancora più attraenti.

Mentre si trovava al bar di Villa Borghese, seduto di fronte alla donna che aveva chiamato la liutista, seppe immediatamente che lei sarebbe stata «la donna amata oltre i confini dell'amore». Sapeva che non si sarebbe interessato alla sua vita, al suo matrimonio, alle sue preoccupazioni, sapeva che si sarebbero visti molto di rado, ma sapeva anche che per lei avrebbe provato un affetto davvero eccezionale.

«Ricordo che le avevo dato anche un altro nome» le disse. «La chiamavo vergine gotica».

«Io? Vergine gotica?».

Non l'aveva mai chiamata così. Quelle parole gli erano venute in mente un attimo prima, mentre camminavano uno accanto all'altra nel viale alberato verso il bar. Il suo modo di camminare lo aveva fatto pensare ai quadri gotici che aveva visto il pomeriggio a Palazzo Barberini.

Continuò: «Le donne dei quadri gotici incedono con il ventre proteso in avanti. E la testa china verso terra. Lei cammina come una vergine gotica. La suonatrice di liuto delle orchestre degli angeli. Il suo seno è rivolto al cielo, il suo ventre è rivolto al cielo, ma la testa, che sa della vanità del tutto, guarda la polvere».

Ripercorsero lo stesso viale di statue in cui si erano incontrati. Le teste mozze dei morti famosi, poggiate sulle colonne, avevano un'aria immensamente orgogliosa.

All'uscita della Villa si salutarono. Rimasero d'accordo che lui l'avrebbe cercata a Parigi. Lei gli dette il suo nome (il nome del marito), il numero di telefono, e gli spiegò a quali ore era sicuramente sola in casa. Poi con un sorriso si mise gli occhiali neri: «Ora posso?».

«Sì» disse Rubens e la seguì a lungo con lo sguardo mentre si allontanava.

13

Tutto il doloroso desiderio che lo aveva colto all'idea di aver perso per sempre sua moglie si trasformò nella sua ossessione per la liutista. Nei giorni successivi pensò a lei quasi ininterrottamente. Di nuovo cercò di ricordare tutto ciò che gli era rimasto di lei nella memoria, ma non trovò altro che quell'unica serata nel locale notturno. Rievocò per la centesima volta la stessa immagine: ballavano in mezzo alle altre coppie, lei era a un passo di distanza da lui. Lo guardava senza vederlo. Come se non volesse vedere nulla del mondo esterno, concentrata solo su se stessa. Come se a un passo da lei non ci fosse lui, ma un grande specchio in cui lei si osservava. Osservava in lui i propri fianchi, che spingeva in avanti alternandoli, osservava le proprie braccia che descrivevano cerchi davanti al suo seno e al suo volto, come per nasconderli, come per cancellarli. Come se li facesse sparire e apparire di nuovo, guardandosi nello specchio immaginario, eccitata dal proprio pudore. La sua danza era una *pantomima del pudore*: un continuo accenno alla nudità nascosta.

Una settimana dopo il loro incontro a Roma, avevano appuntamento nella hall di un grande albergo di Parigi pieno di giapponesi, la cui presenza creava in loro una piacevole impressione di anonimato e di estraneità. Dopo aver chiuso la porta della camera, si avvicinò a lei e le mise una mano sul seno: «Così la toccavo mentre ballavamo insieme» disse. «Ricorda?».

« Sì » disse lei e fu come se qualcuno avesse toccato lievemente il corpo di un liuto.

Si vergognava come quindici anni addietro? Si vergognava Bettina quando Goethe le toccò il seno alle terme di Teplitz? Il pudore di Bettina era solo un sogno di Goethe? Il pudore della liutista era solo un sogno di Rubens? Comunque, fosse solo un pudore apparente, o solo il ricordo di un pudore immaginario, quel pudore era lì, era con loro nella piccola camera d'albergo, li annebbiava con la sua magia e dava un senso a tutto. La spogliava, e per lui era come se l'avesse appena portata via dal locale notturno della loro giovinezza. Faceva l'amore con lei e la vedeva ballare: nascondeva il volto nei movimenti circolari delle braccia e intanto guardava se stessa in uno specchio immaginario.

Si immersero avidi tra le onde di quella corrente che scorre in tutte le donne e in tutti gli uomini, la corrente mistica delle immagini oscene, dove ogni donna è simile a tutte le altre donne, ma dove la differenza del volto conferisce alle stesse immagini e alle stesse parole una forza e un'ebbrezza diverse. Lui ascoltava ciò che gli diceva la liutista, ascoltava le proprie parole, guardava il suo volto delicato da vergine gotica che pronunciava parole oscene e si sentiva sempre più ubriaco.

Il tempo grammaticale delle loro fantasticherie oscene era il futuro: la prossima volta farai così e così, insceneremo questa e quell'altra situazione... Il futuro grammaticale trasforma le fantasticherie in una continua promessa (promessa che nell'attimo in cui si è di nuovo sobri non vale più, ma poiché non viene mai dimenticata, torna sempre ad essere una promessa). Doveva dunque accadere che un giorno lui l'attendesse nella hall dell'albergo con il suo amico M. Salirono tutti e tre in camera, bevvero, si divertirono e poi iniziarono a spogliarla. Quando le tolsero il reggiseno, lei portò le mani al seno, cercando di coprirlo interamente con le palme. Poi la condussero (lei aveva addosso solo le mutandine) davanti allo specchio (uno specchio incrinato appeso all'anta dell'armadio) e lei stava tra loro, con la mano sinistra sul seno sinistro, la destra sul seno destro e guardava nello specchio, affascinata. Rubens si accorse benissimo che mentre loro due guardavano lei (il suo volto, le sue mani che coprivano il seno), lei non li vedeva, osservava se stessa, come ipnotizzata.

14

L'episodio è un concetto importante della *Poetica* di Aristotele. Aristotele non ama l'episodio. Tra tutti gli avvenimenti, secondo lui, i peggiori sono gli avvenimenti episodici. L'episodio non è la necessaria conseguenza di ciò che è venuto prima, né la causa di ciò che seguirà; si colloca al di fuori di quella catena causale di avvenimenti che è la storia. È un semplice caso sterile che può essere eliminato senza che la storia perda il suo chiaro nesso, e che non lascia alcuna traccia duratura nella vita dei personaggi. Siete in metropolitana, diretti a un appuntamento con la donna della vostra vita, e un attimo prima di scendere una ragazza sconosciuta, che non avevate notato (stavate andando dalla donna della vostra vita e non vedevate nient'altro), colta da improvviso malore perde i sensi e sta per crollare a terra. Poiché vi trovate accanto a lei la afferrate e la tenete qualche secondo tra le braccia, finché non riapre gli occhi. La fate sedere in un posto che qualcuno ha liberato per lei e poiché il treno in quel momento inizia a frenare, vi staccate da lei quasi con impazienza per scendere e correre dalla donna della vostra vita. In quell'istante, la ragazza che ancora poco fa avevate tra le braccia è già dimenticata. Questa storia è un tipico episodio. La vita è piena di episodi, come un materasso è pieno di crine, ma il poeta (secondo Aristotele) non è un tappezziere e deve togliere con cura dalla trama tutte le imbottiture, anche se proprio di queste è fatta la vita reale.

L'incontro con Bettina, per Goethe, fu un episodio privo di significato; non solo occupò un posto quantitativamente irrilevante nel tempo della sua vita, ma egli fece tutti gli sforzi possibili perché non diventasse mai causa di nulla, e la tenne accuratamente fuori dalla sua biografia. Ma proprio qui noi constatiamo la relatività del concetto di episodio, relatività che Aristotele non riuscì a capire: nessuno infatti può garantire che un avvenimento del tutto episodico non serbi in sé una forza che un giorno, inaspettatamente, lo farà diventare causa di ulteriori avvenimenti. Se dico un giorno, può significare addirittura dopo la morte, il che fu appunto il trionfo di Bettina, che divenne storia della vita di Goethe quando Goethe non era più in vita.

Possiamo dunque completare la definizione di Aristotele e dire: nessun episodio è condannato a priori a restare per sempre un episodio, poiché ogni avvenimento, anche il più irrilevante, nasconde in sé la possibilità di diventare prima o poi la causa di altri avvenimenti e trasformarsi così in una storia o in un'avventura. Gli episodi sono come le mine. La maggior parte non esplode mai, ma proprio il più modesto un giorno si trasforma in una storia che vi sarà fatale. Per strada cammina verso di voi una donna che da lontano vi guarda negli occhi con uno sguardo che vi sembra un po' folle. Appena vi è vicina rallenta il passo, si ferma e dice: «È lei? La cerco da tanto tempo!» e vi si butta al collo. È la ragazza che vi era caduta svenuta tra le braccia sulla metropolitana, quando andavate all'appuntamento con la donna della vostra vita, che nel frattempo avete sposato e che vi ha dato un figlio. Ma la ragazza che avete incontrato all'improvviso per strada ha pensato bene di innamorarsi del suo salvatore e considerare il vostro incontro casuale un segno del destino. Vi telefonerà cinque volte al giorno, vi scriverà lettere, andrà a trovare vostra moglie, le spiegherà a lungo che vi ama e che ha diritto a voi, finché la donna della vostra vita perderà la pazienza, per la rabbia andrà a letto con lo spazzino e poi vi pianterà in asso portandosi via anche il figlio. Voi, per fuggire dalla ragazza innamorata, che intanto avrà portato a casa vostra il contenuto dei suoi armadi, vi trasferirete al mare, dove morirete disperati e in miseria. Se le nostre vite fossero infinite, come le vite degli Dei antichi, il concetto di episodio perderebbe senso, perché nell'infinito ogni avvenimento, anche il più irrilevante, avrebbe la sua conseguenza e si svilupperebbe in una storia.

La liutista, con la quale aveva ballato a ventisette anni, era stata per Rubens soltanto un episodio, un arciepisodio, un episodio totale, fino al momento in cui la incontrò per caso quindici anni dopo in una villa di Roma. Allora di colpo l'episodio dimenticato era divenuto una piccola storia, ma anche quella storia, rispetto alla vita di Rubens, era una storia del tutto episodica. Non aveva la minima speranza di trasformarsi in una parte di quel che potremmo chiamare la sua biografia.

Biografia: successione di avvenimenti che consideriamo importanti per la nostra vita. Ma che cosa è importante e che cosa non lo è? Poiché da soli non lo sappiamo (e neanche ci viene in mente di porci una domanda tanto stupida nella sua semplicità), accettiamo come importante ciò che è considerato importante dagli altri, magari dal datore di lavoro per il quale riempiamo un questionario: nascita, occupazione dei genitori, titolo di studio, esperienze di lavoro, luoghi di residenza (nella mia ex patria anche: iscrizione al partito comunista), matrimoni, divorzi, data di nascita dei figli, malattie gravi, successi, insuccessi. È terribile, ma è così: abbiamo imparato a vedere la nostra vita con gli occhi dei questionari burocratici o della polizia. È già una piccola ribellione se inseriamo nella nostra biografia una donna che non sia nostra moglie, e anche tale eccezione è ammissibile solo a patto che la donna abbia avuto nella nostra vita un ruolo particolarmente drammatico, cosa che Rubens proprio non poteva dire della liutista.

D'altra parte, in tutto il suo aspetto e nel suo comportamento la liutista rispondeva all'immagine della donna-episodio: era elegante ma non vistosa, bella senza abbagliare, disposta all'amore fisico eppure timida; non aveva mai infastidito Rubens con confidenze sulla sua vita privata, ma non aveva mai neanche drammatizzato il suo discreto silenzio trasformandolo in un mistero inquietante. Era la vera principessa dell'episodio.

L'incontro della liutista con i due uomini nel grande albergo di Parigi fu travolgente. Fecero l'amore in tre quella volta? Non dimentichiamo che la liutista era diventata per Rubens «la donna amata oltre i confini dell'amore»; il vecchio imperativo di rallentare lo sviluppo degli eventi, perché la carica sessuale dell'amore non si esaurisse troppo in fretta (lo stesso imperativo per il quale gli sembrava di aver perso la sua giovane moglie), si risvegliò di nuovo. Subito prima di portarla nuda verso il letto, fece un cenno all'amico perché si ritirasse in silenzio dalla stanza.

La loro conversazione mentre facevano l'amore si svolse ancora al tempo grammaticale futuro, come una promessa che però non si realizzò mai: l'amico M poco tempo dopo sparì del tutto dall'orizzonte e il travolgente incontro tra due uomini e una donna restò un episodio senza seguito. Rubens continuò a vedere la liutista da solo due o tre volte l'anno, quando gli si presentava l'occasione di andare a Parigi. Poi l'occasione non si presentò più, e di nuovo lei sparì quasi del tutto dalla sua mente.

15

Passarono gli anni e un giorno mentre era seduto con un suo conoscente in un caffè della città svizzera dove abitava, ai piedi delle Alpi, vide al tavolo di fronte una ragazza che lo guardava. Era bella, aveva lunghe labbra sensuali (mi piacerebbe paragonarle alla bocca di una rana, se si potesse dire che le rane sono belle) e gli sembrava che fosse proprio la donna che aveva sempre desiderato. Anche a distanza di tre o quattro metri gli pareva che il suo corpo fosse piacevole da toccare e in quel momento lo preferiva al corpo di tutte le altre donne. Lei lo fissava con tanta insistenza che lui, assorbito dal suo sguardo, non sapeva più che cosa stesse dicendo l'amico, ed era solo addolorato al pensiero che tra qualche minuto, andandosene, avrebbe perso quella donna per sempre.

E invece non la perse, perché nell'attimo in cui pagò i due caffè e si alzò, si alzò anche lei, per dirigersi proprio come i due uomini verso il palazzo di fronte, dove di lì a poco si sarebbe svolta un'asta di quadri. Quando attraversarono la strada, lei si ritrovò così vicina a Rubens che gli fu impossibile non rivolgerle la parola. Dalla sua reazione sembrava che se lo aspettasse, si mise a parlare con Rubens senza badare all'amico, che in silenzio e imbarazzato camminava accanto a loro verso la sala delle vendite. Al termine dell'asta, si ritrovarono insieme nello stesso caffè. Avendo a disposizione non più di mezz'ora, si affrettarono a dirsi tutto ciò che avevano da dire. Ma dopo un po' fu chiaro che non era poi molto e la mezz'ora fu più lunga di quanto lui supponesse. La ragazza era una studentessa australiana, aveva un quarto di sangue negro (non si vedeva, ma lei ne parlava tanto più volentieri), studiava semiologia della pittura con un professore di Zurigo e per un certo periodo in Australia si era guadagnata da vivere ballando seminuda in un locale notturno.

Erano tutte informazioni interessanti, ma nello stesso tempo così estranee per Rubens (perché ballava seminuda in Australia? perché studiava semiologia in Svizzera? e che cos'è la semiologia?), che invece di destare la sua curiosità lo stancarono, come se fossero state un ostacolo da superare. Perciò fu contento quando la mezz'ora fu trascorsa: subito il suo entusiasmo iniziale si rinnovò (poiché lei non aveva cessato di piacergli) e si diedero un appuntamento per il giorno dopo.

Fin dal mattino gli andò tutto storto: si svegliò con il mal di testa, il postino gli portò due lettere sgradite e in una telefonata con un certo ufficio un'impaziente voce femminile si rifiutava di capire la sua domanda. Quando la studentessa apparve sulla porta, il suo cattivo presentimento fu confermato: perché si era vestita in modo completamente diverso dal giorno prima? Aveva ai piedi un paio di scarpe da tennis enormi, sopra le scarpe da tennis si vedevano grossi calzettoni, sopra i calzettoni i pantaloni di tela grigia, sopra i pantaloni un giaccone; soltanto al di sopra del giaccone poté finalmente posare lo sguardo con sollievo sulla sua bocca da rana, che era sempre bella ma solo a patto di astrarla da tutto ciò che si vedeva sotto.

Che l'abbigliamento non le donasse non era così grave (non poteva minimamente cambiare il fatto che era una bella donna), i motivi della sua perplessità erano altri: perché una ragazza che va all'appuntamento con un uomo con il quale vuole fare l'amore non si veste in modo da piacergli? Vuole forse dargli a intendere che l'abbigliamento è qualcosa di esteriore, che non conta? oppure si considera vestita con eleganza e trova che le enormi scarpe da tennis sono seducenti? oppure, semplicemente, non ha alcun riguardo per l'uomo con il quale ha appuntamento?

Forse per questo, per scusarsi in anticipo nel caso che il loro incontro dovesse deludere le aspettative, le disse che aveva avuto una brutta giornata: sforzandosi di mantenere un tono umoristico, le elencò tutti i guai che gli erano capitati fin dal mattino. E lei distese le sue belle labbra in un sorriso: «L'amore è una medicina per tutti i mali». La parola amore, alla quale non era più abituato, lo colpì. Non sapeva a che cosa alludesse. Intendeva l'amore come atto fisico? Oppure il sentimento dell'amore? Mentre rifletteva su questo, lei si spogliò in fretta in un angolo della stanza e poi si infilò nel letto, lasciando sulla sedia i pantaloni di tela e sotto la sedia le enormi scarpe da tennis con i grossi calzettoni infilati dentro, scarpe da tennis che ora, nell'appartamento di Rubens, facevano una sosta nel loro lungo peregrinare per università australiane e città europee.

Fecero l'amore in modo incredibilmente tranquillo e silenzioso. Potrei dire che Rubens era tornato di colpo alla fase del mutismo atletico, ma la parola «atletico» qui è un po' fuori luogo, perché aveva perso già da tempo l'antica ambizione giovanile di dimostrare forza fisica e sessuale; l'attività cui si stavano dedicando sembrava avere un carattere più simbolico che atletico. Solo che Rubens non aveva la minima idea di che cosa dovessero simboleggiare i movimenti che eseguivano. Tenerezza? amore? salute? gioia di vivere? vizio? amicizia? fede in Dio? una preghiera di lunga vita? (La ragazza studiava semiologia della pittura. Non sarebbe stato meglio se gli avesse svelato qualcosa sulla semiologia dell'amore fisico?). Faceva movimenti vuoti e per la prima volta si rese conto di non sapere perché li faceva.

Durante una pausa (Rubens pensò che sicuramente anche il suo professore di semiologia faceva una pausa di dieci minuti a metà di un seminario di due ore), la ragazza pronunciò (sempre con la stessa voce calma e serena) una frase in cui si presentò di nuovo l'incomprensibile parola «amore»; a Rubens venne in mente questa immagine: dal profondo dell'universo scendono sulla Terra splendidi esemplari femminili. I loro corpi somigliano ai corpi delle donne terrestri, però non hanno un solo difetto, perché il pianeta da cui provengono non conosce malattie e i corpi lì non hanno imperfezioni. Ma gli uomini terrestri che si incontrano con loro non sapranno mai del loro passato extraterrestre e perciò non potranno capirle; non sapranno mai che effetto ha su quelle donne ciò che essi fanno e dicono; non sapranno mai quali sensazioni si nascondono dietro i loro splendidi volti. Con donne a tal punto sconosciute sarebbe impossibile fare l'amore, diceva Rubens tra sé. Poi si corresse: può darsi che la nostra sessualità sia tanto automatizzata da consentire in fin dei conti l'amore fisico anche con donne extraterrestri, ma sarebbe un amore al di là di qualsiasi eccitazione, un atto erotico trasformato in puro allenamento fisico privo di sentimento e di lascivia.

L'intervallo era finito, la seconda metà del seminario amoroso sarebbe iniziata da un momento all'altro e lui desiderava dire qualcosa, qualche sproposito che le facesse perdere le staffe, ma sapeva che non si sarebbe deciso a farlo. Si sentiva come uno straniero che deve affrontare una lite in una lingua che non domina troppo bene e non può lanciare un solo insulto, perché l'avversario ingiuriato gli chiederebbe candidamente: «Che cosa voleva dire, signore? Non la capisco!». E così non disse nessuno sproposito e fece l'amore con lei ancora una volta in silenziosa serenità.

Poi l'accompagnò sotto casa (non sapeva se fosse contenta o delusa, ma sembrava piuttosto contenta) ed era deciso a non vederla mai più; sapeva che lei ne sarebbe stata ferita, perché avrebbe interpretato quell'improvviso calo di interesse (e certo doveva aver notato quanto fosse attratto da lei il giorno prima) come un fallimento, tanto più grave in quanto incomprensibile. Sapeva che ora per colpa sua le scarpe da tennis sarebbero andate per il mondo con passo un po' più malinconico di prima. La salutò e quando lei scomparve dietro l'angolo della strada fu assalito da una forte, straziante nostalgia per le donne che aveva avuto finora. Fu una cosa brutale e inattesa, come una malattia che scoppia in un secondo e senza preavviso.

Lentamente cominciò a capire di che cosa si trattava. Sul quadrante la lancetta aveva toccato un nuovo numero. Sentiva battere le ore e sul grande orologio vedeva aprirsi una finestrella dalla quale, grazie a un misterioso meccanismo medioevale, usciva una donna con grandi scarpe da tennis. La sua apparizione significava che il desiderio in lui aveva fatto dietrofront; non avrebbe più desiderato nuove donne; avrebbe desiderato soltanto le donne già avute; il suo desiderio sarebbe stato d'ora in poi ossessionato dal passato.

Vedeva per strada donne bellissime ed era stupito di guardarle con indifferenza. Credo addirittura che loro si girassero a guardarlo, ma lui non se ne accorgeva. Un tempo desiderava solo donne nuove. Le desiderava a tal punto che con alcune di loro aveva fatto l'amore una sola volta e poi basta. Come se ora dovesse espiare quell'ossessione del nuovo, quella disattenzione per tutto ciò che era duraturo e costante, quella sciocca impazienza che lo spingeva in avanti, ora voleva voltarsi indietro, ritrovare le donne del suo passato, rifare l'amore con loro e spingersi più in là, traendo profitto da ciò che era rimasto sterile. Comprese che le grandi eccitazioni erano ormai solo dietro di lui e se voleva trovare eccitazioni nuove doveva andare a cercarle nel passato.

16

Quando era molto giovane era pudico, e cercava di fare l'amore al buio. Nel buio però teneva gli occhi spalancati, per vedere almeno qualcosa grazie al debole raggio che penetrava dalla serranda abbassata.

Poi non solo si abituò alla luce, ma la pretendeva. Se si accorgeva che la sua partner teneva gli occhi chiusi, la costringeva ad aprirli.

E un giorno con sorpresa si rese conto che faceva l'amore con la luce ma teneva gli occhi chiusi. Faceva l'amore e ricordava.

Il buio con gli occhi aperti.
La luce con gli occhi aperti.
La luce con gli occhi chiusi.
Il quadrante della vita.

17

Si sedette davanti a un foglio di carta e provò a scrivere in colonna i nomi di tutte le donne che aveva avuto. Nel momento stesso di cominciare constatò il suo primo fallimento. Poche erano quelle di cui ricordava nome e cognome, di alcune poi non ricordava né l'uno né l'altro. Le donne erano diventate (discretamente, inavvertitamente) donne senza nome. Può darsi che, se ci fosse stato uno scambio epistolare assiduo, i loro nomi gli sarebbero rimasti impressi, perché avrebbe dovuto scriverli spesso sulla busta, ma «dall'altra parte dell'amore» non si coltivano carteggi amorosi. Forse, se avesse avuto l'abitudine di chiamarle con il nome di battesimo, lo avrebbe ricordato, ma dall'infelice storia della sua prima notte di nozze, si era prefisso per l'avvenire di chiamare tutte le donne solo con banali soprannomi affettuosi, che ognuna di loro avrebbe potuto considerare propri senza insospettirsi.

Scrisse mezza pagina (l'esperimento non richiedeva l'elenco completo), sostituendo spesso il nome dimenticato con qualche caratteristica («lentigginosa»; oppure: «maestra» e così via), e poi tentò di ricordare di ognuna di loro il curriculum vitae. Il fallimento fu ancora più grande! Della loro vita non sapeva proprio nulla! Allora semplificò il compito e si limitò a una sola domanda: chi erano i loro genitori? Fatta eccezione per un solo caso (aveva conosciuto il padre prima della figlia), non ne aveva la minima idea. Eppure, nella vita di tutte loro, i genitori avevano sicuramente occupato un posto enorme! Di certo gliene avevano parlato molto! Che valore attribuiva, dunque, alla vita delle sue amiche, se non era capace di ricordare neanche i dati più fondamentali?

Ammise (pur vergognandosi un po') che le donne per lui non avevano significato altro che un'esperienza erotica. Cercò dunque di richiamare alla memoria almeno quell'esperienza. Si soffermò a caso su una donna (senza nome) che aveva indicato come «la dottoressa». Com'era stata la prima volta che aveva fatto l'amore con lei? Gli tornò in mente il proprio appartamento di allora. Appena entrati, lei aveva cercato subito il telefono; poi in presenza di Rubens si era scusata con un tale dicendo che non poteva andare da lui per un impegno imprevisto. Ne avevano riso e poi avevano fatto l'amore. La cosa strana è che quel riso lo sentiva ancora oggi, mentre del rapporto sessuale non gli era rimasto nulla. Dove era successo? Sul tappeto? A letto? Sul divano? Come gli era sembrata lei? E quante volte si erano visti in seguito? Tre oppure trenta? E come era accaduto che aveva smesso di frequentarla? Ricordava almeno un frammento dei loro discorsi, che pure dovevano aver riempito uno spazio minimo di venti ore, ma forse anche cento? Ricordava vagamente che lei gli aveva parlato spesso del suo fidanzato (naturalmente aveva dimenticato il contenuto di quelle informazioni). Curioso: l'unica cosa che gli era rimasta in mente era il suo fidanzato. L'atto dell'amore era stato per lui meno importante di quel lusinghiero e stupido dettaglio, ossia che a causa sua lei aveva tradito un altro.

Pensò con invidia a Casanova. Non alle sue imprese erotiche, delle quali in fin dei conti sono capaci molti uomini, ma alla sua impareggiabile memoria. Circa centotrenta donne strappate all'oblio, con i loro nomi, i loro gesti, le loro frasi! Casanova: l'utopia della memoria. In confronto, quello di Rubens è un ben magro bilancio! Un tempo, all'inizio dell'età adulta, quando aveva rinunciato alla pittura, si consolava pensando che la conoscenza della vita per lui significava di più della lotta per il potere. La vita dei suoi colleghi che inseguivano il successo gli appariva tanto aggressiva quanto monotona e vuota. Credeva che le avventure erotiche lo avrebbero portato al centro della vita, la vita piena e vera, ricca e misteriosa, affascinante e concreta, che desiderava stringere tra le mani. E all'improvviso si accorse di aver sbagliato: a dispetto di tutte le sue avventure erotiche, la sua conoscenza della gente era rimasta esattamente la stessa di quando aveva quindici anni. Per tutto il tempo aveva cullato in cuor suo la certezza di avere alle spalle una vita ricca; ma le parole «vita ricca» erano solo un'affermazione astratta; quando aveva cercato di scoprire il contenuto concreto di quella ricchezza, non aveva trovato che un deserto, battuto dal vento.

Le lancette sull'orologio gli avevano fatto sapere che d'ora in poi sarebbe stato ossessionato solo dal passato. Ma come può essere ossessionato dal passato chi vede in esso soltanto il deserto, dove il vento trascina pochi frammenti di ricordi? Significa che sarà ossessionato da quei due o tre frammenti? Sì. L'uomo può essere ossessionato anche da due o tre frammenti. Comunque, non esageriamo: anche se della giovane dottoressa non ricordava nulla di preciso, altre donne gli apparivano davanti agli occhi con ostinata intensità.

Quando dico che gli apparivano, come dobbiamo immaginare questo apparire? Rubens si era reso conto di una cosa strana: la memoria non fa un film, la memoria fotografa. Ciò che aveva conservato di ogni donna erano nel migliore dei casi un paio di fotografie mentali. Non vedeva davanti a sé i movimenti correlati di quelle donne, anche i gesti brevi non li vedeva scorrere in tutta la loro durata, ma fissi nella rigidità di un istante. La sua memoria erotica gli concedeva un piccolo album di fotografie pornografiche, ma non un film. E dire album di fotografie è un'esagerazione, perché gli erano rimaste in tutto sette, otto fotografie: erano belle fotografie, lo affascinavano, ma il loro numero era tristemente limitato: sette, otto frazioni di secondo, a questo si riduceva nei ricordi tutta la sua vita erotica, alla quale un tempo aveva deciso di dedicare tutte le sue forze e il suo talento.

Vedo Rubens seduto al tavolo con la testa appoggiata al palmo della mano, e mi sembra il pensatore di Rodin. A che cosa pensa? Se ormai si è rassegnato all'idea che la sua vita si è ridotta alle esperienze sessuali, a loro volta ridotte a sette immagini immobili, sette fotografie, vorrebbe almeno sperare che in qualche angolo della memoria giaccia dimenticata ancora un'ottava, una nona, una decima fotografia. Per questo è seduto con la testa appoggiata al palmo della mano. Evoca di nuovo le singole donne e cerca di trovare per ognuna di loro qualche fotografia dimenticata.

Nel frattempo giunge a un'altra constatazione interessante: aveva avuto alcune amanti particolarmente audaci nelle loro iniziative erotiche e inoltre molto appariscenti; eppure gli avevano lasciato nell'animo una fotografia pochissimo eccitante o addirittura nessuna fotografia. Nei ricordi era molto più attratto dalle donne con un'iniziativa erotica repressa e un aspetto modesto: quelle che all'epoca non aveva apprezzato molto. Come se la memoria (e l'oblio) avesse operato una radicale rivalutazione di tutti i valori; ciò che nella sua vita erotica era stato voluto, intenzionale, ostentato, premeditato, aveva perso valore, e al contrario le avventure che erano giunte inattese, che non si erano annunciate come qualcosa di straordinario, avevano assunto nel ricordo un valore incalcolabile.

Pensava alle donne che la sua memoria aveva prescelto: una di loro aveva sicuramente già superato l'età in cui lui avrebbe potuto desiderare conoscerla; altre ancora facevano una vita che avrebbe reso assai difficile incontrarle di nuovo. Però c'era la liutista. Non la vedeva da otto anni. Riaffiorarono tre fotografie mentali. Nella prima lei gli stava davanti a un passo di distanza, aveva la mano irrigidita davanti al volto a metà di un movimento con il quale sembrava cancellare i propri tratti. La seconda fotografia aveva catturato l'istante in cui lui, con la mano sul suo seno, le chiedeva se qualcuno l'avesse già toccata in quel modo e lei a voce bassa gli diceva «no», con lo sguardo fisso davanti a sé. E infine la vide (questa era la fotografia più affascinante di tutte) in piedi tra due uomini di fronte allo specchio, con il palmo delle mani posato sui seni nudi. Era strano che in tutte e tre le fotografie il suo volto bello e immobile avesse sempre lo stesso sguardo: fisso in avanti e discosto da Rubens.

Cercò subito il suo numero di telefono, che una volta sapeva a memoria. Lei gli parlò come se si fossero lasciati la sera prima. Andò a Parigi (questa volta non aveva bisogno di un'occasione, ci andava solo per lei) e la incontrò nello stesso albergo dove molti anni prima lei stava tra due uomini di fronte allo specchio, e si copriva il seno con le mani.

18

La liutista aveva sempre la stessa figura, gli stessi movimenti affascinanti, la nobiltà dei lineamenti era rimasta intatta. Solo una cosa era cambiata: vista da vicino la sua pelle non era più fresca. A Rubens non poteva sfuggire; ma la cosa strana era che i momenti in cui se ne rendeva conto erano insolitamente brevi, duravano appena un paio di secondi; poi la liutista tornava subito alla propria immagine, quella che in passato si era definitivamente disegnata nella memoria di Rubens: *si nascondeva dietro la propria immagine.*

Immagine: Rubens sa da molto tempo che cosa significa. Protetto dal corpo del compagno seduto al banco davanti, disegnava di nascosto la caricatura del professore. Poi aveva alzato gli occhi; la faccia del professore si muoveva in una mimica incessante e non somigliava al disegno. Eppure, quando il professore fu allontanato dal suo campo visivo, non riuscì (come non ci riesce oggi) a immaginarlo diverso da come era nella sua caricatura. Il professore *era scomparso per sempre dietro la propria immagine.*

Alla mostra di un famoso fotografo aveva visto la fotografia di un uomo che si alzava dal marciapiede con il viso insanguinato. Una fotografia indimenticabile, enigmatica! Chi era quell'uomo? Che gli era successo? Probabilmente un banale incidente per strada, si diceva Rubens; un piede in fallo, la caduta e la presenza insospettata di un fotografo. Senza accorgersi di nulla, l'uomo si era alzato, si era lavato la faccia nel bar di fronte ed era tornato a casa dalla moglie. E nello stesso momento, ebbra della propria nascita, *la sua immagine si era separata da lui* e se n'era andata nella direzione opposta, seguendo la propria avventura, il proprio destino.

L'uomo può nascondersi dietro la propria immagine, può sparire dietro la propria immagine, può essere totalmente separato dalla propria immagine: l'uomo non è mai la propria immagine. Soltanto grazie alle tre fotografie mentali Rubens aveva telefonato alla liutista dopo otto anni che non la vedeva. Ma chi era la liutista in sé, al di fuori della sua immagine? Ne sapeva poco e non voleva saperne di più. Vedo il loro incontro dopo quegli otto anni: sono seduti uno di fronte all'altra nella hall del grande albergo di Parigi. Di che cosa parlano? Di tutto tranne che della loro vita personale. Perché se si conoscessero troppo intimamente, tra loro si accumulerebbe una barriera di informazioni inutili, che li renderebbe estranei. Sanno l'uno dell'altra solo il minimo indispensabile, e sono quasi fieri di aver tenuto nell'ombra la propria vita affinché i loro incontri siano ancora più inondati di luce e staccati dal tempo e da tutte le circostanze.

Guarda la liutista pieno di tenerezza, ed è lieto che pur essendo un po' invecchiata sia rimasta vicina alla propria immagine. Con una sorta di commosso cinismo si dice: il valore della liutista come presenza fisica è dato dalla sua costante facoltà di fondersi con la propria immagine.

E freme di gioia all'idea che tra breve la liutista darà a quell'immagine il suo corpo vivo.

19

Avevano ricominciato a vedersi come un tempo, una, due, tre volte in dodici mesi. E gli anni erano di nuovo trascorsi. Un giorno le telefonò per farle sapere che due settimane dopo sarebbe andato a Parigi. Lei gli disse che non avrebbe avuto tempo.

«Posso rimandare il mio viaggio di una settimana» disse Rubens.

«Non avrò tempo neanche allora».

« E quando ti andrebbe bene? ».
« Ora no, » disse lei chiaramente imbarazzata « ora no per molto tempo... ».
« È successo qualcosa? ».
« No, non è successo niente ».
Erano tutti e due imbarazzati. Sembrava che la liutista non volesse vederlo più e che trovasse spiacevole dirglielo chiaramente. Nello stesso tempo però quell'ipotesi era così inverosimile (i loro incontri erano stati sempre bellissimi, senza la minima ombra), che Rubens le fece altre domande per comprendere il motivo del suo rifiuto. Ma poiché fin dall'inizio il loro rapporto era stato fondato sulla non aggressività reciproca e incondizionata, escludendo persino qualsiasi insistenza, si proibì di importunarla ulteriormente, anche solo con delle domande.

Mise così termine alla conversazione e si limitò ad aggiungere: « Ma posso chiamarti ancora? ».

« Certamente. Perché non dovresti? ».

La richiamò un mese dopo: « Continui a non avere tempo per vedermi? ».

« Perdonami » disse lei. « Non ho niente contro di te ».

Le fece la stessa domanda dell'altra volta: « È successo qualcosa? ».

« No, non è successo niente » rispose.

Lui tacque. Non sapeva che cosa dire. « Tanto peggio » disse e intanto sorrideva malinconico nel ricevitore.

« Davvero non ho niente contro di te. Non dipende affatto da te. Riguarda me soltanto ».

A quelle parole Rubens ebbe la sensazione che si schiudesse per lui qualche speranza: « Ma allora non ha senso! Dobbiamo vederci! ».

« No » disse lei.

« Se fossi sicuro che non vuoi più vedermi, non direi neanche una parola. Ma tu dici che si tratta di te! Che cosa ti succede? Dobbiamo vederci! Devo parlare con te! ».

Ma subito dopo si disse: no, era solo la sua estrema delicatezza che si rifiutava di dirgli il motivo principale, fin troppo chiaro: non voleva più saperne di lui. Era imbarazzata perché era troppo sensibile. Perciò lui non doveva insistere. Si sarebbe reso sgradevole e avrebbe violato quel tacito accordo che imponeva loro di non pretendere mai l'uno dall'altro ciò che l'altro non desiderava.

Perciò, quando lei disse di nuovo «ti prego, no...», non insistette più.

Riattaccò il ricevitore e improvvisamente si ricordò della ragazza australiana con le enormi scarpe da tennis. Anche lei era stata respinta per motivi che non poteva comprendere. Se gli si fosse presentata l'occasione, l'avrebbe consolata con le stesse parole: «Non ho niente contro di te. Non dipende affatto da te. Riguarda me soltanto». Intuì d'un tratto che la storia con la liutista era finita, e lui non avrebbe mai capito perché. Proprio come la studentessa australiana, non avrebbe mai capito perché era finita la loro storia. Le scarpe di Rubens sarebbero andate per il mondo un po' più malinconiche di prima. Proprio come le grosse scarpe da tennis dell'australiana.

20

La fase del mutismo atletico, la fase delle metafore, la fase della verità oscena, la fase del telefono senza fili, la fase mistica, tutto era alle sue spalle, lontano.

Le lancette avevano compiuto il giro sul quadrante della sua vita sessuale. Si trovava al di fuori del tempo del quadrante. Trovarsi al di fuori del tempo del quadrante non significa né la fine né la morte. Anche sul quadrante della pittura europea è scoccata la mezzanotte e ciò nonostante i pittori continuano a dipingere. Essere al di fuori del tempo del quadrante significa unicamente che non accadrà più niente di nuovo né di significativo. Rubens continuava a frequentare le donne, ma per lui non avevano più alcun significato. Vedeva con maggior frequenza la giovane donna G, che si distingueva perché conversando usava di preferenza parole volgari. Molte donne le usavano. Era nello spirito dei tempi. Dicevano merda, mi fa incazzare, scopare, e facevano capire così che non appartenevano alla vecchia generazione, all'educazione conservatrice, che erano libere, emancipate, moderne. Tuttavia, nell'attimo in cui la toccò, G stralunò gli occhi e si trasformò in una santa taciturna. Fare l'amore con lei era sempre lungo, quasi interminabile, perché raggiungeva l'orgasmo, che desiderava avidamente, con grande fatica. Giaceva sulla schiena, aveva gli occhi chiusi e lavorava con il sudore sul corpo e sulla fronte. Un po' così Rubens si figurava l'agonia: si ha la febbre e non si desidera altro che arrivi finalmente la fine, ma quella invece niente, non arriva. Le prime due, tre volte che erano stati insieme, lui aveva cercato di affrettare la fine sussurrandole una parola oscena, ma poiché lei aveva sempre girato la testa, come per protestare, in seguito lui era rimasto in silenzio. Lei invece, dopo venti, trenta minuti che facevano l'amore, diceva sempre (e la sua voce a Rubens sembrava insoddisfatta e impaziente): «Più forte, più forte, ancora, ancora!», e proprio allora lui constatava sempre che non ce la faceva più, che aveva fatto l'amore troppo a lungo e con un ritmo troppo veloce per poter intensificare ancora i suoi colpi; perciò scivolava via da lei e ricorreva a un mezzo che considerava una resa e contemporaneamente un virtuosismo tecnico degno di un brevetto: le infilava dentro la mano e muoveva con forza le dita da sotto in su; erompeva un geyser, tutto era bagnato e lei lo abbracciava e con voce fioca gli diceva parole tenere.

L'asincronismo dei loro orologi intimi era stupefacente: quando lui voleva essere tenero, lei diceva cose volgari; quando lui desiderava dire cose volgari, lei taceva ostinatamente; quando lui aveva voglia di star zitto e dormire, lei diventava di colpo teneramente loquace.

Era bella e tanto più giovane di lui! Rubens supponeva (modestamente) che la sua abilità manuale fosse l'unico motivo per cui G arrivava sempre ad ogni suo richiamo. Provava gratitudine per lei, perché gli consentiva, durante i lunghi momenti di silenzio e di sudore passati sul suo corpo, di sognare a occhi chiusi.

21

Rubens si trovò un giorno tra le mani una vecchia raccolta di fotografie del presidente americano John Kennedy: erano fotografie a colori, una cinquantina almeno, e in tutte (tutte quante, senza eccezioni!) il presidente rideva. Non sorrideva, rideva! Aveva la bocca aperta e mostrava i denti. Non c'era niente di insolito, oggi le fotografie sono così, ma forse perché Kennedy rideva in *tutte* le fotografie, perché non ce n'era neanche una dove avesse la bocca chiusa, Rubens ne fu sconcertato. Qualche giorno dopo si trovava a Firenze. In piedi di fronte al David di Michelangelo, immaginò quella statua che rideva come Kennedy. David, il modello della bellezza maschile, ebbe di colpo un'aria da imbecille! Da quella volta cercò spesso di figurarsi i personaggi dei quadri famosi con la bocca che rideva; era un esperimento interessante: la smorfia del riso riusciva a distruggere qualsiasi quadro! Pensate alla Gioconda, immaginate che il suo sorriso appena percepibile si trasformi in un riso, mettendo in mostra denti e gengive!

Sebbene in nessun posto avesse passato tanto tempo quanto nelle pinacoteche, aveva dovuto aspettare le fotografie di Kennedy per rendersi conto di questa semplice cosa: i grandi pittori e scultori, dall'antichità a Raffaello e forse fino a Ingres, avevano evitato di raffigurare il riso e persino il sorriso. Naturalmente, le statue etrusche sono tutte sorridenti, ma quel sorriso non è una reazione mimica alla situazione del momento, bensì lo stato permanente del volto che esprime eterna beatitudine. Per lo scultore antico e per il pittore delle epoche successive un volto bello era concepibile soltanto nella sua immobilità.

I volti perdevano la loro immobilità, le bocche si aprivano, solo quando il pittore voleva cogliere il male. Sia il male del dolore: i volti delle donne chine sul cadavere di Gesù; la bocca aperta della madre nella *Strage degli innocenti* di Poussin. Sia il male del vizio: *Adamo ed Eva* di Holbein. Eva ha il volto gonfio, e la bocca semiaperta lascia vedere i denti che hanno appena morso la mela. Adamo accanto a lei è ancora l'uomo prima del peccato: è bello, ha il volto calmo e la bocca chiusa. Su un quadro del Correggio dal titolo *Allegoria dei vizi* tutti sorridono! Per esprimere il vizio il pittore ha dovuto smuovere la calma innocente del volto, aprire le bocche, deformare i tratti con il sorriso. Nel quadro c'è una sola figura che ride: un bambino! Ma non è il riso della felicità ostentato dai bambini nelle fotografie che pubblicizzano i pannolini o la cioccolata! Quel bambino ride perché è corrotto!

Soltanto con gli olandesi il riso diventa innocente: *Il buffone* o *La zingara* di Hals. Perché i pittori olandesi dei quadri di genere sono i primi fotografi; i volti che dipingono sono al di là della bruttezza e della bellezza. Mentre attraversava la sala degli olandesi, Rubens pensava alla liutista e si diceva: la liutista non è un modello per Hals; la liutista è il modello dei pittori che cercavano la bellezza nella superficie immobile dei lineamenti. Poi alcuni visitatori lo avevano urtato; tutti i musei erano pieni di orde di curiosi, come un tempo i giardini zoologici; i turisti affamati di attrazioni osservavano i quadri come fossero belve in gabbia. La pittura, si diceva Rubens, non è di casa in questo secolo, così come non è di casa la liutista; la liutista appartiene a un mondo molto antico, nel quale la bellezza non rideva.

Ma come spiegare che i grandi pittori avevano escluso il riso dal regno della bellezza? Rubens si dice: senza dubbio il volto è bello perché in esso è evidente la presenza del pensiero; mentre nell'attimo in cui ride l'uomo non pensa. Ma è vero? O forse il riso è il lampo dell'idea che ha appena compreso il comico? No, si dice Rubens: nell'istante in cui comprende il comico l'uomo non ride; il riso segue *subito dopo*, come una reazione fisica, come una contrazione, in cui non c'è più alcun pensiero. Il riso è una contrazione del volto e nella contrazione l'uomo non ha il dominio di sé, è dominato da qualcosa che non è né la volontà né la ragione. E questo è il motivo per cui lo scultore antico non raffigurava il riso. L'uomo che non ha il dominio di sé (l'uomo al di fuori della ragione, al di fuori della volontà) non può essere considerato bello.

Se la nostra epoca, contrariamente allo spirito dei grandi pittori, ha fatto del riso la forma privilegiata del volto umano, significa che l'assenza di volontà e di ragione è diventata lo stato ideale dell'uomo. Si potrebbe obiettare che la contrazione mostrataci dai ritratti fotografici è simulata, e dunque razionale e volontaria: Kennedy che ride davanti all'obiettivo non reagisce a una situazione comica, ma apre la bocca e scopre i denti con grande consapevolezza. Questo, però, dimostra soltanto che gli uomini d'oggi hanno innalzato la contrazione del riso a immagine ideale, dietro la quale hanno deciso di nascondersi.

Rubens si dice: il riso è la più democratica di tutte le forme del volto: con i lineamenti immobili ci distinguiamo uno dall'altro, ma nella contrazione siamo tutti uguali.

Un busto di Giulio Cesare che sghignazza è inconcepibile. Ma i presidenti americani se ne vanno nell'eternità nascosti dietro la contrazione democratica del riso.

22

Era di nuovo a Roma. Nella galleria si trattenne a lungo nella sala della pittura gotica. Sostò affascinato davanti a uno dei quadri, una Crocifissione. Che cosa vedeva? Vedeva una donna, che veniva crocifissa al posto di Gesù. Come Cristo, non aveva addosso nient'altro che una stoffa bianca avvolta intorno ai fianchi. Le piante dei piedi poggiavano su una sporgenza di legno, mentre i carnefici, con una grossa corda, le legavano alla trave i polsi e le caviglie. La croce si ergeva in cima a un monte ed era visibile da tutte le parti. Intorno ad essa c'era una folla di soldati, uomini e donne del popolo, curiosi, e tutti guardavano la donna esposta al loro sguardo. Era la liutista. Sentendo tutti quegli sguardi sul suo corpo, si copriva il seno con le mani. Alla sua destra e alla sua sinistra erano piantate altre due croci e su ognuna di esse era legato un ladrone. Il primo si chinava verso di lei, le prendeva la mano, la strappava dal seno e le distendeva il braccio in modo che il dorso della mano toccasse l'estremità orizzontale della croce di legno. Il secondo ladrone le afferrava l'altra mano facendole fare lo stesso movimento, cosicché la liutista aveva entrambe le braccia allargate. Il suo volto restava sempre immobile. Gli occhi fissi in lontananza. Ma Rubens sapeva che non guardava lontano, bensì in un enorme specchio immaginario, posto davanti a lei fra il cielo e la terra. In esso vedeva la propria immagine, l'immagine di una donna sulla croce con le braccia aperte e il seno denudato. Era esposta alla folla, una folla immensa, urlante, animalesca, e guardava se stessa, eccitata, insieme a quella gente.

Rubens non riusciva a staccare gli occhi da quello spettacolo. Quando li staccò, si disse: questo momento dovrebbe entrare nella storia della religione con il nome: *La visione di Rubens a Roma*. Fino a sera rimase sotto l'impressione di quel momento mistico. Erano quattro anni che non telefonava alla liutista, ma quel giorno non poté dominarsi. Appena tornato in albergo fece subito il suo numero. Dall'altra parte del filo si udì una voce femminile sconosciuta.

Disse incerto: « Potrei parlare con madame...? » e la chiamò con il nome del marito.

« Sì, sono io » disse la voce dall'altra parte.

Lui pronunciò il nome di battesimo della liutista e la voce femminile gli rispose che la donna che cercava era morta. Impietrì.

« Morta? ».

« Sì, Agnes è morta. Chi parla? ».

« Sono un amico ».

« Posso sapere il suo nome? ».

« No » disse lui e riattaccò.

23

Quando muore qualcuno nella scena di un film, risuona immediatamente una musica elegiaca, ma quando nella nostra vita muore qualcuno che conoscevamo, non si sente nessuna musica. Sono pochissime le morti in grado di scuoterci profondamente, due o tre nella vita, non di più. La morte di una donna che era stata soltanto un episodio sorprese Rubens e lo rattristò, tuttavia non poteva scuoterlo, tanto più che quella donna era uscita dalla sua vita già da quattro anni e lui, allora, aveva dovuto rassegnarsi.

Ma anche se ora lei non era più assente dalla sua vita di quanto lo fosse stata prima, la sua morte cambiò tutto. Ogni volta che la ricordava, non poteva fare a meno di chiedersi che cosa ne fosse stato del suo corpo. Lo avevano calato nella terra in una bara? Oppure lo avevano cremato? Rievocò il suo volto immobile mentre si osservava con gli occhi fissi nello specchio immaginario. Vedeva le palpebre di quegli occhi chiudersi lentamente, e di colpo era un volto morto. Proprio perché quel volto era così tranquillo, il passaggio dalla vita alla non-vita era fluido, armonico, bello. Ma poi cominciò a immaginare che ne era stato in seguito di quel volto. E fu orribile.

Andò da lui G. Come sempre iniziarono il loro lungo amplesso silenzioso e come sempre in quei lunghissimi momenti gli tornò in mente la liutista: stava come sempre di fronte allo specchio col seno nudo e guardava in avanti con lo sguardo immobile. Rubens pensò improvvisamente che poteva essere morta già da due o tre anni; che i capelli si erano già staccati dal cranio e le erano caduti gli occhi. Voleva liberarsi in fretta di quell'immagine, perché sapeva che altrimenti non avrebbe potuto continuare a fare l'amore. Scacciò dalla mente il pensiero della liutista, si costrinse a concentrarsi su G, sul suo respiro accelerato, ma i pensieri erano disubbidienti e quasi apposta gli mettevano davanti immagini che non voleva vedere. E quando infine si decisero a obbedire e a non mostrargli la liutista nella bara, gliela mostrarono tra le fiamme ed era esattamente come aveva sentito raccontare una volta: il corpo bruciando (in virtù di qualche forza fisica che lui non capiva) si sollevava, cosicché la liutista era seduta nel forno. E nel mezzo di quella allucinazione, mentre vedeva il corpo seduto che bruciava, si udì d'un tratto una voce insoddisfatta e insistente: «Più forte! Più forte! Ancora! Ancora! ». Dovette smettere di fare l'amore. Si scusò con G spiegando che era in pessime condizioni.

Poi si disse: di tutto quel che ho vissuto mi è rimasta una sola fotografia. Forse essa rivela quel che c'è di più intimo, di più profondamente nascosto nella mia vita erotica, quel che ne contiene l'essenza stessa. Forse negli ultimi tempi ho fatto l'amore solo perché quella fotografia rivivesse nella mia mente. E ora quella fotografia è tra le fiamme e il bel volto immobile si contorce, raggrinzisce, annerisce e alla fine va in cenere.

G doveva andare da lui una settimana dopo e Rubens già aveva paura delle immagini che lo avrebbero assalito mentre facevano l'amore. Volendo scacciare dalla mente la liutista, si sedette di nuovo al tavolo, con la testa appoggiata al palmo della mano, e cercò nella memoria le altre fotografie che gli erano rimaste della sua vita erotica e che potessero sostituire l'immagine della liutista. Ne ritrovò alcune e fu persino felicemente sorpreso che fossero sempre tanto belle ed eccitanti. Ma nel profondo dell'animo era sicuro che, non appena avesse fatto l'amore con G, la sua memoria si sarebbe rifiutata di mostrargliele e al loro posto, come una brutta barzelletta macabra, avrebbe messo l'immagine della liutista seduta tra le fiamme. Non si sbagliava. Anche questa volta nel mezzo dell'amplesso fu costretto a scusarsi con G.

Allora si disse che non sarebbe stato un danno se per un po' avesse smesso di frequentare le donne. Fino a nuovo ordine, come si dice. Solo che l'intervallo si prolungava di settimana in settimana, di mese in mese. Finché un giorno capì che non ci sarebbe più stato un « nuovo ordine ».

PARTE SETTIMA
LA CELEBRAZIONE

1

Nella palestra già da molti anni gli specchi riflettevano braccia e gambe in movimento; sei mesi fa, su insistenza degli imagologi, fecero irruzione anche nella piscina; eravamo circondati da specchi su tre lati, il quarto era una grande vetrata che offriva il panorama dei tetti di Parigi. Eravamo seduti in costume da bagno a un tavolo vicino al bordo della piscina, dove soffiavano i nuotatori. Tra noi si alzava una bottiglia di vino che avevo ordinato per celebrare l'anniversario.

Avenarius probabilmente non aveva tempo per chiedermi di che anniversario si trattasse, perché era tutto preso da una nuova trovata: «Immagina di dover scegliere tra due possibilità. Vivere una notte d'amore con una bellezza internazionale, magari Brigitte Bardot o Greta Garbo, ma a condizione che nessuno venga a saperlo. Oppure tenerle amichevolmente il braccio intorno alle spalle e passeggiare con lei per la strada principale della tua città, ma a condizione di non andarci mai a letto. Vorrei conoscere con esattezza in che percentuale la gente sceglierebbe la prima o la seconda possibilità. Servirebbe un metodo statistico. Perciò mi sono rivolto ad alcuni uffici che fanno sondaggi d'opinione, ma mi hanno respinto tutti ».

« Non ho mai capito in pieno fino a che punto bisogna prendere sul serio quello che fai ».

« Tutto quello che faccio va preso assolutamente sul serio ».

Continuai: « Ad esempio, ti immagino mentre esponi agli ecologisti il tuo piano per l'annientamento delle automobili. Certo non potevi credere che l'avrebbero approvato! ».

A queste parole feci una pausa. Avenarius taceva.

« Oppure pensavi che ti avrebbero applaudito? ».

« No, » disse Avenarius « non lo pensavo ».

« Allora perché gli hai presentato la tua proposta? Per smascherarli? Per dimostrargli che nonostante tutto quel gesticolare di protesta fanno parte in realtà di quel che chiami Satania? ».

« Non c'è niente di più inutile » disse Avenarius « che voler dimostrare qualcosa agli idioti ».

« Allora rimane una sola spiegazione: volevi fare uno scherzo. Solo che anche in questo caso il tuo comportamento mi sembra illogico. Certo non contavi di trovare fra loro qualcuno che ti potesse capire e che avrebbe riso! ».

Avenarius scosse la testa e disse con una certa tristezza: « No, non ci contavo. Satania si distingue per la sua totale mancanza di senso dell'umorismo. La comicità, anche se continua a esistere, è diventata invisibile. Fare uno scherzo non ha più senso ». Poi aggiunse: « Questo mondo prende tutto sul serio. Persino me. E questo è il colmo ».

« Avevo piuttosto la sensazione che nessuno prendesse più niente sul serio! Tutti vogliono soltanto divertirsi ».

« Il risultato è lo stesso. Quando l'asino integrale sarà costretto ad annunciare alla radio lo scoppio della guerra atomica o un terremoto a Parigi, cercherà sicuramente di fare dello spirito. Può darsi che fin d'ora stia cercando qualche calembour adatto all'occasione. Ma questo non ha niente a che vedere con il senso del comico. Perché qui ciò che è comico è l'uomo che cerca un calembour per annunciare un terremoto. Ma l'uomo che cerca un calembour per annunciare un terremoto prende molto sul serio la sua ricerca, e non gli passa neanche lontanamente per la testa di poter essere comico. L'umorismo può esistere solo là dove la gente distingue ancora il confine tra ciò che è importante e ciò che non lo è. E questo confine oggi non si distingue più ».

Conosco bene il mio amico, spesso mi diverte imitare il suo modo di parlare e fare mie le sue idee e le sue trovate; ma nello stesso tempo continua in qualche modo a sfuggirmi. Il suo comportamento mi piace, mi attrae, ma non posso dire di capirlo fino in fondo. Una volta gli avevo spiegato che l'essenza di questa o quella persona può essere colta unicamente con la metafora. Con il lampo rivelatore della metafora. Da quando lo conosco cerco invano una metafora che possa cogliere Avenarius e permettermi di capirlo.

« Ma se non era uno scherzo, perché gli hai presentato quella proposta? Perché? ».

Prima che potesse rispondermi, un grido di sorpresa ci interruppe: « Professor Avenarius! Possibile? ».

Dall'entrata si dirigeva verso di noi un uomo aitante in costume da bagno, tra i cinquanta e i sessant'anni. Avenarius si alzò. Entrambi parevano commossi e si strinsero la mano a lungo.

Poi Avenarius ci presentò. Capii che di fronte a me c'era Paul.

2

Si sedette con noi e Avenarius mi indicò con un ampio gesto: «Lei non conosce i suoi romanzi? *La vita è altrove*! Deve leggerlo! Mia moglie sostiene che è magnifico!».

In un lampo improvviso capii che Avenarius non aveva mai letto il mio romanzo; se tempo addietro mi aveva costretto a portarglielo, era stato solo perché sua moglie, afflitta dall'insonnia, ha bisogno di quintali di libri da consumare a letto. Ne fui dispiaciuto.

«Sono venuto per rinfrescarmi la testa nell'acqua» disse Paul. Poi notò il vino sul tavolo e di colpo si scordò dell'acqua. «Che state bevendo?». Prese la bottiglia in mano e osservò attentamente l'etichetta. Poi aggiunse: «Oggi ho cominciato a bere fin dal mattino».

Già, si vedeva, e fu una sorpresa per me. Non lo avevo mai immaginato come un ubriacone. Chiamai il cameriere, perché portasse un altro bicchiere.

Cominciammo a chiacchierare del più e del meno. Avenarius accennò varie volte ancora ai miei romanzi, che non aveva letto, spingendo così Paul a fare un'osservazione che quasi mi sbalordì per la sua scortesia: «Non leggo romanzi. Trovo molto più divertenti e istruttive le memorie. Oppure le biografie. Negli ultimi tempi ho letto libri su Salinger, su Rodin, sugli amori di Franz Kafka. E una splendida biografia di Hemingway. Ah, quell'imbroglione. Quel bugiardo. Quel megalomane» disse ridendo di cuore. «Quell'impotente. Quel sadico. Quel macho. Quell'erotomane. Quel misogino».

«Se come avvocato è pronto a difendere gli assassini, perché non prende le difese degli autori, che a parte i loro libri non hanno commesso alcun reato?» gli chiesi.

«Perché mi urtano i nervi» disse allegramente

Paul e si versò il vino nel bicchiere che il cameriere gli aveva appena messo davanti.

« Mia moglie adora Mahler » disse poi. « Mi ha raccontato che quando mancavano quattordici giorni alla prima della sua *Settima sinfonia*, Mahler si chiuse in una rumorosa stanza d'albergo e passò le notti intere a rivedere l'orchestrazione ».

« Sì, » confermai « fu a Praga nel 1906. L'albergo si chiamava Modrá hvězda, Stella azzurra ».

« Me lo immagino in quella stanza d'albergo circondato da fogli di note, » continuò Paul senza lasciarsi interrompere « convinto che tutta la sua opera sarebbe stata rovinata se nel secondo movimento la melodia fosse stata suonata dal clarinetto invece che dall'oboe ».

« È proprio così » dissi pensando al mio romanzo.

Paul continuò: « Vorrei che un giorno quella sinfonia fosse eseguita davanti a un pubblico di famosi esperti, prima con le correzioni delle ultime due settimane e poi senza correzioni. Vi garantisco che nessuno riuscirebbe a distinguere una versione dall'altra. Intendiamoci: certamente è meraviglioso che il motivo suonato dal violino nel secondo movimento sia ripreso nell'ultimo movimento dal flauto. Tutto è elaborato, meditato, profondamente sentito, nulla è lasciato al caso, ma questa immane perfezione ci supera, supera la capacità della nostra memoria, la nostra capacità di concentrazione, cosicché anche l'ascoltatore più fanaticamente attento non percepirà che una centesima parte della sinfonia e sicuramente quello che per Mahler era meno importante ».

Il suo pensiero, così palesemente giusto, lo rallegrava, mentre io diventavo sempre più triste: se un mio lettore saltasse una frase del mio romanzo non lo capirebbe, eppure quale lettore al mondo non salta neanche una riga? Io stesso non sono forse il più grande saltatore di righe e di pagine?

« Non nego alle sinfonie la loro perfezione » continuò Paul. « Nego soltanto l'importanza di quella perfezione. Queste arcisublimi sinfonie non sono che le cattedrali dell'inutile. Sono inaccessibili all'uomo. Sono inumane. Abbiamo ingigantito il loro significato. Ci hanno fatto sentire inferiori di fronte ad esse. L'Europa ha ridotto l'Europa a cinquanta opere geniali che non ha mai capito. Immaginate questa diseguaglianza provocatoria: milioni di europei che non significano nulla, contro cinquanta nomi che rappresentano tutto! La diseguaglianza di classe è il male minore, rispetto a questa ingiuriosa diseguaglianza metafisica, che trasforma gli uni in granelli di sabbia e proietta sugli altri il senso dell'essere! ».

La bottiglia era vuota. Chiamai il cameriere perché ne portasse un'altra. Questo fece perdere il filo a Paul.

« Stava parlando delle biografie » gli suggerii.

« Ah, già » ricordò.

« Lei era lieto di poter leggere finalmente la corrispondenza intima dei morti ».

« Lo so, lo so » disse Paul, quasi volesse prevenire le obiezioni della controparte. « Vi assicuro che frugare nella corrispondenza intima di qualcuno, interrogare le sue ex amanti, persuadere i dottori a tradire il segreto professionale, è una porcheria. Gli autori di biografie sono la feccia e non potrei mai sedermi con loro allo stesso tavolo come con voi. Anche Robespierre non si sarebbe seduto insieme alla plebaglia che andava a far rapine e aveva un orgasmo collettivo quando divorava con gli occhi le esecuzioni. Ma lui sapeva che senza la plebaglia non si sarebbe fatto nulla. La feccia è lo strumento del giusto odio rivoluzionario ».

« Che cosa c'è di rivoluzionario nell'odio per Hemingway? » dissi.

« Non parlo dell'odio per Hemingway! Parlo della sua *opera*! Parlo della *loro* opera! Era ora di dire finalmente ad alta voce che leggere *di* Hemingway è mille volte più divertente e istruttivo che leggere

Hemingway. Era ora di mostrare che l'opera di Hemingway è solo la vita di Hemingway cifrata e che quella vita è misera e insignificante quanto la vita di tutti noi. Era ora di fare a pezzi la sinfonia di Mahler e usarla come base musicale per la pubblicità della carta igienica. Era ora di farla finita con il terrore degli immortali. Di abbattere l'arrogante potere delle *None sinfonie* e dei *Faust*!».

Ebbro delle proprie parole, si alzò e levò in alto il bicchiere: «Bevo alla fine dei vecchi tempi!».

3

Negli specchi che si riflettevano uno nell'altro Paul era moltiplicato ventisette volte, e la gente del tavolo accanto guardava con curiosità la sua mano che levava in alto il bicchiere. Anche due ciccioni che uscivano dalla piccola piscina dell'idromassaggio si erano fermati e non toglievano lo sguardo dalle ventisette braccia di Paul irrigidite nell'aria. Sulle prime pensai che si fosse immobilizzato così per aggiungere alle sue parole un pathos drammatico, ma poi notai una signora in costume da bagno che era appena entrata nella sala, una quarantenne con un bel viso, le gambe ben formate anche se un po' corte e un sedere espressivo, anche se un po' grosso, che puntava verso terra come una grande freccia. Da quella freccia la riconobbi immediatamente.

All'inizio lei non ci vide e andò dritta verso la piscina. I nostri occhi però erano fissi su di lei con tanta forza, che alla fine attirarono il suo sguardo. Arrossì. È bello quando una donna arrossisce; in quell'attimo il suo corpo non le appartiene; essa non lo controlla; è in sua balìa; ah, che cosa c'è di più bello che guardare una donna violentata dal proprio corpo! Cominciai a capire perché Avenarius avesse un debole per Laura. Girai lo sguardo su di lui: il suo viso restava perfettamente immobile. Mi sembrava che quell'autocontrollo lo tradisse ancor più di quanto il rossore tradisse Laura.

Lei si dominò, sorrise amichevolmente e si avvicinò al nostro tavolo. Ci alzammo e Paul ci presentò sua moglie. Continuavo a osservare Avenarius. Sapeva che Laura era la moglie di Paul? Pensai di no. Per quanto lo conoscevo, era andato a letto con lei una volta e da allora non l'aveva più vista. Ma non lo sapevo con certezza e in realtà non ne ero affatto sicuro. Quando diede la mano a Laura si inchinò, come se la vedesse per la prima volta in vita sua. Laura si congedò (fin troppo in fretta, mi dissi) e si tuffò nella piscina.

Paul aveva perso di colpo tutta l'euforia. «Sono lieto che l'abbiate conosciuta» disse malinconico. «Lei è, come si dice, la donna della mia vita. Dovrei gioire. La vita umana è breve e gli uomini per la maggior parte non trovano mai la donna della loro vita».

Il cameriere portò un'altra bottiglia, la aprì davanti a noi, riempì tutti i bicchieri, cosicché Paul perse il filo un'altra volta.

«Stava parlando della donna della sua vita» gli rammentai quando il cameriere si fu allontanato.

«Sì» disse. «Abbiamo una bimba di tre mesi. Ho anche una figlia dal primo matrimonio. Un anno fa se ne è andata di casa. Senza salutare. Ne ho sofferto, perché le voglio bene. Per molto tempo non ho avuto sue notizie. Due giorni fa è tornata, perché il suo amante l'ha piantata in asso. Dopo averle fatto fare un figlio, una bambina. Amici, ho una nipotina! Adesso sono circondato da quattro donne!». Fu come se l'idea delle quattro donne gli infondesse energia: «È questo il motivo per cui oggi bevo fin dal mattino! Bevo alla ritrovata unione! Bevo alla salute di mia figlia e di mia nipote!». Sotto di noi, nella piscina, Laura nuotava insieme ad altri due nuotatori e Paul sorrideva. Era uno strano sorriso stanco, che mi ispirò compassione. Mi sembrava che d'un tratto fosse diventato vecchio. La sua imponente chioma grigia d'un tratto si era trasformata in un'acconciatura da vecchia signora. Come per far fronte con la volontà a un accesso di debolezza, si alzò di nuovo in piedi con il bicchiere in mano.

Nel frattempo dal basso si udivano colpi di braccia sulla superficie. Con la testa fuori dell'acqua, Laura nuotava a crawl, goffamente, ma proprio per questo con maggior foga e con una specie di rabbia.

Avevo l'impressione che ognuno di quei colpi ricadesse sulla testa di Paul come un altro anno di vita: la sua faccia invecchiava visibilmente sotto i nostri occhi. Aveva già settant'anni e subito dopo ottanta e, ritto in piedi, tendeva il bicchiere in avanti, come per fermare quella valanga d'anni che si abbatteva su di lui. «Ricordo una frase famosa di quando ero giovane» disse con una voce che d'un tratto aveva perso sonorità. «*La donna è il futuro dell'uomo*. Chi l'ha detto esattamente? Non lo so più. Lenin? Kennedy? No, no. Qualche poeta».

«Aragon» suggerii.

Avenarius disse sgarbatamente: «Che cosa significa che la donna è il futuro dell'uomo? Che gli uomini si trasformeranno in donne? Non capisco questa frase scema!».

«Non è una frase scema! È una frase poetica!» si difese Paul.

«La letteratura scompare e le stupide frasi poetiche restano a vagare per il mondo?» dissi.

Paul non mi badò. Aveva appena visto la sua immagine moltiplicata ventisette volte negli specchi e non riusciva a staccarne lo sguardo. A turno si girava verso tutti i suoi volti negli specchi e parlava con una debole voce acuta da vecchia signora: «La donna è il futuro dell'uomo. Questo significa che il mondo, creato un tempo a immagine dell'uomo, ora diverrà simile all'immagine della donna. Più sarà tecnico e meccanizzato, metallico e freddo, più avrà bisogno di quel calore che solo la donna può dargli. Se vorremo salvare il mondo, dovremo plasmarci sul modello della donna, farci guidare dalla donna, lasciarci permeare dall'*Ewigweibliche*, dall'eterno femminino!».

Come se queste parole profetiche lo avessero del tutto esaurito, Paul d'improvviso era invecchiato di altri dieci anni, era un vecchietto smunto e sfinito fra i cento e i centocinquant'anni. Non riusciva neanche a tenere il bicchiere. Si accasciò sulla sedia. Poi disse con tono sincero e triste: «È tornata senza avvertire. E odia Laura. E Laura odia lei. La maternità le ha rese entrambe più bellicose. Di nuovo si sente da una stanza Mahler e dall'altra il rock. Di nuovo vogliono che io scelga, di nuovo mi ingiungono i loro ultimatum. Hanno cominciato a lottare. E quando le donne cominciano a lottare, non si fermano». Poi si chinò verso di noi con aria confidenziale: «Amici, non prendetemi sul serio. Ciò che sto per dirvi non è la verità». Abbassò la voce, come se dovesse comunicarci un grande segreto: «È stata una fortuna immensa che le guerre finora le abbiano fatte soltanto gli uomini. Se le avessero fatte le donne, sarebbero state così coerenti nella loro crudeltà, che oggi sul globo terrestre non rimarrebbe una sola persona». E come se volesse farci dimenticare immediatamente quanto aveva detto, batté il pugno sul tavolo e alzò la voce: «Amici, io vorrei che la musica non esistesse. Io vorrei che il padre di Mahler avesse sorpreso il figlio a masturbarsi e lo avesse colpito sull'orecchio tanto forte da far restar sordo il piccolo Gustav per tutta la vita, incapace di distinguere un tamburo da un violino. E vorrei che la corrente di tutte le chitarre elettriche fosse allacciata a delle sedie sulle quali legherei con le mie stesse mani i chitarristi». Poi aggiunse pianissimo: «Amici, io vorrei essere dieci volte più ubriaco di così».

4

Sedeva al tavolo, distrutto, ed era una cosa tanto triste che non ce la facemmo più a sopportarla. Ci alzammo in piedi per dargli dei colpetti sulle spalle. E nel fare questo, improvvisamente vedemmo che sua moglie era uscita dall'acqua e ci passava accanto diretta verso l'uscita. Si comportava come se non esistessimo.

Era tanto arrabbiata con Paul che non voleva neanche guardarlo? Oppure l'inatteso incontro con Avenarius l'aveva messa in imbarazzo? Comunque fosse, mentre ci passava vicino, il suo passo aveva qualcosa di tanto potente e attraente, che smettemmo di battere sulla spalla di Paul e tutti e tre la seguimmo con lo sguardo.

Quando giunse alla porta a vento che dava nello spogliatoio, accadde una cosa inaspettata: girò la testa verso il nostro tavolo e sollevò il braccio in aria con un movimento così leggero, così affascinante, così flessuoso, che ci sembrò che dalle sue dita si staccasse una palla d'oro, e restasse sospesa in alto, sopra la porta.

Paul d'un tratto aveva il sorriso sul volto e afferrò con forza la mano di Avenarius: «Avete visto? Avete visto quel gesto?».

«Sì» disse Avenarius e guardava come me e come Paul la palla d'oro che brillava sotto il soffitto a ricordo di Laura.

Per me era più che evidente che quel gesto non era diretto al marito ubriaco. Non era il gesto automatico del saluto di ogni giorno, era un gesto eccezionale e pieno di significati. Poteva essere diretto soltanto ad Avenarius.

Paul naturalmente non sospettava nulla. Come per miracolo, si era scrollato di dosso gli anni, era di nuovo un cinquantenne aitante, orgoglioso della sua chioma grigia. Continuava a guardare la porta, sopra la quale splendeva la palla d'oro, e diceva: «Ah,

Laura! È tutta lei! Ah, quel gesto! Quello è Laura! ». Poi raccontò con voce commossa: « La prima volta che mi ha salutato così è stato quando l'ho accompagnata in clinica per partorire. Si era già sottoposta a due operazioni, per poter avere un figlio. Avevamo paura del parto. Per risparmiarmi l'agitazione, mi proibì di entrare in clinica con lei. Io rimasi accanto alla macchina e lei andò da sola verso il cancello e quando fu sulla soglia, all'improvviso, girò la testa, proprio come un attimo fa, e mi salutò con la mano. Tornato a casa, ero terribilmente triste, sentivo la sua mancanza e per renderla presente cercai di imitare, per me stesso, il bel gesto che mi aveva affascinato. Se qualcuno mi avesse visto, non avrebbe potuto fare a meno di ridere. Mi misi con la schiena allo specchio, lanciai il braccio in aria e intanto sorridevo a me stesso guardando da sopra la spalla nello specchio. L'avrò fatto trenta o cinquanta volte, pensando a lei. Ero nello stesso tempo Laura che mi salutava e io che guardavo Laura che mi salutava. Ma una cosa era strana: quel gesto non mi si addiceva. In quel movimento ero irrimediabilmente goffo e ridicolo ».

Si alzò e ci voltò la schiena. Poi lanciò in aria il braccio e ci guardò da sopra la spalla. Sì, aveva ragione: era comico. Ridemmo. Il nostro riso lo incitò a ripetere quel gesto varie volte ancora. Era sempre più ridicolo.

Poi disse: « Sapete, non è un gesto maschile, è un gesto da donna. La donna con questo gesto ci invita: vieni, seguimi, e voi non sapete dove vi invita e non lo sa neanche lei, ma vi invita con una convinzione tale, che vale la pena di andare là dove vi invita. Perciò vi dico: o la donna sarà il futuro dell'uomo o sarà la fine dell'umanità, perché solo la donna è in grado di nutrire dentro di sé una speranza che nulla alimenta e di invitarci in un dubbio futuro, nel quale, se non fosse per le donne, avremmo smesso di credere già da tempo. Per tutta la vita sono stato pronto a seguire la loro voce, anche se quella voce è pazza e io sono tutto tranne che pazzo. Ma non c'è niente di più bello di quando uno che non è pazzo va nell'ignoto guidato da una voce pazza!». E di nuovo disse solennemente alcune parole in tedesco: «*Das Ewigweibliche zieht uns hinan!* L'eterno femminino ci trae al superno!».

Il verso di Goethe, come una superba oca bianca, sbatteva le ali sotto la volta della piscina e Paul, riflesso nelle tre superfici degli specchi, se ne andava verso la porta a vento, attraverso la quale un attimo prima era uscita Laura. Per la prima volta lo vedevo sinceramente contento. Fece un paio di passi, si girò a guardarci e lanciò il braccio in aria. Rideva. Si girò un'altra volta, un'altra volta ci salutò con la mano. Poi eseguì per noi ancora un'ultima volta quella goffa imitazione maschile di un gesto femminile e sparì dentro la porta.

5

Dissi: «Ha parlato molto bene di quel gesto. Ma penso che si sbagliasse. Laura non invitava nessuno nel futuro, voleva solo farti sapere che era qui e che era qui per te».

Avenarius taceva e il suo volto non lasciava trasparire nulla.

Gli dissi con aria di rimprovero: «Non ti dispiace per lui?».

«Sì» disse Avenarius. «Gli voglio veramente bene. È intelligente. È arguto. È complicato. È triste. E soprattutto: mi ha aiutato! Non dimenticarlo!». Poi si chinò verso di me, come se non intendesse lasciare senza risposta il mio poco eloquente rimprovero: «Ti dicevo della mia proposta di fare alla gente questa domanda: chi vorrebbe andare a letto con

Rita Hayworth in segreto e chi preferirebbe mostrarsi con lei in pubblico. Naturalmente conosco il risultato in anticipo: tutti, incluso l'ultimo dei poveracci, affermerebbero di voler andare a letto con lei. Perché tutti vogliono apparire di fronte a se stessi, di fronte alle donne, e persino di fronte al calvo impiegato addetto al sondaggio, come degli edonisti. Ma in questo modo si illudono. Recitano la commedia. Oggi gli edonisti non esistono più». Aveva dato particolare rilievo alle ultime parole e poi aggiunse con un sorriso: «A parte me». E proseguì: «Qualunque cosa affermino, se si offrisse loro una concreta possibilità di scegliere, tutti, ti dico tutti, preferirebbero passeggiare con lei per la piazza. Perché a tutti interessa l'ammirazione e non il piacere. L'apparenza e non la realtà. La realtà non significa più niente per nessuno. Per nessuno. Per il mio avvocato non significa proprio niente». Poi disse con una certa tenerezza: «E perciò ti posso promettere solennemente che non gli verrà fatto del male. Le corna che porta saranno invisibili. Avranno il colore del cielo nelle belle giornate, saranno grigie quando piove». Poi aggiunse ancora: «Del resto, sapendo che violenti le donne con un coltello in mano, nessun uomo sospetterà che tu sia l'amante di sua moglie. Sono due immagini che non si conciliano».

«Aspetta,» dissi «lui pensa *davvero* che tu volessi violentare le donne?».

«Ma te l'ho detto».

«Pensavo che scherzassi».

«Non svelerei mai il mio segreto!». Poi aggiunse: «D'altra parte, se gli avessi detto la verità, non mi avrebbe creduto. E se per caso mi avesse creduto, avrebbe smesso all'istante di interessarsi al mio caso. Per lui avevo valore solo in quanto violentatore. Concepiva per me quell'amore incomprensibile che i grandi avvocati sanno nutrire per i grandi criminali».

«Ma allora come hai spiegato tutto?».

«Non ho spiegato nulla. Mi hanno assolto per insufficienza di prove».

«Come sarebbe per insufficienza di prove! E il coltello?».

«Non nascondo che è stata dura» disse Avenarius e compresi che non avrei saputo di più.

Per un attimo restai in silenzio e poi dissi: «Tu non avresti confessato a nessun costo la storia delle gomme?».

Scosse la testa.

Fui preso da una strana commozione: «Eri pronto a farti arrestare come violentatore solo per non tradire un gioco...».

E in quel momento lo capii: se rifiutiamo di dare importanza a un mondo che si considera importante, se all'interno di quel mondo il nostro riso non trova alcuna eco, non ci resta che una cosa da fare: prendere tutto quanto il mondo e farne l'oggetto del nostro gioco; farlo diventare un giocattolo. Avenarius gioca e il gioco è per lui l'unica cosa importante in un mondo senza importanza. E lui sa che quel gioco non farà ridere nessuno. Quando aveva presentato la sua proposta agli ecologisti, non voleva divertire nessuno. Voleva divertire solo se stesso.

Dissi: «Tu giochi con il mondo come un bambino malinconico che non ha fratellini».

Sì, questa è la metafora per Avenarius! È da quando lo conosco che la cerco! Finalmente!

Avenarius sorrideva come un bambino malinconico. Poi disse: «Fratellini non ne ho, ma ho te».

Si alzò, mi alzai anch'io, e sembrava che dopo le ultime parole di Avenarius non ci restasse che abbracciarci. Ma poi ci rendemmo conto che avevamo solo il costume da bagno e l'idea del contatto intimo delle nostre pance nude ci fece paura. Imbarazzati, scoppiammo a ridere e andammo nello spogliatoio, dove dall'altoparlante strillava un'acuta voce femminile accompagnata dalle chitarre, sicché non era più piacevole continuare la conversazione. Poi salimmo nell'ascensore. Avenarius scendeva nel sotterraneo, dov'era parcheggiata la sua Mercedes, e io lo lasciai al piano terra. Da cinque manifesti appesi nell'atrio mi sorridevano cinque volti diversi, tutti con i denti scoperti. Ebbi paura che mi mordessero e uscii in fretta sulla strada.

Era intasata di automobili che suonavano senza sosta. Le motociclette salivano sui marciapiedi e si facevano largo tra i passanti. Pensavo ad Agnes. Sono trascorsi esattamente due anni da quando l'ho immaginata la prima volta, mentre aspettavo Avenarius su al circolo steso sulla sdraio. Era questo il motivo per cui oggi avevo ordinato la bottiglia. Avevo finito di scrivere il romanzo e volevo festeggiare nello stesso luogo in cui era nata la prima idea.

I clacson suonavano e si udivano grida di gente inviperita. In una situazione analoga Agnes un tempo aveva desiderato comprarsi una violetta, solo un piccolo fiorellino; aveva desiderato tenerlo davanti agli occhi come un'ultima traccia, appena visibile, di bellezza.

FINITO DI STAMPARE NEL MARZO 1990 IN AZZATE
DAL CONSORZIO ARTIGIANO « L.V.G. »

FABULA

VOLUMI PUBBLICATI:

1. Milan Kundera, *L'insostenibile leggerezza dell'essere* (20ª ediz.)
2. Ingeborg Bachmann, *Il trentesimo anno* (5ª ediz.)
3. Guido Morselli, *Dissipatio H.G.* (6ª ediz.)
4. Thomas Bernhard, *Il soccombente* (3ª ediz.)
5. Bruce Chatwin, *Sulla collina nera* (2ª ediz.)
6. Milan Kundera, *Lo scherzo* (9ª ediz.)
7. Aldo Busi, *Seminario sulla gioventù* (4ª ediz.)
8. Ingeborg Bachmann, *Tre sentieri per il lago* (5ª ediz.)
9. Anna Maria Ortese, *L'Iguana* (3ª ediz.)
10. Danilo Kiš, *Giardino, cenere*
11. Guido Morselli, *Roma senza papa* (6ª ediz.)
12. Leonardo Sciascia, *1912+1* (5ª ediz.)
13. Ingeborg Bachmann, *Malina* (4ª ediz.)
14. Milan Kundera, *La vita è altrove* (6ª ediz.)
15. Guido Morselli, *Contro-passato prossimo* (3ª ediz.)
16. Clarice Lispector, *Vicino al cuore selvaggio* (2ª ediz.)
17. Vasilij Grossman, *Tutto scorre...*
18. Leonardo Sciascia, *Porte aperte* (6ª ediz.)
19. Anna Maria Ortese, *In sonno e in veglia*
20. Giampaolo Rugarli, *La troga* (2ª ediz.)
21. Thomas Bernhard, *Perturbamento* (2ª ediz.)
22. Danilo Kiš, *Enciclopedia dei morti*
23. Robert M. Pirsig, *Lo Zen e l'arte della manutenzione della motocicletta* (10ª ediz.)
24. Leonardo Sciascia, *A ciascuno il suo* (3ª ediz.)
25. Milan Kundera, *Amori ridicoli* (3ª ediz.)
26. Ingeborg Bachmann, *Il caso Franza*
27. Andrzej Szczypiorski, *La bella signora Seidenman*
28. Leonardo Sciascia, *Il cavaliere e la morte* (2ª ediz.)
29. Thomas Bernhard, *Il respiro*
30. Milan Kundera, *Il valzer degli addii* (2ª ediz.)
31. Ruve Masada, *Il principio della piramide*
32. Leonardo Sciascia, *Il Consiglio d'Egitto* (3ª ediz.)
33. Fleur Jaeggy, *I beati anni del castigo* (4ª ediz.)
34. J. Rodolfo Wilcock, *Lo stereoscopio dei solitari* (2ª ediz.)
35. Bruce Chatwin, *Utz*
36. Guido Morselli, *Divertimento 1889* (5ª ediz.)
37. Thomas Bernhard, *Il nipote di Wittgenstein*
38. Giuseppe Pontiggia, *L'arte della fuga*
39. Leonardo Sciascia, *Candido* ovvero *Un sogno fatto in Sicilia*